Claus-Peter Lieckfeld / Frank Wittchow · 427

C.-P. Lieckfeld / F. Wittchow

427

IM LAND DER GRÜNEN INSELN

Schönbergers
Verlag

Für Lena, Anna, Philipp und Oliver

Von den vielen, die uns geholfen haben, danken wir besonders:
Sepp Bichler, Stephan Müller-Lissner, Helmut Feucht, Erwin Grütter,
den Schneidereits, den Schönbergers, Brigitte Schmelzer, Elvira Wilker,
Lena Leppert, Dietmar Quist, Max A. Thürkauf, Petra und Dora.

Umschlagabbildung: Bernd Mlodoch, Ohne Titel, 1983
Umschlaggestaltung: Bine Cordes, Weyarn
Lektorat: Bücherwerkstatt Peter Bramböck, München
Satz: AdLitteras, Gauting
Druck und Bindung: Franz Spiegel Buch GmbH, Ulm
Printed in Germany
ISBN 3-89114-023-1

1

Eine Breitseite von Heidesand schmirgelte über Fensterfornt und Sonnenkollektoren. Erst ein Fauchen, dann ein Fegen, schließlich dieses bösartige Schleifen, das anschwoll, um sogleich in ein hochfrequenziges Rieseln überzugehen. Das Geräusch verließ schnell den menschlichen Hörbereich, aber nur, um sich erneut wellenförmig aufzubauen.

Aina hatte sich auf der Strohkernmatratze ausgestreckt und die Augen geschlossen: Etwas Entspannung täte jetzt gut! Eine der vielen ›Reisen nach innen‹, die sie in den letzten Jahren angetreten und wieder abgebrochen hatte, hieß: Selbsthypnose durch Farben. Wie ging das noch? Sie versuchte eine Zeitlang, den Sandsturm, der draußen zeterte, drinnen vor ihrem inneren Augen in Farbe zu übersetzen, aber es brauten sich immer nur giftig-grelle Farbtöne zusammen; zum tiefenpsychologisch erstrebenswerten Violett drang sie nicht vor.

»Mist!« Die junge Frau zog sich das Haar in die Stirn. Es war tiefschwarz mit jenem Stich ins Blau, der türkische Vorfahren verrät. Durch dic Strähnen sah sie das Pensionszimmer wie verhängt: Bio-Bauhaus-Stil, Öko-Chic der späten neunziger Jahre, ein paar bürgerbewegte Protestposter als Wandschmuck: gilbende Nostalgie. Alles war erstaunlich stilecht für eine Billigpension: kein rechter Winkel im Zimmer, streng nach der Lehre des Wiener Malers und Öko-Bahnbrechers Friedensreich Hundertwasser. Dieser hatte den rechten Winkel schon in den sechziger Jahren des vergangenen Jahrhunderts als gottlos entlarvt. Die Sisaltapete hatte sich an den Kleberändern verdunkelt, doch das Holz, konturenreich und unbehandelt, wirkte lebendig. »Architektur aus dem Uterus«, hatte ein Kritiker das »Diktat der runden Ecken« genannt ...

Aina erinnerte sich plötzlich an etwas und kicherte: »Dic Innenhaut der Räume atmet.« Das waren die Worte eines Öko-Architekten, mit dem sie vor vier Jahren, im Sommer 2005, eine kurze Liaison hatte. Ein liebenswerter Spinner war das gewesen, der, selbst wenn er ihre Haut streichelte, immer nur von der »organischen Innenhaut der Zimmer« schwärmte. Von Schleimhäuten verstand er wenig.

Draußen legte der Sandsturm eine kleine Pause ein, und es war nur mehr das Rieseln hörbar – wie das Grundrauschen zwischen zwei Musikstücken, damals, als Musik noch mit Nadeln aus flachen Scheiben gekratzt wurde und aus kühlschrankgroßen Boxen wummerte.

Aina versuchte zu ergründen, warum ihr gerade jetzt dieser total verhuschte Bio-Architekt einfiel. Schließlich hatte es andere, ›ergiebigere‹ Männer gegeben, seit aus der aufgeschwemmten türkischen Dampfnudel Aina »eine andere« geworden war. Bei allen Selbstzweifeln – der Spiegel über dem Waschbecken bestätigte es sogar noch im Halbdunkel – konnte Aina nicht umhin, sich schön zu finden: Sie besaß jene Art von Schönsein, die nur Gemischtrassigen eigen ist, ein orientalisches Lächeln in einem vorstadtschönen Gesicht. Oder umgekehrt. Vielleicht war es auch einfach nur das Schöne, das bleibt, wenn man sich an Video-Schönheiten geschmacksblind geschaut hatte ...? Allerdings, Aina untersagte es sich, den Preis zu überdenken, den sie gezahlt hatte, um »eine andere« zu werden – so gut sich ein Verbot dieser Art eben durchhalten läßt.

Ein guter Ausweg, nicht an den Preis zu denken (keiner kann mit dem Grauen leben), schien Aina die tägliche Not zu sein. Die war immer da, setzte zuverlässig ein wie jetzt draußen der Sandsturm: Die Intervalle schrecklicher Klarsicht waren bisher nur kurz. Grübeln erübrigte sich.

Aina strich sich über den Bauch. Wo noch vor fünf Jahren schlaff aufgehängtes Fett nach unten zog, war nun alles straff und schön: Wer spricht da von Preis? Die junge Frau räkelte sich. Eine verspätete Odaliske, eine Deutschtürkin der zweiten Generation. Daß sie »eine andere« war, sah höchstens ... Nein, man sah es eigentlich überhaupt nicht.

Zeit ist zäh, wenn man wartet; von dem historischen Plakat neben der Kommode *(Kein Atomabfall ins Meer, Greenpeace, Großdemo in Wilhelmshaven am 21.9.1992. Kommt alle!)* fiel Ainas Blick – unvermeidlich leider – auf den Textcomputer in der Zimmermitte. Er stand mattglänzend da, desinteressiert, das schräge Milchglasauge geschlossen. Nur die Suchleuchte verriet, daß sein Gehirn tickte. Aina richtete sich auf, warf die Haarmähne zurück und fixierte ihr Arbeitsgerät.

Ein anderer Verflossener, ein ›ergiebigerer‹ Typ als der Bio-Architekt, hatte behauptet, er könne Computer hypnotisieren. Schlimmer: Er hatte es vorgemacht! Aina hatte eine ganze Nacht lang an seinem Ohrläppchen geknabbert, nur damit er ihr den Trick verrate. Umsonst.

Sie starrte ihr Arbeitsgerät an, versuchte den Gesichtsausdruck zu imitieren, den man von Show-Hypnotiseuren kennt. Doch der Kasten auf dem Tisch zeigte keine Regung, nur sein ebenmäßiger Puls leuchtete: *call … no reply … call … no reply … call …*

Aina seufzte, halb in Erinnerung an den Typ mit dem Computer-Hypnose-Trick, halb wegen des schalen Gefühls, das aufsteigt, wenn man seinen Pessimismus bestätigt sieht: Im Grunde – ja, das war nun leider eindeutig! – war doch schon alles gesagt, geschrieben, gefilmt über Sandstürme in der Lüneburger Heide. Was also sollte sie hier? Den eintausendundeinsten Bericht absetzen über etwas, das schon jeder einmal auf dem Schirm hatte: Wind, Sand und Steine? Ein jährlich wiederkehrendes Spektakel; die Überschriften könnte man im Speicherterminal stehen lassen, langweilig, banal wie auslaufende Giftdeponien. Wer wollte das noch hören?

Aber dennoch – und auch das war leider eindeutig – hockten auch in diesem Frühsommer des Jahres 2009 wieder einige Dutzend Nachrichtler im zentralen Flugsandgebiet der Lüneburger Heide, nur um das Vielgesagte, für Geld, noch einmal zu sagen: anders, lauter, eindringlich, dämonisch, süffig. Oder, dem neuesten Trend folgend, zugeschnitten auf eine bestimmte Musik. Was Wunder also, daß keine News-Börse Interesse an Ainas Bericht signalisierte. Ein resigniertes Fingertippen: Aina ließ ihre Angebotszeile auf dem Bildschirm erscheinen. Nichtssagend klang das, zugegebenermaßen: ANGEBOTSRUF, AINA ÖTZTÜRKBRUCK · BIETE HINTERGRUNDBERICHT · FLUGSAND IN DER LÜNEBURGER HEIDE · ANGEBOTSRUF …

Im sturen Gleichmaß schickte der Automat das Angebot an alle News-Börsen, für die Aina eine Kennung besaß. Immer wieder … immer wieder … Textcomputer, auch die der vierten Generation »mit der operativen Intelligenz« (Werbespruch), erkennen nicht die Vergeblichkeit ihrer Bemühung. Sie haben es leicht, unermüdlich zu sein.

Aina seufzte wieder: Ja, wenn sie die Kennung hätte für eine oder mehrere derjenigen News-Börsen, welche die INFORMS, die Gruppe der

Informations-Reichen, beliefern! Das wäre ein Fest! Das würde ihr liegen! Ein sicherer Griff in die Metaphernkiste und los. Etwa so: *Hitzeflimmern. Fieber in der Luft: Sommer 2009 ... Der Sturm hustet Myriaden von Sandtuberkeln über das Sommergetreide ... Eine Kulturlandschaft verabschiedet sich ...*

So oder so ähnlich weiter im Text. Aber Aina besaß keine Kennung für eine der Börsen, welche die »Besitzer optimaler Information«, die Informations-Reichen, beliefert. Leider. Sie entschloß sich, rauszugehen, Wind zu spüren, etwas Sandstrahl-Massage fürs Gesicht. Auf der Haut spüren, woran sie ganz offensichtlich gescheitert war.

Der Wind hatte sich heißgerieben an unendlichen Quarzkörnern. Ein Schwall drängte hinter Aina durch die offene Tür in die Kühle der Pension. Die hieß — unfreiwillige Komik — noch immer »Zur grünen Aue«.

Roland Egk machte sich klein, und da er von Statur kein Hüne war, reichten eingezogene Schultern und geneigter Kopf, um dem Sandgebläse zu entgehen. Die Böen orgelten über den Mann im Khaki-Anzug hinweg, das ausgetrocknete Bett der Schmale Aue war tief genug, um etwas Schutz zu gewähren. Wenn Roland den Kopf hob, sah er hinter einem Schleier aus Sand in unregelmäßigen Abständen die Stahlgerippe der Bewässerungsanlagen. Wie sie so dastanden, machten sie sich selber lächerlich: Sinnbilder der Vergeblichkeit ...

Eine Zeitlang hatte sich die Landwirtschaft mit dem absinkenden Grundwasser ein totes Rennen geliefert, doch das Beregnungswasser aus 100, 200 Meter Tiefe konnte Regenwasser und Taufeuchte nicht auf Dauer ersetzen; es versiegelte die Oberfläche, legte sich nicht weich in die Krume wie Sommerregen, sondern wusch die spärliche Humusdecke fort. Herrgott, und dabei war hundertfach davor gewarnt worden!

Das Gebiet zwischen Elbe und Aller war in den achtziger Jahren noch, in Verkennung elementarster hydrogeologischer Erkenntnisse, als »Wasserüberschußgebiet« deklariert worden. Die Zentralheide war nun trockengepumpt. Die Restbodenfeuchte reichte nicht aus, den Heidesand zu binden, der Sommerwind hatte leichtes Spiel. Die Heide war jetzt wieder, was sie schon einmal gewesen war: eine Wüste. Kiefernstangenforsten, die hier und da noch etwas Windschatten spendeten, waren die ersten Toten des Waldsterbens geworden, ein letzter Restwald bei Wilsede wurde als »Naturdenkmal« künstlich ernährt.

Roland sah sich um: Borstgras und Wegerich in einem Bachlauf, der sicherlich einmal von Igelkolben und Erlen gesäumt war. Ein grünschillernder Prachtkäfer wirbelte über den Grund des toten Bettes – Sandlaufkäfer waren die Gewinner des großen Bach- und Feuchtgebietssterbens, Sandlaufkäfer und Strandhafer natürlich. Roland zog das Foto aus der Tasche: ein altes Polaroid-Bild, nicht mehr ganz farbecht. Ein etwa dreißigjähriger Mann mit nacktem muskulösem Oberkörper schoß in einem Paddelboot durch ein Wehr, links und rechts von Schwarzerlen bedrängt. Roland wendete das Foto zum hundertsten Mal. Da stand, in der gestanzten Schrift seines Vaters Karl August Egk: *Bootsfahrt am 29. Juli 1984, aufgenommen von Mutti.*

›... 1984, da war ich zehn‹, ging es Roland durch den Kopf, ›und Vati 31 ...‹ 1984 hatten sie auch mit der Grundwasserförderung begonnen. Erst nur 25 Millionen Kubikmeter pro Jahr, dann mehr und immer mehr. Was hatte es letztlich den Bürgerinitiativen (oder wie sie alle geheißen haben mögen) genutzt, an siechen Bächen und lehmig aufgeplatzten Teichböden Ortstermine zu veranstalten?

Roland überlegte sich: Wenn er ein Videotape über Flugsand in der Lüneburger Heide machen müßte, würde er seinen Vater mit bloßem Oberkörper ins Boot setzen und über dem Wehr an unsichtbaren Faserkabeln schweben lassen. Dann Überblendung auf das alte Foto, Wechsel des Tons von Windgeräusch und Elektronengezirp auf Händels »Wassermusik« ... Oder so ähnlich. Er fand, daß sein Vater auf dem Foto eine gute Figur abgab, breiter im Kreuz als er, durchtrainierter. Kunststück! Schließlich hatte Karl August Egk ein Leben lang Stämme, Bretter und Leisten bewegt, er dagegen nur Kugelschreiber und die Tastatur von Textcomputern. »Tintenpisserei« hatte der alte Egk den Beruf seines Sohnes genannt – ein seltsam altbackener Ausdruck in einer Zeit lichtschneller Textmaschinen und intelligenter Recherchier-Computer ...'

Roland blieb stehen. Über ihm hatte das Sandstrahlgebläse der letzten Jahre eine Weide entrindet und weißgeschmirgelt. In ihrem skelettierten Stamm rostete ein Rest von Stacheldraht. Hier mußte es Weideflächen gegeben haben – unvorstellbar! Das Grundwasser mußte also einmal auf Graswurzelhöhe gestanden haben ... Wasserüberschuß!

Der junge Mann hob den Kopf. Eine kurze Sturmpause nutzend, überblickte er das, was einmal eine Tal-Aue gewesen sein könnte. Dort, wo sich der Boden sacht hob (sicher die Begrenzung des Urstromtales), war die Erde dunkel verfärbt: Reste von Humus? Dort mußten Bäume gestanden haben. An der Abbruchkante liefen dunkle Adern sich verjüngend abwärts: Verrottungsspuren von Wurzeln im hellen Sand. Wurzeln von Bäumen unzweifelhaft ...

Bäume! Irgendwann war Roland das Gewimmer der Alten (»... ja damals, als es noch Wälder gab!«) entsetzlich aufs Gehirn geschlagen. *Sie* hatten doch die Bäume umgebracht! Man jammert nicht um die, die man selber umgebracht hat. Das hatte keinen Stil, keine Dramaturgie. Ehrlicherweise klagt man sich selber an in solchen Fällen! Aber das taten sie nicht. Sie waren ja »Naturfreunde« ... Paddelboot-Freaks! Hatten noch im Halbschatten siecher Buchen und Birken, die zu keinem richtigen Schatten mehr fähig waren, diejenigen weiter gewählt, die zum Lebensschutz (damals sagte man wohl noch »Naturschutz«) immer nur »Ja ... aber ...« von sich gaben.

Roland spuckte aus. Hinter einer Krümmung des Trockenbettes sah er das Wehr vor sich. Es war beiderseits eingesandet, aber der mittlere Durchlaß (kurzer Kontrollblick auf das Foto) war noch gut zu erkennen. Dort, wo sich auf dem Bild Schwarzerlen domartig über die Flut wölbten, vollführte nun Strandhafer einen spiraligen Tanz: Der Heidesturm, der flachbäuchig auf dem Land lag, sackte an dieser Stelle kurz in das Trockenbett ein, berührte den Bachgrund, zog eine Staubfahne und warf am Ostufer eine kleine Düne auf. Vermutlich hatte ihm ein Stein (»Findling« sagen die Heidjer) dazu Gelegenheit und Widerstand gegeben. Roland wollte sich gerade abwenden – was gab es mehr zu sehen? –, als sich aus der Düne seitlich etwas hervorschob. Etwas Buntes, dann Haut.

Der Mann krächzte, wie Möwenschrei schnitt sein Schrei in den Wind.

Dann stakste er voran. Der Wind packte das Polaroidfoto, es ließ sich nicht mehr greifen, und, schlimmer, auch der peinlich-hysterische Schrei war nicht zurückzunehmen.

Jetzt erst sah Roland das Gesicht. Es war schön. Trotz der widrigen Umstände.

Erst war da nur ein Stimmengewirr, so, wie man fremde Sprache wahrnimmt, wenn gerade kein Übersetzungscomputer zur Hand ist. Dann trennten sich sehr deutlich drei Stimmen: eine hohe weibliche, eine tiefere männliche und schließlich ein rauhes Raunzen, das nur kontrapunktisch und kurz zwischen das Duett der anderen beiden Stimmen fuhr. Aina öffnete die Augen, schloß sie aber gleich wieder vor Schreck.

»Da, sie blinzelt. Sie macht die Augen auf«, gellte es an ihrem Ohr.

»Sie wird sie gleich für immer schließen, wenn du weiterhin darauf bestehst, so zu zetern, Mom. Setz dich bitte ins Vorzimmer. Schalte den Homer ein und lös ein Kreuzworträtsel oder tu sonstwas. Aber verschone uns bitte mit deinen Rezepten und Hausmitteln.«

Ein beleidigtes Türschlagen, und dann waren da nur noch zwei männliche Stimmen: eine jüngere und eine ältere rauhe.

»Vielleicht sollten wir sie einfach ruhen lassen«, sagte die rauhe Stimme.

»Hmmm ... ich weiß nicht. Vielleicht gerät sie in Panik, wenn sie aufwacht und allein ist.«

»Was meinst du, Roland, Drogen?«

»Kaum.«

Roland war nicht das, was man ein gläubiges Mitglied der Silicon- und Chip-Gemeinde nennen konnte. Entwicklungspsychologen hatten ihn als Elfjährigen bereits kritischen Tests unterzogen, weil er sich partout nichts aus Computern machte. Und Fortschritt war für ihn nie ein Wertbegriff geworden, sondern eher eine Zustandsbeschreibung. Doch heute war ein Tag, an dem er ›das Netz‹ als Segen empfand. Er hatte einen Blutstropfen der schönen Sandigen auf die Analyseplatte des ›Heim-

Medi-Zentrums‹ (HMZ) gerieben. Die Dinger waren noch immer teuer, aber Mutter hatte auf der Anschaffung bestanden. Das HMZ hatte den Tropfen zuverlässig zerlegt und analysiert: Erythrozyten, Leukozyten, Thrombozyten, Differentialblutbild, Nieren- und Leberwerte, Blutgerinnungsfaktoren. Die Werte waren mit Lichtgeschwindigkeit an das Zentrale Medizinal-Analysezentrum in Heidelberg gegangen. Der Befund war denkbar unverdächtig:

Erythrozyten: 4,8 Millionen
Leukozyten: 6 100
Thrombozyten: 230 000
Differentialblutbild: unauffällig
Kreatenin: 0,8
GOT: 11
GPT: 9
Blutgerinnungsfaktor/quick: 97 %.

Die rauhere Stimme meldete sich wieder: »Vielleicht sollte man trotzdem noch eine Blutanalyse vom Giftzentrum in Hamburg anfordern. Nimm den anderen Finger!«

Aina fand es an der Zeit, sich zurückzumelden. Sie öffnete die Augen und sagte: »Nicht nötig, es geht schon wieder. Wo bin ich bitte?«

»Schloß Egk. Ich bin der Märchenprinz, dies ist der gute alte König, und Sie haben gerade 100 Jahre lang geschlafen. Guten Morgen. Ich heiße Roland Egk.«

Aina versuchte ein Lächeln, aber es wurde mehr eine Schmerzensbezeugung. Sie erblickte einen Mann in einem zerknitterten Khaki-Anzug, vielleicht Anfang Dreißig, mit einem mokanten, aber nicht unfreundlichen Lächeln zwischen Schnurrbart und Haaransatz. Die junge Frau bemerkte das Pflaster an ihrem rechten Zeigefinger: »Sie haben sich ein Blutbild von mir geholt?«

»Hm, ja ... wir haben uns Sorgen gemacht.«

»Danke, aber es geht schon. Ich bin nur noch etwas schwindlig. Wenn Sie mich noch etwas allein lassen könnten ... Es passiert schon nichts.«

»Aber klar. Komm, Papa!« Der Jüngere zog den Älteren, der noch ein bedenkliches Gesicht machte, mit sich fort. Die Tür schloß sich, und Aina konnte endlich das tun, was nötig war nach diesen Anfällen. Sie heulte. Aber nur kurz.

2

ACHTUNG KONFERENZSCHALTUNG GRUPPE NEWS UNLIMITED · ACHTUNG KONFERENZSCHALTUNG GRUPPE NEWS UNLIMITED · ACHTUNG KONFERENZSCHALTUNG GRUPPE

Newman, Toronto?	On line!
Tokaido, Osaka?	On line!
Niederegger, Stuttgart?	Hier!
Hussler, München?	Grüß Gott miteinand!
Van Es, Den Haag?	...
Van Es, Den Haag?!	...
Weiß jemand, wo van Es steckt? Scheiße, da wollen sie die ganze Milchstraße verkabeln, und so eine lausige Konferenzschaltung kommt nicht zustande.	... ...
Van Es, Den Haag!	On line!
Wo waren Sie denn?	Wieso? Ich bin hier.
Sie sollten sich mal die Eingangskanäle putzen lasen ...	
Zur Sache, meine Herren. Bitte Kurzvortrag Hussler, München. Hussler, sprechen Sie bitte restringierten Code, langsam und deutlich. Wir haben heute nur einen Übersetzungscomputer der vierten Generation zur Verfügung; die neuen sind über-	

bucht. Das ist ärgerlich, aber nicht zu ändern.

Hier Hussler, München. Grüß Gott miteinand. Sprechprobe, Übersetzungstest: Winterwetter ... grüne Katze ... Frischzellenkur ... Ist das langsam genug? Ja? Danke!

Meine Herren, ich muß Sie einleitend mit etwas deutscher Geschichte langweilen. Sie können sich ja irgendwann dafür rächen ... Mr. Tokaido zum Beispiel kann dann stundenlang über die Shogun-Periode sprechen. Aber keine Bange, so lang wird's nicht.

Wie Sie wissen, meine Herren, hat die Federal Republic seit 2004 einen weißen Fleck ... Moment ... unklar? Ich erkläre. »Weißer Fleck« heißt in diesem Fall, daß ein Gebiet nicht im Netz ist, völlig ausgeklingt, medial abgekoppelt ... Verstanden? Gut ... danke ...

Ich mache es kurz: In diesem weißen Fleck ... Moment, ich gebe Ihnen eine Karte auf den Schirm ... ich meine das trapezförmige Ding unterhalb von Heidelberg. Die dort wohnen, nennen es »Freie Republik Kraichgau«. Dort sitzen all die, die nicht Software, sondern ›soft way‹ wollen: Sterndeuter, charismatische Christen, Menschheitsbeglücker, Gesundbeter ...

Hussler, kommen Sie bitte zur Sache. Schaltungen gibt es nicht zum Mondscheintarif.

Okay. Also, das Gros der Bande kann man vergessen. Out-Drops. Aber es gibt da eine Reihe hochkarätiger Rennies ... Bitte?? ... nicht übersetzbar? Entschuldigung, Rennie ist ein Slang-Wort für Renegat, Verräter, Aussteiger, Soft-Way-People ... Klar? Und nun das Interessante: Die im weißen Fleck können sich auf jedes Programm in der ganzen Welt schalten. Aber versuchen Sie mal, sich in diese »Freie Republik« zu schalten – Fehlanzeige, geht nicht. Es muß da eine Wahnsinnsschleuse geben, ein Unding.

Hussler, bitte kürzer und präziser.

Das war's schon. Genaueres weiß ich nicht, ist auch nicht bekannt. Jedenfalls müssen die da die Physik neu erfunden haben, einen Knüller: das Einwegtelefon, den Pluspol ohne Minuspol. Was weiß ich!

Hier Newman, Toronto. Meine Herren, verehrter Kollege Hussler, wenn das eine lustige Einlage sein soll, muß ich gestehen, ein humorloser Mensch zu sein.

Hier Hussler, München. Kollege Newman, testen Sie's selber. Ich gebe Ihnen Computerkennungen aus dieser verlausten Republik, und Sie versuchen ... meinetwegen nur die Uhrzeit zu erfragen. Mein Jahresgehalt, wenn es Ihnen gelingt. Einverstanden?

Und nun nochmals zur Sache: Was die da rausgetüftelt haben, ist nicht mehr und nicht weniger als das *semipermeable Computersystem,* also das System, das nur in einer Richtung durchlässig ist. Sie erinnern sich, daß die Russen in den Achtzigern und Neunzigern, als sie den Technologiewettlauf schon so gut wie verloren hatten, nach dem semipermeablen System gesucht haben. Sie wollten sich auf alle Dateien schalten können, ohne daß *wir* deshalb an *ihre* Daten konnten. Das ist ja hinlänglich bekannt. Sie haben aber nur Sperren zustandegebracht, mit denen sie sich selber ausgesperrt haben.

Aber den Softis aus dieser Läuserepublik ist da, wenn nicht alles täuscht, ein Wahnsinnsding gelungen. ... Was ist, Newman, gilt meine Wette? ... Entschuldigung, Newman, ich habe Sie nicht verstanden?

Sollten Sie auch nicht, das war ein indianischer Fluch, der in keinem Übersetzungsprogramm ist.

A ja, ich verstehe.

Meine Herren, ich danke Kollege Hussler. Ich muß nicht lange erläutern, was es für News Unlimited heißt, wenn wir wüßten, wie die in diesem weißen Kreis es schaffen, Leitungen semipermeabel zu machen. Vorschläge, meine Herrn!

Sebastian Hussler schnaufte im Takt seines seltsam unrunden Trimm-Trabes. Eine in der Jugend nur unzureichend behandelte Skiverletzung rief sich mit jedem Jahr, das er den vollen sechzig näherrückte, unerbittlicher in Erinnerung. Wenn sich der Bauch, trotz eiserner Vorsätze, zentimeterweise über den Gürtel schiebt, weiß man, daß bestimmte Kämpfe nicht mehr zu gewinnen sind. Und da war noch etwas, das Hussler von früheren Läufen her nicht kannte: ein Reibegefühl, das hastig geatmete Luft in der Lunge verursacht.

All das war heute schlimmer als sonst. Das Wetter, seit Menschengedenken die probateste Entschuldigung in München, konnte heute nicht herhalten: ideales Dauerlaufwetter, warmweiche Frühsommerluft, befeuchtet vom Isarkanal. Nein, Hussler wußte Bescheid: Die gestrige Konferenzschaltung steckte ihm in den Knochen. Die gepreßte Stimme des Boß, gepreßt, als solle schon akustisch Druck ausgeübt werden, diese verbale Drohgebärde kannte man ja. Und auch Newman/Torontos mäkliges Geseiche war verschmerzbar. All das war es nicht oder nur zum geringsten Teil, was Hussler schmerzte. Es war vielmehr der Beschluß der Konferenz ...

Hussler zwang sich zum tiefen Atmen: eins und stauen ... zwei und ausatmen ... eins und stauen ... zwei und ausatmen ... Mit sechzig, da war sich Hussler mit sich selber völlig einig, mit sechzig hatte man seine Abenteuerlust befriedigt, wollte man nicht mehr den schnellen Gaumenkitzel, sondern den lang ausgekosteten Genuß. Hussler lehnte sich gegen einen Stahlrohrzaun und sah in die milchig-trübe Brühe des Isarkanals.

Die Bläßhühner waren geblieben, aufgeregte Wasserhühnchen, die mit vorgestrecktem Hals gegen die Strömung anschwammen. Die Flöße indes, die hier in besseren Tagen, aus Tölz kommend, mit Musik und Gaudi entlangtrieben, waren ausgeblieben, seit der Steiluferbereich bei Baierbrunn nicht mehr sicher war.

Hussler wartete, bis sein Puls wieder weich klopfte. Das ziehende Wasser wirkte beruhigend auf Kreislauf und Gedankenwirbel. Was »Unlimited« von ihm wollte, war schlichtweg unverschämt: Er sollte sich in seinen reiferen Tagen noch zum Agenten mausern, zum Code-Knacker. Hussler spuckte das ins Wasser, was er sich gerade mühsam losgejoggt hatte: »Chip- und Schifferscheiße!«

Was die Sache noch ärgerlicher machte: Er, Software-Spezie Sebastian Hussler, hatte den Boß ja selber auf diese Läuserepublik aufmerksam gemacht, hatte die Schaltkonferenz beantragt. Daß ihn nun der Boß kurzerhand zum Exekutor der eigenen Idee machte, war unfair: Vor versammelter Mannschaft konnte man sich schwer drücken. Also weiter! Vor Hussler lag Pullach. Das entwaldete Steilufer hatte an mehreren Stellen dem Wasser und Eis nachgegeben. Die Villen der Superreichen, aus Gründen der Exklusiv-Aussicht hart an die Abbruchkante gesetzt, waren schon seit Jahren entsiedelt, nachdem (wie lange war das nun schon wieder her?) eines dieser Lustschlösser samt Partygesellschaft auf einer losgewaschenen Felsscholle hundert Meter hinab ins Tal geritten war. Und weil keine Baumwurzel mehr da war, um zu halten, was sich die Käufer exklusiver Aussichten versprochen hatten, klaffte der nackte Fels nun klamm und schroff über dem Flußlauf. In einem der Nobelschuppen sollten sich sogar Fledermäuse angesiedelt haben, seltene Folgemieter ...

Hussler hatte in seiner Jugend einer Naturschutzorganisation angehört. »Zeigertiere« hatten sie die raren Arten genannt, Tiere, die anzeigen, wie es mit der Umwelt steht ... Und was zeigten nun diese Fledermäuse, die da irgendwo überkopf zwischen rieselndem Putz und faulenden Balken hingen? Hussler schüttelte sich: Das fehlte noch, daß ihm nun auch noch Erinnerungen kamen. Er versuchte sie durch gesteigertes Tempo niederzustampfen. Vergeblich.

Dann dachte er wieder daran, daß er in den achtziger Jahren hier den Waldtod verfolgt hatte, wie er erst einzelne Fichten zeichnete, gelbfärbte, entnadelte und dann jeden Baum im Tal dahinraffte. Trotzdem war das Isartal seine Trimmstrecke geblieben. Wieviel Lust und Frust hatte er hier in den letzten dreißig Jahren ausgekeucht! Trimmen, die Mode, die irgendwann zu Beginn des Computerbooms aufkam, war an Hussler haftengeblieben, auch dann noch, als schon längst keiner mehr mit Flipperschuhen daherkam.

Hussler hing an seinen Gewohnheiten. Und deshalb ängstigte ihn auch jetzt die Vorstellung, in eine fremde Welt eintauchen, sich verstellen zu müssen wie eine Hure: für Geld, für das vage Ziel, Software im Wert von einigen Millionen Mark zu ergattern. Der Boß hätte sich breitere, jüngere Schultern aussuchen sollen! Aber – Hussler mußte es sich eingestehen – irgendwie war die Entscheidung natürlich auch schmeichelhaft für ihn. Die nächsten zwei Kilometer stampfte er ausladend und beschwingt. Er, einer der alten Softwarer, gegen die Softis, diese Körnerpreußen!

Hussler hatte sich geschworen, in der Angelegenheit Schritt für Schritt vorzugehen: ein Modus der Fortbewegung, der einem mit neunundfünfzig genehmer ist als mit neunundzwanzig. Schritt für Schritt. Aber ohne Umwege.

Aus dem Phonoknopf an der Decke träufelte Barockmusik, Telemann ... Hussler schwenkte seinen Ihringer Vulkanfelsen, Jahrgang 2000 – »Jahrtausendwein« hatte die findige Branche den Tropfen getauft, und das war kaum eine Übertreibung: erdig, würzig, fruchtig ... und entsetzlich teuer. Das große Rebensterben der neunziger Jahre – Hangzerstörung durch Flurbereinigung, totaler agrochemischer Krieg gegen den Boden – hatte aus einem Volksgetränk das Erkennungsgesöff der INFORMS, der Besitzer optimaler Information, gemacht. Wein war exklusiv geworden, nachdem Europa noch in den achtziger Jahren in ihm zu ersaufen drohte.

Ein intelligentes Videotape, das sich Hussler gespeichert hatte, brachte das Drama schon im Titel auf den Punkt: ›Weinen um den Weintod‹. »Mit der Kulturpflanze Wein«, dieser Satz war Hussler in Erinnerung geblieben, »verabschiedete sich eine Jahrtausendkultur, der Kultus des Bacchus, die Kultur weinseliger lateinischer Mönche, das Rebenfeuer der Aufklärung ... ja selbst die französische Revolution wäre ohne französischen Rotwein vermutlich anders verlaufen.«

›Schritt für Schritt und keine Umwege‹, rief sich Hussler selber zur Ordnung und verdrängte die aufziehende weinerliche Weinseligkeit. Der erste Schritt war schon programmiert, war knopfdruckparat. Hussler nahm noch einen geschmäcklerischen Schluck, ließ die Würze des Ihringer Jahrtausendweins die Geschmacksnerven seiner Zunge rauf und runter durchwalken und switchte sich das Tape auf den Schirm.

»... und nun die angekündigte Sendung ›Eine Insel wird fünf – die Freie Republik Kraichgau‹.«

Ein langer Kameraschwenk über verkarstete Bergflanken. Kommentarstimme aus dem Off: »Der Kirchberg bei Ittlingen im Jahre 2004.« Standbild. Überblendung des Standbildes. Wieder die Stimme aus dem Off: »Derselbe Berg vier Jahre später im Sommer 2008. Stationen einer Verwandlung ...«

Die Kamera zoomt sich näher heran, streichelt Büsche, die noch niedrig sind, springt in die Froschperspektive und schwebt über Salat, Lauch und Kohl. Wieder die Stimme aus dem Off: »Aus einem Berg, der schon an die Erosion verloren war, dessen Flanken sich schon bewegten, wurde ein Garten. Ist das ein Sinnbild für diese seltsame Freie Republik Kraichgau, den Zufluchtsort der Verweigerer, der Soft-Way-People, der neu inspirierten Christen ...?«

Die Kamera schmust noch eine Weile mit Kornblumen, Klatschmohn und Ackerwinden. Überblendung auf eine Frau, gewandet in das Tiefgrün der Efeu-

Christen. Sie legt sich nach Art der Charismatiker betend ins Gras: »Wir danken Dir, Gott, für diesen Tag, den wir nicht verdient haben; denn auch wir haben Deine Erde mit Füßen getreten, obgleich uns nur erlaubt war, auf ihr zu gehen.«

»Rhetorisch gut, sachlich stumpfe Chip-Scheiße«, kommentierte Hussler die Predigtsequenz, erinnerte sich aber sogleich, daß er emotionslos, nur um Wissenszuwachs bemüht, zuschauen wollte.

»Wir hören das Wort aus dem Friedensevangelium, 3. Buch aus der Schriftenrolle der Essener, in der Übertragung von Dr. Bordeaux Szekely: ›Wir preisen die Heiligen Pflanzen, die aus Seinem Boden wachsen, um Tiere und Menschen zu ernähren, und die Kinder des Lichts. Die Erde ist eine starke Bewahrerin.‹«

Erneute Überblendung und Wiederholung der letzten Zeilen durch die Sprecherstimme, mit Hall versetzt: »DIE ERDE IST EINE STARKE BEWAHRERIN. Ja, das ist sie. Und sie bewahrt auch das, was man ihr antat.«

Bilderstakkato: Giftsuchtrupps bei Nordenham. Ein weinender französischer Bürgermeister vor einer auslaufenden Giftmülldeponie im Zentralmassiv. Britische Taucher, die versuchen, den radioaktiven Müll aus der Nordsee zu bergen. Russen, die sich an den Ufern der Wolga die Nase zuhalten. Und schließlich die im Sand spielenden Chlorakne-Kinder aus Leverkusen ...

Erneute Rückblende auf die Priesterin, die noch einmal den Satz sagt: »DIE ERDE IST EINE STARKE BEWAHRERIN.«

Hussler fluchte und ließ das Tape vorlaufen; dem charismatischen Christentum galt jetzt nicht sein Hauptinteresse. Schließlich fand er die Stelle, die er suchte: Professor Dr. Joachim Jordans Statement. Jordan war Medizin-Nobelpreisträger und der einzige Mensch, der fast gleichzeitig die höchste US- und die höchste Sowjet-Auszeichnung erhalten hatte. Ehrenbürger aller Kontinente, war er der erste Arzt, der erfolgreich Faktor-8-Kranke (Bluter) gen-engineered hatte. Eine lebende Legende, ein Denkmal.

Professor Jordan sitzt auf dem Dach eines Erdhauses und spricht, seltsam monologisierend, über die Kamera hinweg, als richte er sich an ein Alter ego über den

Wolken. Eine Brise zwirbelt sein Weißhaar, Windgeräusche liegen auf dem Mikrofon, und zu allem dramaturgischen Überfluß setzt sich auch noch ein Tagpfauenauge auf Jordans Rattanstuhl und verharrt dort flügelpumpend in der Sonne, lange genug, damit die Bildregie es erhaschen kann.

Schnitt, extreme Großaufnahme von Jordans Imponierschädel: »Es ist immer das gleiche, wenn ehemalige Kollegen kommen, um mich hier in der Freien Republik zu besuchen. Früher oder später fragen sie: Jockel, was machst du hier? Und ich sage: Ich tue Buße. Praktische Buße. Sehen Sie, ich habe den hungrigen Gen-Ingenieuren, diesen mißratenen Klempnern, lebende Körper zur Obduktion freigegeben. Ich habe die Leichenfledderei auf die noch Ungeborenen ausgedehnt. (Längere Pause, Windgeräusche lauter.) Sie vergreifen sich am Zellkern, als sei es der Kern einer Mandarine, den man ausspuckt. Aber es wächst kein Baum daraus. (Wieder längere Pause, die Kamera dringt in alle Stirnfalten.)

Ein brillanter Essayist des vorigen Jahrhunderts, Jürgen Dahl hieß er, glaube ich, hat schon vor rund fünfundzwanzig Jahren gesagt: Wir müssen anfangen, aufzuhören. Leicht gesagt, aber richtig. Ich war selbst einer, der *anfangen* wollte damals, nicht aufhören. Ich war hungrig. Ich wollte der erste sein, der die Erbmasse seziert. War ja damals schon kein Jüngling mehr und wollte den hitzigen schnellen Jungs aus den Superzentren zeigen, wo's lang geht. Nun, ich war der erste, und ich verfluche mich dafür.

Wissen Sie, die physikalische Kernspaltung, die Atombombe, hat uns noch die Chance gelassen, sie *nicht* zu zünden. Die biologisch-künstliche Zellkernteilung läßt uns diese Chance nicht mehr. Sie ist schon gezündet.«

Langer Schwenk über junge Menschen, die singend Bohnen an Klettergerüste binden. Eine flachsblonde Gärtnerin winkt dem alten Jordan zu. Schwenk zurück auf Professor Jordan. Großaufnahme: In den Augen des Abgottes aller Gen-Klempner schimmert Wasser.

»Scheißmelodram«, entfuhr es Hussler, aber dann überlegte er, ob er diesen Rededuktus des alten Jordan hinkriegen könnte, diese pathetische Reue ... Er, Sebastian Hussler, ein abtrünniger Software-Mann, der noch auf seine alten Tage zu Kreuze kriecht, zum Efeukreuz der Charismatiker vielleicht ...?? Die Idee hatte zumindest etwas für sich: Kühnheit.

3

Ainas erste Regung war Flucht. So war es immer: Wenn ein Anfall abklang, wollte sie fort, so, wie man den Ort einer Blamage, einer unfreiwilligen Entblößung, schnell zu verlassen sucht. Aber diesmal entwickelte die Umgebung seltsame Haltekräfte: eine überaus besorgte ältere Frau, die eine fruchtdampfende Fliederbeersuppe gebraut hatte und unablässig die Kraft des Getränkes lobte, ein älterer Mann, der umsichtig Weisungen erteilte, und schließlich ein jüngerer, der – sehr angenehm – keine Fragen stellte.

Normalerweise prasselten die Fragen wie Schläge einer Rhythmusmaschine auf Aina ein, sobald sie in solcher Lage die Dämmerung durchbrochen und sich wieder unter Kontrolle hatte. Die Frau hielt ihr eine Steinguttasse mit der Aufschrift ›Roland‹ vor die Nase. »Einen Schluck, das tut gut.« Aina trank, und tatsächlich schien der tiefblaue angedickte Saft ihre Lebensgeister anzufachen.

»Hm, danke. Ich bin Aina Ötztürk-Bruck. Mir ist, glaube ich, schlecht geworden. Danke für all die Mühe.«

»Wir sind die Egks«, sagte der jüngere Mann. »Das sind meine Mutter Katharina, mein Vater Karl August. Herzlich willkommen in Egestorf«, und nach einer Pause, zögernd: »... gibt es etwas, das wir wissen sollten?«

»Ich bin nicht auf Droge, wenn Sie das meinen. Ich bin ›eine andere‹.«

Aina bemerkte das unvermeidliche Pausenloch, aber es war kleiner als sonst, nicht so schwarz und eisig. Die Frau zog sich ein paar Schritte zurück und blickte unendlich milde drein; ihr Mann nickte weltklug, als hätte sich gerade ein Schicksal erfüllt, und Roland sagte: »Wie wäre es mit einem Stück Buchweizentorte?«

Die Frage hatte etwas von den Aufwärmfragen an sich, mit denen berufliche Entertainer vereiste Situationen aufbrechen können, nur daß sie ganz unprätentiös und menschlich daherkam. Aina nickte unwillkürlich, obgleich sie nicht wußte, was Buchweizentorte war. Sie richtete sich auf und fand sich in einer Bauernstube des mittleren zwanzigsten Jahrhunderts: schwere Eichenmöbel, von zu trockener Luft mehrfach gespalten, aber mit dem Charme gepflegter Ruinen, und Klöppelgardinen (Imitationen zwar, aber gute); der unvermeidliche Homecomputer Homer versteckte sich hinter einer überdimensionierten Stehlampe, auf deren Stoff eine Parforcejagd abgebildet war. An den Wänden Nostalgie: eine lichtdurchflutete Waldlandschaft, Buchen vermutlich, in deren Mitte ein Hirsch röhrte. Außerdem Dürers Hase und ein Stilleben mit Sonnenblumen, Ähren und Weinkrügen.

»Schön ist es hier«, sagte Aina und hatte plötzlich zu ihrer eigenen Verblüffung das Bedürfnis, sich zu erklären – ein Drang, den sie noch nie als Folgewirkung abklingender Ohnmacht verspürt hatte. »Ich bin Nachrichtlerin und wollte etwas über den Sandsturm absetzen. Mein Angebot steckt noch im Textroboter in der Pension ›Zur grünen Aue‹. Beim Spazierengehen muß ich einen Anfall bekommen haben. Ich weiß nur noch, daß mir schwarz vor Augen wurde und daß ich Sand zwischen den Zähnen hatte. Den Staub in der Luft, vermute ich. Bisher war Staub noch kein Auslöser, bisher ...«

»Sie brauchen nichts zu erklären«, unterbrach Roland.

»Ich will aber. Nein, ich kann es doch nicht. Gestatten Sie?« Aina räumte die Stehlampe beiseite. An den Homer war noch das Zentrale Medizinal-Analysezentrum angeschlossen, auf der Analyseplatte klebte zerriebenes Blut. Aina hackte eine Folge von Kennungen in die Tasten, das Gerät fiepte sein Einverständnis. »Es ist nicht lang. Ein Tape aus dem Jahre 2004. Ich habe es seit damals nie wieder gesehen.«

»... eine neue Folge aus der Serie ICH WILL von Ulrich Drohmann, gewidmet von der Föchst AG und Universal News Corporation. Heute: ICH WILL EINE ANDERE WERDEN.«

Orientalische Musik, wimmernde Synkopen, Bauchnabelgekreise, eine Gruppe ideal gerundeter Tänzerinnen defiliert an hungrigen Männeraugen vorbei. Zähneblitzen. Türkische Vollschnauzer über lachenden Mündern gesträubt. Ekstatische Zwischenrufe. Fleischgebibber. Schwenk von der Tanzfläche auf die Tischreihen im Hintergrund, suchende Kamerafahrt durch eine anatolische Menschenlandschaft, schließlich ruht die Kamera auf einer formatfüllenden Gestalt.

»Das war ich«, gellte Aina, erschrocken, daß der Anblick, den sie doch erwartet hatte, ihr auch jetzt noch die Stimme entgleisen ließ.

Die Kamera belästigt einen Haufen Unglück, ein offenbar noch junges Mädchen, deren Leibesfülle selbst die weitgeschlungenen Tücher seines Kleides zu sprengen droht. Das Mädchen versucht wegzuschauen, schielt schräg in die Kamera, versucht, hinter der Schulter eines ausgemergelten Alten Deckung zu suchen, was mißlingt, greift sich eine Cola, stellt sie ab, greift sie erneut. Die Kamera rückt noch näher, leckt die Schweißperlen auf der Stirn der Bedrängten ab, grabscht in ihren Ausschnitt, tatscht die Wülste ab, die sich vom Unterbauch in immer drängenderen Wellen aufwerfen bis zur Doppelwoge der Brust.

Eine Mädchenstimme überspricht den Originalton, der zurückgefahren wird: »Ich heiße Aina Ötztürk-Bruck. Ich bin einundzwanzig Jahre alt und wiege zweieinhalb Zentner. Ich möchte nur eines: nicht mehr fett sein. Kein Monster mehr, sondern ein Mensch. Ich möchte, daß die Männer, die mich nackt sehen wollen, mich deshalb nackt sehen wollen, weil sie mit mir schlafen wollen. Die Männer aber, die jetzt mit mir schlafen wollen, wollen eine Monsterschau. Ich will eine Frau sein und kein Monster. Ich will so leben, wie ... meine ältere Schwester.«

Unverständliches Schluchzen, Fortsetzung des Monologs in Türkisch, das nicht übersetzt wird. Noch einmal Schwenk zurück auf eine besonders laszive Hüftschwenkerin, die ihren Tanzgürtel so abschüssig trägt, als stünde eine Entschleierung privater Lieblichkeit unmittelbar bevor.

Aina hatte die Stube verlassen, die ihr plötzlich zu eng vorgekommen war. Das war sie natürlich nicht. Es war sie selbst gewesen, die sich in Panik gebracht hatte. Der Sturm hatte sich gelegt. Es mußte zwischenzeitlich geregnet haben, denn auf den Ortssteinschichten, die der Wind am Dorfrand von Egestorf freigefegt hatte, lag ein Pfützenmuster. »Sozialbrache.« Das Wort fiel ihr unvermittelt ein. Eines dieser neuen Worte, auf die man sich als Nachrichtler stürzte wie auf garantiert schadstofffreie Kost: Sozialbrache, Land, das zu nichts mehr taugte und das man deshalb der Natur zurückgab. Zur Aufarbeitung zurück! Mach was draus! Die nächste Eiszeit wird's schon richten!

Hier und da waren wildschöne Zustände zurückgekehrt, Zustände, die man noch im vorigen Jahrhundert mit Zähnen und Klauen zu retten versucht hatte. Künstler sprachen von der »Ästhetik des Pionierstadiums« oder von der »Schönheit des Neubeginns«. Sicher, die Wacholder hatte der Baumtod gerafft, aber wer sagte, daß Ginstergelb nicht ebnsogut zur lila Heide paßt wie das Friedhofsflair der Wacholder? Aina fielen Versatzstücke ihres Berichtes ein, der wohl noch immer auf Abruf in ihrem Textcomputer steckte.

In die Bilder mischte sich jedoch unbarmherzig die Erinnerung an die Nacht vor der Spritze, an eine lange Nacht im Münchener Klinikum Großhadern, Szenen, die jetzt in der Wohnstube der Egks noch einmal per Tape aufflimmerten. Da war diese Ermattungs-Fragestrategie des Tape-Autors: »Wollen Sie wirklich wegen einer einfachen Fettsucht ein Gen-Engineering an sich vornehmen lassen?« Schließlich hatte sie – optischer Höhepunkt des Streifens – die Bettdecke zurückgeschlagen und alles ruhende Fett der Kamera preisgegeben. »Deshalb! Verstehen Sie nun?!«

Die Bilder waren um die Welt gegangen. Kein Herren-Video-Magazin, das die Bilder nicht in Lizenz nachflimmerte. Keine wissenschaftlich oder pseudowissenschaftlich orientierte Zeitschrift, die sich enthalten konnte. Im Namen der Wissenschaft, versteht sich.

Jetzt etwa mußten die Egks diese Szene gesehen haben. »Ich könnte nun zurückkehren.« Aber Aina ging weiter, zertrat mit den Sandalen kleine Sanddünen, die der Sturm in den Weg geräumt hatte, dachte an den freundlichen älteren Arzt namens Jordan, der ihr damals geduldig die Risiken eines Eingriffs in den Zellkern erklärt hatte. »Tu es nicht, Kleine. Ich weiß alles darüber, Kind. Ich gelte als Guru aller Gen-Klempner. Tu es nicht.« Der Satz war haften geblieben. Und diese gütigen Streichelaugen. Was mochte aus ihm geworden sein? Er hatte ihr von Viren erzählt, die als Transporteure der Erbsubstanz das für die Fettzellensteuerung verantwortliche Gen ausschalten sollten, dabei aber auch nicht vorhersehbare Nebenwirkungen zeitigen konnten.

Dann aber waren andere gekommen, Einflüsterer, geschulte Überzeuger. Da war die Werbung: »Werden Sie eine andere – Fettsucht ist heilbar.« Die Werbung war später, als sich die ersten Schäden offenbarten, zum Stigma, zum Fluch geworden.

Sie war »eine andere« geworden. Und wenn sie sich im Spiegel sah oder die Schmachtblicke von Männern ihr den Rücken kraulten, war die Bilanz klar: Es hatte sich gelohnt. Sie war mutiert: »Der Fleischberg hatte gekreißt und eine Frau geboren«, wie es ein lyrisch etwas überspannter Freund ausgedrückt hatte.

Lange schien es folgenfrei. Länger noch hatte sie versucht, die Folgen zu leugnen. Die ersten »anderen« Toten in den USA hatten sie in Depressionen gestürzt. Ein Tape, dem sie nicht schnell genug entgehen konnte, hatte die letzte Phase der Krankheit, die der Volksmund stets nur »Die andere Krankheit« nannte, aufgezeichnet: Tod durch Ersticken.

Aina atmete tief durch – es ging noch völlig schmerzfrei. Sie strich sich über ihren glatten Bauch, sah Möwen nach, den Siegern des großen Vogelsterbens an Küste und im Binnenland. Sie segelten flügelträge auf dem Heidewind, der nun zu einem Luftzug abgeflaut war. Nur die Hälse waren in unablässiger Suchbewegung. Die Heide sah bei mäßigem Wind nicht mehr aus wie eine Wüste. Karges Land, ohne grüne Lebenslinien. Aina kehrte um. Jetzt müßte das Tape durch sein.

Sie war sich der Wirkung sicher: Eben noch eine Kröte auf dem Schirm und nun eine Prinzessin: Froschkönigin Aina. »Mutabor« war das Zauberwort des Kalifen Storch: »Ich wandle mich.« Wer sagt, es hätte sich nicht gelohnt?

»Alles klar. Ich war vorhin, als du noch ... als du noch schliefst, drüben und habe in der Pension ›Zur grünen Aue‹ alles klargemacht. Dein Bericht war nicht abgenommen. Ich würde dir gern etwas Erfreulicheres sagen.« Roland betrachtete das Mädchen mit der elfenbeinfarbenen Haut und den ideal geschwungenen Augenbrauen: »Wie lange bist du schon in der Branche?«

Aina nahm das ›Du‹ möglichst beiläufig an. »Ich habe das Gefühl, ich bin noch gar nicht drin. Aber ich versuche es seit einem Jahr.«

»Und vorher?«

»Ist jetzt Fragestunde?«

»'tschuldigung. Also, ich bin seit rund zwölf Jahren dabei. Erst News Shows, etwas Screen Writing, Auslandskorrespondent für Data Nova in Argentinien. Seit gut vier Jahren frei. Oder was man so frei nennt.«

»Dann hast du mir ja vielleicht das Thema Sandsturm weggeschnappt.«

»Nee, das ist nicht mein Gebiet. Ich bin nur zufällig gerade hier bei meinen Eltern. Oder auch nicht zufällig. Ich will sie ein bißchen verhören über die achtziger Jahre. Hintergrund für eine größere Sache.«

»Machst du ein Nostalgie-Tape?«

»Nicht so ganz, ich erklär's dir später. Du bist frustriert, weil sie dir die News nicht abgenommen haben?«

»Ja. Ich hab' keine Kennung für die INFORMS, nur für die Wald-und-Wiesen-Börsen.«

»Wald und Wiesen? Wo bitte gibt es die?«

»Du weißt, was ich meine. Ich könnte mehr, wenn man mir nicht so Scheiß-Vorgaben machen würde. Aber die kochen ja jetzt schon mit Textcomputern aus fünf alten Geschichten eine neue zusammen. Entsetzlich! Und so etwas nennt sich News. Hauptsache, es klingt neu.«

Roland dachte einige Sekunden lang an die Videobilder, an das von Weinkrämpfen geschüttelte Bündel Mensch unter einer Krankenhausdecke, an den massigen Körper.

Aina schien es zu ahnen, schob das Kinn vor und sagte: »Es kommt wohl auf die Verpackung an, oder?«

»Es heißt, die Leute wollen immer neue News. Falsch! Sie wollen nur das Alte neu verpackt.« Aina fand das richtig, ohne es vollauf zu verstehen. Roland ersparte ihr ein Nachfragen und redete gleichmäßig weiter: »Es gibt Archetypen, Muster, die immer gleich sind. Sie sind den Menschen unter die Hirnschale geklebt, und ich hoffe für uns, daß sie auch die Gen-Klempner dort nicht wegätzen können. Archetypen ... Mythen ist ein anderes Wort dafür. Weißt du, die Mythen alter Völker und Kulturen sind sich erstaunlich ähnlich: Kampf der Finsternis gegen das Licht. Leidenschaft. Liebe, Vorbestimmung ... Verrückt, nicht? Der vorletzte große Mythos war der Westernheld, der Mythos ›Einer gegen alle‹. Ein Mann besiegt das Böse, weil *er* der Gute ist. Ich liebe Western. Wenn die aus meinen Filmwahlen der letzten Jahre ein Charakter-X-Ray machen, würden sie mich als infantilen Spätpubertierer einstufen.«

Aina hörte den Mann mit der zerknitterten Stirn und der angenehm tiefen Stimme gern reden. Solange er redete, war es gut, konnte sich kein anderer, bohrender, nagender Gedanke einschleichen. Aber Roland schwieg jetzt, so daß sich Aina zu einer Frage genötigt sah: »Wenn der Westernheld der vorletzte Mythos war, was ist dann der letzte?«

»Zero Zero.«

Der Name stand eine Zeitlang wie ein falsches Codewort im Raum, dann raffte sich Aina zu einem halben Widerspruch auf: »Findest du?«

»Der Mythos ›Mensch gegen Maschine‹. Zero Zero war der letzte Mensch, der unbewaffnet Maschinen besiegen konnte, das letzte Gehirn, das Computer abschalten konnte, der letzte, der Schaltkreise zerbrechen konnte, als wären es unakkurate Kinderbasteleien. Der letzte Mythos.«

»Er ist tot.«

»Mythen sterben nicht; ihre Träger schon, die müssen tot sein. Was wäre aus Christus geworden, wenn er nicht getötet worden wäre?«

»Manche meinen, Zero Zero sei gar nicht tot?«

»Ich sehe, du bist für Mythen empfänglich. Das läßt hoffen.«

Es war eine Zeitlang still. Aina überlegte, ob Roland eine erotische Ausstrahlung hätte, verneinte sich aber die Frage, denn hätte er sie gehabt, hätte sie es sicherlich sofort bemerkt. Doch was war es dann ...? Seine Stimme vielleicht? Diese tiefe, gleichbleibende Stimme, die mit wenig Hebungen und Senkungen auskam, die erklären konnte, ohne daß es wie nach dem Bildungskanal klang? Vielleicht ein akustisch verkleideter Eros? Es gab ja Leute, die den Wetterbericht erotischer vorlasen, als ein mittelmäßig begabtes Spare-Time-Girl stöhnen konnte.

Aina beunruhigte es, daß Roland nichts versuchte; keine Hand, die scheinbar absichtslos auf ihrem Oberschenkel liegenblieb, nichts. Nur diese Streichelstimme. Schließlich, als die Pause lastend zu werden drohte, sagte sie: »Ich mochte immer schon Märchen. Nicht die Video-Kacke. Meine türkische Oma hat uns noch Märchen vorgelesen. Es gibt schöne türkische Märchen, wilder und bunter als eure. Die Guten sind bei uns besser und die Bösen böser.« Und nach einer Pause: »Hast du Zero Zero noch gekannt?«

»Nicht persönlich. Aber ich war Regieassistent in der Sendung, in der er den Medienminister geschlachtet hat. In der Sendung gibt es Schaltfehler, die auf mein Konto gehen. Ich war wie in Trance, konnte keinen Kameraroboter mehr anticken. Kannst du dir das vorstellen?«

»Schwer. Hast du das Tape noch?«

»Die Rufkennung hab' ich im Kopf. Willst du es sehen?«

»Ja.«

»Gut, ich hol's dir aus dem Terminal. Aber ich gehe so lange raus. Ich will das nicht mehr sehen. Es ist vorbei.« Roland tippte eine Serie von Suchworten ein. Dann lachte er, und Aina fand plötzlich ihr Urteil über seinen Sex-Appeal voreilig. »Bitte sehr, Scheherezade! Ein Mythos vor dem Abendessen.«

Aina versuchte, es sich bequem zu machen, blieb aber seltsam angespannt vor dem Schirm hocken. Sie verspürte ein unerklärliches Prickeln; manchmal merkt man etwas im voraus, so, als hätte man einen siebten Sinn für Bedeutsames. Für Veränderungen.

»Guten Abend, hier ist wieder Annegret Wille.« Ein durchaus verwechselbares Gesicht mit dem dazugehörigen verwechselbaren Stimmchen belächelt den Zuschauer. »Heute eine neue Folge von ›Hieb und Stich‹. Die Sendung widmen uns Data Nova und die Bäcker- und Konditorinnung. Heute steht uns ein Leckerbissen bevor, sagen wir: eine Sahnetorte, wie sie Ihnen die Bäckerinnung jeden Montag nach der News Show in der Serie ›Das Kaffeehaus‹ serviert.

Herr Professor Alfons Gehrke, Minister für Datenschutz und Kommunikation, und Claus von Ziethen, besser bekannt als der König der Hacker oder als Zero

Zero, werden sich, so hoffe ich, über das Thema streiten: Datenwelt und gläserner Mensch, oder: der Zusammenbruch der Intimsphäre. Auf Wunsch von Herrn Minister Gehrke haben wir dem Titel unserer heutigen Diskussion noch ein Fragezeichen hinzugesetzt. Also: Datenwelt und gläserner Mensch oder: der Zusammenbruch der Intimsphäre — *Fragezeichen.*

Gleich die erste Frage an Sie, Herr Minister: Wie groß ist es, das Fragezeichen?«

»Frau Wille, man kommt zu nichtsnutzigen Erkenntnissen, wenn man in einer Diskussion *das* als Ergebnis voraussetzt, was es zu beweisen oder zu widerlegen gilt. Darum bat ich um das Fragezeichen. Meine Partei und ich sind uns mit den besonnenen Medienwissenschaftlern einig darüber, daß man Probleme ruhig und sachlich angehen muß. Die These vom gläsernen Menschen mag eine griffige Formel für die Nachrichtler sein – übrigens eine uralte Angstvokabel. Ich stehe nicht an, auch hier zu wiederholen: Die Privatsphäre ist uns heilig!

Sicher, es hat Befürchtungen gegeben, besonders zu Beginn der Datengesellschaft. Irrationale Ängste, wie wir heute wissen. Die älteren Mitbürger werden sich noch an die Aufgeregtheit erinnern, als eine simple Volkszählung gerichtlich gestoppt wurde. Ich will das nicht ironisieren. Es ist dem Menschen eigen, vor dem Neuen erst einmal Angst zu haben. Das mag sogar arterhaltend sein. Schlimm aber ist, wenn mit der Angst Politik gemacht werden soll. Ich erinnere an die modernen Luddisten Anfang der neunziger Jahre mit ihrer perversen Maschinenstürmerei. Ich erinnere an die Ökorilla mit ihren Brandanschlägen gegen Rechenzentren und Datenbanken. Und auch der Presse kann man den Vorwurf nicht ersparen, daß sie nach dem Motto verfahren hat: ›Bad news are good news.‹ Panik verkauft sich halt besser als Vernunft.

Natürlich hat es, gerade in der Anlaufzeit, auch Pannen gegeben. Wer wollte das bestreiten? Und ich stehe nicht an, Herrn Ziethen – oder Zero Zero, wenn's beliebt – hier an dieser Stelle zu danken, zu danken dafür, daß er den manchmal zu selbstsicheren Datenleuten immer wieder die Löcher im System aufgezeigt hat. Wenngleich ich die *Form* dieser Enthüllungen nach wie vor bedauern muß.«

Die Kamera ruht auf einem fast faltenfreien Gesicht, das genau den richtigen Medien-Braunton hat. Das durch viel ›Public-Appeal-Training‹ zweckoptimierte Gesicht hält genau den errechneten Idealwinkel zur Kamera. Die Stimme paßt sich – nicht sklavisch verkrampft – den Regeln des optimierten News-Transfers ein, nie schneller als 240 Silben pro Minute: ein Profi, dem man den Trainingsfleiß nicht mehr so penetrant anmerkt.

»Als wir vor nun bald dreißig Jahren mit Btx anfingen, war doch die Presse voll düsterer Prophezeiungen. Es hieß, jeder könne mit etwas technischem Wissen und etwas krimineller Energie jedem Mitbürger die Konten abräumen. Aber die Zeit der Hacker, Crasher und Boomer hatte ja bekanntlich nur eine kurze Blüte ...«

»Stimmt«, sagt Gehrkes Gegenüber, ein hagerer Mann mit verzottelter schwarzer Mähne. »Und dann kam die Zeit des organisierten Datenverbrechens. Nach den kleinen Jungen mit den flinken Fingern kamen der Calamari-Ring und andere.«

Gehrke scheint das Stichwort zu freuen: »Sehen Sie, Herr von Ziethen, was Sie da betreiben, ist doch neuerliche Panikmache. Sicher gibt es das organisierte Datenverbrechen. Sicher gibt es diesen sogenannten Calamari-Ring. Ich habe die Zahlen mit Schrecken gelesen: fünf Milliarden Mark volkswirtschaftliche Verluste allein durch Date Crime. Aber Interpol arbeitet ja auch nicht mehr mit Dampftelefon. Und sollen wir wegen Datenmißbrauchs, den es, ich wiederhole mich, leider gibt, sollen wir wegen der Asozialen unser Sozialwesen aufgeben? Für jede Geldüberweisung wieder durch die halbe Stadt toben? Wollen Sie, Herr Ziethen, darauf verzichten, sich in jedem Teil der zivilisierten Welt per Knopfdruck einen Gesundheits-Check machen lassen zu können?«

»Ja, der Preis dafür ist zu hoch.« Zero Zero lehnt sich zurück, kämmt mit den Fingern wie geistesabwesend sein Kraushaar und sieht an seinem Gegenüber vorbei, das gerade eine Stegreif-Laudatio auf die medizinische zentrale Fernanalyse anstimmt, ohne allerdings dabei zu erwähnen, daß das Fernsystem die Folge oder die Ursache des Zusammenbruchs der medizinischen Direktversorgung ist.

Zero Zero erhebt sich, während der Datenminister – nicht untalentiert – ein Altarbild der medizinischen Fernanalyse schnitzt, fein säuberlich kleine Glanzlichter aufsteckt und artig die Litanei singt, die da heißt: Ich bete an die Macht der Medizin. Dann aber, so scheint es, zeigt er kurz Wirkung, denn schließlich ist es ungewöhnlich, wenn einer in einem Video-Duell einfach aufsteht, um sich die Beine zu vertreten.

Die Kamera folgt Zero Zero, schwenkt aber sogleich zurück auf den Minister, der gerade in Form der rhetorischen Kadenz die Knopfdruck-Medizin seligspricht.

»Laufen Sie nicht weg, Herr von Ziethen, nur noch dies: Ich habe einen großen Respekt vor Ihrer Beherrschung der modernen Medien. Aber ich habe nichts übrig für Ihre intellektuelle Eitelkeit. Ihre Verhöhnung der Datenmedizin ist ein Affront gegen all jene Bürger, die gerade dieser Medizin ihr Leben verdanken. Stichwort: Blutkrebsfrüherkennung.«

Zero Zero hat sich vor ein Datensichtgerät im hinteren Teil des Studios gehockt, der Kamera den Rücken kehrend – eine Wendung, die offenbar nicht programmiert ist. Jedenfalls streift das Bild das ratlose Gesicht der Moderatorin, die tonlos Fragen oder Statements artikuliert und auf versteckte Signale aus dem Off zu reagieren sucht.

Zero Zero (offenbar hat sich die Regie entschlossen, den Dingen ihren Lauf zu lassen) hackt mit einer Geschwindigkeit auf die Tastatur ein, wie man sie nur von der Video-Übertragungen der jährlichen Pianisten-Weltmeisterschaft in Peking kennt. Die Kamera fängt Impressionen von Zero Zeros Fingerwirbel ein, streift den Schirm, über den sich Kaskaden von Zahlen- und Codekolonnen ergießen, ruht kurz auf dem Gesicht, in dem sich nur die Augen bewegen. Schwenk zurück auf den Minister, der, einigermaßen überzeugend, amüsiertes Interesse markiert.

Schließlich stabilisiert sich auf dem Schirm vor Zero Zero ein Textbild. Die Kamera schaltet sich auf den Schirm.

TOP SECRET · STUFE III · Nur für den inneren Zirkel. Ausdruck nur nach Unbedenklichkeitscheck durch die Berechtigungskontrolle aller Sicherheitsstufen ...
TOP SECRET · STUFE III · Eignungsquerschnitt: Alfons Gehrke.
Position I: unauffälliges heterosexuelles Verhalten
Position II: kein Anhalt für Suchtgefährdung
Position III: seit dem 32. Lebensjahr Nichtraucher
Position IV: verheiratet, Simone, geborene Wecker, Personenkennziffer WE-121249 7effw2
Kind Nicole, geb. 1992
Kind Thorsten, geb. 1994, verst. 2002 in Bern (CH), Eidgenössische Bewahranstalt für geistig behinderte Kinder (Vorgang nicht öffentlichkeitsbekannt)
Position V: keine somatischen Krankheiten bekannt
Position VI: Gen-Check unauffällig, eventuelle Prädestination für Bandscheibenerkrankungen

Position VII: keine cardiovasculären Risikofaktoren
Position VIII: im Streßtest (nach White/Szeckley) 92 %
– – – – geeignet für alle Dispositionen – – – –
TOP SECRET · STUFE III · Nur für den inneren Zirkel. Ausdruck nur nach Unbedenklichkeitscheck durch die Berechtigungskontrolle aller Sicherheitsstufen ...

Die Kamera beginnt erst zu taumeln, dann zu zittern. Eine Kommandostimme, laut, aber unverständlich, überlagert den O-Ton. Ein junger Mann stolpert ins Bild, offenbar bemüht, Zero Zero vom Datengerät wegzuzerren. Zero Zero stoppt ihn, indem er ihm die Hand auf die Schulter legt und mit der anderen das Pssst-Zeichen macht, mit dem man Kleinkinder zur Ruhe mahnt.

Die Ministerstimme ist nur mehr ein einziger akustischer Auflösungsprozeß: »... ich protestiere auf das Entschiedenste ... ein simpler Trick ... eine abgekartete Sache!« Der Politiker steht gekrümmt, wie unter Einwirkung einer Magenkolik, vor dem Tisch, rafft Papier zusammen und kiekst: »Eine üble Inszenierung ... das wird Folgen haben ...«

Aina wunderte sich einen Augenlidschlag lang, daß das Public-Appeal-Training, ohne das schließlich kein Politiker mehr vor die Kamera ging, damals offenbar noch keine Reaktionsmuster für solche Zwischenfälle im Trainingsprogramm hatte.

Die Moderatorin füllt plötzlich mit dem Rücken das Bild, ruft: »Scheiße, dann sagt mir doch, was ich machen soll ...« Noch einmal stabilisiert sich der Kamerataumel, und Zero Zero dreht sich langsam um. Sein Gesicht zeigt keine Regung, nur die Augen morden: »Und nun sprechen Sie mir langsam nach, Herr Minister: Die Privatsphäre ist uns heilig.«

Der Ton bleibt noch eine Weile stehen, das Bild bricht zusammen, Stimmengebrodel bei schwarzem Schirm: »Abschalten, verdammte Chip-Scheiße ... Das wird Folgen haben, meine Herrschaften ...« – »Ich versichere Ihnen, Herr Minister ...!« – »Wir sprechen uns vor dem obersten Mediengericht ... Und wir auch, Herr Doppelnull ... Sie kauf' ich mir!«

Dann erscheint eine Schrift: »Entschuldigen Sie die Unterbrechung. Wir haben eine technische Störung.«

Aina saß da, lange, nachdem das Tape erloschen war, und stierte auf den Schirm, der bernsteinbraun und blank die gegenüberliegende Wand spiegelte: ein Hirsch, der Nebel in den Wald röhrt. Etwas, das gar nicht möglich ist ... Oder? Illusion, Mythos, hatte Roland gesagt.

4

Manche Versuche unternimmt man nur, um sich den selbstquälerischen Vorwurf zu ersparen, man hätte es wenigstens versuchen sollen. Von dieser Art war Husslers Unterfangen, den Auftrag des Big Bosses von »News Unlimited« wieder loszuwerden: Er, ein fast sechzigjähriger Mann, sollte sich in die feindlichen Linien einschleichen und, wie einer jener romantischen Blut-und-Hoden-Helden der Hollywood-Agenten-Filme, Software klauen. Verrückt!

Hussler hatte sich ein Notizblatt voller Argumente zusammengebosselt, um seine fehlende Eignung für diesen Job zu belegen. Sein Hüftleiden beschloß die Liste. Doch der Boß hatte alles vom Schirm gewischt, hatte ihn der Lächerlichkeit preisgegeben. »Hussler«, so hätte er gefeixt, »ich schalte Ihnen Ihr Persönlichkeitsprofil auf die Nase, und dann nennen Sie mir eine bessere Nase!«

Das war ein medialer, ein hundsgemeiner Tiefschlag, einer, auf den es keinen Konter gab. Der Boß wußte natürlich, daß er, der Nachrichtenexperte Sebastian Hussler, bis zu seinem vierzigsten Lebensjahr so etwas wie ein Soft-Way-Heini gewesen war, einer, der in seiner Freizeit die sterbenden Bäume mit seinen Tränen begossen hatte. Einer, der beruflich für Eneka, den zentraleuropäischen Lebensmittelvertrieb, computerisierte, aber privat in Bioläden kaufte, einer, der mal eben zu ITT in die USA jettete, um Programme abzugleichen, und wenig später privat Vorträge gegen die künftige Weltmacht der Datentrusts hielt, einer, der seine Freizeit einem »Bund für Umwelt und Naturschutz« opferte und dienstlich Rationalisierungspläne für den Hoch- und Tiefbau ausarbeitete. So einer hatte Training als Doppelagent.

Hussler mußte, so oft er die unselige Entscheidung des Bosses verfluchte, an seinen vierzigsten Geburtstag denken, an das heulende Elend, das ihn damals geschüttelt hatte wie ein Malariaanfall. Ein Freund hatte ihm, mitten hinein in die larmoyante Grundstimmung, die so ein Geburtstagsdatum auslöst, auf den Kopf zugesagt: »Seb, du lebst die angewandte Schizophrenie. Du tust in deiner Freizeit Buße für deinen Beruf. Das ist doch ein Schmarren.«

Natürlich war es ein Schmarren. Er litt unter dem »Montag-bis-Freitag-Syndrom«. So hatte damals ein witziger Kopf den Zustand genannt, in dem sich viele Natur- und Umweltschützer befanden: Die Woche über strammer Wettlauf im High-Tech-Zirkus: Schritthalten mit dem Mördertempo, in der Freizeit etwas kompensatorisches Engagement in einer Bürgerinitiative. Irgendwann hatte ihn dann die »Ökotesse« gepackt, die Öko-Tristesse, die ökologische Traurigkeit, ein Grundgefühl der Deprimierung, ein grünschimmeliges Sisyphus-Syndrom, der Schauder der Vergeblichkeit. Wieviel Niederlagen verkraftete ein Mensch, wie lange konnte man die Rolle des »schönen Verlierers« vor sich selber glaubhaft aufrechterhalten, wann durchschaute man sein eigenes Spiel?

Einige Male war er in Versuchung geraten, zur Ökorilla zu gehen. In seiner Bibliothek lag schon, versteckt hinter der Goethe-Gesamtausgabe, das »Ökorilla-Brevier«. Dann war er 1989 Zeuge geworden, wie ein durch Attentat gesprengter Hochspannungsmast eine Massenkarambolage verursachte, in deren Verlauf vier Menschen in ihren Autos verbrannten. Auch kein Weg.

Eine Zeitlang hatte er zwanghaft dort Urlaub gemacht, wo es noch gesunde Wälder gab: Hunger nach der alten Unschuld, mit der man durch Wälder ging, Suche nach Kindheitsmustern und nicht nach Schadbildern, hinter jeder Buche konnte die Waldfee wispern ... Alles Selbstbetrug, Lebenslügen, die mit der Zeit spröde werden. Der Auslöser, der sie zerbricht, ist dann beliebig. In Husslers Fall war es ein tränen- und weinseliger vierzigster Geburtstag. Der Freund sagte: »If yo can't beat them, join them.«

Der vierzigste Geburtstag ist ein später Zeitpunkt, um es noch einmal zu packen, aber nicht zu spät. Hussler hatte fünf Jahre gebraucht, um zur absoluten Spitze zu kommen. Mit vierzig kann man gerade noch die Spurtschnelle der Jugend mit seiner Erfahrung wettmachen. Danach wird es eng. Und der Boß hatte ja leider recht: Er, Hussler, hatte die ganze Denke der Soft-Way-People drauf, hatte sie nur verdrängt, nur mit einer Decke überworfen, auf der das Motto stand: Du lebst nur einmal; also: losgelebt!

Und trotzdem: Einer wie der Boß konnte sich sicherlich nicht vorstellen, welch seelische Brutalität sich in einem solchen Plan verbirgt: einen Menschen dahin zurückzuzwingen, von wo er unter Schmerzen aufgebrochen ist. Und es war schmerzhaft! Einen Freundeskreis zurücklassen, dessen Kitt der Glaube an eine Alternative zum ›High-Tech-Weg‹ war. Eine Frau aufgeben, die in ihrer Jugend auf Kaminschornsteine geklettert war, damit die aufhörten, Schwefel zu spucken. Eine solche Frau hatte er zurückgelassen, um nicht ihre Verachtung ertragen zu müssen. Das ist etwas, was man nicht wirklich bewältigt. Das kann man nur tun in der Zuversicht, daß die seelische Verdrängung genauso zuverlässig arbeitet wie die Darm-Peristaltik.

Und jetzt sollte er wieder eintauchen in diese Welt – eintauchen, aber so, daß nicht die Wogen über ihm zusammenschlagen. Mit dem Strom schwimmen, aber noch in der Schwimmbewegung die innere Abwehrhaltung bewahren. Hamlet mit neunundfünfzig: Sein oder besser: Nichtsein. Nur scheinen.

Alles schien verrückt, wie immer man es gedanklich anging. Leute, die es fertigbrachten, die Quadratur des Kreises zu lösen – das semipermeable Nachrichtensystem, die perfekte Schleuse –, solche Leute würden ja wohl leicht in der Lage sein, dieses System genauso intelligent zu schützen! Und da sollte er, ein Amateuragent, eine Chance haben?

Und was, wenn sich andere Profis für das Ding interessierten? Unwahrscheinlich, daß der Calamari-Ring nicht von der Sache wußte. Und die töteten, wenn dadurch das Klauen von Codes und Software erleichtert wurde. Die Calamaris würden einen Mitbewerber atomisieren, noch ehe er sie recht bemerkt hatte. Hussler bekam Herzstiche bei dem bloßen Gedanken.

Aina ließ es einfach geschehen, was sonst nicht ihre Art war: erst ein Tastkuß, der sich zu einem Zungenvorstoß ermutigen ließ, suchende Hände, die Ziellosigkeit vortäuschten, als seien nicht alle Ziele seit Ewigkeiten definiert, dann der alte Wirbel aus Haut und Haar, schließlich Abklingen der Glut.

»Schön warm.« Aina legte sich in Rolands Achselhöhle. »Erzähl mir mehr von den Mythen.«

»Von christlichen?«

»Warum nicht?«

»Also, hier ist der Ararat, er liegt in der Türkei«, Roland streichelte die kleine dunkelbraune Spitze auf dem elfenbeinfarbenen Hügel, »und hier ist der andere Berg, der Sinai, auf dem die Zehn Gebote ausgeteilt wurden. Dazwischen liegt das Gelobte Land, wo Milch, Honig und so weiter fließen. Und das Blut natürlich. Ohne das geht's nie. Auf diesem Berg, etwa hier in dieser Höhe, landete Noah mit seinem Rettungsboot, als die Sintflut zu Ende war. Ein guter Nautiker, der Mann. Auf dem Sinai« (Roland veranstaltete ein kleines Erdbeben) »erhielt Moses unter Donnergetöse den Moralkodex, an den sich leider keiner gehalten hat. Als er vom Berg runter kam, hatten die verruchten Untertanen schon aus Lehm und genetischen Konserven geklonte Untertanen erschaffen, die keine Gebote brauchten. Er war zu spät, der Mann. Schade. Da wandten sich etliche ab und sagten, wir suchen das Gelobte Land, wo dichtes warmes Gras ein herrliches Tal bedeckt.«

»Wir sind vom Thema abgekommen, Roland.«

»Ich liebe solche Abschweifungen.«

»Du hast gesagt, daß die Leute nicht News, sondern Mythen wollen.«

»Weißt du, was für mich der endgültige Beweis dafür war? Vor anderthalb Jahren, kurz vor Weihnachten, fiel in den Hamburger Oststadt-Slums der Strom aus. Irgend so ein Ökorilla-Anschlag auf einen Strommast. Ist ja auch egal. Und da kam das erstemal so etwas wie revolutionäre Stimmung auf. Zu der Zeit lief nämlich gerade ›Fantasy World‹, die

Serie von RLT. Der Mythen-Hunger der Slummies war schlimmer als der Hunger, den der Billig-Nährstoff zurückläßt. Die Leute liefen auf die Straße. Wo sonst nur Apathie, Crime und Stumpfsinn ist, stampften sie eine Infrastruktur aus dem Boden. Einer machte ein altes Notstromaggregat flott, ein anderer beschlagnahmte ein altes Lagerhaus, das fast leer stand; dreihundert Leute brauchten so die Fantasy-Folge nicht zu verpassen. Stell dir vor, die hätten in den neunziger Jahren so um ihre Arbeitsplätze gekämpft! ›Fantasy World‹ ist eben ein Mythos, ein lausiger zwar, aber ein Mythos. Ein Arbeitsplatz dagegen ist ein Arbeitsplatz, und *kein* Arbeitsplatz ist Schicksal ... Ich sage nur eines: Die Leute wollen Mythen.«

Aina ahnte, daß hier ein Zipfel des Geheimnisses greifbar wurde, des Erfolgsgeheimnisses von Nachrichtlern wie Roland Egk, die Kennungen für die INFORM-Börsen hatten, für Börsen, bei denen die Informations-Reichen (»die herrschende Klasse«, wie Ökorillas sagten) ihre Kicks und News holten. »Und welchem Mythos bist du gerade auf der Spur?«

»Hmmm ... kleines Betriebsgeheimnis.«

Aina biß Roland ins Ohr. Diese erprobte Attacke war für viele Zwecke gut.

»Au! Bevor du mich ernsthaft verletzt: Ich jage den Mythos ... sagen wir: den Mythos der Technik.«

»Und weiter?«

»Ich mag nicht. Man bekommt einen trockenen Mund, wenn man so viel ausplaudert.«

»Bitte, ich bin mythengeil!«

»Also gut: Ich will ein Seelengemälde des prominentesten Opfers der mythologisierten Technik machen. Ein Porträt von Hermann Kalb.«

»Den sie jetzt in Karlsruhe vor das Tribunal stellen?«

»Eben jener.«

»Der ist für mich kein *Opfer,* der ist ein *Täter!*«

Das Angebot, noch ein paar Tage in Egestorf bei den Egks »zur Erholung« zu bleiben, nahm Aina gern an. Sie dachte dabei allerdings weniger an Erholung als vielmehr an arbeitsintensive Nachrichtensammelei: Dieser Roland schien mehr zu wissen, als er für sich zum Lebensunterhalt brauchte. Vor allem aber hatte er eine Idee von verkaufbaren News, die ihr faszinierend neu und alt zugleich erschien. Und nachdem Aina bislang schmerzvoll erfahren hatte, welche News schwer bis unverkäuflich waren, schien es ihr, als ließe sich hinter dieser leicht zerknitterten Männerstirn noch etwas hervorlocken, was bessere Wege weisen könnte.

»Die guten Leute sind die, die erkennen, wer gut ist«, hatte ihr mal ein erfolgreicher Profi gesagt. Und Aina hatte das Gefühl, hier einen wirklich guten Mann, einen Könner, erwischt zu haben. Daß er es offenbar nicht nötig hatte, sich ins rechte Licht zu setzen, und seine Einschätzungen nur zögernd bis unwillig zum besten gab, erhöhte nur Ainas Recherchierlust.

Mythos. Dieses altbackene Wort ging ihr, wie auf einer Endlosschleife gespeichert, ständig durch den Kopf. Der Große Video-Brockhaus definierte die sperrige Vokabel als »Erzählung, Sage, die als zeitlose Gegenwart erscheint und über die Zusammenhänge der Welt mit der eigenen Existenz berichtet«. Das war eine Sprache, die Aina einigermaßen unverkäuflich erschien: Demnach ließe sich Mythos als eine naive Form der Selbsterkenntnis denken oder der Selbstsuche. Aber wo bitte waren da die News? Wer kaufte sowas? Und warum war Zero Zero nach dieser Erklärung ein Mythos?

Aina ließ sich weitere Exemplifikationen zum Suchwort Mythos auf den Schirm flimmern: Hinweise auf das Alte Testament, auf Platon, auf einen gewissen Karl Jaspers. Alles war reichlich verwirrend. Und auch der Querverweis, daß andere Zeiten »entmythologisieren« wollten, was offenbar Beseitigung von Mythen hieß, brachte sie nicht recht weiter.

Roland hatte als Beispiel christliche Mythen genannt: Aina fand die Suchwortfolge Christentum und Mythos/Literatur/Pannenberg 1991 und wollte gerade um eine Kostenangabe für eine Video-Mikroschrift-Übermittlung nachsuchen, als Roland neben den Homer trat.

»Bevor du teure Fehlbuchungen machst – was soll's denn sein?«

»Mein Geheimnis.«

»In unserer Branche bleibt nichts geheim.«

»Ich will alles über Mythen wissen, vor allem, warum Mythen News sein sollen.«

Roland grinste erst verlegen oder überlegen (das blieb in der Schwebe), dann hockte er sich neben Aina und dachte nach. Schließlich lächelte er und schnippte mit den Fingern: »Hast du mal beobachtet, wie Kinder etwas definieren? Die sagen: Wasser ist, wenn man naß wird. Solche Definitionen sind unschlagbar. Einfach gut. Nachrichtentechnisch optimal. Der Mythos Technik zum Beispiel. Das ist mein Thema. Die Leute definieren ihn wie Kinder: Technik ist, wenn es prima flutscht und wenn alles vorangeht. Sie *sagen* es zwar nicht ganz so kindisch, aber sie *meinen* es so naiv. Irgendwann haben die Leute nicht mehr gefragt: Gut oder schlecht? Etwas mußte nur Wissenschaft oder Technik sein, damit es in sich selbst und für alle anderen gerechtfertigt war. Wer anderer Meinung war, hatte einen Mythos gegen sich. Es gibt da ein berühmtes Experiment. Interessiert es dich?«

»Klar.«

»Man hat vor drei oder vier Jahrzehnten Menschen an eine Versuchsanordnung gesetzt und ihnen die Aufgabe gestellt, anderen Versuchsteilnehmern per Elektroschock Schmerzen zuzufügen. Obwohl sie die Schmerzensschreie der Opfer hörten, haben sie immer weiter die Stromstärke erhöht, einfach nur deshalb, weil es angeblich zum Nutzen der Wissenschaft und der Technik war ... Ja, das ist die beste Definition: Mythos ist, wenn man nur noch glaubt, überzeugt ist und nicht mehr prüft und denkt.«

»Du sagst, ein Mythos ist unerklärlich. Und du willst ihn trotzdem erklären?«

»Allein der *Versuch,* Mythen zu erklären, verkauft sich gut.«

Aina wünschte sich plötzlich, allein zu sein, um darüber nachzudenken. Roland schien es zu bemerken. Er brummelte eine Entschuldigung und verschwand.

MYTHOS tippte Aina auf den Schirm und ließ eine Endlosreihe von Fragezeichen aufmarschieren. Zero Zero? ... Hermann Kalb? ... Mythos? ... Und wieviel Zeit blieb ihr eigentlich, ehe der letzte Anfall alle Fragen löschte? Eine schlechte Frage!

Je länger Hussler darüber nachdachte, desto klarer wurde es ihm: In diese gottverdammte Rennie-Republik kam ein Endfünfziger mit dem Gehabe eines INFORMS nur, wenn er glaubhaft den Aussteiger hinlegen konnte – Flucht vor dem süßen Software-Brei, durch den er sich ein Leben lang fressen mußte. Aufbruch zu neuen Ufern, neue Wege, neues Zeitalter. Ära des Wassermanns, neue Spiritualität, Hunger nach Ursprünglichkeit. Einem Menschen die Hand drücken können, ohne nachher prüfen zu müssen, ob noch alle Finger da sind ... Sowas halt. Aber um das alles vorleben zu können, mußte man sich ein Bild von dieser Freien Republik machen, möglichst so genau, daß einen später Unwägbarkeiten nicht aus der Rolle werfen konnten.

Das Datenmaterial unter dem Suchwort »Freie Republik« war erdrückend, ein Labyrinth von Querverweisen, eine Schnitzeljagd durch alle Dateien Europas. Hussler mußte eine ganze Meute innerer Schweinehunde besiegen, bis er sich vors Gerät quälte. Da war wieder dieses lähmende Gefühl, das er als Jugendlicher hatte, wenn er nach heftigem Schneefall die lange Garageneinfahrt freischippen mußte. Schon nach den ersten Schippenladungen schmerzten die Oberarme, und vor einem lag noch der ganze Weg.

Hussler köpfte eine Flasche Wein und trank sie aus, den Preis mißachtend; dann erwog er eine weitere, stellte sie aber wieder kühl und begab sich, jeden inneren Widerspruch verwerfend, an den Homer.

Freie Republik, auch Alternativ-Enklave genannt, politisch selbständige Gebiete auf dem Territorium eines Staates. Die Freien Republiken genießen weitgehend Selbstverwaltung, gehören völkerrechtlich jedoch zu der politischen Einheit, auf deren Gebiet sie liegen. (Siehe zum Vergleich → Föderation, → Bundesländer. Erste Erwähnung von FR im Zusammenhang mit der → Anti-Atom-Bewegung um Gorleben, → Wiederaufarbeitung, → Freie Republik Wendland.) Die Freie Republik Wendland war kein Gebilde im Sinne heutiger FRen. Die FR Wendland verstand sich als symbolische Manifestation des Widerstandes gegen → Kernenergie. Die ersten Überlegungen zur Gründung Freier Republiken im Sinne selbständiger Einheiten stammen aus dem Jahr 1995 als Ausdruck und Zuspitzung der → »Zwei-Kulturen-Theorie«.

Hussler fluchte, schaltete sich dann aber brav das Suchwort »Zwei-Kulturen-Theorie« auf den Schirm.

Die Theorie der Zwei Kulturen geht auf C.P. Snow zurück, der 1963 in einem programmatischen Aufsatz die naturwissenschaftliche Weltauffassung von der geisteswissenschaftlich-moralethisch inspirierten Sicht der Welt als grundsätzlich geschieden erkannte und aus diesem → Schisma auch eine Trennung der realen Welt ableitete und prophezeite.

Die Theorie erhielt etwa ab 1993/94 verstärkte Beachtung durch die Diskussion → »Software contra Soft-Way«, die im wesentlichen vom Heilmann-Kreis getragen wurde und Entsprechungen in den meisten europäischen Ländern hat (siehe insbesondere Schweiz, → Grüeni-Kanton). Der Heilmann-Kreis (benannt nach dem Atomphysiker und Nobelpreisträger → Erich Heilmann) diagnostizierte, daß sich die technische, soziale und politische Welt der Bundesrepublik Deutschland unüberbrückbar von der → alternativen Auffassung fortentwickelt hätte. Laut Heilmann stünden sich zwei Lager gegenüber: »Software-People« und »Soft-Way-People«, mithin: Anhänger des verfeinerten, aber prinzipiell unhinterfragten technischen Fortschritts einerseits und andererseits Anhänger eines Gesellschaftsmodells, das Wissenschaft und Technik nur rein dienende Funktion zuweist. (Heilmann: »Wissenschaft ist Dienstleistung oder sie ist nichts.«) Auf diese Heilmann-Denkrichtung berufen sich besonders die Gründer der → Freien Republiken.

Hussler switchte sich wieder zurück aufs Suchwort »Freie Republik«, zögerte und nahm dann doch die zweite Flasche in Angriff.

Roland Egk überlegte sich keine Fragen — nur Schematiker reisten zur Recherche mit Fragen im Gepäck. Man kam mit Informationen im Kopf, und die Fragen gab einem dann die Intuition ein. Darin unterschied sich ein Nachrichtler von einem Rechercheroboter. Ein Roboter konnte keine Überrumpelungsfragen stellen, konnte sich zu keiner subtil vorbereiteten Infamie aufschwingen. Er konnte einen Sachverhalt digitalisieren, eine Aussage, eine Bedeutungsfeldstruktur zerlegen und nach der ›brute force-Methode‹ alle Bedingungen der Aussage abfragen. Formale Logik: glänzend! Dialektik: ungenügend!

Sicher, Rechercheroboter waren einem mittelmäßigen Nachrichtler überlegen, doch gegen einen wie Egk sahen sie trotz lichtschneller Aktionsgeschwindigkeit alt aus wie ein Batterietaschenrechner. Wie lange noch? Es gab deprimierende Parallelen: Die Schachgroßmeister vergangener Jahrzehnte hatten sich lange über Schachcomputer amüsiert wie über anregendes Spielzeug. Heute besaß am Brett kein Gehirnathlet mehr eine Chance gegen künstliche Intelligenz. Wann würden die Recherchecomputer ihre Konkurrenz mit den grauen Zellen abhängen? »Nicht zu meiner Lebzeit«, entschied Roland, ohne sich in diesem Punkt so recht Glauben schenken zu können. Trotzdem reizte ihn der Gedanke, den Mann, der den K.O.-Sieg der Maschine über den Menschen maßgeblich mitverantwortet hatte, mittels Maschinenstruktur zu befragen.

Ein Computerprogamm, um ein Psychogramm von Hermann Kalb zu erstellen? Das hätte Pfiff: Der Greis, der mit der Frömmigkeit schlichter Seelen nur Gutes von den Chips erwartet hatte, seelengeröntgt durch ein exzellentes Computer-Rechenprogramm. Das wäre wie: den Seiler an seinem selbstgeknüpften Strick aufhängen, den Schmied mit seiner selbstgehärteten Klinge köpfen ... Kalb computerisieren ...

Roland fand den Gedanken erregend ... Aber nein, es war zweifelhaft, ob ausgerechnet die Technik den ›Mythos der Technik‹ entlarven konnte, höchst zweifelhaft überdies, ob Kalb, wiewohl bei guter Gesundheit, die Frage-und-Antwort-Analyse-Automaten ertragen könnte. Was nutzte am Ende ein Täterpsychogramm aus einer Million Facetten, wenn darunter die Frage nach den Gründen der Gesamtentwicklung verschüttet lag? Den alten Kalb zu zerlegen, konnte im Grunde nur Schnittmuster-

Schneiderei sein: Zuarbeit für einen großen Stoff. Die Frage hinter aller vorbereitenden Recherche war: Warum konnte der Mythos von Wissenschaft und Technik, der Mythos des zwangsläufigen Fortschritts, eine Kultur zerschlagen, ein Land in weiten Teilen unbewohnbar machen? Warum konnte er Kluge wie Dumme gleichermaßen blenden, mehr noch, als jeder religiöse Wahn vermochte?

Kalb vor einem Tribunal in Karlsruhe? Das war für Roland nur die Soße für den Knödel. Der Knödel, also die Sache selbst, mußte die Frage nach den großen Linien sein, die sich bestenfalls in den Lebenslinien des alten Mannes wiederfanden, der einmal »Richtlinien der Politik« bestimmt und geschworen hatte, »Schaden abzuwenden«. Er hatte nur »Nutzen gemehrt«, wobei die Zeit offenbart hatte, wessen Nutzen. Der gedankliche Ansatz über Kalb hinaus würde ihm, Roland Egk, den entscheidenden Vorsprung vor der Konkurrenz garantieren, die sich nur vordergründig auf das Prozeßgeschehen einlassen würde. Und – unschätzbarer Vorsprung vor den anderen! – er hatte direkten Zugang zu Kalb.

Roland blickte aus dem Fenster: Ein kleiner Landregen setzte sich in Szene, Wolken überlagerten schon drei Viertel des Himmels. Aina lag in einem altmodischen Gartensessel mit Plastikgeflecht und Gummipfropfen-Beinen. Sie las nun schon seit Stunden in den Computer-Ausdrucken, die sie sich durch unermüdliche Suchwort-Puzzelei zusammengestoppelt hatte: Alles über Zero Zero. Roland mußte bei dem Gedanken lachen, daß er sich selber einen Nebenbuhler geschaffen hatte: einen wahrscheinlich toten noch dazu. Seit Tagen war mit Aina über niemand anderen mehr zu sprechen, ja, es schien fast so, als übernähme sie den provokant langsamen, akzentuierten Redestil von ZZ.

Was dem einen sein Kalb, ist dem anderen ... ? ... !! Halt, stopp! ... Vielleicht ging das zusammen? Roland war es plötzlich, als hätte ihn gerade wieder ein Blankoscheck gestreift. Auf solche Ideen zahlten News-Börsen unbegrenzt Vorschuß, aber darauf kam es jetzt noch nicht an. Vielleicht, so waren seine Überlegungen, konnte man Mythen nur knacken, wenn man sie einkreiste, sie umstellte: zum einen Zero Zero, den tragischen Helden, der letztlich am Mythos der Maschine zerbricht, zum anderen Hermann Kalb, den Maschinenführer, den Maschinenverführer, den heillos verspäteten Barockmenschen, der immer guten Willens und lachenden Herzens war, der von den Menschen geliebt werden wollte und sie trotzdem an die Zukunft auslieferte. Zero Zero und Kalb – ein Doppelporträt vielleicht?

Die Schwarzbauchwolken hatten in zügiger Drift den Garten der Egks erreicht. Aina raffte die Ausdrucke zusammen und erreichte mit den ersten Tropfen die Hoftür. Ein Blatt griff sich der Wind. Roland sprintete durch die Erdbeerreihen, packte das Papier, bevor es über die Schneebeerenhecke flattern konnte, und brachte es Aina zurück. »Da, vielleicht steht ausgerechnet auf dieser Seite die Lösung. Wär' doch schade!«

5

Das Gerät war maliziös konstruiert. Der Stuhl erinnerte an eine Garrotte, jene Kombination aus Sitzgelegenheit, Marterpfahl und Würgeisen, mit der die Spanier noch im vorigen Jahrhundert Delinquenten in den Tod geschickt hatten. Eine Schlinge aus Glasfaserkabel lag, noch locker, um Ainas Hals. Ihr Körper war straff an den Pfahl gefesselt, die Arme in den Ellenbogen an die Lehnen fixiert, so daß den Unterarmen eine gewisse Bewegungsfreiheit blieb. Die Finger konnten gerade noch die Homer-Tastatur abgreifen. Vom Bildschirm starrte ein stark geweitetes Auge, in dessen Pupille sie sich spiegelte. Aina konnte so ohne Kopfwendung – die verhinderte die Fessel – erkennen, daß die Schnüre um ihren Hals in einer Schraubzwinge endeten, an der eine schwarze Gestalt stand.

Eine technisch aller Obertöne beraubte Stimme sagte: »Sie haben zwei Minuten, um das Auge zu schließen. Beginnen Sie ... jetzt!« Aina ließ die Finger über die Tastatur fliegen. Codewort für Auge? Antesten und abspringen, bevor der Gegen-Check kommt ... Die Gestalt drehte an der Zwinge, ein leichter Zug machte sich an Ainas Hals bemerkbar. Über den Schirm brandeten Sturzfluten von Zahlen und Buchstabensequenzen, ließen das Auge schemenhaft in den Hintergrund treten. Millimeterweise senkte sich das Lid über die Iris, während sich der Druck auf den Kehlkopf verstärkte. Aina versuchte, sich durch Schluckbewegungen etwas mehr Raum zu verschaffen.

Die erste Sperre im Codewort-Rätsel schien gebrochen. Das Auge sah nun lauernd unter halbgeschlossenem Lid hervor. Der Druck auf Hals und Kehlkopf explodierte jäh in einen stechenden Schmerz, die Glasfiberbänder hatten die Haut durchschnitten. Das Auge blinzelte lauernd: zu spät ... zu spät ... zu spät ... Da war es wieder, das Gefühl, flüssiges Metall zu atmen. Kurzer, nur mehr motorischer Widerstand gegen das Unabänderliche. Sehnsucht nach der schützenden, schmerzfreien Ohnmacht, nur noch durch diese kleine Flammenhölle aus Glasfiberträumen und Schlaf. Schmerz hatte keinen Zugang zu diesen Gefilden, mußte sich vorher austoben. Unendliche Weite. Schweben. Vergessen.

Eine Hand legte sich auf Ainas Stirn, und eine Stimme sagte: »Diesmal war es nicht so schlimm wie früher ... sie atmet wieder ruhig ... ich glaube, sie schläft ...«

Das Ergebnis der ausufernden Video-Recherche, die Hussler vornahm, ließ sich kurzfassen: Man brauchte sein Damaskus-Erlebnis, wenn man den Softway-Leuten glaubhaft den Rennie vorspielen wollte. Damaskus war der Ort gewesen, vor dessen Tor der Christenverfolger Saulus geblendet vom Pferd gefallen war, um sich als Paulus, der Verkünder, wieder zu erheben.

Alle Größen der Wissenschaft, die ihren Homer abstellten, um namenlos in die selbstgewählte Isolation abzutauchen, hatten zum Abschied solche Geschichten parat. Keiner sprang ohne diese obligate Selbstanklage über seinen Datenschatten. Da war der High-Tech-Mann, der blitzlichtartig erkannte, daß der von ihm geschaffene Denkroboter, sein kalter Homunkulus, zur Optimierung der psychologischen Kriegführung diente. Da war die Gen-Klempnerin, die mit tränenumflorter Stimme ins Mikrofon hauchte, sie wolle fürderhin dem lieben Gott nicht mehr in die Doppelhelix fassen. Die Geschichten waren mal besser, mal schlechter. Sie gaben aber fast immer News her. Und deshalb waren sie wichtig.

Hussler war nun schon seit Tagen auf der Suche nach einer solchen Password-Geschichte. Sie sollte ihn unverdächtig und glaubwürdig machen: ein vor dem Schirm ergrauter Softwarer, den auf seine alten Tage der Ekel gepackt hat, Ekel vor fremden und vor eigenen Daten. Aber, das wurde Hussler immer klarer, so etwas ließ sich schwer erfinden, wenn man es nicht empfand. Da gab es nur eines: Man brauchte Anregung, Anregung, Anregung.

Die beste Abmeldegeschichte, die meistverbreitete noch dazu, war der Schwanengesang des alten Jordan, des »Retters der Bluter«. Wie er weißmähnig seinen melancholischen Zorn in die Kamera diktierte und sein berühmt gewordenes »Ich schwöre ab« artikulierte – das war schon schaurig schön. Hussler konnte die Sequenz inzwischen auswendig, was ihn nicht daran hinderte, sie immer wieder zu studieren: Was machte den Alten so glaubwürdig, was hob diesen Abtritt so ionosphärenhoch über das Niveau der Fantasy-Serienhelden, des Fühl-Videos, der kalkulierten Charaktere? Hussler hockte sich vor den Schirm, switchte sich den Alten zum hundertsten Mal auf die Mattscheibe und murmelte, als glaube er an Beschwörungen: »Los, Alter, sag's mir! Laß es raus!«

Eine quälend lange Gesichtsstudie, Kamerafahrt durch ein erodiertes Antlitz, in dem die Augen alterslos glimmen. Dann eine Stimme, angestrengt, als hätte sie Barrieren zu überwinden: »Ich schwöre ab ... Die Wissenschaft, und meine, die Molekularmedizin, vor allem, ist zum Henker geworden, der die Exekution perfekt vorbereitet, sie unfehlbar berechnet, der aber den letzten Knopfdruck einem anderen überläßt. Der andere aber sagt: ›Wenn die Wissenschaft alles so optimal vorbereitet hat, muß die Sache in Ordnung sein.‹

Dann stellt sich die Exekutor-Wissenschaft neben den toten Delinquenten und sagt: ›Ich bin wertfrei, ich habe nur den Apparat gebaut; was damit gemacht wird, ist nicht meine Module.‹

Meine Wissenschaft ist trainiert in diesem Selbstverständnis. Sie hat ihre Lebenslüge sicher im Programm. Sie lügt uns zu Tode. Sie ist schon lange nicht mehr Wahrheit, sondern Wisserei. So hat es schon ein Vorläufer des charismatischen Christentums, ein Schweizer Chemiker, in den achtziger Jahren gesagt.

Bereits Ende der siebziger Jahre konnte man Frösche klonen, also aus einer Embryozelle identische Frösche herstellen, absolut identische Exemplare. Das wurde kaum beachtet. Allenfalls die Nachricht, daß geklonte Froschschenkel schlechter schmecken als herkömmliche, wäre eine Nachricht gewesen. Mitte der achtziger Jahre hat man das erste Rind geklont. Man bedenke: einen Organismus identisch repliziert, der physiologisch kaum weniger kompliziert ist als der menschliche Körper.

Damals hat keiner aufgeschrien. Ich habe sogar gejubelt. Die Welt stirbt an Fantasielosigkeit. Es konnte sich keiner geklonte Menschen vorstellen. Davor schien eine letzte sichere Mauer aus Religion und Kultur zu stehen. Doch als man die ersten Warner wegen ihrer schrillen Töne tadelte, wurde insgeheim bereits der erste Mensch geklont. Identische Menschen: zwei Gestalten, eine Seele, Falschgeld der Schöpfung, Blüten, Blumen des Bösen. Ich wußte es und schwieg. Das ist mein Verbrechen.

Den Klonis wird die Zukunft gehören. Ich sage Ihnen, warum: Vor etlichen Jahren habe ich eine hervorragende Kabarettnummer gesehen, über die ich damals herzlich gelacht habe. Ein Softwarer sitzt vor einer überdimensionierten Datenscheibe und versucht, einen Systemfehler zu finden. Er hackt und rackert sich ab, stammelt Datenkauderwelsch. Schließlich reicht ihm ein Roboterarm eine Pistole. Eine Stimme sagt: ›Der Fehler sind Sie, beseitigen Sie ihn.‹

Heute wissen wir, daß das kein Witz war. Man hat bei aller Optimierung der Systeme durch Denkroboter herausgefunden, daß ein Rest von Fehlern bleibt. Zwar kann sich jeder Denkroboter auf einen steuernden Menschen einstellen, weil er dessen Denk- und Handlungsprofil im Programm hat, weil er gewissermaßen mit den Schwächen seines Steuermannes umgehen kann. Da aber verschiedene Menschen denselben Denkroboter steuern, entstehen Fehler, die kein Programm antizipieren kann. Wenn nun aber absolut identische Menschen dasselbe System bedienen, ist die Fehlerquelle fast gleich Null. Der Mensch, der das fehlerfreie System greifbar nahe vor sich sieht, will es mit derselben Urgewalt haben, mit der ein Eiszeitmensch auf einen Höhlenbären losgestürmt ist, das Risiko mißachtend, nur weil der Hunger ihn trieb. Das ist so geblieben. Wir werden also Hungers sterben: an Machthunger oder an Perfektionshunger.

Ich habe den traurigen Ruhm, der erste gewesen zu sein, der erfolgreich am Menschen genengineert hat. Nun macht man Schönheitsoperationen per Gen-Eingriff. Die Erfolge der Vergangenheit haben die Hemmschwelle gesenkt. Was ist schon eine kleine Spritze? Nicht schmerzhafter als eine Vitaminspritze.

Als Genengineering gegen Fettsucht aufkam, habe ich gewarnt. Hier wurde der alte Paracelsische Grundsatz, nie mehr Risiko einzugehen, als der erwartete Heilungseffekt rechtfertigt, flagrant verletzt.

Mein entscheidendes Umkehrerlebnis war das Gespräch mit einer jungen fettsüchtigen Türkin, die mir als Antwort auf meine Warnung nur ihren Leib zeigte. Heute wissen wir, daß sich die von Fettsucht Geheilten zu Todeskandidaten wandelten; sie haben sich eine Hyperreaktivität eingehandelt, gegen die kaum ein neues Genengineering denkbar ist.

Ich werde in die Freie Republik Kraichgau gehen und an Strategien zur Umkehr mitarbeiten. Sonst bleibt nichts zu sagen. Auf Wiedersehen in einer besseren Welt.«

»Hundling«, grantelte Hussler, »damischer!«

»Roland, so was tut man nicht, nicht mit seinen Eltern!« Aina wußte, daß mit moralischen Appellen nichts zu erreichen war, wenn jemand den Zipfel einer Geschichte gepackt hatte, einer Geschichte noch dazu, die sehr wohl die größte der eigenen Karriere werden konnte; es gab kein Halten mehr. Trotzdem war da eine Grenzüberschreitung, eine Tabuverletzung, etwas wie Inzest: unzüchtige Intimfragerei, Elternverhör.

»Du hast recht, Aina. Trotzdem mach' ich es.« Roland schwieg, suchte Protest in den Mädchenaugen, die nur traurig verhangen waren, und raffte sich dann doch zu einer Erklärung auf: »Ich versuche, ein Mysterium zu begreifen, Aina: Tha-na-tos, Todestrieb. Ich versuche zu begreifen, warum die Generation meiner Eltern noch unter sterbenden Bäumen und auf verreckenden Böden die Repräsentanten dieser Politik gewählt haben. Der Zusammenbruch der Ökosysteme wäre in allen denkbaren geschichtlichen Konstellationen eine revolutionäre Situation gewesen. Aber nichts geschah. Die ökologischen Gruppen, die damals für eine Wende zum Besseren standen, begingen politischen Selbstmord. Und Mutter und Vater glaubten ungebrochen an die Zukunft. Verstehst du mich? Ich muß dahinterkommen, wieso das möglich war. Man kann den Prozeß gegen Kalb nicht verstehen, wenn man nicht versteht, warum die Kälber nicht entschiedener gegen die Vergiftung ihrer Weiden protestiert haben. Das ist es.«

»So darf man mit seinen Eltern nicht reden. Es sind schließlich *deine* Eltern.«

»Ich sag' ja, du hast recht.«

Roland wünschte sich nicht zum erstenmal, nie eine Aufgabe wie die vor ihm liegende in Angriff genommen zu haben. Den Selbstmord einer Kultur, besser: einer Zivilisation, zu erklären, war wie eine Wand, die man als armloser Bergsteiger in der Direttissima durchsteigen sollte.

»Deine Mutter hat geweint wie ein Kind.«

»Das hat mir auch wehgetan.«

»Du hast sie gefragt, als hätte sie selber Giftmüll vergraben.«

»Sie hat ihn vergraben lassen.«

»Du spinnst.«

»Die Demokratie, die wir vor den Video-Plebisziten hatten, nannte sich *repräsentative* Demokratie ...«

»Weiß ich.«

»Also billigte man per Wahl Verbrechen am Leben, wenn man Leute wählte, die gegen die Vergiftung der Erde praktisch nichts unternahmen.«

»So redet man trotzdem nicht mit seinen Eltern. Mein Vater war streng und hat mich oft geschlagen, aber so könnte ich nie mit ihm reden. Ich könnte ihn fragen, warum er so streng zu mir war, aber ich könnte ihn deshalb nicht anschreien.«

»Hab' ich geschrien?«

»Schlimmer, du warst zynisch.«

»Das wollte ich nicht.«

»Dann geh in die Küche und sag, daß es dir leid tut.«

»Das kann ich auch nicht.«

»Bravo, du bist ein echter Mann, Roland! Zuschlagen? Ja! Aber sich entschuldigen? Nein!«

»Frau Staatsanwältin, ich bitte um mildernde Umstände. Es geschah im Dienste der Wahrheitsfindung, der Wissenschaft, der Historie.«

»Ach ja, sagtest du nicht, daß du gerade die Brutalität und die Gewissenlosigkeit der Wissenschaft entlarven willst?«

»Richtig.«

»Und dafür mußt du deine Eltern befragen, als wären sie Schurken?«

»Ja.«

Aina ließ Roland sitzen und verließ den Raum so demonstrativ, wie es nur eben möglich war. Draußen lag, wie ein riesiges Heizkissen, Hitze auf dem Land. Die Industrieäcker, auf denen Schmierstoffe und Rohfasern wuchsen, verloren sich in Luftspiegelei. »Anthropogenes«, also menschengemachtes, »Kontinentalklima« hatte das jemand genannt. Auch da, wo eigentlich maritimer Einfluß herrschen müßte, etwa hier in den küstennahen Heidegebieten, hatte sich nach dem Tod der Wälder ein trockenwarmes Klima eingestellt; die befeuchtende Kühle von Forst und Flur war verschwunden. Eine ganze Schule von Video-Autoren hatte die Kanäle mit Jammerlyrik zu diesem Thema überschwemmt. Auch Aina hatte sich in dem Genre versucht, doch wenig erfolgreich; wer zwischen Steinen aufgewachsen ist, taugte nicht so recht zum kommerziellen Grabredner der Natur.

Was hatte Roland nun eigentlich mit seiner brutalen Fragerei herausgebracht? Das heulende Eingeständnis einer älteren Frau, daß sie die telegene Zuversicht des Hermann Kalb immer überzeugt hätte, und die Verwünschung eines älteren Mannes, der seinen Sohn einen räudigen Kläffer und einen Tintenpisser nannte. Großartig, dieser harte Recherche-Journalismus!

Aina verfluchte den Tag zu früh. Nachdem sie eine weinkrampfige Katharina Egk ins Bett gebracht, einen wutschnaubenden Karl August Egk besänftigt und dessen Sohn zu einer halbherzigen Versöhnung bewegt hatte, nachdem sie sich schließlich nach all den Querseen aus Gefühl, gekränkter Eitelkeit und Stolz noch einmal über die Archivfotos von Zero Zero gebeugt hatte, schien es ihr plötzlich, als zeichne sich im

Niemandsland der Spekulationen, im Rätselreigen um das Computergenie Zero Zero, eine Spur ab. Da gab es ein Foto, das nur wenige Tage vor Zero Zeros Verschwinden datiert war. Es zeigt ihn neben seinem ständigen Begleiter Fab Fab auf einer Brandmauer sitzend, die im unteren Teil mit Fühl-Video-Werbung beklebt war. Zwischen Zero Zero und seinem ewigen Halbschatten, dem stets etwas linkisch wirkenden Fab Fab (bemerkenswert: An keiner Stelle in der ausufernden Literatur über Zero Zero fand sich der bürgerliche Name von seinem getreuen Eckart), zwischen den beiden Computerfreaks hockte eine südländische Kindfrau: Rita.

Rita war Ainas Jahrgang. Sie hatten jahrelang dieselben Grundschul-Disketten benutzt, sich unerlaubterweise zu zweit in die Fühl-Video-Kabinen gedrängt und dieselben Retortenabenteuer durchschmachtet. Damals vorzugsweise romantische Liebe. Rita war die einzige gewesen, die nie an Ainas Fett Anstoß genommen hatte, selbst da nicht, wo es nahegelegen hätte: in den engen Video-Kabinen.

Wo war Rita heute? Und vor allem: Warum hockte sie auf dem Foto zwischen Zero Zero und Fab Fab, dem sie den Arm um die Schulter legte? Mußte nicht von ihr eine Spur zu Fab Fab, der rechten Hand des großen Zero Zero, führen? Die Sache schien einiger Recherchen wert. Wenn einer etwas mit Newswert zu Zero Zeros Abtauchen, Tod, Entmaterialisierung sagen könnte, dann dieser verhuschte Typ, der Zero Zero die letzten drei Jahre seiner Existenz begleitet hatte wie Dr. Watson das Überhirn Sherlock Holmes. Warum hatte offenbar nie ein Nachrichtler Fab Fab befragt? Wo war Rita heute? Im Juni 2009?

6

Das Prickelnde ist, so hatte Roland gesagt, daß im Welttheater beständig die Kulisse umgebaut und das Regiekonzept geändert werden. Das Stück selbst dagegen läuft seit ungezählten Jahrtausenden en suite: erste Liebe auf dem Fell eines voreiszeitlichen Säbelzahntigers oder auf den Liegesitzen eines Schluchtenflitzers, Mord mit Lanze oder Laser, Verrat für dreißig Silberlinge oder eine Arbeitsplatzgarantie – all das konnte wechseln, doch die Verteilung von ›Goodies‹ und ›Badies‹ blieb in etwa gleich.

Adam hatte seinen Trieb noch immer nicht unter Kontrolle, und Eva trieb Schwarzhandel mit genetisch zu Kürbisgröße aufgeschwemmten Äpfeln. Und auch das ›Vae victis!‹, das klassisch-lateinische ›Wehe den Besiegten!‹, war geblieben. Es gab noch im Jahr 2009 nichts Häßlicheres als Verlierer und nichts Strahlenderes als Sieger.

Hermann Kalb, den sie nun als Neunundsiebzigjährigen in Karlsruhe für seine »Politik der Zukunftsvereitelung« vor ein Tribunal zerrten, war zweifellos häßlich, situationsbedingt; die Chefanklägerin dagegen, ein kaum vierzigjähriger Racheengel mit flammenschwertartiger Diktion und groben Gesichtszügen, war, ebenfalls situationsbedingt, schön und von ungeheurer telegener Ausstrahlung. So einfach!

Man muß durch die Faktenfülle die Dramaturgie schmecken, hatte Roland gesagt, und: Die Leute ersaufen sonst in Details; sie wollen ein Textbuch, einen roten Faden. Eine gute Geschichte braucht Anfang und Ende. Die simplen Leute wollen ein Happy-End. Die INFORMS dagegen, die Besitzer optimaler Information, die Informations-Reichen, haben es gern subtil bis offen.

Und noch etwas war geblieben: Seit Menschen erstmals zum Federkiel griffen, bis in die Tage der Textroboter, brauchte jeder, der schreibend sein Geld verdienen wollte, irgendwann einmal das überlebenswichtige Vitamin B. Es reichte nicht, gut zu sein; in einem erlesenen Moment mußte mal ein Jemand ›mit Namen‹ an der richtigen Stelle die Nachricht plazieren, daß man gut ist. Wie sonst wäre Aina bis direkt vor den Hamburger Affenfelsen gekommen?

Ihr »Jemand«, der offenbar immer ein Fläschchen mit Vitamin B bei sich hatte, hieß Roland Egk. Wenn er nicht kurz eine Empfehlung abgesetzt hätte, stünde sie jetzt nicht vor der Zauberhöhle, in der die INFORM-Nachrichten gemacht wurden, namens ›Gunter und Rahn‹, oder kurz: »GR wie GReat« (Werbeslogan).

Aina betrat das Gemäuer an der Außenalster, Relikt aus der Waschbetonklassik (zirka 1965 bis 1980), als würde sie gefilmt, als müsse jede ihrer Bewegungen Bedeutsamkeit signalisieren. Dies war der Tag, an dem der Himmel sein Password preisgeben würde! Zugang zu Deutschlands größtem INFORM-Trust! INFORM-Nachrichtler gingen anders als simple Nachrichtler: swinging, aber ohne jede Bemühtheit. Erfolg schafft lockeren Gang, Mißerfolg verkrampft. Ein guter Tiefenheini müßte die Gehaltsstrukturen eines Menschen am Gang ablesen können. Das typische Schulterschieben der UEs (unemployable, gleich Nichteinstellbare, Dauerarbeitslose) war ja schon zu einem populären Stigma geworden, ähnlich wie vor einer Generation der türkische Akzent.

Aina ging, gewissermaßen vorgreifend auf die Zukunft, wie über Blankoschecks, tändelnd, vielleicht mit etwas zuviel Hüftschwung, aber das wäre nur einem altgedienten INFORMatiker aufgefallen. Sie hatte beschlossen, das Haus nicht zu verlassen, ohne eine INFORM-Kennung erhalten zu haben.

Auf den Betonklippen von »GR« blühten Tränende Herzen und lanzenförmige Exotensträucher. Von der Alster wehte etwas Kühle herüber.

Das Zimmer, das Ainas Ziel war, schien ein besseres zu sein. »Sie sind also zu Egk aufs Tandem gestiegen ...« Der rundum erneuerte Mitvierziger im Flatterhemd sprach wohltemperiert, abgestimmt auf das computergesteuerte Innenklima.

Aina lag eine gereizte Entgegnung auf der Zunge (Sie war sie! Und nicht die Sowieso von Roland Egk), blieb dann aber doch in der vorgegebenen Tonlage. »Wenn Sie so wollen, ja, wobei wir uns beim Lenken ablösen.«

Der Mann im Flatterhemd tat einen unverschämten Grinser, der leicht zu dechiffrieren war als: ›Na, warum tut sich einer wie Egk wohl mit einer orientalischen Schönheit zusammen?‹ Der Raum war so, wie sich Klein-Fritzchen eine INFORM-Zentrale vorstellte, und allein schon das war enttäuschend: Zigdutzend matte Bildschirmaugen, ein Screenboard im Grundton der Teppichauslegeware für universelle Schaltverbindungen. Als Blickfang figurierte eine Oldie-Schreibmaschine, zirka Baujahr 1980, noch mit klobigem Gestänge.

Hinter dem Flatterhemd, das Mayer-Salm hieß, hing, überdimensioniert, die leuchtstoffkolorierte Fotografie eines gescheitelten älteren Brillenträgers. Das Foto war handschriftlich signiert: »HN, 1984.«

Mayer-Salm hatte Ainas Blick wahrgenommen; er drehte sich im Knautschledersessel um und musterte nun seinerseits den Ahnherrn: »Hmm, diese Nase läßt sich vorerst noch nicht nachbauen. Und wenn es mal soweit ist, dann ist auch Schluß mit uns. Egal, ob man nun Egk heißt oder ein ganz normaler Egg Head ist. Übrigens, wie finden Sie Egk?«

»Er hat mich gefunden.«

Mayer-Salm zeigte leichte Wirkung; offenbar war Aina nicht in seinem Programm, nicht in dem maskulinen Standardprogramm, das ganz bestimmte optische Kennungen für die Gruppe von Leuten vorsah, die auf einen mäßigen Kalauer einen besseren setzen können. Er brach das Geplänkel abrupt ab und ging auf Kurs: »Wo haben Sie Egk getroffen?«

»Etwa vierzig Kilometer südlich von hier in der Nordheide. Da hab' ich Hintergrundrecherchen zum Sandsturm gemacht.«

»Sandsturm in der Lüneburger Heide? ... das kommt mir bekannt vor.«

»Sie kennen sich ja auch aus.«

»Erklären Sie mir bitte eines: Was hat dieser ausgelutschte Zero Zero mit dem Kalb-Prozeß in Karlsruhe zu tun? Warum will Egk, daß wir die beiden Geschichten koppeln? Verzeihung! Warum wollen *Sie,* daß die beiden Geschichten zusammengemanscht werden?«

Aina wußte, daß die Antwort auf diese Frage für sie zukunftsentscheidend sein würde: INFORM-Kennung für Ötztürk-Bruck, ja oder nein?

Aber sie hatte sich gut codiert und konditioniert. Ihre Stimme blieb ruhig, als sie zur Erklärung ansetzte. Und während sie redete, war es ihr, als verzöge der Ahnherr hinter Mayer-Salm die Mundwinkel zu einem nicht unfreundlichen Lächeln. Nur spürbar, nicht sichtbar.

Hussler kannte das Gefühl aus ungezählten Stationen seines Berufsalltages: Etwas hat einen Systemfehler, das Programm klemmt, aber der Fehler verbirgt sich, getarnt in der Komplexität der Gesamtanordnung. So war es auch jetzt. Etwas war faul an der erwogenen Geschichte: ›Alter Software-Hase ekelt sich vor seinen Taten und flieht in eine andere Welt.‹ Das war so schrecklich simpel und beliebig, so abgeschmackt und dutzendhaft, so durch und durch durchsichtig.

Irgendwann würde er sich im Rennie-Land fragend dieser verdammten Datenschleuse nähern müssen, würde ein wie auch immer getarntes Interesse an der Art und Weise bekunden müssen, wie die Softis ihren Datenverkehr abwickeln. Eben da klemmte der beabsichtigte Tarnanzug. Wieso sollte ausgerechnet ein bekehrter Softwarer auf der Flucht vor seiner beruflichen Vergangenheit plötzlich wieder Interesse an Datenschleusen entwickeln? Das wäre ein verdächtiger Rückfall, wäre linkisch. Nein, die Aussteigergeschichte Marke ›Frustrierter Datenmann‹ war ungeeignet, wenn man Software der Sonderklasse klauen wollte. So nicht! Aber wie dann?

Ein Zufall brachte Hussler weiter. Am Ende eines langen Tages voller zerfasernder Pläne und gedanklicher Zirkelschlüsse rief Kaule an, der Agrargenetiker und Diplomindustriewirt Tobias Kaule: »Kleines Besäufnis auf dem Lande, Sepp?« Kaule war Husslers Uralt-Spezi, aber nicht nur deshalb sagte Hussler zu. Da war plötzlich ein Ideen-Torso. Wie wäre das: Reuiger Agrar-Gen-Klempner will weg von all den Vierzig-Zentner-Mega-Rindern, zurück zu den schnuckeligen Alpenschokoladenkühen, denen man noch stehend das weiche Maul streicheln konnte.

Aina war rasch klar: Dem Abendessen mit Mayer-Salm war nicht auszuweichen. Der Ort: eine bekannte Pöseldorfer INFORM-Futterkrippe. Mayer-Salm empfahl Fisch. Hamburg hatte sich seine Fischtradition bewahrt, obgleich die Fanggründe nach dem biologischen Koma der Nordsee in den neunziger Jahren weit von den deutschen Küsten fortgerückt waren. Der INFORM-Mann beliebte zu scherzen: »Also, See-Aal in Dill. Was sagt dazu mein Quecksilber-, was mein DDT-Check? Moment, alles aufgezeichnet ...« Er zog einen Taschencomputer aus dem Flatterhemd und trug in dem sonoren Singsang, in dem man sonst exquisite Speisenkarten vorzulesen pflegte, seine Blutwerte vor.

Aina konnte das nicht spaßig finden, schon gar nicht appetitanregend. Seit die Schadstoffkonzentration in Lebensmitteln so hoch lag, daß sich die Regierung selbst durch Heraufsetzen der Grenzwerte nicht mehr recht zu helfen wußte, war es zumindest bei den INFORMS in Mode gekommen, nach Blut- und Urin-Check zu essen – so, wie man in besseren Zeiten nach Freßmoden oder Kalorientabelle gegessen hatte. Wem früher ein Diätarzt geraten hatte: »Kein Schweinefleisch mehr die nächsten Wochen!«, dem fiepte jetzt der Homer zu: kein Seefisch mehr, keine kadmiumspeichernden Getreide und so weiter. Eßkultur à la (Daten-) carte.

Der Aal war gut, nicht zu trocken, aber auch nicht zu fett. Es gab Kollegen, fiel Aina zwischen zwei Bissen ein, die eine Kunstform daraus gemacht hatten, während des Essens per Video-Show geistreiche Kommentare über leibliche Genüsse hervorzukauen.

Mayer-Salm sagte allerlei Wohlgemutes, plauderte über die große weite Datenwelt, lobte zwischendurch artig die türkische Küche, wohlgemerkt: die alttürkische, nicht die der Imbißtürken aus den Slums. Aina bemerkte, daß der Mann einen leichten Zischfehler hatte. Völlige Videotauglichkeit konnte man ihm sicherlich nicht attestieren, aber vielleicht war er ein guter Mixer? News-Show-Mixer waren die Spitzenverdiener der Branche: Man brauchte so etwas wie das absolute Gespür, um das richtige Verhältnis von Mord und Mode auf dem Schirm zu kredenzen.

Schließlich überrumpelte Mayer-Salm Aina mit einer Frage, die seltsam platt daherkam: »Woher kenne ich nur Ihren Namen?«

»Wohl kaum aus dem Terminal für INFORM-Kennung.«

»Mal im Ernst. Sie müssen irgendwann einmal, so vor vier, fünf Jahren, eminenten Newswert gehabt haben ... Ötztürk-Bruck? Ötztürk-Bruck? Warten Sie mal.«

»Die Sendung hieß: ›Mit dem Genskalpell gegen Fett.‹«

»Genau. Sie waren damals ... vorher und nachher in ›Gesines Gesundheitsshow‹. Stimmt's?«

»Stimmt.«

Da war es wieder, das Pausenloch des Grauens. »Um Ihnen die nächste Frage zu ersparen, Kollege Mayer-Salm, ich bin ›eine andere‹ und jetzt bei etwa einem Anfall pro vierzehn Tagen. In zwei Jahren werde ich wohl ein Pflegefall sein, in vier Jahren tot. Noch etwas Wein?«

»Danke, nein.«

Mayer-Salm tat sich schwer, das Gespräch wieder in seichtes Fahrwasser zu treideln. Es blieb eine böse Unterströmung, und sein Vortrag über Mousse-au-chocolat sowie über die Kunst, Zuppa romana zu kreieren, verschlug wenig. Aina wunderte es schließlich nicht einmal, daß die obligate Frage nach der Tasse-Kaffee-bei-mir-zu-Hause ausblieb.

Sie schlief bei Freunden. Was für ein Tag! INFORM-Kennung für Aina Ötztürk-Bruck. Diner mit einem kleinen medialen Halbgott. Kurz vor dem Einschlafen kam wieder die alte, die böse, die unergiebige Frage, ob denn die genetische Regulation ihrer Fettzellenfehlsteuerung mit Todesangst und verkürzter Lebenszeit nicht hoffnungslos überbezahlt wäre. Aina sagte sich, was sie sich immer auf diese Frage zu sagen pflegte: Die Guten sind schön, die Schönen gut! So ist es in den türkischen Märchen. Roland würde das einen Mythos nennen.

War es so dumm, gut und schön sein zu wollen? Lag die Schuld nicht bei denen, die ihren Job schlecht gemacht hatten, den unfähigen Gen-Klempnern? Sie sollten den Schaden beheben! Eine fehlerhafte Module mußte ersetzt werden.

Durch das offene Fenster kam etwas Brandgeruch, nur eben spürbar. In den Südostslums kokelte es sicher wieder. Feuerschein war indes nicht auszumachen. Die Nacht war mild. Es war Ainas Nacht, und es war schade, sie vollends zu verschlafen. Aina zog sich wieder an und hüpfte auf die Straße. Der Mond über den Kieselsteindächern hatte einen metallischen Kranz auf der Glatze. Ein Kater versuchte eine Katze umzustimmen, mehr mit Ausdauer als mit Stimme.

Aina begann auf dem Pflaster zu hüpfen:

»Ich hinke durchs Feuer,
das Brot ist zu teuer,
ich hinke durchs Meer,
mein Herz ist mir schwer.«

Der Morgen war kühl, und ein unerquicklicher Regen besprühte die Stadt. Hamburger Wetter. Ein Wetter, das Drogies ausnüchterte und Cleanies zur Ampulle trieb.

Aina spürte erstmals in aller Bedrohlichkeit, wie dünn das Eis war, über das sie – INFORM-Kennung hin, INFORM-Kennung her – laufen wollte. Genaugenommen verfolgte sie eine Spur, die zu einer anderen Spur führen sollte: Ihre Jugendfreundin Rita Walther sollte den Weg zu Fab Fab weisen, mit dem sie auf einem alten Foto in trauter Nähe abgebildet war. Fab Fab wiederum, die rechte Hand von Zero Zero, sollte etwas Präzises über den Meister und sein noch immer geheimnisumwittertes Abtauchen vor zehn Jahren sagen. Sollte ... Konjunktiv ... Konjunktiv ...? Alles Scheiße! Andererseits waren es ja nie die ausgetretenen Pfade, die zu neuen, noch nicht medial abgeweideten Gründen führten.

Die Nachrichtlerin tröstete sich mit der verrückten Idee eines inzwischen berühmt gewordenen Kollegen, der einer Ratte eine Mikrokamera an Stelle des rechten Auges eingepflanzt hatte. Auch das Ratten-Tape war nur aufgrund einer vagen Idee entstanden, gewissermaßen unter der Maxime: Es *könnte* klappen. Der Mann war heute berühmt, tausendfach kopiert. Berühmt zu werden lohnte sich noch immer, fand Aina, zumal dann, wenn einem dazu nicht mehr viel Zeit blieb.

Das Letzte, was sie vor etwa drei Jahren von Rita gehört hatte, war, daß der rothaarige Besen eine Liaison mit Molotow hatte, einem Hamburger Suff-und-Puff-Poeten, der seinen Namen der Angewohnheit verdankte, mit leeren Bierflaschen zu werfen. Molotow müßte verhältnismäßig leicht zu finden sein; er hatte eine Mitternachtskolumne im »Gulli«:, einer Pay-TV-Agentur, die vorwiegend die Slums im Südosten von Hamburg bediente. Meistens fiel die Kolumne dem Alkohol zum Opfer, aber wenn sie stattfand, war sie so großartig, daß sich selbst arrivierte Nachrichtler heimlich auf den Schmuddelkanal schalteten, um Molotows Ideen, Sprüche, Fäkalinjurien und Fresseschneidereien abzukupfern. Molotow war Medienmacht. Aber ihm war das egal. Was er im Delirium an dreckigen Pointen ausschwitzte, was ihm an genialem Schwachsinn oder schwachsinniger Genialität sabbernd aus dem Biermaul troff, ernährte ein Heer von Epigonen, Abschreibern, Kopisten.

Auf Ainas telefonisches Hallo rülpste er nur und erkundigte sich nach der Größe ihres Killekilles – »nur schätzungsweise«, er würde es bei Gelegenheit nachmessen. Ainas Antwort schien ihm zu gefallen. Jedenfalls dröhnte er ein raspelndes Gelächter in die Muschel, ein Gelächter, an dessen Ende die Feststellung stand: »Wir haben jetzt vierzehn Uhr frühmorgens, stimmt's? Das heißt, ich werde in etwa fünf Stunden nüchtern sein. Das heißt, Moment, verdammter Schleimschiß, heute habe ich eine Lesung im Bahnhofsklo aus meinem Buch ›Koli, oder: Heimat Dickdarm‹. Am besten, du ziehst dir Gummistiefel an und kommst. Die erste Reihe an der Rinne ist allerdings vergeben: Ehrengäste, Senatoren. Aber die hinten werden auch naß. So ist das, ich bin nämlich der Anpisser mit der größten Reichweite in Hamburg ... Kommst du?«

»Ich komme«, sagte Aina, »aber wenn du schlecht bist, werfe ich mit Tampons.«

»Mmmpf«, Molotow fabrizierte, vermutlich mit Hilfe einer fast leeren Flasche, ein furzähnliches Geräusch und hängte ein.

Molotow hatte es sich, eingehüllt in die gelbe Ölkleidung der Hamburger Schauerleute, in der Pißrinne bequem gemacht. Ein exkrementöser Geruch waberte über dem Publikum, das sich zwischen Waschbecken und Rinne drängte. Die geladenen Senatoren hatten ihre Sitzkissen vor den

Sprühdüsen nicht eingenommen, was Molotow zu dem verächtlichen Schnauber veranlaßte: »Der Kunstverstand der Herrschenden ist im Arsch!«

Er begann mit einem Vorspiel: Hamburger Wassermusik, live auf pinkfarbene Pißwürfel, gesponsort von den Hamburger Wasserwerken. Molotow erhob sich, schloß die Augen und zog einen grotesk überdimensionierten Massagestab aus dem Hosenbund. Ruhe erheischend klopfte er damit auf ein Notenpult, auf dem scheinbar oder tatsächlich benutztes Toilettenpapier lag. Mit dem ersten Luftstreich des phallischen Taktstockes zischten die Wasserdüsen in den verschiedenen Segmenten der Pißrinne los. »Sie erleben einen exklusiven Anschiß von Gulli-Pay-TV mit dem unvergleichlichen Mo!Lo!Tow!« Ein Männchen drängte sich neben den Poeten, um eine Ansage zu machen, wurde aber vom Meister mit der Bemerkung abgedrängt: »Störet meine Scheiße nicht.«

Aina verspürte leichten Brechreiz. Ein Typ neben ihr mit dem typisch schwarz gespritzten Schädel der Ashtrays (einer Jugendgang aus den Neue-Heimat-Slums um Steilshoop) rief: »Alter, ab wann darf gewichst werden?«

Molotow sah, für Sekunden nur, drein wie ein indignierter Ästhet: »Bubi, wie willst du die Unterwelt beherrschen, wenn du noch nicht einmal deinen Unterleib beherrschst? Hey? Geh in dich, und wenn du da niemanden antriffst, gib eine Vermißtenanzeige auf!« Er fingerte sich eine der Bierflaschen, die offenbar zur Kühlung neben ihm in der Pißrinne standen, biß den Kronkorken ab und spuckte ihn in die hintersten Reihen.

Das wirkte explosiv, aber Aina fand, daß etwas nicht stimmte an der Gestalt. Sie sah anders aus, als sie noch vor wenigen Stunden am Telefon geklungen hatte. Molotow wirkte höchstens so echt wie eine höhere INFORM-Tochter, die sich als Nutte verkleidet ins Karnevalgetümmel wirft. Und plötzlich ließ sich die Unstimmigkeit auch lokalisieren: Über den aufgeworfenen Lippen und dem anarchischen Backenbart brannten unter der Silberhaarmähne zwei Augen, aber es waren nicht die Augen eines Säufers, sondern eher die eines Analytikers mit einer Spur Melancholie.

Das Publikum war gemischt: ein paar auffällig-unauffällig underdresste INFORMS, viel Stammpublikum aus den Südostslums, Medienleute, Hoffnungslose, aber nicht ganz so viele Alte, wie man sonst in Hamburgs Straßen sah. Molotow schaffte es schnell, sie alle zu einer Lehmkugel zusammenzukneten, der er seinen obszönen Atem einhauchte. Seltsam waren nur die Augen, die wie kaltes Springfeuer zuckten.

»Wir kommen jetzt zum Höhepunkt. Äh, Bubi mit der schwarzen Kinderarschglatze, du darfst jetzt wieder die rechte Spielhand in die Hosentasche einführen. Ich lese nun aus meinem Poem ›Koli, oder: Heimat Dickdarm‹.«

Das Poem war nichts Besonderes, fand Aina, relativ streng in der Tradition der Schwellkörperlyrik, wie sie schon vor zehn Jahren aufgekommen war, allerdings brillant vorgetragen. Aina widmete sich nicht so sehr dem Textgenuß (es ging über ein etwas überfressenes Koli-Bakterium, das aus seiner Heimat, dem Dickdarm, vertrieben wurde, um einem entmenschten Gen-Klempner als Manipulationsmasse zu dienen). Sie faszinierten vielmehr die Augen, diese Brennglasiris, die so gar nichts Milchglasiges hatte, ein Symptom, das sonst jeden Trinker verrät. Diesen Augen schien nichts zu entgehen.

»Hast du alles kapiert, Gröl?« fragte Molotow Aina, nachdem die Lesung zu Ende war und sich die Nachrichtlerin ihm vorgestellt hatte.

»Nicht ganz. Aber warum nennst du mich Gröl?«

»Ich hasse diese Anglizismen, G-i-r-l, igittigitt. Im übrigen mag ich grölige Mädchen. Also, was ist los mit dir, Gröl?«

»Ich suche jemanden.«

»So, so, also das habe ich hinter mir. Komm, wir gehen rüber ins Damenklo, da ist nicht ganz soviel Stehkundschaft. Kennst du übrigens meine Habilitationsschrift ›Das Stehpissoir als kulturelle Wurzel des Stehimbiß unter besonderer Berücksichtigung von Currywürsten und anderen tiefenpsychologischen Sauereien‹?«

»Nein.«

»Schade.«

Ein schlimmer genetischer Defekt am Menschen ist, daß er seinen Tod kommen sieht, daß er nicht gnädig und bewußtlos überrascht wird von ihm wie ein Tier. Ihn kommen sehen und nicht weglaufen können: eine Situation, wie sie in Alpträumen stereotyp wiederkehrt. Auf den Abgrund zumarschieren und wissen, daß man nicht mehr die Richtung wechseln kann.

Nur Menschen mit einem traurigen Mut behielten sich den Triumph vor, den Zeitpunkt selber zu bestimmen. Aina bezweifelte, daß ihr diese Kraft je zuwachsen würde. Oder doch, wenn die Anfälle im täglichen Stakkato auf den Körper einprasselten, wenn die Hoffnung aufgezehrt sein würde, daß die mißratenen Klempner doch noch tätige Reue zeigten und ihre vermurkste Doppelhelix wieder in Ordnung brächten? Da waren die stets wiederkehrenden Berichte von Wunderheilern, die angeblich genetisch hervorgerufene Veränderungen durch weiß der Teufel welche Kräfte rückgängig machen konnten ... Mumpitz!

Und dann all die Klugsprecher, die immer wieder geölt und gesalbt daherredeten: die verbleibende Zeit intensiv leben ... den Tod gedanklich aussperren ...! Das waren alles Leute, die noch in Ozeanen von Lebenszeit trieben. Von den Efeu-Christen hieß es, sie hätten ein Mittel gegen Todesangst. Aber Aina hatte die berufsbedingte Skepsis der Nachrichtler, die sich privat nicht abschalten ließ. Man schaffte es nur bedingt, mit anderen Augen in den Spiegel zu schauen als in die Welt.

Die unergiebige, aber unabweisbare Frage, ob sie, Aina Ötztürk-Bruck, ihren alten Leib zurücknehmen würde, wenn sie damit auch das verpfuschte Gen-Engineering ungeschehen machen könnte, fand keine klare Antwort. Fett war ein Verbrechen, war Aussatz. Tausendmal entlarvt war der dümmelnde Kult um den straffen Leib und dennoch ungebrochen. Die Sünde wider die Taille war noch unentschuldbarer geworden, seit die Freizeit die Arbeitszeit erheblich überstieg. Es gab mehr Zeit für Nabelschau. Und wes Nabel da in den eigenen Hautbergen verschwand, des Urteil war gesprochen.

Der Tod macht mager, dieser Kalauer fiel Aina immer wieder ein. So hatte ein bekannter INFORM-Nachrichtler das Ereignis, das Medienereignis, kommentiert, als erstmals bekannt wurde, daß die weltweit vorgenommenen genetischen Fettzellensteuerungen schlankweg in die Katastrophe führten, in eine private Katastrophe, die nicht dadurch erträglicher wurde, daß sie Teil eines Massenschicksals war.

Solche Gedanken kamen scheinbar ohne Anlaß. Der gestrige Abend im Pissoir, Molotows am eigenen Samenstrang aufgehängte Philosophie, dazu seine Laseraugen ... all das verfinsterte doch nicht notwendig das Gemüt? Im Gegenteil, es gab Perspektive: Molotow hatte, seltsam zögernd zwar, versprochen, einen Kontakt zu Rita herzustellen. Warum sollte das eigentlich so schwer sein? Was war aus Rita Besonderes geworden, daß sie nur mit Leibwache ging?

Ainas Grübelei kam zu einem abrupten Ende, denn Mayer-Salm mahnte telefonisch erneut ein Essen an: Er kenne die beste Peking-Ente außerhalb Chinas. Was sollte sie Mayer-Salm sagen, wenn er Konkretes über den Fortgang der Zero-Zero-Recherche wissen wollte?

Aina stöhnte und nahm sich noch einmal das Zahlenrätsel vor, von dem sich schon Legionen von Nachrichtlern die Lösung des Zero-Zero-Rätsels versprochen hatten. Vergeblich bisher. Die Zahl, die auf Zero Zeros Computerschirm gestanden hatte, als sein bisher spurloses Verschwinden im November 1999 bekannt wurde, war Rätsel geblieben.

Man brauchte Mut, Naivität oder beides, um dort zu suchen, wo andere schon vergeblich gesucht hatten. Und es waren nicht gerade die Dümmsten gewesen, die Legionen von Computern und Denkmaschinen auf Zero Zeros Zahl angesetzt hatten. Nein, es waren die Superhirnis gewesen, die tatsächlichen und vermeintlichen, die Stradivaris auf den Glasfibersaiten, die sich – mit mäßigem Erfolg – an Zero Zeros Zahl versucht hatten.

42416,785.

Eine unscheinbare Zahl. Fünfstellig, drei Stellen hinter dem Komma. Wie immer man sie auch trennte, gruppierte, quadrierte ... sie gab keine Hinweise, die mehr waren als vage Möglichkeiten. Nichts Zwingendes, nur Zahlenwerk. Postleitzahlen, Telefon- und Telefax-Nummern, Computerkennungen, alles war schon durchgespielt. Ein Zahlensalat, angerichtet von tausend Profis und einem ungezählten Heer von Möchtegern-Zero-Zeros, hatte die Medien monatelang verstopft.

Und wie immer, wenn hemmungslos drauflos geforscht wird, hatte es Opfer gegeben. Eines von vielen war ein schrulliger Erfinder, dessen solarzellengetriebener Gartengrill unglücklicherweise die Patentnummer 42416785 hatte. Die Nachrichtler hatten den Tüftler durchleuchtet, hatten alle verfügbaren Datenbänke angezapft und schließlich herausgefunden, daß er vor Jahren per Sitzstreik versucht hatte, den Bau eines atomaren Endlagers zu verhindern, irgendwo im tiefen Bayern. Doch am Ende aller Durchleuchtungen stand da nur ein alter Mann, dem die Freude über die unerwartete Publizität seines Sonnengartengrills schnell vergangen war.

Aina las die Zahl, bis die Ziffern vor ihren Augen tanzten. 42416,785. Die Folge von 42 auf 41 war noch klar, wenngleich nicht erklärt. Aber die banale Folge 6 (Komma) 7 ... 8 und wieder zurück auf 5 – das war eine Provokation, eines Superhirns unwürdig!

Die Nachrichtlerin stellte sich vor, daß Zero Zero plattbäuchig auf einer Wolke läge, berstend vor Gelächter über all seine impotenten Epigonen, die sich vergeblich an seiner Zahl versuchten, während er, der Vergeistigte, beiläufig ein Programm für den lieben Gott schrieb: Das Paradies, zweiter Versuch, eine Anleitung mit Passwörtern. Vielleicht trainierte er aber auch für seine Wiedergeburt?

Je länger sich Aina diese Vorstellung ausmalte, desto zwingender schien sie ihr: nichts als ein Abschiedsgag, Abtritt mit Effet, wie man das aus den Dutzendvideos kannte. Zero Zero hat sich einen letzten großen Joke erlaubt. Vielleicht war es unmöglich, so eine Zahl zu deuten. Vielleicht brauchte es nur einfach jemanden, der den gordischen Knoten durchschlug, die Zahl löschte. Fertig, aus, vorbei, Ende der Rätselstunde.

Aber es würde kein Ende geben. In Kürze war der zehnte Jahrestag von Zero Zeros Verschwinden. Die Medien kochten schon jetzt wieder alles hoch, was sie in den Speichern hatten. Eine neue Wende des Rätsels würde sich allemal gut verkaufen lassen, besser jedenfalls als der jährliche Sandsturm in der Lüneburger Heide.

Vielleicht, sagte sich Aina zum hundersten Mal, vielleicht war die Frage, *was* die Zahl verschlüsselt, der falsche Einstieg. Vielleicht wäre die nützlichere Frage: *Warum* hinterläßt einer wie Zero Zero eine Zahl? Nicht das Was, sondern das Warum sollte enträtselt werden.

Erste Möglichkeit (Aina beschloß, systematisch vorzugehen): Zero Zero wollte sich verabschieden – Selbstmord, um ein altmodisches Wort zu benutzen. Er wollte nicht mehr gegen Politiker, Nachrichtler, multinationale Dateien, den Calamari-Ring und andere kämpfen. Weshalb aber ließ er dann eine rätselhafte Zahl zurück? Hätte Zero Zero seinen Tod erklären wollen, wäre eine Nachricht mit Sperrfrist (freizugeben im Fall des gewaltsamen Todes) einleuchtender gewesen.

Zweite Möglichkeit: Zero Zero hatte den Namen seines Mörders verschlüsselt. Nachrichtentechnisch war das die verkäuflichste Möglichkeit. Darum gab es dafür auch die meisten Hypothesen. Aber welchen Sinn sollte es machen, den Namen des eigenen Mörders zu verschlüsseln? Entweder wollte man der Nachwelt einen Wink geben oder nicht.

Die Zahl hatte schon viele Leute wahnsinnig gemacht. Wenn sie offenbar nach den Gesetzen der Branche, nach der Logik der Computer nicht zu knacken war, dann sollte sie vielleicht keiner aus der Branche knacken? Wer aber dann – immer unterstellt, daß es überhaupt etwas zu knacken gab?

Aina stellte sich einmal mehr den Zero Zero des Jahres 1999 vor: gehetzt von allen Datenimperien, gehaßt von allen Hardway-Politikern, die sich ihre Schaltkreise nicht stören lassen wollten ... Was konnte so einer noch wollen, *wohin* konnte er noch wollen? Aina sah das angeblich letzte, tausendfach veröffentlichte Foto vor sich: ein hagerer hohläugiger Mann Anfang Dreißig, der eher älter aussah, etwas Irrsinn im Blick. Was konnte der noch gewollt haben? Was anderes als Frieden? Ende der Hatz, der Fuchs erwartet die Meute. Abschied aus der Welt der kalkulierten Sensationen. Exitus.

Das Foto war, so betrachtet, eine Offenbarung. Zero schaute aus dem Bild heraus, als suche er etwas: einen neuen Anfang vielleicht?

Angefangen hatte alles unscheinbar. Geburt am 18.11.1967. Aina tippte die Zahl in den Computer – 18111967 – eine Spielerei, mehr nervöses Fingerflippen als gezielter Schritt. Sie setzte Zero Zeros Zahl darunter, versuchte ein paar Kombinationen, fand heraus, daß man

42416,785 mit 427 multiplizieren muß, um auf 18111967 zu kommen ... Aber was bedeutete 427?

Weiß der Teufel! Morgen würde sie Rita treffen. Die Vorstellung machte sie kribbelig, so wie damals, als sie sich mit Rita nicht jugendfreie Fühlvideos angesehen hatte. Doch vor dem Wiedersehen lag noch der leidige Pflichttermin mit Mayer-Salm und der Peking-Ente.

Mayer-Salm hatte nicht übertrieben. Der Vogel schien schwerelos auf dem Teller zu liegen, die Haut zu luftig-krosser Köstlichkeit gekräuselt. Dem INFORMER schien heute nicht an professionellen Gesprächen gelegen, was Aina nur recht war. Statt dessen schüttete er über sie eine Datenflut aus. Thema: Oldtimer. Mayer-Salm sammelte Oldtimer mit Leidenschaft und Blick für das Erlesene. Prunkstück seiner Galerie war ein BMW 735 TI, Baujahr 1986, schneeweiß mit roten Ledersitzen. Eine Orgie der Geschmacklosigkeit mit lüstern phallischer Frontgestaltung, aber gekonnt. Mayer-Salm sprach mit allen Anzeichen aufkommender Erregung über den für ihn glücklichen Umstand, daß ihm früher ein befreundeter Chemiker ab und an Benzin auf Ölbasis hergestellt hatte. Dann setzte sich das Ding unter Absonderung dezent blauen Dunstes in Bewegung. Kurzum, orgiastisch!

Mayer-Salm ging zu einer kurzen kulturkritischen Betrachtung über: das Artensterben in der freien Autolandschaft. Seit es weltweit nur mehr fünf Autokonzerne gab, war die bunte Blechfauna zu schnöder Serienmäßigkeit verarmt. Wo gab es noch die kalte Pracht eines Mercedes? Wo waren sie hin, all die bunten Blechschweine? Als er von so unaussprechlichen Dingen wie Abarthanlage und Doppelvergaser, obengesteuerter Nockenwelle und Vierkreisscheibenbremsen zu schwärmen begann, startete Aina einen Break. »Was sagt Ihnen die Zahl 427?«

»Hmmm, in welchem Zusammenhang?«

»Sagen wir Mystik.«

»Die Quersumme ist 13, eine höchst interessante Zahl.«

»Eine Unglückszahl.«

»Ganz und gar nicht. Moment, das haben wir gleich.« Mayer-Salm winkte einen livrierten Chinesen heran. Kurzes Gespräch, lächelnde Bejahung, dann wurden die beiden in einen Nachbarraum geführt. Der Chinese machte eine artige Verbeugung: »Bitte sehr, Gerät zu Ihrer Verfügung.« Mayer-Salm warf den Homer an und schaltete sich auf die zentrale Suchwortkartei von ›Gunter und Rahn‹. Nur wenige Schritte, und er hatte das Gesuchte auf dem Schirm:

> Die Zahl 13 ist ein Symbol für plötzliche Veränderung, Wohnungs- und Berufswechsel. Es handelt sich bei der 13 im Gegensatz zur weitverbreiteten Auffassung um *keine* spezielle Unglückszahl. Einige alte okkulte Schriften besagen, daß demjenigen, der die Bedeutung der Zahl 13 richtig versteht, Macht und Herrschaft gegeben werden.
>
> Das Bild dieser Zahl ist ein Skelett oder der Tod mit einer Sense, Menschen niedermähend in einem Feld stehend, auf dem frisch gesätes Gras keimt, während von allen Seiten Gesichter und Köpfe junger Menschen hervorsprießen. Diese Zahl steht für das Gesetz von Ursache und Wirkung, für Revolution, Umwälzung, Auflehnung und Vernichtung des Umzuwandelnden.
>
> Die Zahl warnt vor Mißbrauch der Macht, und ihre Träger haben sich vor gefährlichen Unternehmungen und Spekulationen zu schützen. Unerwartete Ereignisse werden meist sowieso das Leben durchziehen.

»Plötzliche Veränderung! Gesetz von Ursache und Wirkung, Umwälzung, Auflehnung, Vernichtung des Umzuwandelnden ... Junge Köpfe sprießen hervor ...« Aina konnte ein Fingerflattern nicht unterdrücken: »Können Sie mir das ausdrucken lassen?«

»Klar, können Sie gleich morgen haben. Oder Sie kommen nachher zu mir, ich habe einen Direktanschluß an das Hausarchiv und einen Homer mit Ausdrucktaste.«

»Danke, danke. So sehr eilt es nicht. Morgen reicht mir.«

Mayer-Salm murmelte etwas, kehrte zur überbackenen Banane sowie den Oldtimern zurück und nahm Aina bei grünem Tee noch das Versprechen ab, sich den BMW einmal anzuschauen. Aina versprach es geistesabwesend und dachte an den Satz: »Unerwartete Ereignisse werden meist sowieso das Leben durchziehen.« Das klang so banal wie ein Serienhoroskop. Oder steckte gerade deshalb etwas dahinter?

Molotow war pünktlich. Er sah grau aus, als ginge die Farbe seiner Haare auf die Gesichtshaut über. Der Bart wirkte nicht mehr so anarchisch wie noch während seiner Lesung, sondern einfach nur unaufgeräumt, und auch die Augen brannten heute höchstens mit halber Kraft. Über den leicht vorgeneigten Schultern hing ein Parka, ein Nostalgiestück, das die letzten Jahrzehnte mehr schlecht als recht überstanden hatte und dessen Rücken drei klobig gestickte Buchstaben verunzierten: »HSV«. Molotows Beine steckten in einer abgeschabten Lederhose, die Füße in Hirschleder-Gehlappen, wie sie Anfang der neunziger Jahre aufgekommen waren, als der Rotwildbestand dem siechen deutschen Restwald zuliebe mit einem Schlag von der Bundeswehr abgeräumt worden war. Molotow trug ›Gestern‹. Gestern war die einzig beständige Mode. Nur die modischen Vignettenbildchen auf den Fingernägeln ließen sich als Zugeständnis an die Gegenwart deuten. Die Parkataschen wurden von den unvermeidlichen Bierflaschen ausgebeult.

»Morjn, Gröl, hattest du einen satten Morgenschiß?«

»Danke, danke.« Aina hockte sich zu Molotow auf eine Bank, den S-Bahn-Schacht im Rücken, den »Käfig«, wie das Polizeihochhaus Berliner Tor in den Slums des Südostens genannt wurde, vor sich: drohend, schwarz. »Wie eine Zwingburg«, fand Aina, und eben das war auch die Funktion dieses Käfigs: Drohen! Zwingen!

Molotow rülpste: »Wenn ich einen Wunsch frei hätte, Gröl, dann würde ich mir wünschen, daß Hammonia wiederaufersteht – du weißt, das fette Fischweib, das Heine und Biermann schon beschrieben haben. Hammonia würde ihren himmelfüllenden Arsch über den Käfig halten und ihn schön gleichmäßig zuscheißen. Aber diese Wünsche hat ja keiner im Programm.«

Aina mußte grinsen: »Sag mal, Molotow, was dichtest du eigentlich, wenn du mal Verdauungsprobleme hast?«

»Dann dichte ich nicht, sondern trinke Rizinusöl mit Bärenfang. Danach geht es dann wieder ganz flüssig.«

Sie schwiegen eine Weile, und Aina betrachtete sich das Treiben vor dem Eingang zum »Käfig«. Die gepanzerten Breitmaullimousinen der Polizei fuhren in unregelmäßigen Abständen vor, manchmal wurden Slummies aus den Türen gestoßen und von anderen Polizisten in Empfang genommen. Alles ging sehr perfekt, fast wie die Abfertigung in McRonnel's Kotzburger-Laden. Manchmal auch spuckte das Tor Slummies aus, die nach kurzer Orientierungsschwäche in Richtung Babylon trotteten – der Name hatte sich für die Südostslums eingebürgert, seit dort in einem leerstehenden Lagerschuppen die größte Spielhölle Europas aufgemacht worden war. Sie nannte sich, etwas unbescheiden, Babylon. Der Name hatte auf die Gegend abgefärbt.

Schließlich wandte sich Aina erneut an Molotow, der schläfrig auf der Bank zusammengesunken war: »Und du bist sicher, daß Rita hierherkommt?«

»Was ist schon sicher? Vor zwei Jahren, als ich noch erster Mann an ihrer Matratze war, hatte sie jeden Donnerstagfrüh ihren festen Treff im Käfig. Warum sollte sich das geändert haben?«

» Früh, sagst du? Es ist gleich zwölf.«

»Mmmh, ja, vielleicht ist es noch etwas früh. Wenn du einen gewaltigen Japanerschlitten siehst, aus dem eine rot eingefärbte Hexe entweicht, dann ist das Rita. Du gestattest?« Molotow rollte sich igelartig auf der Bank ein, rieb sein Grauhaar etwas an Ainas Hüfte, lud die Bierflaschen aus dem Parka, die offenbar beim Liegen störten, und grummelte: »Hammonia scheißt den Käfig zu. Das wäre nochmal was Abendfüllendes.«

7

Der Agrargenetiker und Industriediplomwirt Tobias Kaule, den Hussler seit dreißig Jahren ›Keule‹ nannte, wischte sich den Bierschaum aus dem

Bart und setzte ein listiges Lächeln auf. »Rück's raus, Sepp, du bist nicht wegen der Gaudi zu mir rausgekommen. Stimmt's?«

»Stimmt«, sagte Hussler und überlegte, wieviel Detailtreue jetzt erforderlich wäre. Doch bevor er noch in Ausflüchte weichen konnte, kam ihm eine Art optischer Koppelung in die Quere oder, wenn man so will, zu Hilfe. Spezi Kaule, Alleinbewirtschafter von zwanzigtausend Tiereinheiten, Myriaden Bakterien und Viren sowie von hundertzehn Hektar Land, saß, als hätte ihn dort ein Bildregisseur mit Hang zum Symbolismus drapiert, vor einem Holzschnitt, der vergrößerten Reproduktion eines mittelalterlichen Sämannes. Die Wolken kumulierten über dem Kantenschädel des Bauern-Archetypus zu einem Dom, durch den sich die Sonnenstrahlen fraßen. Zu Füßen der erdhaften Gestalt wucherten Lilien. Wachtelähnliche Vögel hielten sich darin halb verborgen. Eine Schrift, durch die sich Ackerwinde und Türkenbund rankten, besagte: »Sehet die Vögel unter dem Himmel an: sie säen nicht, sie ernten nicht, und euer himmlischer Vater nährt sie doch.«

Kaule bemerkte, daß sich Hussler in das Bild vertieft hatte. »Ein Geschenk von der Bio-Gen-Gesellschaft. Gefällt's dir?«

»Hmmm, ja nicht übel. Wenn du so davorsitzt, Keule, hat man Gestern und Heute in einem Blick. Fehlt nur noch die Bildunterschrift: ›Vom Getreidebauern zum Genbastler.‹ Prost!«

»Prost, Sepp ... Komisch, das Wort Bauer kennt man fast nur noch vom Schachspiel.«

Hussler nickte Zustimmung: »Mir hat vor einiger Zeit mal einer was Kluges zum Thema Landwirtschaft gesagt. Der Bauer hatte sich eigentlich schon in dem Moment aufgegeben, als er den Pflug aus der Hand gab und auf den Traktor stieg. Da war er der Krume zwar nur anderthalb Meter entrückt, aber diese anderthalb Meter hat er nie wieder zurückgefunden. Darum hat er auch nicht bemerkt, daß ihm der Boden unter der Pflugschar verreckte. Seltsam. Der Beruf ist so alt, daß man ihn schon für unsterblich hielt ...«

»Ganz so einfach ist es nicht, Sepp. Die Bauern sind geopfert worden, wie beim Schach: Bauernopfer! Bauernopfer, damit die stärkeren Figuren freien Zug haben. Übrigens: Ich habe hier in meinem Computer-

Kloster ein phantastisches Schachprogramm gebastelt, mit Zufallsgenerator und Schwankung der Spielstärke, richtig menschliche Fehler. Ich kann zum Beispiel eine Endspielschwäche eingeben oder eine Springerschwäche. Wie wär's mit einer Partie?«

»Später, Keule. Das Bier ist gut. Bakterienbier oder Reinheitsgebot?«

»Na, nun schlag aber lang hin! Ich trinke doch nicht die Mikroviehpisse, die ich herstelle ... Hey, Sepp, was ist los? Sepp ... Hey, mach keine Sachen!«

Der Tag war anstrengend gewesen, zu viele Bilder waren gegen die Netzhaut geklatscht; dann der schaukelige Übersichtsflug mit dem Schwebecopter über Kaules Industriepflanzkulturen, Tierschau, das Gewimmel der Bakterienstämme, Damwildschinken aus eigener Zucht in bayerischer Ananas. Und nun dieser Sämann mit dem Blick eines alttestamentarischen Stammvaters! Das Land um ihn herum wurde dunkler, Wolken brüteten Unheil aus, und der Gestrenge vom Feld stampfte geradewegs auf Hussler zu. Hussler blickte sich nach Beistand um, aber Kaule war unendlich weit entfernt, schaute mit aufgerissenen Augen abwechselnd auf einen Monitor und auf ihn, auf den jetzt schon der Schatten des Mächtigen fiel. Dann waren da nur noch der Alte vom Felde und er. Der Kantenschädel seines Gegenübers war bespannt mit der Haut der Wettergegerbten, der nackte rechte Arm fuhr über die Schulter und setzte die Saatguttasche in die Furche: »Schau, du Ferkel, schau, was du angerichtet hast«

Hussler versuchte dem Anblick auszuweichen, versuchte vergeblich die Lider zu schließen. Aber etwas zog ihn heran, zwang ihn, in die Samentasche zu schauen. Hussler erwartete einen mörderischen Anblick, Leichenteile vielleicht, aber da waren nur spielzeughaft all die Dinge versammelt, die er gerade gesehen hatte. Und der Alte war plötzlich Freund Kaule, aber dann auch wieder der alte Bauer Wiepen, auf dessen schleswig-holsteinischem Hof Hussler als Kind Ferien gemacht hatte. Dann wurde die Stimme wieder anonym, elektronisch entfärbt: »Du hast meine Tiere lächerlich gemacht. Dafür will ich deinen halben Magen.« Es gab nur einen heißen Stoß und keinen grellen Schmerz, als der Alte seinen Magen nahm.

In der Samentasche wogten die Industriekulturen, die auf den schwermetallverseuchten Böden angebaut wurden, auf Böden, die keine Verzehrfrucht mehr tragen durften. »Wie eine Ähre im Kornfeld«, der Alte stimmte ein grausliches Gelächter an. »Auf meinen Feldern wächst Schmieröl und Benzin. Gib mir deine Zähne, für Schmieröl braucht man keine!«

Hussler lieferte sie ab, noch ehe der Alte selber Hand anlegen konnte. »Ihr habt uns Bauern vom Feld gefegt, dafür will ich deine Hand.« Der Alte griff sich die Hand, und Hussler verspürte nur ein taubes Kribbeln, so, als wenn eine Gliedmaße einschläft. Da waren sie wieder, die Viereinhalb-Meter-Kälber vom Vormittag, aufgehängt in ihren Tragegurten, hormonell auf juvenilen Riesenwuchs getrimmt, schlappe Spottgeburten mit toten Glasaugen.

Und die Bakterienstämme kicherten unter ihrer Kunstsonne und spuckten ätzendes Wasser: Tick, tick, tick.

Der Alte trat zurück und zeigte auf den Boden, in dem glühende Heizschlangen sichtbar wurden. Ananasfrüchte blähten sich zu Kürbisgröße, platzten, und eine blutrote breiige Masse leckte zu Boden. Es zischte, als sie die Heizschlangen berührte. Hussler verstand den Alten, ohne daß dieser etwas sagen mußte. Er zog seine Schuhe aus und stellte sich barfuß auf die weißglühenden Schlangen, durch die ein Kraftwerk seine Abwärme in den Boden leitete. Die Füße brannten, aber es tat nicht sonderlich weh; nur wurde er kleiner, immer winziger, bis sich die Ackerfurche vor ihm wie ein Wall aufwarf. Dann wurde es heller, und Kaule stand vor ihm.

»Um Gottes willen, Sepp, was war denn los? Komm zu dir, Alter!« Hussler sah einen Kaule vor sich, der versuchte, ihm mit einer Tischdecke Luft zuzuwedeln. Auf dem Boden schwamm eine Bierpfütze rund um ein zerbrochenes weißblaues Glas. »Sepp, was war denn los?«

»Weiß nicht, mir muß schwindlig geworden sein. Wie besoffen.«

Der Alte vom Feld stand wieder starr auf seiner Scholle und hielt die Samentasche so, daß nichts Verdächtiges herauslugen konnte. Zu seinen lappenumwickelten Füßen blühten Lilien. Nichts war von den genengineerten Bastarden der Bioindustrie zu sehen, alles war gut.

Schließlich fühlte sich Hussler zu einer Frage erstarkt: »Keule, wie lange war ich weg?«

»Keine fünf Minuten. Sag mal, Sepp, hast du im Labor Hautkontakt mit den Viren und Bakterienkulturen gehabt?«

»Du warst doch dabei, ich glaub' nicht.«

»Verdammte Schleimscheiße! Dann ist wieder was undicht. Und nächste Woche sind wieder die Schnüffler vom Gen-TÜV hier. Geht's dir wieder gut, Sepp?«

»Geht so, Keule. Ist das wirklich kein Bakterienbier?«

»Ich schwör's dir! Na gut, die Braugerste ist künstlich, die wächst ja nirgends mehr natürlich, aber sonst ist alles original, keine Bakterienpisse. Ich schwör's dir!«

»Hm, dann bekommt mir die Landluft nicht.«

Kaule druckste eine Weile herum, dann kam es wie mit einem Ruck: »Sepp, ich habe das Gefühl, ich weiß nicht, wie ich's sagen soll, irgendwie bist du schon verkorkst hier bei mir angekommen. So mit Blähungen im Gehirn. Du schaust in die Gegend wie ein geklontes Rind!«

Hussler hatte keine rechte Neigung, weiteren Körperkontakt mit der modernen Agrarindustrie zu pflegen, zumal es alles Wissenswerte auch in seiner Sprache, in der Sprache der Informatiker, zu erfahren gab: auf gut Daten-Deutsch. Zudem (Hussler gestand es sich ungern ein!) störte es ihn, daß sich alle neuen Eindrücke in seiner Erinnerung an gewissen Kindheits-Prägebildern stießen: Zichorienfelder kontra Kornfelder, Benzinrüben kontra Kartoffeläcker. Das verursachte ein larmoyantes Gefühl der Weichheit in der Magengegend.

Kaule hatte sich das Nervenzentrum seiner »Agro-Plant« Ingolstadt-Ost für den Schluß aufgehoben. »Schnäterätä, wir kommen zum vorläufigen Höhepunkt! Der Bauer als Pilot. Please fasten your seat-belts, we are leaving in about one minute«, witzelte der Agrargenetiker und stieß die Tür zur Zentrale auf. Hussler bot sich der normale Anblick einer Schaltzentrale, wie er sie selber dutzendfach konzipiert und (aber das stand auf einer Sonderdiskette) auch ausspioniert hatte. Kaule baute sich im Raumzentrum auf: »Also, Seppel, wie du weißt, sind uns seit 1985 15 Prozent Nutzfläche aus der agrarischen Nutzung gefallen: Schwermetalle, Altlasten, Erosion und diese entsetzlichen Spritzrückstände. Weißt du ja alles. Das heißt, daß jetzt 2500 Agro-Plants auf der Restfläche in etwa das erwirtschaften müssen, was früher flächenhaft erzeugt wurde ...« Kaule hielt abrupt inne und funkelte seinen Spezi Hussler mit den Augen an: »Hörst du überhaupt zu, Seppel? Sag mal, warum mach' ich hier eigentlich den Reiseführer? Was soll der Schmarr'n? Bist du ins Software-Fach für Agro-Business gewechselt? Was ist eigentlich los?«

»Später, Tobbi, erzähl weiter.«

Kaule schüttelte den Kopf und erläuterte etwas lustlos die Funktionen: Hier die automatische Blutzuckerüberwachung der Mega-Kälber mit integriertem Schaltkreis für die Enzymsteuerung zur Garantie konstanter Freßleistung der Babyriesen, dort die Video-Mikro-Überwachung der Bakterienkulturen, Fernkontrolle und -stimulation der Stickstoffumsetzung bei den Industriepflanzen, Parallelschaltung des Hormonzyklus bei Spender- und Trägerkuh (etwas altertümelnd die Konstruktion, fand Hussler), schließlich die Roboterfernversorgung der Wolpertinger, jener schlappohrigen Chimären aus Wildkaninchen und afrikanischem Zwergschwein, deren Frohwüchsigkeit alle bisher konstruierten Kunsttiere in den Schatten stellte.

Hussler nickte, fand sogar ein paar anerkennende Worte und machte noch den Vorschlag, die Produktion essentieller Fettsäure mittels Regenwurm auf Bio-Chips umzustellen, da diese vermutlich sensibler durch die Darmperistaltik der Würmer direkt gesteuert werden könnten.

Doch schließlich baute sich Kaule fast drohend vor Hussler auf, und seine Stimme hallte theatralisch im verspiegelten Raum: »Schluß jetzt, Sepp, was willst du von mir? Bist du ein getarnter Schnüffler vom Gen-TÜV? Willst du mir den Laden ausspionieren? Was ist Sache?«

Hussler stöhnte, weitere Ausflüchte würde Keule nicht mehr hinnehmen. »Keule, hör zu, ich muß mir möglichst exakt vorstellen können, was ein vernünftiger Mensch gegen all das hier einwenden könnte. Ich brauche ein Programm für Rennies, für Softway-Heinis, verstehst du? Ich habe einen Auftrag der staatlichen Akzeptanzforschung. Ich soll ein Programm entwickeln, das den Widerstand der Softis bricht.«

Das war nicht einmal die halbe Wahrheit, aber Tobias Kaule schien sie zu genügen. »Aha ... Mein lieber Scholli! Und ich dachte schon, du tickst total neben der Diskette. Da ist mir jetzt aber wohler ... Warte, da hab' ich was für dich, was Urkomisches.« Kaule schaltete einen großen Vorführschirm ein, tippte eine Kennung ein und schnitt ein vorfreudiges Gesicht auf dem Schirm erschienen zwei Mega-Kälber, im typischen Freß-Taumel-Rhythmus mampfend, leises Knarren der Haltegurte. »Du weißt doch, Sepp, wie ich den Stall überwache. Ich hab' eine spezielle Geräuschdetektei eingebaut. Ein Mikro identifiziert alle Geräusche, und bei außergewöhnlichen Frequenzen springt eine Alarmanlage an und natürlich die Video-Aufzeichnung. Paß auf, was jetzt kommt: Ökorilla im Heimkino, oder: Tobias Kaule als einsamer Held im Kuhstall.«

Hussler mimte Interesse, aber seine Gedanken kreiselten um die Frage, was die kleine Ohnmacht verursacht haben könnte.

»Ay, Schnarchlappen, ist sie das?«

Molotow machte ein Geräusch, dessen Entstehungsort sich nicht genau lokalisieren ließ, und schob den Weißhaarvorhang aus dem Gesicht, schaute aber nur kurz auf: »Stinkt es nach Pech und Schwefel? Dann ist sie es.«

»Komm, wir gehen rüber!«

»Wäre unklug, Gröl. Jetzt ist sie hungrig. Wenn sie wieder rauskommt, geht es ihr besser, dann hat sie zwei bis drei Bullen verspeist. Das beruhigt die Magennerven, stimmt milde. Ich kenne das. Im übrigen, sei vorsichtig wegen der Gorillas. Der mit der Glatze schlägt erst und denkt dann, und meistens läßt er die zweite Stufe ganz weg.«

Molotow erhob sich nun doch und sammelte seine Flaschen zusammen. »Siehst du den Abfallkorb? Ich stehe zwar im Geruch eines ungewaschenen Arschlochs. Zu unrecht ...« (Molotow schleuderte eine Flasche mit Effet aus dem Handgelenk) »... wie man unschwer erkennt.« Das Hohlkörpergeschoß landete splitternd im Stahlblechbehältnis. Molotow rülpste selbstgefällig: »Aber verrat es keinem, das kostet mich sonst mein Image.« Molotow stand ein Weilchen ausgebeult und unschlüssig vor Aina herum.

»Willst du schon gehen, Molotow?«

»Mm, ja, ich hab' noch eine Verabredung mit einem gewissen Hennessy, hochprozentiger Adel, aber im Grunde eine Flasche. Und du weißt ja nun, wie sie aussieht, die Hure von Babylon ...« Er verteilte sein Weißhaar über den Hinterkopf, auf dem sich eine Kahlfläche bildete.

Seine Augen-Punktstrahler sind nicht kalt, dachte Aina, nein, wirklich nicht.

Die Gestalt machte eine halbe Drehung und sagte: »Paß auf dich auf, Gröl. Babylon ist nichts für Babypuppen mit Pfirsichärschen. Das ist ein zugiges Scheißhaus ohne Papier.« Molotow schaute eine Weile auf die Skyline der Südostslums, so, als suche er etwas, dann stakste er fort.

Allein war es kälter. Wer war diese Erscheinung, die da eben aus dem riesigen Schlitten schnellte und sofort von vier breiten Rücken flankiert wurde. Rita? Die Rita, die vor fünfzehn Jahren nach einmaligem Sehen alle Märchenvideos auswendig aufsagen konnte? Die Rita, die immer wußte, wie man die Fühlvideo-Automaten überlisten konnte? Die Rita, die im großen Stil Stadtköter fing und sie an die alten Leute verhökerte?

Immerhin: Die Figur konnte stimmen. Aina wurde von der Erinnerung gepackt: klebrig wie türkischer Honig. Vaters ewig miefige Imbißbude in Hamburg-Ottensen, wo sich kalter Tabakqualm und heißes Fett emulgierten. Die Jagd nach jedem Fleischstück, das auf einem Pappteller zurückkam ... bis Aina zu fett war, um dem Hund zuvorzukommen. Die Hamburger Mutter, die Wert darauf legte, daß auch Deutsche »bei Ahmed« aßen (Fritten statt Kebab), und für die ein deutscher Dauerarbeitsloser immer noch mehr wert war als ein türkischer Arbeiter. »Wenn man so lange verheiratet war wie ich, Aina, und wenn der erste in die Kiste springt, dann braucht man eine andere Wärmflasche zum Einschlafen, und wenn man so fett ist wie du und ich, bekommt man nur noch eine türkische.« Aina hatte das nicht vergessen. Mutter liebte es drastisch. Ainas Geburt war eine kleine »Verrücktheit der Natur«, hatte sie gesagt. Vater konnte den Schnurrbart zittern lassen, aber dafür nur dreißig Worte Deutsch. Unendlich viel Zeit verbrachte er in einer Ottenser Hinterhof-Moschee ... Und durch alles wirbelte Rita, dieser ewig gespannte Flitzebogen, deren einziges Problem zu sein schien, in den vierundzwanzig Stunden eines Tages ihre Energie in Bewegung umzusetzen. »Italienischer Zappel«, hatte Ainas Mutter Rita genannt. Dabei war deren Mutter Portugiesin, aber das Wort stimmte auch sonst nicht: Rita bewegte sich schon damals zielgerichtet; sie wirkte nur zappelig, weil sie alles ungeheuer schnell machte. Die Schulclips zum Beispiel brauchte sie nur einmal zu hören, um alles abzuspeichern, und selbst die fadesten Mathematikformeln saßen beim ersten Hören. Welch ein Kopf! Aina bekam bei aller sonstigen Schärfe ihrer Erinnerung kein klares Bild des Kopfes, denn der war immer in Bewegung, wie von entfesselter Kamera gefilmt, nur Reißschwenks und irrsinnige Zooms.

Als Aina die Gorilla-Glatze wieder im Torweg auftauchen sah, schnellte sie von der Bank auf: »Hallo, Rita!«, und lief auf die Straße. Ein Blechschwein bremste ekstatisch. Die Gorillas formten gedankenschnell einen Palisadenzaun aus vier massigen Leibern. Dahinter loderte ein Feuerkopf.

Hussler hatte Mühe, Keule nicht durch Desinteresse zu brüskieren. Der Freund legte offenbar großen Wert darauf, ihm sein Amateurvideogeflimmer vorzuführen: die automatische Aufzeichnung der versuchten Tierbefreiung in seiner Plant. Unversehens hatte Hussler eine Frage angesprungen, die er in anderen Zusammenhängen und Stimmungen leicht als philosophisch und damit als irrelevant abgeschüttelt hätte. Aber heute wurde er sie nicht los: Wie viele Erkenntnisse und Erlebnisse waren eigentlich schon Zweiter-Hand-Ware, weiche Attrappe, Software? Hatte er das letzte Mal in einer Fühlvideokabine geheult oder draußen? Und diese ganze sogenannte Knopfdruck-Demokratie, die nach dem Zusammenbruch der repräsentativen Demokratie aufgekommen war: Ja- oder Nein-Impuls des mündigen Bürgers wegen jeder Blähung in einem Politikerhirn. Gerade gestern, Abstimmung nach TV-Schau-Diskussion: zweiunddreißig Prozent für das natürliche Erbrecht von Retortenkindern, neunundzwanzig Prozent dagegen, der Rest ohne Meinung. Der mündige Bürger hatte es im Zeigefinger, wenn schon nicht mehr im Kopf. Hahaha! Mündig ...! Maulig werden wir, so hatte es ein Schweizer Vorläufer der charismatischen Christen schon vor etlichen Jahren prophezeit. Verdammt, was war noch echt?

Keule schien Husslers geringes Interesse an seiner Dokumentation einer mißglückten Tierbefreiung zu bemerken und versuchte, den Streifen durch persönliche Kommentare zu dramatisieren: »Paß auf, Sepp. Da vorne ist das Mega-Kalb. Und jetzt kommt er ins Bild, der Ökorilla. Da, schau, richtig mit grüner Maske, wie im Fühlkino. Jetzt läßt die andere, die ist noch nicht im Bild, die Gurte locker. So eine damische Kuh! Die wußte noch nicht mal, daß die Viecher nicht allein stehen können. Da schau, plong! Sackt's zusammen wie nasse Wäsche. Ich schwör's dir, da erkennt man doch die dummen Gesichter noch durch die Maske. O mei! Und jetzt komm' ich. Schade, der Ton ist gestört. Aber dem sauberen Pärchen hab' ich was gepfiffen, mein Lieber. ›Tierquälerei aus Dummheit‹, habe ich gesagt. ›Von wegen Tierbefreiung.‹«

Hussler betrachtete die Szenerie, aber sie erreichte ihn kaum: drei Tonnen zusammengebrochene Biomasse, Fleisch, Fell, Knochen. Darüber pendelten wie schlaffe Marionettenschnüre die leeren Haltegurte, davor standen ein hektisch gestikulierendes Pärchen und ein noch heftiger gestikulierender Keule, der immer wieder in die Kamera schaute, als erwarte er von dort Regieanweisungen. Hussler sah das alles nur so, wie man einen Kontrollmonitor beiläufig im Auge behält.

Die Frage hatte sich in seinem Schädel festgehakt: Was erreicht mich eigentlich noch? Wirft mich eine läppische Realbegegnung, ein Erster-Hand-Erlebnis um? Macht mich das bißchen Bakterienbrei und Bullenpisse von vorhin ohnmächtig wie eine Gouvernante, der man einen unsittlichen Antrag stellt? Oder waren es diese Dämpfe in der Virenabteilung? Oder doch das Bier? Keule wäre da schon ein kleiner Schwindel zuzutrauen. Wer so allein wie er nur mit etwas Roboter-Gesinde eine Super-Plant bewirtschaftet, der kann wohl schon mal komisch werden, der sieht Gespenster auf jedem Kontrollschirm, verliert die Kontrolle bei all den Kontrollgängen, hält vielleicht sogar Bakterienmolke für Bier oder sonstwas.

Das Videowerk endete damit, daß ein junges Mädchen auf die Kamera zukletterte und sie (offenbar) zerstörte: ein besserer Schluß, als man ihn in den meisten der professionellen Seicht-Serien zu sehen bekam.

Hussler fand ein paar lobende Worte und ließ sich anschließend bereitwillig Keules Schachprogramm zeigen, dachte aber fortwährend an die Unmittelbarkeit von Erlebnissen und an die Frage, warum sich diese Unmittelbarkeit offenbar so schmerzfrei durch Konserve ersetzen ließ. Es gab nie Verbraucherproteste unter der Parole: Wir wollen das Echte! Ersatz war gut. Aber was war überhaupt Ersatz? Wer sagte, daß Ersatz nicht die Wirklichkeit war?

Hussler fiel der Skandal mit den Placebo-Arbeitern ein, während Keule ein Schachspiel mit eingebauter Springerschwäche ablaufen ließ. Dieser verschwundene Computer-Knacker, dieser Zero Zero, hatte vor etlichen Jahren anläßlich einer Gewerkschaftstagung aufgedeckt, daß die Industrie mit Arbeitslosengeldern Scheinarbeitsplätze einrichtete, die sogenannten Placebo-Plätze, weil Millionen von Dauerarbeitslosen offenbar unter den Psychoschäden der Untätigkeit mehr litten als unter der materiellen Not. (Keule inszenierte ein Schlußgemetzel: Jede Figur durfte sich nur bewegen, um zu schlagen. Clou des Programms: den Gegner in Schlagzwang zu bringen.)

Diesem Zero Zero, erinnerte sich Hussler, war damals offener Haß entgegengeschlagen. Er hatte vermutlich einen warmen Regen der Dankbarkeit erwartet, dieser Romantiker! Aber die Getäuschten wollten ihre Täuschung zurück. Lieber Placebo sein, ohne es zu wissen, als ein »echter« Arbeitsloser. Die Täuschung war allseits gewollt, weil gut und staatstragend. Ein soziales Loch sollte optisch geschlossen, die Landschaft durch Attrappen verstellt werden.

Und arbeitete nicht eine ganze Food-Industrie daran, den Geschmack alter Lebensmittel vergessen zu machen? Gab's nicht schon Leute in den Slums von Frankfurt, Ruhrmetropole, Rheinschiene oder Hamburg, die nur noch Billignährschleim vertrugen? Hussler schüttelte sich. Woher kam dieser Schrotschuß von Quergedanken? Hatte er schon den Softway-Bazillus in sich, nur weil er versuchte, sich in Aussteiger-Gedankengänge einzufühlen?

»Hey, Sepp, hörst du überhaupt noch zu?«

»'tschuldigung, Keule, ich war nicht ganz bei der Sache. Aber das mit der Doppelturmfalle ist großartig.«

»Doppelläufer!«

»Mein' ich doch. Enorm.«

»Sei ehrlich, Sepp, dich ödet das hier alles an. Kann ich auch verstehen.«

»Das ist es nicht. Du, ich hab' die Lösung für das, was ich vorhin gesagt habe, das mit dem Programm für Softway-Heinis.«

»Na prima, darauf trinken wir einen.«

»Hast du noch etwas anderes als Bier?«

»Freilich, Wein, fast wie echt.«

8

»Was gibt's?« Der Feuerschopf drängte sich halb durch das Gitterwerk der vier männlichen Pfahlbauten. Aina sah nun das Gesicht, die fast zusammengewachsenen Augenbrauen über der ideal geschwungenen Nase, die tieflila Lippen: zweifellos eine ungemein verbesserte Rita.

»Ich bin es, Aina.«

Die kleine Gestalt in schockrotem Leder drängte sich durch die Absperrung, die das nur zögernd geschehen ließ. Die Gesichter der Leibwache signalisierten akutes Mißtrauen. »Aina??« Der Feuerteufel spießte die Worte mit der Zunge auf.

Aina wurde der Grund der Irritation klar. Sie markierte mit beiden

Händen mehr als doppelte Hüftbreite und ließ die imaginär aufgeblähte Gestalt mit lautem Zischen auf ihr jetziges Realmaß zusammenfallen.

»Uiiiii!« Rita kiekste voller Wollust: »Ich hinke durchs Feuer, das Brot ist zu teuer ...«

»... ich hinke durchs Meer, das Herz ist mir schwer«, ergänzte Aina.

Und dann ging alles blitzschnell. Rita stieß erneut den Kriegsschrei aus, mit dem sie schon vor fünfzehn Jahren die Ottensener Milchzahngang terrorisiert hatte: »Uiiiii!« Ein Einfrau-Hexensabbat fegte über den Beton vorm Käfig und riß Aina zu Boden, die einen Biß im Ohrläppchen spürte und über die Steinplatten gewirbelt wurde wie ein Feudel.

Als Aina zu sich kam und feststellte, daß ihr rechtes Knie blutete, saß Rita auf der platten Erde, zappelte mit den Beinen und klatschte die Handflächen auf den Stein: »Los, Jungs, hochleben lassen!«

»Hier?« fragte der Glatzkopf-Gorilla mit einem mißbilligenden Blick auf die Käfigkulisse hinter sich.

»Wenn ich es sage!«

Die vier packten Aina mit distanzierter Vorsicht, als handele es sich um einen Sprengsatz unbekannter Bauart, und warfen sie mit spitzen Fingern in die Luft.

»Höher ... eins ... und zwei ... und nochmal ... genug! Absetzen! Willkommen in Babylon.«

»Hallo, Rita! Mensch, ist das 'n Empfang!«

»Das war noch gar nichts! Ich lass' ganz Babylon für dich tanzen. Nur die Einbeinigen dürfen sich drücken und die Berufsschwangeren. Komm in meinen Panzerglassarg, du Lausekröte. Laß dich ansehen. Uiiiii, richtig schnuckelig. Wo sind denn all die Pfunde? Nur noch an den richtigen Stellen! Dich heuer' ich sofort für unsere hormonelle Fernbetreuung an.«

»Was 'n das?«

»Später, Schatz!« Sie stiegen ein, die Kalesche surrte sanft, und Rita fauchte den Fahrer an: »Schnarchi, seit wann hältst du bei Rot? Etwas mehr Disziplin, ja!« Aina sah noch einen Polizisten, dem ein Fragezeichen ins Gesicht gemeißelt stand: so groß, daß sie lachen mußte.

Über Babylon beziehungsweise die Südostslums hatte eigentlich jeder Hamburger sein Geschichtchen parat, wobei sich die meisten davon schon bei flüchtigem Hinhören als Aufguß irgendeiner Video-Seichtbeutelei enttarnten. Aber das machte nichts und tat zum Beispiel der Beliebtheit der Slummie-Witze keinen Abbruch. (Zwei Südost-Slummies reißen sich eine dreifach plastikverpackte Box mit Nährschleim auf, schütten den Inhalt weg und mampfen die Plastikverpackung. Sagt der eine Slummie zum andern: »Nur dreifach verpackt? Jetzt sparen sie auch schon am Plastik!«)

Aina hatte sich vorgenommen, Babylon so unbefangen wie möglich zu sehen. Das war schwierig, denn Babylon gehörte zu den Orten, die man zu kennen glaubte, weil sie immer wieder durch den großen medialen Fleischwolf gedreht wurden. Unwillkürlich suchte man unter den ausgemergelten Gestalten »Slummie Slender«, die berühmte Comic-Figur, den ewig grinsenden Verlierer, der sein Haar mit einem Fischskelett kämmte, Sonnenöl aus der Flasche trank und durch jede Niederlage optimistischer wurde.

Slummie Slender war legendär, und es schadete seiner Reputation keineswegs, daß ihn mäkelnde intellektuelle INFORMS »das strichgewordene schlechte Gewissen der Informationsgesellschaft« genannt hatten. Und wie zum Hohn: Das erste Graffiti, das Aina in Babylon las, lautete in krakeliger Kinderschrift: »Slender war hir!« Die Verspotteten liebten ihr Spottbild. Angeblich war der Ur-Slender eine Erfindung von Molotow gewesen (Aina hatte vergessen, ihn danach zu fragen), aber Molotow sollte, so hieß es, sich von Slender getrennt haben, als der in Vertrag bei einem Video-Riesen ging.

Zuzutrauen wäre Molotow das schon. Aina fiel wieder Molotows Kurzansprache über Klischees ein, mit der er seine Pissoir-Lesung eröffnet hatte: »Klischees, das ist wie Wichsen vorm Spiegel. Aber an Goethe, den alten Edelficker, reicht keiner ran. Nehmt eine der lausigen Blut-und-Hoden-Shows und dann lest den ›Faust‹, am besten mit etwas Brand auf der Birne. Ich sag' euch, dann habt ihr exakt den Unterschied zwischen Wichsen und Bumsen. Ich bin Goetheaner. Prost!«

Molotow ... Warum wollte er um keinen Preis nach Babylon mitkommen? Dort war er doch ein Idol! Es schien, als wiche er Rita aus. Er sprach von ihr wie ein zeitweise trockener Alkoholiker von seinem Stoff: mit Abscheu und Verlangen. Warum? Die beiden waren doch einmal die Schmuddel-Version von Romeo und Julia gewesen. Vielleicht könnte man Rita danach fragen. Oder besser doch nicht?

Babylon, das war der Ort nach der Zerstörung, der unverdauliche Rest der Gesellschaft. Seine Vitalität war die der Würmer im Aas. Aina sog auf, was sich mit den Augen erfassen ließ. Auf einem der ausgedienten Wellblech-Ex-Lagerschuppen, die jetzt als Clan-Häuser dienten, stand: ›Achtung, Sarg nicht schließen, bevor Leiche tot!‹ Rostende Pipelines überspannten tote Elb- und Billearme, Beton warf alle Farbtarnung ab, Rostflecken durchbrachen den Spannbeton: brüchige Korsettstangen. Nur Spielhöllen glommen wie Neonröhren, die einer vergessen hatte abzuschalten. An den Straßenrändern und zwischen den Häuserschluchten stocherten Alte in den Müllhalden: graue, flugunfähige Raben mit gichtigen Schnäbeln.

»Deutsche Slums erkennt man daran, daß der Müll sauber geschichtet zwischen den Häusern liegt.« Auch so ein fader Slummie-Witz. Und so falsch!

Es hieß, der Boden hier sei seit Jahrzehnten arsenverseucht. Trotzdem sah Aina Kinder aus Pfützen trinken. Vermutlich waren die Wassertanklaster wieder mal ausgeblieben. Das rostige Straßenschild ›Ausschläger Weg‹ hatte einer in ›Ausschlag-Weg‹ umgespritzt. Auf einer schwarzgeätzten Metalltafel las Aina: ›Zerstört 1943, aufgebaut 1953.‹ Ein Anonymus hatte dazugesprüht: ›Verslumt in alle Ewigkeit!‹

Sie können nicht altern, fiel Aina auf, die Nutzgebäude der Moderne konnten nicht in Würde alt werden. Während die Gründerzeitbauten des vorigen Jahrhunderts noch ihre verwitterte Haut wie Edelpatina trugen, glichen die Bauten der Waschbeton- und Kunststoff-Periode schon nach wenigen Jahren einem ungepflegten Gebiß.

Aina störte es, daß sie auf Anweisung von Rita nur mit einem ihrer Leibgorillas spazierengehen durfte. Der Mann, den Rita Schnarchi nannte, hielt sich zwar dezent im Hintergrund, aber seine bloße Anwesenheit schien zu genügen, Menschen auf die gegenüberliegende Straßenseite zu scheuchen. Ein kleiner Junge flüchtete sich sogar brüllend ins Dämmerdunkel einer Clan-Halle.

»Vertraue nicht dem, was du siehst, denn du siehst nur die Oberfläche. Ich erkläre dir alles später«, hatte Rita gesagt. Was gab es da noch zu erklären? Slum war Slum: banaler als die Geschichten, die man sich darüber erzählte, dreckiger als die farblich aufgehellten Video-Aufnahmen von den Down-Sessions, den »Blues«-Festivals der Türken und Portugiesen. (Musiksoziologisch übrigens eine Ungehörigkeit, daß sich die Klagemusik beider Völker, die doch durch ein ganzes Mittelmeer und ein gutes Stückchen iberischer Halbinsel getrennt sind, in den Hamburger Slums verschmolzen hatte. Aber schließlich waren ja auch Blues und Beat in Slums geboren worden.)

Man durfte gespannt sein, was Rita erklären wollte. Rita, die Clan-Mutter! Rita, die Rote! Ordnungsfaktor! Mit fünfundzwanzig schon Legende! Rita war verändert und doch wieder die Rita früherer Jahre. Noch immer der Explosionsmotor, den permanent Zündungen vorantrieben. Aber wohin? Und ob es einen geeigneten Moment für die Frage nach Fab Fab geben würde? Ob der vielleicht am Ende auch hier in Babylon hauste? Als Made im Auswurf der Stadt?

Aina fiel auf, daß niemand bettelte. Dies war eine positive Abweichung vom Klischee, denn im TV sah man immer wieder Scharen von Alten, Kindern und Arbeitslosen, die ihre hohlen Hände an die Fensterscheiben der INFORM-Autos hielten, wenn deren Besitzer einmal zum Slumming in den Südosten kamen.

»Wird hier nicht gebettelt?« fragte Aina den Mann, der Schnarchi hieß.

»Rita hat Connekschns. Wir ham' immer satt Nährschleim.«

Rita residierte in einem ehemaligen Schleusenhaus gegenüber einer Waschbeton-Ruine, an der noch ›Hamburger Gaswerke‹ stand. An der Schleuseneinfahrt ragten wie abgefaulte Zahnstümpfe die Zementsockel von Kränen auf. Die verbliebenen rostigen Zahnkränze hatten etwas seltsam Altertümelndes, fand Aina. Abgefetzte Hochspannungsleitungen eines ehemaligen Umspannwerkes waren vom Efeu erobert worden. Eine Wolke von Spatzen stob hervor, als Aina vorbeiging. ›Vorsicht, Lebensgefahr‹, höhnte ein Schild.

»Da is' Rita ihr Schloß«, sagte der Gorilla und deutete auf das ehemalige Schleusenhäuschen, das gut in Farbe stand und nicht den üblichen Plastikmüll-Vorgarten hatte. Der Eingang war zweistufig bewacht, aber Aina schien avisiert worden zu sein, denn die Türsteher begnügten sich mit Sichtkontakt: »Der Boß wartet schon«, raunzte der eine nur.

Aina ging eine enge Wendeltreppe hinauf, kein Schmutz, fast über jeder Stufe in Griffhöhe ein Feuerlöscher.

»Zweite Tür li-hinks!« zirpte ihr Rita entgegen. Sie saß in einem riesigen plüschblauen Ohrensessel, der wie eine Muschel geformt war, trug noch das Feuerkostüm von gestern, in dem sie aus dem Käfig gekommen war, und zusätzlich zwei grellbunte Leuchtstoff-Spangen.

»Warte einen Moment, Schatz, der hier braucht erst noch meine Zuwendung!« Erst jetzt entdeckte Aina einen untersetzten älteren Südländer, der sich artig verneigte: »Señora!«

»Also, paß auf, Domingo.« Rita schlug einen forschen Ton an. »Es gibt für uns keinen Grund, andere Bedingungen zu akzeptieren als die bestehenden. Der einzige Grund könnte eine Veränderung der Bedingungen zu unseren Gunsten sein. Capito ...? Wir liefern wie bisher erste Ware. Unsere Embryos hat noch kein Institut beanstandet. Sag denen das! Und wenn Kralle Schwierigkeiten hat, die Ware zu legalisieren, dann ist das sein Problem. Um solche Probleme zu lösen, wird er bezahlt. Und jetzt wiederholst du mir das alles, damit ich sehe, daß wir uns verstanden haben.«

Der Alte kratzte sich die Stirnglatze: »Also ... wir wollen ... wie immer wollen wir ...«

»Sssssssch...! Sag es auf Spanisch, sonst stehst du dir die Beine durch, ehe du fertig bist, du Nachgeburt!« Der Alte sprudelte seinen Auftrag in einem kehligen Spanisch hervor, und Rita winkte ihn dann mit dem Handrücken zur Tür hinaus.

»'tschuldigung, Schatz! Ist das nicht herrlich? Wir haben den ganzen

Nachmittag für uns. Hast du gut geschlafen? Wie war das Essen? Ich hoffe, Schnarchi war sauber. Er mußte sich extra die Füße waschen, bevor er dich begleiten durfte. Uiiiii, Moment, ich muß nochmal eben ... hätte ich fast vergessen ... Sekunde!« Rita schaltete einen Großbildschirm ein, der, geschickt verblendet, vorher nicht zu bemerken gewesen war. »Du siehst, Schatz, ich habe alles am Kabel. Du hast mich doch gestern in der Kalesche gefragt, was ›Hormonelle Fernbetreuung‹ ist ... Bitte sehr ... Meine Konzeption!«

Aina sah einen buntverspiegelten Raum, in dem Puffrot überwog. Die Kontrollkamera glitt über das Interieur, das fast nur aus Betten und Barhockern bestand. Aus der Kameraperspektive war zu erkennen, daß die Betten Attrappen waren. Auf dem Gerät posierten Mädchen in Reizwäsche oder ganz ohne, vorwiegend in spagatähnlichen Stellungen. »Unser feuchter Kanal, Aina. Die Kunden wählen zu Hause an ihrem Homer ein Mädchen und sagen ihm, was es machen soll ...« Rita schien gefunden zu haben, was sie suchte, und stoppte die Kontrollkamera über einem leeren Bett: »Diese miese Ratte! Einfach abgehauen!« Dann wandte sie sich abrupt Aina zu: »Fragen, Schatz?«

»Ja. Wie geht es dir, Rita?«

»Eine gute Frage. So gute Fragen stellt mir hier sonst keiner. Mir geht es gut. Sieht man doch.« Einen Moment lang war es still, nur draußen stritten sich ein paar Möwen (»Abfallgeier«, sagte man hier) um Verdauliches.

Rita schien eine neue Frage zu erwarten, doch als nichts kam, sprudelte sie hervor: »Was hast du gesehen, Schatz? Sag nichts, ich weiß es selber: Dreck, Müll, kranke Alte, Säufer, vielleicht sogar Drogenscheintote. Oder? Und nun ist dir alles klar! Das hier ist die Hölle, und Rita ist des Teufels Großmutter oder seine Tochter, äh? So denkst du doch! Gib's ruhig zu! Ich sag dir: nichts ist! Und ohne mich wäre hier noch weniger. Wir haben hier wenigstens noch Gewerbe: Uteral-Fleischerei. Der Alte, der gerade hier war, der Domingo, liefert die Embryos ab. Ohne unsere Hardware für die Wissenschaft gäb' es all die schönen Reißbrettkindlein nicht. Wo bitte sollten sonst all die Wunderknaben üben? Ich habe hier eine funkelnagelneue Embryoausspülanlage hingestellt, letzter

Stand der Technik. Was Besseres haben die auch in den Universitätskliniken nicht. Wir liegen jetzt schon bei zweihundert Embryos pro Woche.

Und dann diese TV-Wichsothek, die du gerade gesehen hast, die ernährt zwei Wellblechbaracken, prallvoll mit Menschen. Ja, mit Menschen! Und die Models, die für die Wichsothek zu alt sind, machen noch fünf, sechs Jahre als Leihmütter. Wir haben eine, die trägt immer vier Portionen gleichzeitig aus, einmal sogar schwarz, gelb und weiß gleichzeitig. Alles nach Katalog.

Und wenn nicht alles schiefgeht, haben wir nächstes Jahr eine Börse für Innereien. Es gibt genug arme Schweine, die eine Niere hergeben für zwei Jahre Sattessen: ohne Nährschleim.

Nun sag nicht, das ist furchtbar. Überleg dir lieber, was sonst wäre. Schau dir die Slums an, wo nichts mehr läuft ... Mümmelmannsberg ... Steilshoop ... Ostdorfer Born ... Nur noch Drogen! Drogen hab' ich im Griff. Ich weiß, was reingeht. Rausgehen darf nichts, sonst haben wir die Schmiere hier in Divisionsstärke in den Clan-Häusern.

Und mit Mord läuft hier auch nichts. Killer liefern wir aus. Dafür läßt mir der Käfig freie Hand. Die paar Pflichtrazzien fürs Fernsehen sagen sie mir vorher an. Dann schicke ich meine Mädchen und die heißeren Jungs in ihren saubersten Lumpen für ein paar Stunden an die Alster zum Spazierengehen. Hier herrscht Ordnung, und die Ordnung bin ich: ein Meter fünfundsechzig, und jeder Zentimeter ist riesig ...

Aina, es war mir immer egal, was die draußen von mir denken. Bei dir ist mir das nicht egal ... Findest du das alles schrecklich? Sag, daß es nicht schrecklich ist! Als wir damals am Spritzenplatz die Katzen verbrannt haben, das war viel schrecklicher ... Mann, wie die geschrien haben, das hör' ich manchmal heute noch.«

Wieder war nur Möwenschrillen in der Luft und ein Vibrieren, das man mit der Haut, aber nicht mit den Ohren spürte. »Seltsam, Rita, Molotow hat mir gesagt, daß du nur vor Feuer Angst hast und vor sonst gar nichts. Ist es wegen der Katzen damals ...?«

»Ha! Mo-lo-tow, diese alte Fäkalschleuder. Streich ›Pisse‹ und ›Scheiße‹ aus seinem Vokabular, und du hast neunzig Prozent seines Wortschatzes gestrichen. Der ist nicht echt. Wettert immer gegen Klischees und ist selber eines. Hast du mal an seinen Flaschen gerochen? Hättest du ruhig tun sollen. Molotow könnte Ehrenvorsitzender der ›Liga gegen Alkoholismus und Drogenkonsum‹ werden. Wenn er, angeblich wegen Suff, seine Gröl- und Stinkauftritte ausfallen läßt, dann sitzt er in einem wohltemperierten Zimmer in Harvestehude, seine Schmuddeltracht sorgfältig über eine Stuhllehne gehängt, und arbeitet an einer kritischen Werkausgabe von Goethe. Für den waren ich und das Milieu doch nur Szene, Füllstoff ... Aber übel ist er nicht, wirklich nicht. Manchmal fehlt er mir ...«

Es gab eine längere Pause, während der Rita nicht zappelte. Als die Pause zu lasten anfing, gab sich Aina einen Ruck: »Was ist eigentlich aus Fab Fab geworden?«

Pessimisten und Zukunftsverweigerer hatten in ihrer hinlänglich bekannten Lust am Letalen erwartet, daß dic ganze Generation derer, die vor Videoschirmen und mit Spielcomputern aufwuchsen, an die Maschinen und damit für die Menschheit verloren wären. Aber so schlimm war es nicht gekommen. Es gab zum Glück professionelle Kreativitätstrainer, die der Seuche entgegenwirkten. Daß sie nicht in jedem Fall Erfolg hatten, sprach nicht unbedingt gegen sie: Abgang ist überall, Technologien haben Restrisiken. Allerdings, manche Kinder des ausgehenden Jahrtausends hatte es wirklich schlimm erwischt!

Computer-Autismus, kurz Compau, war bisher nicht heilbar. Es gab allerdings einige Kulturtechniken, die Ausbreitung der Krankheit einzudämmen. Auch die Frühdiagnostik machte Fortschritte. Compau-Kranke, so hatte Aina ausrecherchiert, konnten ausschließlich mit Computern, Datensichtgeräten und vertrauten Videospielen kommunizieren. Jeder Kontakt mit Menschen dagegen führte zu Beklemmungen, in Extremfällen zu todesangstähnlichen Zuständen. Jede Durchbrechung der computertypischen Ja-Nein-Struktur trieb sie in Zustände, die man (in den vergangenen Tagen einer grobrastigeren Psychologie) schlichtweg als »Hysterie« diagnostiziert hätte.

Die Datenindustrie hatte Mittel bereitgestellt (konkrete Zahlen wurden nicht genannt), um Programme gegen die Folgen der Programmsucht zu entwickeln – nicht so sehr aus Sentimentalität oder Humanität, nein, der Trend drohte zu kippen: Es gab schon INFORM-Familien, die all die mühsam am Markt durchgesetzten Babybeglücker wieder aus den Kinderzimmern verbannten. Die totgeglaubten Maschinenstürmer der neunziger Jahre erlebten fröhliche Auferstehung, und pünktlich zum zehnten Jahrestag von Zero Zeros rätselhaftem Abtauchen (oder Tod?) schwemmte eine Zero-Zero-Renaissance heran. Alle Stationen brachten die alten Kamellen: Zero Zero schlachtet den Medienminister, Zero Zero sprengt auf Ankündigung die Deutsche Bank, Zero Zero entlarvt das Komplott von Regierung und Industrie in Sachen Placebo-Arbeit. Zero Zero und kein Ende. Höchst bedenklich das Ganze!

Dazu kam, daß Compau-Kranke schon mehr Publizität hatten als die Opfer mißglückter Gen-Eingriffe, wie etwa all jene, die per genetisch regulierter Fettzellensteuerung ihre Freßsucht loswerden wollten und sich dafür eine im Endeffekt tödliche Hyperreaktivität auf alle möglichen Umweltfaktoren eingehandelt hatten. Nein, es gab keinen Zweifel, Compau war systemgefährdend und erzeugte den schwelenden Verdacht, daß der Mensch eine zu unvollkommene Konstruktion ist, gemessen an den Möglichkeiten des Marktes. An Compau ließ sich nicht verdienen, nur verlieren. Compau gehörte endlich geheilt!

Daß Fab Fab, Zero Zeros rechte Hand, von dem sich Aina einen Fingerzeig auf den verschwundenen Meister erwartet hatte, daß ausgerechnet dieser Fab Fab ein Compau-Kranker war, schien persönliches Pech für Aina, schien alle Spuren zu verwischen. »Es ist wie Tote befragen«, hatte Rita resigniert, nachdem sie wiederstrebend Fab Fabs Verwahrklinik preisgegeben hatte. »Wenn es möglich ist, dann grüß ihn von mir«, hatte sie zum Abschied gesagt, und dann hatte sie geheult wie ein kleines Mädchen, als sie Aina am Berliner Tor aus Babylon entließ.

Und da stand Aina nun. Sie schaute zur Sitzbank rüber, aber da lag kein zusammengerollter Molotow. Über Babylon kräuselte sich wieder Rauch, miese kleine Fanale der ewig kokelnden Müllberge. Wen immer Rita beim Kokeln ertappte, den ließ sie von ihren Gorillas durchwalken, denn sie hatte eine kreatürliche Angst vorm Verbrennen. Ihre stets feurige Aufmachung, ihre wie züngelnde Flammen gefärbten Haare: alles nur Beschwörungsritual, versuchter Anti-Feuerzauber. »Einmal erwischt es uns«, hatte Rita gesagt, »und dann schlimmer als 2001 die Neue-Heimat-Slums in Steilshoop.«

Der Polizei-Käfig drohte kantig und klotzig gen Osten. Das äußere Betongerippe hatte das Schwefeldioxid der siebziger und achtziger Jahre löcherig gefressen; Pocken, die keiner verarztet hatte.

Aina atmete durch: »Es gibt Leute, die einen schwindelig machen ... Molotow ... Rita ...« Sie hätte viel darum gegeben, einen Abend, oder besser gleich eine Nacht, mit Roland zu verbringen. Der war ruhig, ohne langweilig zu sein, wußte es besser, ohne besserzuwissen. Und seine Prozeßberichte aus Karlsruhe hatten Tiefe und Wucht. Verrückt, man konnte sich mit jedem Känguruh am Ende der Welt verdrahten, doch Karlsruhe war trotzdem noch immer fast siebenhundert Kilometer von Hamburg entfernt.

Aina überlegte, ob nach Lage der Dinge nicht die Flucht nach vorn angezeigt wäre: Mayer-Salm möglichst mit entwaffnender Offenheit erklären, daß die Spurensuche in den Exkrementen der Stadt sie nur bis vor die Tore einer Verwahranstalt geführt hatte, in welcher der Herold des Gesuchten als einer der zahllos in Serie produzierten Kaspar Hausers einsitzt, unfähig zu artikulieren, was möglicherweise in ihm an Wissenswertem vergraben liegt. Wie würde Mayer-Salm reagieren: den väterlich-verständigen Kollegen rauskehren oder ihr kühl und geschäftsmäßig mitteilen, daß ihre INFORM-Kennung an eine möglichst spannende Geschichte zum »10. Jahrestag« gebunden sei?

Die Nachrichtlerin hätte etwas darum gegeben, die Lage mit Roland besprechen zu können, aber sie hatten verabredet, sich erst dann wieder zusammenzuhocken, wenn beide etwas Konkretes vorliegen hätten. Und ihr lag eindeutig nur das Ende einer Sackgasse vor. Der Zugang zum »Mythos Technik« schien durch die Technik selber blockiert, denn alles, was man über Compau wußte, war, daß der Totalzusammenbruch menschlicher Kommunikationsfähigkeit die Folge einer Prädominanz technischer Kommuinikationsmittel war.

Fab Fab war zu, und das war unendlich deprimierend, denn alle Recherchen deuteten darauf hin, daß er den letzten Tag und die letzte Nacht vor Zero Zeros Verschwinden in der Nähe seines Idols verbracht hatte. Wenn einer – über alle Spekulationen hinaus – Qualifiziertes hätte sagen können, dann wäre es Fab Fab gewesen: ... wäre gewesen, wenn ...?

Mayer-Salm hatte Züri-Geschnetzeltes angekündigt, diesmal bei sich zu Hause und mit selbstgemachten Spätzle. Aina ging den Weg zu seinem Apartment zu Fuß. Hamburg war schon immer, solange sie zurückdenken konnte, eine vielgesichtige Stadt gewesen: die grellbunte Schminke St. Paulis und das dezente Make-up der Alsterufer, der proletarische Charme Altonas und des Hafens und die diskrete Schamlosigkeit der INFORMS, der Jobsicheren, der »Wohlhabenden«, um ein altertümelndes Wort zu benutzen. Daß die Schatten dunkler wurden, in Hamburg die Slums schneller wuchsen als anderenorts, sich von harmlosen Hautverfärbungen zu Tumoren auswuchsen – all das war Gegenstand wortreicher Klagen gewesen. Der Stichworte waren mehr, als in ein vernünftiges Ortungssystem paßten. Die meistgenannten lauteten: »Ende der Industriegesellschaft« – »Beginn des INFORM-Zeitalters« und immer wieder »Nord-Süd-Gefälle«.

Aina hatte all die Stich- und Suchworte wacker mitgekaut, aber am Ende stand doch immer nur die Reproduktion einer Misere: Hamburg hatte jahrhundertelang ganz gut vom Markt gelebt, war selber Markt, hatte sich »Tor zur Welt« genannt. Nun hatte die Welt befunden, daß es bessere Tore gäbe und attraktivere Marktplätze, und von Stund an siedelte in ehemaligen Lagerhäusern der Aussatz, gammelte zwischen alten Tauen der Rest des sozialen Netzes, tanzten die Ratten auf den Laderampen.

Die Gegend, in der Mayer-Salm wohnte, schien unwirklich: restaurierte Prosperität der achtziger Jahre. Das war nicht Ainas Ottensen mit all seinen türkisch-bunten Soßenspritzern.

Das Geschnetzelte war exzellent, und der Wein kam aus keinem Labor; man schmeckte ihm richtig Sonne an. Mayer-Salm streifte nur kurz, und auch das nur vor dem Hauptgang, Ainas wenig ergiebige Sucharbeit in Babylon, verriet ihr feixend das Bonmot, daß man Babylon seit dem Aufblühen des dortigen Leihmütter-Schwarzmarktes und der illegalen Klonierung auch Baby-Klon nannte, und leitete dann zu einer Nachricht über, die ihm wichtig war und die er gewissermaßen mit der Tranchierschere servierte. »Wissen Sie, ich bin Ihrer Zahl etwas nachgestiefelt, hab' die 427 mal durch alle verfügbaren Dateien gejagt ... Interessant!« Er schenkte nach (Privatimport!) und kostete Ainas Spannung aus: »Sie sehen bezaubernd aus, wenn Sie so schauen ... Also, die 427: In der Physik kennt man diese Zahl, das ›universelle Wärmeäquivalent‹. Damit will ich Sie nicht weiter belasten, zumal ich das im Detail selber nicht verstanden habe. Das eigentlich Interessante daran: Wenn man Bewegungsenergie in Wärmeenergie umrechnet, kommt man auf die Zahl 427. Dazu gibt es noch das Suchwort: ›Hauptsatz, thermodynamischer, erster‹. Der besagt in etwa: Keine Energie geht verloren, sie wandelt sich nur. Wie finden Sie das?«

»Wie Sie schon sagten, interessant.«

»Hat das irgendwas mit Ihrer Recherche zu tun?«

»Ich weiß es noch nicht ...«

Aina kam es plötzlich so vor, als wäre der zerrissene Faden wieder angeknüpft, und auch den compaukranken Fab Fab aufzusuchen, erschien ihr nun nicht mehr völlig sinnlos.

9

»Sie haben Glück, heute sind sie ganz gut drauf. Da gibt es ganz andere Tage ...« Der Pfleger räumte seinen Platz an der Trennscheibe und gab Aina den Blick in einen wabenförmig aufgeteilten Raum frei, der über und über mit schallschluckenden Elementen ausgekleidet war. Die meisten Compaus lagen auf Holzbetten, aber einige saßen vor dem Schirm, fasziniert von den selbstinszenierten Datenschauern. »Wissen Sie, wir haben ein künstlich gesteuertes Tag-Nacht-Intervall. Das hat sich als vorteilhaft erwiesen, weil wir schichtweise kontrollieren müssen. Und da die meisten doch nicht rausdürfen, ist es egal, wann Tag und wann Nacht ist. Die meisten sind sauber, aber einige müssen wir windeln. Das ist jedesmal ein Tanz! Die Voll-Compaus lassen ja keinen Menschen an sich ran. In den USA haben sie schon Pflegeroboter, die eher akzeptiert werden. Der gleich vorne ist Fabian. Kein leichter Fall, aber auch nicht der schlimmste.«

Aina sah einen etwas rundlichen, zirka dreißigjährigen Mann (Sancho Pansa hatte man ihn genannt unter Anspielung auf Zero Zeros hagere Don Quichotte-Gestalt). Fab Fab bediente hochkonzentriert augen- und fingerflink einen Homer.

»Wir geben ihnen die Software nach Leistungsfähigkeit gestaffelt auf den Schirm. Beschäftigungstherapeutische Aufgaben, verstehen Sie? Fabian ist absolute Spitze. Das ist schon der blanke Irrsinn, was der so weghackt. Mit seiner Datenintelligenz könnten wir eine Software-Fabrik betreiben. Und trotzdem ist er zu wie Vakupack. Über Dateneingabe könnten Sie jetzt mit ihm kommunizieren, aber im Augenblick scheint er sehr beschäftigt.«

»Kann man sehen, was er schreibt?«

»Ja, aber Sie würden es nicht verstehen. Wir hatten neulich mal einen Software-Top-Mann hier, der sagte, er verstünde es auch nicht genau, aber wenn nicht alles täusche, hätte Fabian schon die Programme des nächsten Jahrzehnts im Kopf. Es gibt nur keine Möglichkeit, ihn dazu zu bringen, sie aufzuschreiben. Verrückt, was?«

Aina hatte kaum zugehört: dieses Gesicht! Die Haut war ungesund bleich, vermutlich reichte die künstliche Sonne nicht aus. Das Leben konzentrierte sich nur in den Augen, die im regungslosen Gesicht glommen und datenschnelle Sprünge vollführten. Und diese Finger, die schneller wirbelten, als man es mit den Augen verfolgen konnte! Zombie, fiel Aina ein, irgendwer hatte die Compaus mal die Zombies des einundzwanzigsten Jahrhunderts genannt.

»Wie lange ist Fab Fab schon hier?«

»Moment, warten Sie. Als ich kam, war er schon drei Jahre hier. Also bestimmt an die zehn Jahre.« Fabian schien etwas zu irritieren. Er war aufgestanden und beugte sich über die Tastatur.

»Merken Sie? Die Augen! Kein Wunder, zwölf bis fünfzehn Stunden am Tag vorm Schirm.« Fabians Unruhe steigerte sich. Sein Kopf, der zu klein und zu locker befestigt auf dem gedrungenen Leib zu sitzen schien, pendelte kurzfrequentig hin und her. »Wissen Sie, eigentlich haben wir gar kein Programm für ihn. Es gibt keines, das ihm standhält. Er knackt sie in fünf Minuten. Hoffentlich tobt er jetzt nicht, denn dann muß ich ihn sedieren.«

»Wie das?«

»Die Voll-Compaus wie Fabian haben alle unter die Haut gepflanzte Depots mit Sedativ-Stoff. Daraus kann ich nach Bedarf per Funk Spritzer in die Blutbahn geben ... Da, schauen Sie, jetzt zerlegt er das Programm. Sehen Sie, das macht ihm Spaß, jetzt lacht er. Das sind unsere kleinen Erfolgserlebnisse hier. Wenn er bloß nicht so sabbern würde! Wissen Sie, seit ich hier arbeite, kann ich keine Säuglinge mehr sehen ...«

Aina konnte den Anblick nicht länger ertragen, dieses in Weichheit aufgelöste Männergesicht mit dem Ausdruck eines alten Kindes. Auf den Fotos hatte Fab Fab immer so pfiffig ausgesehen, wie einer, der sich über das As in seinem Ärmel freute.

»Ist er ganz zu?«

»Ziemlich.«

»Also nicht ganz???«

Der Pfleger schien zu zögern. Wieviel durfte man einer nichtangehörigen Besucherin sagen, die noch dazu Nachrichtlerin war? Doch dann überwog seine Mitteilsamkeit: »Wissen Sie, das ist eine seltsame Geschichte. Ein Kollege von mir hat vor etwa zwei Monaten zufällig ein Fenster bei Fabian entdeckt.«

»Ein Fenster?«

»Ja, so nennen wir das, wenn Compaus in einem bestimmten Bereich Humankontakt haben können. Sehen Sie die Frau da hinten, die gerade aufsteht, die mit dem Kraushaar? Die ist praktisch völlig zu, die müssen wir sogar windeln. Aber man kann mit ihr über ›Polter-Rock‹ sprechen. Sie war mal Sängerin in einer Band. Über ›Polter-Rock‹ können Sie mit der reden, als sei sie ein normaler Mensch. Aber nur darüber. Ein falsches Wort, und das Fenster geht zu.«

»Und was ist Fabians Fenster?«

»›Fenster‹ ist vielleicht zuviel gesagt. Sagen wir mal so: Es könnte eines werden. Der Willy, ein Kollege von mir, hat einen dreijährigen Sohn. Und beim Saubermachen von Fabians Zelle hat Willy neulich ein Spielzeugauto vergessen. Ist ihm wohl aus der Tasche gefallen. Mit dem Auto hat Fabian dann stundenlang gespielt. Die Ärzte haben in dieser Richtung weiter experimentiert, speziell Dr. John, das ist unser Team-Chef. Dr. John kann mit Fabian schon längere Zeit über Autos reden, ohne Schirm dazwischen, richtig so von Angesicht zu Angesicht. Es klappt übrigens nicht mit allen Autos. Am besten geht es mit Oldtimern, so Baujahr neunzig und älter. Er steht auf Uralt-Blechschweinen.«

»Kann ich diesen Dr. John sprechen?«

»Er hat heute zwar dienstfrei, aber er wohnt gleich um die Ecke. Wahrscheinlich ist er in seinem Bastelschuppen und leimt oder sägt. Der ist so ein richtiger Holzwurm.«

Der Mann mit der sägespänegepuderten Schürze und den grauen Haarstoppeln schob die Leiste zur Seite, ein etwa fünfzehnjähriges Mädchen nahm sie und legte sie neben die Werkbank. »Die Kleine heißt Rebecca. Unsere Hoffnungsträgerin. Die erste bei uns und die bisher einzige, die mit Compau fertiggeworden ist. Und wissen Sie, was die Gegendroge war: Holz! Ich bin draufgekommen, als ich merkte, wie intensiv sie sich die Holzmaserung ihrer Pritsche betrachtete. Wir werden weiter in dieser Richtung experimentieren. Natürliche Baustoffe! Das könnte noch was bringen.«

Die Nachrichtlerin sah der Kleinen ins Gesicht und fragte dann Dr. John: »Ist sie ganz vom Schirm weg?«

»Fast.«

Aina konnte auch nicht die Spur von Stumpfheit in dem Gesicht entdecken. Rebecca war eine unaufdringliche Dutzendschönheit, noch etwas zu mager, flachsblond. Auffällig war nur, wie zärtlich sie über das Holz strich.

»Tja, erstaunlich, nicht ... Aber Sie sind Nachrichtlerin, sagten Sie, Sie wollen sicher eine Horrorgeschichte.«

»Sie irren! Eine versöhnliche Geschichte wäre mir lieber.«

Dr. John runzelte die Stirn: »Was wissen Sie über Compau?«

»Fast nichts.«

»Dann vergessen Sie am besten auch das Wenige, das Sie wissen. Die Videoschirme bersten nämlich vor Schwachsinn, was Compau anbelangt. Das ist schon fast fahrlässige Tötung, was da läuft.« Dr. John, Ende fünfzig, kräftig und mit offenem Gesicht, zwängte ein neues Kantholz in die Werkbank: »Mach allein weiter, Rebecca, und paß auf: Wenn du dem Hobel vorn zuviel Druck gibst, verhakt er sich an den Astlöchern. Ja? Kommen Sie mit, Frau Bruck, wir setzen uns vor die Werkstatt. Die Kleine kommt alleine klar.«

Vor dem Schuppen hatte Knöterich einen heimeligen Vorhang gerankt. »Selbstgemacht«, sagte Dr. John und bot Aina ein wuchtiges Holzmöbel an, »solide Eiche, sowas gibt es heute nicht mehr ... Was sagten Sie, für wen arbeiten Sie?«

»Gunter und Rahn, aber eigentlich auf eigene Rechnung.«

»Wissen Sie, mir ist das ein Rätsel – was interessiert die Leute bloß an dieser Krankheit? Es vergeht keine Woche, daß uns nicht irgendein Nachrichtler auf die Matte tritt. Entschuldigen Sie, das geht nicht gegen Sie persönlich.«

Aina lächelte: »Die Kleine da drinnen, bei der hatten Sie doch Erfolg, da haben Sie das ›Fenster‹ aufgekriegt?«

»Richtig. Kennen Sie meine Arbeit über ›Reduzierte Kontaktfähigkeit infolge frühkindlicher Medieneinwirkung und psychotherapeutische Strategien zur Behandlung autistischer Personen‹?«

»Nein.«

»Lohnt sich auch nicht. Sie stimmt nämlich in weiten Teilen nicht mehr. Aber wenn ich mal ins Video schaue, bekomme ich immer noch meinen selbstfabrizierten Unsinn von vor sechs Jahren vorgesetzt ... Entsetzlich! Also, passen Sie auf: Compau ist keine klassische Psychose, wie das überall verbreitet wird. Depression würde ja auch zu schön ins Bild passen. Depressionen gab es schließlich schon immer. Die wollten schon die Gen-Klempner auf unsere Compaus loslassen. Compau, oder wie wir sagen: computer-induzierter Autismus, ist eine erworbene Kontaktschwäche, die in ihrer ausgeprägtesten Form die Kommunikationsfähigkeit gänzlich auslöscht. Das nennen wir dann, wie gesagt, Autismus. Haben Sie mal was von Subjekt-Objekt-Trennung gehört?«

»Hmmm, ja, aber nichts Genaues.«

»Jeder Mensch muß auf einer bestimmten Entwicklungsstufe, etwa mit zwei Jahren, aus seiner natürlichen, angeborenen Ich-Bezogenheit heraus und sich auf die Umwelt einstellen. Kinder mit einer latenten Kontaktschwäche, die für sich genommen harmlos wäre, werden nun durch forcierten Umgang mit Kommunikationsmaschinen ›einseitig eingebrochen‹, wie wir das nennen, früher hätte man gesagt: ›geprägt‹. Ich vereinfache mal etwas: Computerkontakt, sofern er den Humankontakt ersetzt, hat den Effekt, daß der Schritt zur lebenswichtigen Subjekt-Objekt-Trennung nicht oder nur höchst unvollkommen vollzogen wird.

In vielen Fällen entwickeln sich die Kinder und Jugendlichen über einen längeren Zeitraum hinweg normal oder sagen wir: scheinnormal. Die Krankheit bleibt latent. Aber oft genügen dann harmlose Erlebnisse, um Compau akut werden zu lassen. Ich vermute übrigens, daß mindestens die zehnfache Anzahl der bekannten und registrierten Akutfälle noch latent, also unauffällig vorhanden ist. Da wird in Zukunft noch einiges passieren.«

Aina sah durch die offene Werkstatt-Tür, wie die Flachsblonde den Hobel über die Leiste schob. Ihr Haar warf rhythmische Wellen, sie lächelte, und das machte Aina Mut: »Aber manche finden doch auch wieder zurück?«

»Nur wenige. Rebecca ist gewissermaßen noch die Ausnahme, die die Regel bestätigt. Sie ist für uns deshalb so wichtig, weil es entscheidend sein könnte, zu wissen, was genau ihre Rückkehr ermöglicht hat. In dieser Softi-Republik, Kraichkreis oder so, soll es Erfolge mit Tieren geben; sie benutzen dort Tiere als Blockadebrecher bei Compau-Kranken. Nicht uninteressant. Ich habe eine Forschungsreise dorthin beantragt und sogar schon genehmigt bekommen.«

»Was können Sie mir über Fab Fab, ich meine über Fabian, mitteilen?«

»Sie sind etwa die zehnte, die etwas Genaues über Fabian wissen will. Ist es wegen seiner früheren Geschichte mit diesem ... Zero Zero?«

»Nein«, log Aina, »ich kenne ihn von früher, wir kommen aus derselben Straße in Hamburg-Ottensen.«

»Fabian ist ein Dutzendfall und doch wieder nicht. Er ist nach allen gängigen Meßverfahren hochintelligent. Vor fünfzig Jahren hätte man noch gesagt: Klar, so ein hyperintelligenter Mensch steht immer an der Kippe zum Schwachsinn. Aber im Ernst, Fabian ist so etwas wie ein debiler Einstein.«

»Was ist mit seinem Fenster? Der diensthabende Pfleger hat mir was von Spielzeugautos erzählt.«

Dr. John sah plötzlich nachdenklich aus und schaute blicklos über seinen Kraut- und Rübengarten, der noch ganz den Charme der frühen Biogarten-Herrlichkeit trug. »Wissen Sie, es ist wie beim Gärtnern. Wenn man bemerkt, daß eine Frucht kümmert, und kein Spezialwissen hat, muß man probieren: Standortwechsel, Nützlinge aussetzen ... Trial and Error. Ausprobieren! Und wenn man beim Probieren sauber Buch führt, nennt man das Ganze Wissenschaft.«

»Hätten Sie den Mut zu einem Experiment?«

»Kommt darauf an.«

»Ich möchte Fabian gern eine Zahl auf den Schirm geben.«

»Eine Zahl? Zahlen frißt er wie nichts. Da kann gar nichts schiefgehen.«

Dr. John begann an der Halbtürkin Gefallen zu finden: Was wie ein lästiger Pressetermin begonnen hatte, bekam eine Wende ins Konstruktive. Der Teamleiter der Klinik Ginsterhof wollte sich gerade nach den Besonderheiten der Zahl erkundigen, verschluckte aber die Frage, denn die Nachrichtlerin hielt sich plötzlich den Hals und atmete rasselnd: »Hehelfen Sie.«

Mayer-Salm war überrascht, das aber angenehm, als Aina Interesse an seinem BMW-Oldie bekundete. Das dynamische Fahrgefühl der Explosionsmotoren könne er ihr zwar nicht mehr bieten, dozierte er am Telefon, denn irgendwann hätte er sich bemüßigt gefühlt, einen Akkumotor einzubauen, aber sonst, so versicherte er, sei das Fahrgefühl noch immer ein Gefühl wie im Fühlkino. Mayer-Salm stoppte seinen Kurzvortrag erst, als er bemerkte, daß es Aina wohl weniger um die Teilhabe an seiner Freizeitleidenschaft ging, sondern um etwas, das sie ein »tiefenpsychologisches Experiment mit Hilfe eines Oldtimers« nannte; von Compau war die Rede und von dem alten Mediengespenst Zero Zero. Ferner von »Fenstern«. Jedenfalls klang es verworren genug, um Mayer-Salm zu interessieren.

Er zog sich grotesk komische Handschuhe an mit gestanzten Löchern. Eben solche Handkleider hatte man vor fünfundzwanzig Jahren getragen, und zwar passend zu mutwilligen Löchern in den Lenkspeichen des Steuerrades. Die Sonnenbrille hatte sich Mayer-Salm in einem Nostalgiegeschäft besorgt, passend zu den Abtönscheiben des Wagens. Auch eine archaische Musikanlage, für die sich der Nachrichtler richtige alte Wickelkassetten besorgt hatte, tat noch Dienst. Alles mußte Stil haben! Mayer-Salm ließ den Akku surren. Es gab Fanatiker, die sich synchron zur Beschleunigung den Sound eines Verbrennungsmotors als Tonkonserve ins Ohr blasen ließen. Aber soweit wollte Mayer-Salm nicht gehen. Leidenschaft war gut, Abhängigkeit schlecht.

Er hatte damals die Verarmung der Autofauna mit wehem Herzen erlebt, das große Automarkensterben auf Autobahnen und Landstraßen hatte ihn nicht kalt gelassen. In seiner Jugend hatte es noch Autos gegeben, die so schnell waren, daß man die Spitzengeschwindigkeit wegen des dichten Verkehrs praktisch nie ausfahren konnte. Das war so etwas wie die romantisch unerfüllte Liebe der fahrenden Ritter gewesen, unsagbar komisch, ein technisch sauber konstruierter Triebstau auf Rädern. Aber es hatte damals trotzdem genug Leute gegeben, die bereitwillig nur für das Gefühl zahlten, daß sie »könnten«, wenn man sie »ließe«.

Ja, es war leider wahr: Die große Zeit, als Blechschweine noch goldene Kälber waren, um die jeder Politiker tanzte, schien schon eine Ewigkeit vorbei. Viele, zu viele hatten es im übrigen dem Auto nicht verziehen, daß es zum Leichenwagen des deutschen Waldes geworden war. Mit Grausen erinnerte sich Mayer-Salm an den Anschlag auf den metallicfarbenen Mercedes 300 TD seines Vaters, den ein Ökorilla auf einem schon reichlich lichten Waldparkplatz brutal zugerichtet hatte.

Nein, Mayer-Salm hatte seine Liebe zum Automobil nie verleugnet. Was konnte schließlich das unschuldige Blech für die konzeptionelle Impotenz der Motorbauer? Wenn der Akkumotor nur fünfzig Jahre früher in die Entwicklung gegangen wäre ...

Was aber, um alles in der Welt, hatte sein Oldie mit »Tiefenpsychologie« zu tun und mit »Fenstern?« Die Fenster seines BMW 735 ließen sich per Knopfdruck versenken. Früher hatte man offenbar Spaß an solchen Knopfspielen, aber damals war Knopfdrücken ja auch noch kein Beruf gewesen.

Mayer-Salm ließ sein blütenweißes Blechschwein die Auffahrt zur Klinik Ginsterhof hinaufgleiten – fast schwerelos, fand er. Leise knirschte der Kies, vor dem Bungalow standen sauber gewaschene Menschen in weißen Kitteln, Pfleger vermutlich, und Aina (einfach bezaubernd!) kam ihm mit wehendem Haar entgegen: »Schön, daß Sie da sind!« Und das fand Mayer-Salm auch.

Die Schwierigkeit bestand für Aina darin, Dr. John, dem Teamchef der Klinik Ginsterhof, das Experiment als sinnvoll darzustellen, ohne die Zahlenfolge 42416,785 als Zero Zeros Abschiedsrätsel zu benennen. Denn das, so vermutete Aina, hätte das Medienmißtrauen des Mediziners neu bestärkt. Doch zu ihrem Erstaunen schien Dr. John die exakte Bedeutung der Zahlenfolge nicht sonderlich zu interessieren; ihm genügten ein paar Andeutungen über »verschlüsselte Liebesbriefe ... damals ... Kindheit in Ottensen ... und so«.

»Wissen Sie, wenn man den Verlauf mancher psychischen Krankheiten so erlebt, dann ist ein Strohhalm schon ein mittlerer Rettungsbalken«, hatte er gesagt. »Machen Sie ruhig Ihre Zahlenexperimente.«

Mayer-Salm indes schien die Zahl auf Anhieb zu erkennen, begnügte sich aber mit einem wissenden, abgewandten Lächeln hinter Dr. Johns Rücken.

Auf dessen Anraten hatten sie den Zeitpunkt des Experiments auf den Beginn des künstlichen Tages gelegt: »Seine Emotionalität ist dann noch gedämpft. Später ist es manchmal kritisch«, erläuterte der Arzt. Der künstliche Morgen lag mittags; dann war die erste Pflegeschicht noch und die zweite schon da, man brauchte alle verfügbaren Kräfte zum Windeln. »Er macht einen guten Eindruck heute«, befand Dr. John. Aina und Mayer-Salm konnten das nicht unbedingt bestätigen, denn sie sahen nur einen dicklichen Mann, der etwas lustlos die Tastatur seines Homers flippen ließ. »Sie geben ihm die Zahl am besten jetzt. Halt, warten Sie eine Sekunde, ich zeichne das auf. Man kann nie wissen.«

42416,785.

Es geschah nichts. Fabian saß starr, absolut regungslos, doch gerade das schien Dr. John zu elektrisieren. Er ruckte vor und preßte buchstäblich seine Nase gegen die Trennscheibe. »Schauen Sie, sehen Sie das! Normalerweise müßte er jetzt den Kasten heiß trommeln, aber er bleibt ganz ruhig, wie abgeschaltet. Sagen Sie ... was ist das für eine Zahl? ›Liebesbriefe‹, sagten Sie ...? Schauen Sie, er bewegt sich noch immer nicht. Unglaublich! Absolut unglaublich!«

Mayer-Salm warf Aina hinter Dr. Johns Rücken einen Blick der Sorte ›professional respect‹ zu, Aina grub die Fingernägel in die Handballen und schaute abwechselnd auf Fabian, der sich noch immer nicht regte, und auf den Wissenschaftler, der sich gebärdete, als hätte soeben jemand die Existenz der Schwerkraft experimentell widerlegt ...

Dann erhob sich Fabian sehr langsam. Als er den Kopf wandte, den zu kleinen, zu lose befestigten Kopf, sah man Tränen, zumindest aber ein Augenglitzern. Fabian warf dem Homer noch einen traurigen Blick zu, streichelte den Lack, als wäre es Haut, wandte sich ab und ließ sich schwer auf seine Pritsche fallen. Schulterzucken verriet, daß er tatsächlich weinte.

Dr. John strahlte: »Meine Herrschaften, ich glaube, Sie ahnen nicht, was das bedeutet. Das ist eine absolut atypische Reaktion für einen Autisten. Sagen Sie mir alles über diese Zahl, Frau Bruck.«

Aina murmelte eine Entschuldigung bezüglich ihrer kleinen Schwindelei und erzählte dann alles, was sie wußte.

»Unglaublich«, sagte Dr. John zum wiederholten Mal und wandte sich der Videoaufzeichnung des Ereignisses zu.

Auch das zweite Experiment verlief bemerkenswert, wenngleich aus Ainas Sicht nicht ganz so vielversprechend wie das erste. Es bedurfte keiner Überredung mehr, um Dr. Johns Zustimmung zu erhalten. Nur Mayer-Salm gab zu bedenken, wer denn im Ernstfall, etwa bei einem Tobsuchtsanfall, für die rotledernen Sitzbezüge seines Oldie aufkäme.

Fabian wurde mit Hilfe des funkgesteuerten Sedativ-Depots in Tiefschlaf versetzt, und zwei Pfleger schleppten ihn in Mayer-Salms Auto. Es dauerte geschlagene drei Stunden, bis Fab erwachte – drei Stunden, die Dr. John mit Hypothesen über Fabs Reaktion auf das Zahlenexperiment anfüllte.

Anfangs schien Fabian die fremde Umgebung in Panik zu versetzen. Er starrte mit weit aufgerissenen Augen in den Rückspiegel, und es schien, als ängstige ihn sein Bild. Zwei Pfleger machten sich einsatzklar, wurden aber von Dr. John zurückgehalten, denn Fab Fab begann nun das Wageninnere zu befühlen, erst hektisch, als gelte es, eine Zeitzünderbombe zu entschärfen, dann zusehends ruhiger. Die Hupe erschreckte ihn kurz, animierte ihn aber sogleich zu ausdauernder Lärmerei. Schließlich ließ er sich ermattet in die Polster fallen und – Dr. John entrang sich ein Schrei des Entzückens: »Er erinnert sich!« – betätigte die Liegesitzautomatik.

Aina nutzte die Gunst der Minute: »Dr. John, was halten Sie von einem dritten Experiment, eines, das Fab Fab gesund macht?«

»Dann schlage ich Sie für den Medizinnobelpreis vor.«

»Aber vorher müssen wir mit Fab Fab eine Reise unternehmen. Bis hinter Heidelberg.«

»Bis Kapstadt meinetwegen.«

»Das wäre zu weit. Doch ein anderer Kontinent muß es schon sein.«

10

Hermann Kalb war trotz seiner neunundsiebzig Jahre nicht müde geworden zu betonen, daß er hier nicht als Angeklagter stünde, sondern als Zeuge der Zeit. Das stimmte formalrechtlich, aber sonst nicht. Man hatte seine Regentschaft einmal die »Mediokratie« genannt, die Herrschaft des Mittelmaßes, doch die Mediokratie hatte der Medienkratie den Weg gebahnt. Die entfesselten Medien hatten sich zum allgegenwärtigen Bewußtseinsflimmer verdichtet. Und eben diese Medienkratie hatte ganz einfach befunden, daß dieser Prozeß im Sommer 2009 der »Kalb-Prozeß« sei.

Einen aus der Branche konnte das nicht verwundern. Das simpelste Gesetz der Dramaturgie ist das der Vereinfachung durch Personalisierung, denn über so etwas Konturenschwaches wie eine Epoche sitzt sich schwer zu Gericht. Das zeigten wieder mal die TV-Spots, die gerade den Auftakt zum siebzigsten Jahrestag des Weltkrieg-II-Beginns bildeten. Wurde nicht auch hier plump und simpel personalisiert? Der Weltkrieg, zu dessen nachhaltigen Ergebnissen die Geburt der Raketentechnologie und damit der Elektronik zählte, dieser Weltkrieg figurierte auf allen Kanälen als Hitlers Krieg.

Roland Egk schüttelte sich. Die Assoziation Hitler-Kalb verbot sich, man konnte keinen Tumor mit einem Einzeller vergleichen. Und es war so gesehen ein Glück, daß nicht der ersten, mediengesteuerten Regung nachgegeben worden war, den Prozeß in Nürnberg stattfinden zu lassen. Die Verlockung zu historischen Kurzschlüssen wäre zu groß gewesen. Nürnberg-Tribunal, zweiter Durchgang? Nein, Karlsruhe sorgte da schon für etwas mehr Gemütsruhe. Aber wer würde Karlsruhe in Zukunft davor schützen, so fragte ein Video-Lokalreporter, zu einem Begriff wie »Nürnberg« zu werden?

Roland drückte sich eine Tube Bio-Paste rein und spülte mit Cola. Keiner würde Karlsruhe davor schützen, zu einem Symbol, schlimmstenfalls zu einem Mythos zu werden. Gegen so etwas gab es keinen Schutz.

Übermorgen würde er seinen ersten Gesprächstermin mit Kalb haben.

Roland gestand es sich nur nach allerlei Ausflüchten vor sich selbst ein: Ihm war flau. Wie begegnete man einem alten Mann, der sich unerschütterlich als Märtyrer sah, als »Opferkalb«, wie er es mit einem Anflug von Humor gesagt hatte. Es gab ein gutes Dutzend erprobter Interviewstrategien: absolute Härte, um unkontrollierte Reaktionen zu provozieren, oder gespielte Unsicherheit, damit der Befragte in scheinbarer Überlegenheit die Tarnung fallen ließ. Gut war auch die Taktik der schonungslosen Selbstentblößung: Sie provozierte das Gesprächsopfer dazu, ebenfalls schonungslos mit sich selbst ins Gericht zu gehen. Was aber war gut für Kalb? Was wußte man schon über diesen Mann! Was man wußte, war alt. Zu lange war er bereits kein Medienfaktor mehr. Die alten Videos zeigten immer nur einen Mann, der Gesten der Freundschaft machte, der »unerschütterlich« und »unverbrüchlich« Zuversicht demonstrierte und nach den modernen Gesichtspunkten der Medienkratie unglaublich schlecht programmiert war.

Aber war er das wirklich? Sein Auftreten mußte doch irgendwie gewirkt haben, denn er war gewählt worden. Erst gestern hatte es einen Video-Poll gegeben: Zweiundachtzig Prozent der älteren Leute, die nach eigenem Bekenntnis einmal Kalb gewählt hatten, fanden seine Rolle als De-facto-Angeklagter unangebracht, und selbst fünfundfünfzig Prozent derer, die Kalb nie gewählt hatten, meinten, man solle ihn aus dem Spiel lassen.

Kalb konnte mithin sagen, das Volk stünde noch immer hinter ihm. Wie könnte man so einer Behauptung begegnen? Begriffen denn die alten Leute draußen an ihren Schirmen, daß die De-facto-Anklage der Politik der achtziger Jahre eine Anklage gegen sie war? Rührte nicht daher dieses seltsame Mitleid mit Kalb? Roland erinnerte sich an seinen Vorsatz, den ersten Live-Eindruck von Kalb nicht mit allerlei Grübelei vorzubelasten. Insofern wäre es auch grundfalsch, sich eine Gesprächsstrategie zurechtzulegen. Kalb sollte seine Chance haben, ihn zu beeindrucken.

Es waren recht seltsame Geschichten, die Roland per Video-Telefon erfuhr – wie in einem Film ohne Drehbuch: Ainas Mitternachtsgeflüster handelte von kokelnden Müllbergen, einem rülpsenden Poeten, einer katzenartigen Königin des Rinnsteins: und alles aus einem gefühlvoll gespitzten Mund. Roland verfluchte sämtliche Glasfiberstrippen der Welt, die Nähe suggerierten und sie doch verweigerten.

Das Bier war warm. Seit man lichtschnelle Denkroboter bauen konnte, war offenbar die Kunst, Kühlschränke zu reparieren, abhanden gekommen.

Dann war noch die Rede von Mayer-Salm gewesen. Roland kannte ihn gut, den Mann, dessen Marktwert darin bestand, absolut keine Ecken zu haben. Mayer-Salm war irgendwann zu einem Schaltknotenpunkt bei ›Gunter und Rahn‹ geworden, und Schaltknoten konnte man nun mal nicht auswechseln, ohne kurz den Betrieb zu unterbrechen. Wohl im wesentlichen diesem Umstand verdankte Mayer-Salm seine absolute Job-Sicherheit.

Attraktiv allerdings war er nicht ... Roland versuchte, die unwürdigen klebrigen Gedanken abzuhängen, aber sie ließen sich nicht: Ob Aina Mayer-Salm, zur Verbesserung der ›Vibrations‹, mal kurz das Kopfkissen gewärmt hatte? So was war ja nicht verboten, und der Handel mit Naturalien hatte etwas Konkretes, Solides, war frei von inflationärer Entwertung. Er selbst hatte schließlich auch, um seine INFORM-Kennung zu bekommen, hemmungslos gelogen und sich mit fremden Federn geschmückt. Warum also sollte Aina nicht auch ihre Trümpfe ...? Nein, der Gedanke war unwürdig! Aber hartnäckig. Und das Bier sicherlich Bakterienbrühe. Lauwarm. Scheiß-Kühlschrank.

Er würde noch gut einen Liter brauchen, um den Verdacht zu ersäufen. Der trieb noch höhnisch und agil im Kunstschaum, leckte mit klebriger Zunge nach den Bildern, die vor Roland aufzogen: eine zeitlos dekadente Hamburger Villa, Rotweingeflüster, der Paraffingeruch von Kerzen ...

Roland gestand sich ein, daß es im Prinzip derselbe Schmerz war, den er als Fünfzehnjähriger empfunden hatte, als sich seine erste große Disco-Liebe mit seinem besten Freund auf dem Klo eingeschlossen hatte.

Doch auch diese mutwillige Banalisierung des Gefühls tötete es keineswegs ab. Gefühle lassen sich beliebig entlarven und überführen, sie sind gegen Erklärungen immun, man kann sie laut beim Namen nennen: Ei-fer-sucht! – sie kichern nur kurz und beißen erneut zu.

Eifersucht. Was für ein Wort! Die Sucht zu eifern? Eine mit Eifer betriebene Sucht? In jedem Fall ein sehr deutsches Wort mit theatralischem Grundton. Das englische »jealousy« dagegen bringt das Lachhafte der Angelegenheit sprachlich eher hervor.

Das Deutsche hat viele dramatische Worte. Und an denen wurde auch in Sachen Kalb nicht gespart: *Stellvertreterprozeß! Eine Epoche auf der Anklagebank! Abrechnung mit dem Jahrhundert der Wissenschaft!*

Roland konnte manchmal seinen Ekel vor Worten nicht unterdrücken. Eine Berufskrankheit. So, wie die Chip-Hersteller Silicon-Allergien bekamen, schien man als berufsmäßiger Worthantierer irgendwann Allergien gegen Worte zu bekommen. Und morgen – wieder so ein Wort – morgen war der »Zug der lebenden Toten«. Theaterdeutsch!

Ainas Bild verschwamm endlich im Bier, nur ihre schwarzen Augen glommen noch etwas nach. Roland löschte sie mit der letzten warmen Pfütze.

Die Frage der Perspektive entscheidet nicht selten über den Wirkungsgrad eines Takes. Roland hatte sich für die Involve-Methode entschieden: Der Kameramann machte sich dabei unmittelbar zum Zuschauerauge. Die Robot-Kameras hatte sich Roland sorgsam auf die Schultern gesetzt, und da hockten sie nun wie zwei Sperlingskäuze, die Augen im Winkel von Rolands Augen auf das Geschehen gerichtet, impulsgesteuert durch die menschlichen Pupillen, und die Mikros saßen, wie etwas zu grobkörniges Ohrenschmalz, in den Ohrmuscheln: Immer wieder ein seltsames Gefühl trotz aller Routine, wenn man sich so, zum elektronischen Ohr-Auge ausstaffiert, in eine Menge begab.

Und was für eine Menge! Roland konnte sich nicht erinnern, jemals eine vergleichbare Leiberballung gesehen zu haben. Demonstrationen waren aus der Mode gekommen, seit der TV-Poll, die Abstimmung per Schirm, etabliert war; zwanzig Millionen gedankenträge »Ja« oder »Nein« per Fingerdruck waren schwergewichtiger als einige hunderttausend Demonstranten, was diese letztlich irgendwann einsahen.

Aber heute war es wie Auferstehung des späten zwanzigsten Jahrhunderts, als Menschenmassen wegen Aufrüstung und Umweltvernichtung die Straßen gefüllt hatten. Karlsruhe ersoff in Menschenmassen, in Farben, in Plakaten, war bis unter die Dächer bewipfelt mit Spruchbändern endgereimter Wut oder aphoristischer Verzweiflung, die wie ein Treibanker den Zynismus hinter sich herzog (»Heil Kalb, die Todgeweihten grüßen Dich«). Die Vereinigung der Allergiker und Umweltgeschädigten (VAU) hatte, so schien es, den kranken Teil der Nation auf die Beine gebracht, um zu Beginn der Verhandlung sinnfällig zu machen, worum es ging.

Der Himmel indes meinte es nicht gut mit diesen Ärmsten: Es regnete jetzt graue Schnüre, was besonders tückisch war, da den Anreisenden der sonnige Vormittag etwas anderes versprochen hatte. Neben Roland ging eine junge Frau mit der typischen Gesichtsmaske der extremen Aerosol-Allergiker, die durch die Vielzahl der Schadstoffbelastungen keine ungefilterte Luft mehr vertrugen. Sie ging geneigt, das Maskengesicht starr auf den Rücken des Vordermanns gerichtet. »Maskierte Allergie« nannten die Allergiefachleute das Phänomen versteckter, nicht diagnostizierter Allergien. Und zu lebenslanger Maskierung hatte die Umwelt-Erbsünde der vorigen Generation Hunderttausende verurteilt.

Roland wollte sich den medial immer wieder eindrucksvollen Effekt eines Gesprächs mit einer Aerosol-Maskierten nicht entgehen lassen. Er ließ sich vom »Zug der lebenden Toten« dichter an ihre Seite drängen, doch sie wich aus, als sei er eine manifeste Bedrohung. Roland lächelte und gab sich durch kurzes Fingertippen auf eine der Robot-Kameras als Medienmann zu erkennen: »Eine Frage bitte: Was versprechen Sie sich von der Verhandlung?«

»Nichts«, kam es schnarrend. Die Augen hinter dem taucherbrillenartigen Durchguck blickten feindselig.

»Warum marschieren Sie dann mit?«

»Weil ich denen wenigstens zeigen will, worum es geht.«

»Und worum geht es ... Ihnen?«

»Das wissen Sie doch.«

»Sagen Sie es mir trotzdem noch mal.«

»Es geht darum, daß der Staat für das bezahlt, was er uns angetan hat.«

»Aber es war ja gar nicht der Staat beziehungsweise nicht dieser Staat, sondern es waren die Politiker vor zwanzig, dreißig Jahren.«

»Sind *die* krank oder bin *ich* krank?«

Die Aerosol-Maske machte durch eine abrupte Wende klar, daß sie keine zusätzlichen Fragen mehr wünschte. Roland ließ sich weiterschieben. Drei Reihen vor ihm zwängte man die Kästen der »Totalisolierer« durch den Menschenpulk. Diese überdimensionierten Chrom-Glas-Aquarien beherbergten Kranke, deren multikausale Allergien keinerlei Umweltkontakte mehr erlaubten. Der Regen verwischte die Konturen ihrer Insassen. Einer schien eine Pantomime hinter Glas aufzuführen, die zwei, drei Medienleute anlockte. Roland trottete weiter, hektische Bewegung würde den Duktus der Aufzeichnung stören. Hinter ihm klatschte ein regennasses Transparent gegen die Stangen: »Unser Leben ist ein Tod. Wir fordern unser täglich Brot!«

Die Efeu-Christen aus der nahen Republik Kraichgau hatten ein riesiges Kreuz auf eine Fahrlafette montiert, an dem eine lebende Gestalt mit Gasmaske hing. Über allem waberte die Ausdünstung von Verzweiflung. Irgendwas hemmte Roland in seiner Bewegung. Jetzt wäre im Interesse der Video-Dramaturgie ein kurzes Einzelgespräch nötig, vielleicht mit einem der vielen blassen Kinder, aber irgend etwas – was, verdammt noch mal? – zwang ihn zur Passivität. Er hielt nach Kollegen Ausschau. Drei, vier Reihen vor ihm wippten auf Frauenschultern zwei Robot-Kameras, aber auch deren Trägerin schien nicht allzu involved zu agieren.

Lähmende Verzweiflung? Der alte Sprach-Topos fiel ihm wieder ein: Ob Verzweiflung auch Nichtbetroffene lähmte, ob sie übersprang wie von Viren verbreitet?

So etwas durfte man sich als Profi nicht durchgehen lassen! Roland wechselte die Reihe und ließ sich zurückfallen. »Entschuldigung«, versuchte er es erneut mit einem älteren Herrn, »auf Ihrem Sandwich steht etwas Holländisches. Was heißt das auf deutsch?«

»Die Opfer von das Staat brauchen tätige Reue.«

»Wie soll diese tätige Reue aussehen?«

»Ich denke, das, was die VAU für euer Land fordert, ist gut. Das Staat ist in eine Fürsorgeverpflichtung – heißt das so? Wie das Staat in früherer Zeit die Kriegsbeschädigte bezahlen mußte, muß es jetzt die bezahlen, die es nicht gegen die Industrie geschützt hat. Das haben wir in Holland auch durchgezogen. Ich bin hier wegen die Solidarität.«

»Was haben Sie für eine Allergie?«

»Gegen alle Verbrennungsprodukten aus Öl und Kunststoffen.«

»Bekommen Sie in Holland eine Rente?«

»Nur eine ganze kleine. Wir kämpfen ja auch noch.«

»Haben sich in den Niederlanden Politiker persönlich verantwortlich erklärt?«

»So ein büschen, nicht sehr.«

Der Zug stoppte. Eine Mikrofonstimme überschlug sich in der Rückkopplung, ehe sie klar durchdrang: »... liebe Leidensgefährten, wir sind hier aus allen Teilen der Republik zusammengekommen, nicht weil wir Almosen wollen, denn davon haben wir genug, sondern weil wir unsere Rechte wollen. Morgen beginnt der Prozeß, den die VAU gegen die Bundesrepublik Deutschland führt. Die Regierung kann uns nicht das Lebensglück zurückgeben, was uns die Unterlassungs-Verbrechen vorheriger Regierungen gestohlen haben. Aber wir wollen wenigstens angemessene Renten. Wir verlangen Gleichstellung mindestens nach dem Muster der Kriegsrenten. Wir sind Opfer einer Gesellschaft, die alle Warnsignale kaltschnäuzig überfahren hat. Die über die Jahre steigende Allergikerzahlen ignoriert hat, die Wälder sterben und unkontrollierte Chemisierung aller Grundelemente geschehen ließ. Wir sind hier heute zu Hunderttausenden zusammengekommen, um für unser Recht einzustehen. Viele sind unter uns, die sich mit ihrer Teilnahme in Lebensgefahr begeben. Das Rote Kreuz meldet, daß wir schon vierundzwanzig Todesfälle zu beklagen haben. Bitte achtet auf eure Nachbarn und gebt bei Schwächeanfällen sofort Alarm ... Ehe ich unseren Präsidenten bitte, unsere

Forderungen zu erläutern, spricht jetzt Professor Jordan zu uns, der trotz einer kaum auskurierten Grippe aus der Freien Republik Kraichgau zu uns gekommen ist ...«

Jubel, die erste lebendige Regung seit Stunden, brandete auf. Roland bedauerte es nun doch, für seine Reportage die Involve-Perspektive gewählt zu haben. Die Kollegen, die clever genug gewesen waren, sich einen Platz an der Rednertribüne zu verschaffen, von der Roland nun unbewegliche Menschenleiber trennten, würden die Bilder haben, die sich am leichtesten verkaufen ließen.

»Brüder und Schwestern«, Jordans Stimme glättete das Stimmengewirr, »in mir seht ihr hier in euren Reihen einen Täter. Und wenn ihr mich hier und heute verflucht, dann hab' ich das tausendmal verdient. Ich bin ein Fossil aus der Zunft derer, die die Welt als Privatbaukasten betrachten. Meine Zunft, die cartesische Wissenschaft, ist zu einer Bande käuflicher Zwerge verkommen. Während noch die Handwerksmeister vergangener Jahrhunderte ihren Arbeitsplatz sauber hielten, fielen von unseren Werkbänken tödliche Abfälle auf die Erde, ins Wasser, in die Luft. Und weil die Wissenschaft – und ihre Herrin, die Industrie – sagte, das sei halt so und man könne allenfalls ein ganz klein wenig weniger Dreck machen, deshalb seid ihr heute im Lebensnerv verwundete Zeugen, Zeugen einer besinnungslosen Zeit. Meine Bitte: Nennt euch nicht ›Zug der lebenden Toten‹, nennt euch ›Zug für das Leben‹ ...«

Die Kirchenstille entlud sich augenblicklich in Jubelgebrüll, stampfende Bewegung und frenetisches Klatschen, das durch die vielen Allergiker-Handschuhe seltsam prasselnd klang. Und Roland zerbiß eine Selbstverfluchung auf den Lippen: »Verdammt – den jetzt in Großaufnahme, das wäre es gewesen.«

11

Treibhausluft lastete schwülwarm über Karlsruhes Häuserschluchten, in denen noch die zertretenen Zeichen des gestrigen Zuges lagen. Roland flegelte sich auf einer Rekreations-Pritsche im News-Center und ließ sich wohlig von der Mechanik wahlweise den Rücken oder den Bauch massieren – eine gute Stimulation, wenn man seine Gedanken schärfen wollte.

Heute abend also die erste Begegnung mit Kalb! So mußten sich die Chronisten vergangener Jahrhunderte gefühlt haben, wenn sie bei Kaiserkrönungen, Kreuzzügen oder Adelshochzeiten zugelassen wurden: Was ich höre oder nicht höre, kommt auf die Nachwelt oder nicht ... Die Situation war auf eine vertrackte Weise ähnlich. Damals war zwar die Zahl der Chronisten vergleichsweise klein, es kam also auf jeden der wenigen an. Heute dagegen war sie übergroß, doch Newsleute mit einer bestimmten Optik waren auch heute selten. Das Gros bediente die groben Raster: We are where the action is! Nur wenige versuchten es wie Roland mit etwas Kulturhistorie und Massenpsychologie. Rolands These war: Der Mythos Wissenschaft hat Kultur, Natur und menschliches Leben zerbrochen. Die fünfundzwanzig Prozent latenter Allergiker und die vierzehn Prozent Akut-Allergiker waren da nur markante Zahlen einer Bilanz der Untaten infolge Untätigkeit. Worum es in einem platten Verständnis von Wirklichkeit ging, war klar: Die Millionen und Abermillionen Opfer einer schadstoffzerfressenen Umwelt klagten mit Hilfe der VAU gegen den Staat auf Gewährung einer angemessenen Rente. Klar war überdies auch, daß ein möglicher Prozeßsieg der VAU die Staatskassen ruinieren würde. Es würde also Tote geben. Entweder würde der Staat sterben oder weiterhin die Umweltkrüppel.

Die juristisch entscheidende Frage lautete: Hat sich der Staat der Jahre siebzig bis neunzig einer Verletzung seiner Fürsorgepflicht gegenüber den Staatsbürgern schuldig gemacht oder befand er sich in »objektiv gegebener Fehleinschätzung« der Gesamtsituation? Newsleute hatten das auf die Frage zugespitzt: Fahrlässige oder grob fahrlässige Tötung? Ließ sich nachweisen, daß die Verantwortlichen in der letzten Hälfte des vergangenen Jahrhunderts den Tod von Hunderttausenden »billigend in Kauf genommen« hatten, ließ sich der Passus »unterlassene staatliche Abhilfe mit Todesfolgen« beweisen?

Der Zeuge Kalb war zur traurigen Symbolfigur dieser Konkursverhandlungen gegen das zwanzigste Jahrhundert geworden. Warum gerade er? Es gab keine befriedigende Antwort. Möglicherweise hatten die Medienallgewaltigen gemeint, dieser frappante Frohsinn von Kalb sei medial gut zu transportieren. Hatte Kalb nicht noch nach Beginn des »Dritten Weltkrieges gegen die Natur« unter absterbenden Bäumen zuversichtlich gelächelt ...? Juristisch versprach man sich von seiner Vorladung »Aufschlüsse über die Denkungsart der politisch und moralisch Verantwortlichen«, die durch ihr Zaudern alle spätere Umweltpolitik um ihre »politische Handlungsfähigkeit« gebracht hatten.

Viele sahen in Kalb den eigentlichen Angeklagten, viele sahen in ihm, was wohl richtiger war, die zu historischer Momentaufnahme vergrößerte Symbolfigur ... ja, für was eigentlich? Für eine Politik, die sich zur Exekutive des ›industriell-wissenschaftlichen Komplexes‹ (eine Formulierung der Neo-Marxisten) gemacht hatte? Die These kam Rolands Überlegungen sehr nahe: Dem, was einmal naiv und wundergläubig Fortschritt geheißen hatte, waren Menschenopfer gebracht worden, allen voran die Allergiker, aber auch die Compaus und die Objekte mißlungenen Gen-Engineerings.

Aina! Roland versetzte es einen Stich, und er brauchte eine Viertelstunde, bis er wieder einen gedanklichen Einstieg in das Kalb-Tribunal fand. Die Argumentationslinien lagen eigentlich schon vor Prozeßbeginn offen zutage; es würde nur noch darum gehen, sie zu gewichten. Die VAU würde zu beweisen trachten, daß damals gegen alle offensichtlichen Zeichen und Erkenntnisse kein wirklicher Lebensschutz (damals sagte man wohl noch Umweltschutz) betrieben wurde. Der Staat als Rechtsnachfolger der Unterlassungstäter würde schon aus Notwehr beweisen wollen, daß die damalige Säumigkeit Folge eines allgemeinen Erkenntnisdefizites, daß also die Gewalt gegen Neugeborene höhere Gewalt gewesen war.

Roland hatte sich aus der ›Gunter und Rahn‹-Zentrale eine Auswahl der wahrscheinlichen Argumente zu Lasten des Staates rüberflimmern lassen. Er hatte die Auswahl auf die Zeit um die mittleren achtziger Jahre beschränkt, auf die kritische Phase, in der Kalb politische Verantwortung getragen hatte und in der laut Expertenurteil die letzten Chancen zur Stabilisierung einer bröckelnden Umwelt vertan worden waren.

Roland hockte sich vor den Recherchen-Terminal und legte die Kennkarte auf das rot umrandete Erkennungsfeld. Auf dem Bildschirm erschien das Emblem von ›Gunter und Rahn‹, unterlegt von der tausendfach gehörten Begrüßungsformel:

Lieber Teilnehmer, wir begrüßen Sie herzlich im ›Gunter und Rahn‹-Dokumentationszentrum. Sie kennen unser computergestütztes Recherchesystem, so daß wir Ihnen detaillierte Anweisungen ersparen können. Bitte beantworten Sie lediglich vor Beginn Ihrer Recherche die Fragen, die als nächste auf Ihrem Bildschirm erscheinen. Wir wünschen Ihnen eine erfolgreiche Arbeit.

Welche Art der Darstellung wollen Sie benutzen!

Roland verzichtete auf Dokumentarvideos; schriftliche Zeugnisse sollten fürs erste genügen.

Wünschen Sie nur deutschsprachige Quellen? Weitere Sprachen bitte mit dem Lichtschreiber unterstreichen.

Nein, Umweltangst war damals noch ein überwiegend deutsches Grundgefühl gewesen.

Aus welchem Zeitraum suchen Sie Material?

Roland beschränkte sich auf die erste Hälfte der achtziger Jahre.

Wünschen Sie Querverweise?

Ja, das könnte nützlich sein.

Das Zentrum signalisierte Arbeitsbereitschaft, und Roland gab seine Frage ein: WAS WUSSTEN DIE WISSENSCHAFTLER BIS 1985

ÜBER DIE URSACHEN DES WALDSTERBENS? Das Programm löste den Satz auf, formte eine kausale Suchwortkette: Waldsterben – Ursachen/Wissenschaft – Begrenzung: 1985, und bot dann eine Kurzfassung an:

Als Ursache des zunächst Tannensterbens genannten Waldsterbens wurden zu Beginn der achtziger Jahre mehrere Möglichkeiten benannt: Forstschädlinge, siehe vor allem Borkenkäfer, Streß, Trockenheit, Luftverschmutzung, Bodenversauerung und Kombinationen aus diesen und anderen angenommenen Ursachen. Etwa ab 1983 gingen die meisten Wissenschaftler davon aus, daß Luftverunreinigung (siehe Schwefeldioxid und Stickoxide) eine, wenn nicht die Hauptursache der Waldschäden sei. Ab 1984 wurde diese Meinung auch von der Bundesregierung vertreten.

Das war ja schon mal brauchbar. Roland forderte Belege für die Kurzfassung.

Waldsterben – Ursachen/Wissenschaft – Begrenzung: 1985.

Spätestens ab 1983 war unter Wissenschaftlern unstrittig, daß Luftschadstoffe die Hauptursachen des Waldsterbens waren. Belege: Erklärung des Rates der Sachverständigen für Umweltfragen, zitiert nach ›Allgemeine Forstzeitschrift‹ 26/37 (1983): »Nach Abwägung aller Argumente kommt der Rat zu dem Urteil, daß die Luftverunreinigung auch bei der Entstehung dieser Waldschäden eine wichtige Rolle spielt; alle Anhaltspunkte sprechen dafür, daß es diese neuartigen Waldschäden ohne Luftverunreinigung nicht gäbe. Alle plausiblen Erklärungsversuche stimmten in der ursächlichen Beteiligung eines – oder mehrerer – Luftschadstoffe überein.« Die Wahrscheinlichkeit, daß Schwefeldioxid und Stickoxide die Hauptverursacher des Waldsterbens sind, wurde von 136 spezialisierten Wissenschaftlern mit einer Wahrscheinlichkeit von 78 Prozent beziffert.

Na bitte! Roland verzichtete auf weitere Belege, ließ die Information als Basisaussage stehen und formulierte eine Anschlußfrage: WELCHE MASSNAHMEN ERGRIFF DIE BUNDESREGIERUNG ZUR REDUZIERUNG DER LUFTSCHADSTOFFBELASTUNG RESPEKTI-

VE ZUR BEENDIGUNG DES WALDSTERBENS? Wieder löste das Programm den Satz in logische Segmente auf und bot eine kurzgefaßte Übersicht an.

> Die Bundesregierung betrieb nach der Novellierung der TA-Luft (Schadstoffhöchstmengen-Festlegung) im Jahre 1983 so gut wie keine Verschärfung der Höchstmengenregelung für Luftschadstoffe.

Roland forderte Querverweise und pickte sich die Suchwörter Auto-Abgasentgiftung sowie Großfeuerungsanlagen heraus.

> Die Regelung der Abgasentgiftung aus dem Jahre 1985, siehe auch Katalysator und bleifreies Benzin, erbrachte für das folgende Jahrzehnt keinerlei Entlastung der Gesamtschadstoff-Situation. Entsprechende Prognosen lagen vor, siehe Gutachten unter Suchwort Katalysator/Einführungsfristen.

Roland stoppte den Datenflimmer mit dem rechten Zeigefinger. Wie mühsam mußte es vor zwanzig, dreißig Jahren gewesen sein, sich solche Informationssteinchen persönlich zusammenzuklauben. Aber sicher war es handwerklicher gewesen. Es mußte die Kollegen damals mit professionellem Stolz erfüllt haben, ein sauber durchargumentiertes Stück Papier vorzulegen, das nicht aus einem Rechercheautomaten kam, sondern einzig und allein Ergebnis von Intuition, Recherchefleiß und -können war ... Die Gegenseite würde allerdings auch ihre Programme haben. Roland überlegte, ob er sich von ›Gunter und Rahn‹ eine Simulation der staatlichen Gegenargumente kommen lassen sollte, doch er fand, daß ihm das alle Spontaneität für das Gespräch mit Kalb nehmen würde. Es ging darum, sich – im alten Wortsinne – beeindrucken zu lassen, um dann den Eindruck auszudrücken. So hatte er es einmal in einer uralten Anleitung für die schreibende Zunft gelesen. Das klang heute so fern wie die Ordensregeln einer mittelalterlichen Bruderschaft, und doch war etwas daran, was heute zu verschwinden drohte: Unmittelbarkeit.

Noch vier Stunden bis zum Kalb-Termin. Warten auf die Begegnung mit einem Mythos, dem Mythos der unbefleckten Empfängnis der Technologie, dem Kinderglauben an die alleinseligmachende Wissenschaft. Roland ließ, um sich abzulenken, das Programmangebot der kommenden Woche ausdrucken: Jede Menge Prozeß. Die üblichen Flippershows und (das war bemerkenswert!): »Fünfundzwanzig Jahre nach 1984«, ein Feature mit Meinung und Musik.

Hatte der Alptraum der Wirklichkeit nun den literarischen Alptraum überholt? Sterbende mitteleuropäische Landschaften, sieche Böden, chronische Überschwemmungen, weil die ausgleichende Saugkraft der Wälder fehlte, Evakuierung des gesamten Hochalpenraums seit 1998 in Bayern, Österreich und der Schweiz: vom Wintersport- zum Wintersperrgebiet ... So etwas hatte Orwell nicht im Blick gehabt, woher auch?

Orwell hatte mehr die innere Katastrophe infolge äußerer Diktatur gesehen. Vielleicht könnte man ein Stück schreiben, in dem man die Liebesgeschichte der klassischen 1984-Story umformte: Ein Compau liebt seinen Computer und soll, um wieder in die normale Welt zu passen, seiner Liebe entwöhnt weden. Eine Liebesgeschichte für vertrackte Gemüter ...? Roland nahm sich vor, den Stoff gedanklich durchzuwalken.

Aina hatte während einer der letzten Video-Rendezvous von einem interessanten Compau gesprochen, den sie zu Therapiezwecken in die Freie Republik Kraichgau schleppen wollte. Vielleicht ließe sich um diesen Compau herum eine solche Geschichte weben.

Roland rief sich zur Ordnung: Es war unprofessionell, während einer laufenden Geschichte an die nächste zu denken! Aber es konnte auch stimulierend sein. Roland entschloß sich, für alle Fälle Titelschutz bei ›Gunter und Rahn‹ vormerken zu lassen. Den Rest des Nachmittags verbrachte er mit alten Videos, die Kalb in Fernsehdiskussionen der Jahre 1983 bis 1987 zeigten. Eine ermüdende Vorstellung.

»Treten Sie ein. Sie also sind der Herr Egk. Auf dem Schirm wirken Sie etwas größer.« Kalb legte Roland eine sehr fleischige Tatze auf die Schulter und blinzelte aus stark bebrillten Augen auf ihn herab – eine Perspektive, die allerdings nur an Kalbs Körpergröße lag. »Ich sehe, Sie haben schon aufgesteckt. So sagt man doch wohl in Ihrer Branche?« Kalb tippte belustigt gegen eine der Robot-Kameras auf Rolands Schultern. Unglaublich, dieser Kalb, er könnte fünfundsechzig, aber mußte doch wohl neunundsiebzig sein! Kalb sah die geronnene Schrecksekunde in Rolands Gesicht und schien zufrieden: In seinem von unzähligen Falten zergliederten Gesicht funkelte das Licht eines Kandelabers. Rolands Bildkontrolle fiepte, daß die Lichtverhältnisse nicht optimal seien, was allerdings unter den gegebenen Bedingungen nicht zu ändern sein würde. »Entspreche ich nicht Ihren Erwartungen, Herr Egk? Sollte ich eher gramgebeugt sein?« Kalb schnitt eine possierliche Grimasse: »Etwa so, wie sich das für einen Vorverurteilten gehört?«

»Am besten so, wie Sie sonst auch sind, Herr Kalb. Sie wissen ja, die Kunden wollen das, was sie erwarten.« Roland war es unwohl: Fehler! Fehler! Fehler! hämmerte es unter seiner Schädeldecke. Er hätte sich eben doch eine Gesprächsstrategie zurechtlegen sollen! Nun hatte ihn Kalb schon in einen Strudel von Wohlwollen und alles überragender Körperlichkeit gezogen, hatte den Einstieg quasi selbst gestaltet.

In dem schlichten Zimmer – Leder-Renaissance der neunziger Jahre – stand offener Rotwein in einer Karaffe auf einem Holztisch, der allerdings von raumbeherrschender Häßlichkeit war. In die Platte war das Emblem des US-Bundesadlers eingelassen: »Ein Geschenk von meinen amerikanischen Freunden. Echt Ahorn.«

Roland setzt ein artiges Lächeln auf und schwenkte das Interieur ab. Die Pupillensteuerung der Kamera erlaubte unauffälliges Agieren; früher hatte man sich bei Gesprächspartnern meist jegliche Spontaneität verdorben, wenn man zu gewaltigen Kameraschwenks ansetzte. Kalb machte eine einladende Handbewegung (mein Gott, was für Pranken!) in Richtung Rotweinkaraffe: »Ich hoffe, Sie mögen Pfälzer!«

Auf der Sitzfläche eines schwarzledernen Ohrensessels lag ein großformatiger Fotoband: ›Die Römer am Mittelrhein‹. Das Halbdunkel konnte ferner einen Bücherstapel auf einem Lesetischchen nicht ganz verbergen: Kalbs Autobiographie ›Pflicht mit Freude‹.

»... ein paar gewidmete Exemplare für Freunde. Sie kennen mein Buch?«

»Selbstverständlich!«

Die Kamera wurde nun besser mit dem diffusen Licht fertig; vielleicht hatte die anfängliche Irritation auch einfach nur daran gelegen, daß Rolands Pupillen durch Halbdunkel und Kandelaberlicht fehl angepaßt waren und so die Kamera untersteuert hatten.

Die Kalb-Autobiographie! Sie eröffnete möglicherweise einen Gesprächseinstieg. Roland fixierte Kalbs Gesicht schulmäßig, Auge zu Auge: »Herr Kalb, ein Vorläufer meiner Zunft hat das lateinische Wort ›mundus vult decipi‹, ›die Welt will betrogen sein‹, mal übersetzt mit ›die Welt liest Memoiren‹.«

Kalbs Lächeln zeigte keine Erschütterung. »Mein Buch ist ehrlich, und da weiß ich mich mit meinen Freunden und Weggefährten einig, es ist ein gelebtes Leben, in Muße und mit gebührendem Abstand überdacht ... Prosit, auf ein angenehmes Gespräch, junger Mann.« Kalb hob sein Glas und schob Roland ein gut eingeschenktes herüber. »Schwenken Sie es erst etwas, damit der Wein kräftig durchatmen kann.«

Kalb hatte sich in den Ohrensessel fallen lassen, die Römer wurden zuvor auf den Fußboden expediert, wo, Roland bemerkte es erst jetzt, gebündelte Stöße alter Zeitungen lagen.

»Wissen Sie, junger Mann, früher war Fernsehen ganz anders, immer zuviel Licht. Und diese Schminke. Und dann: Achtung Aufnahme! Es gab Kollegen von mir, die hat das immer ganz kribbelig gemacht. Mir hat das nie etwas ausgemacht. Lampenfieber haben immer nur die, die etwas vorspielen wollen. Das wollte ich nie. Ich war mir immer sicher, daß ich so ankomme, wie ich bin. Ich war mir meiner Wirkung immer sicher. Und ich werde hier in Karlsruhe auch den selbsternannten Weltenrichtern nicht den Gefallen tun, als Zeuge unwürdig und nervös aufzutreten.«

»Sie haben keine Angst um Ihr Bild in der Geschichte?«

»Überhaupt nicht! Wovor sollte ich Angst haben?«

»Haben Sie sich nicht manchmal gefragt, ob Sie nicht mit hätten verhindern können, daß Allergien zur Volksseuche wurden? Wenn zum Beispiel, wie gefordert, eine Umweltverträglichkeitsprüfung für Produkte der chemischen Industrie ...«

»Sagen Sie mir eines, junger Mann, wieviel können wir Politiker wirklich bewirken und verhindern? Da! Ein Buch über die Römer am Mittelrhein mit einem Vorwort von mir. Sie wissen, daß ich Historiker bin?! Was haben sie letztendlich bewirkt, die Römer? Sie haben bewirkt, daß man in Schwaben heute noch immer Spätzle und nicht Kartoffeln oder Knödel ißt. Aber sonst? Es gab auch bei denen, den Römern, Leute, die sich einbildeten, den Weltenlauf ändern zu können. Ich habe mir das nie eingebildet, ich war immer bescheiden. Meine Mißgönner haben mir das als fehlende Entschlußfreudigkeit verübelt, aber ich kann sagen, daß zu meiner Zeit – und ich stehe nicht an, hinzuzufügen: mit meinem Zutun – die Welt weniger zerrissen war.«

Roland betrachtete das Titelbild der Römerschwarte, das den Torso eines römischen Soldaten zeigte. »Fühlen Sie sich nicht manchmal wie ein Ex-Soldat, wie ein Veteran, dem man nun sagt, nachdem er alt und verwundet ist, er hätte an den falschen Fronten gekämpft?«

»Das kann sagen, wer will, es ist böswilliges Gerede. Die Geschichte geht weiter. Das war schon immer so auf Erden.«

»Apropos Erde: Daß wir heute diese entsetzlichen Bodenerosionsprobleme haben, das hätten Sie doch damals in den Achtzigern ... nicht verhindern, aber vielleicht mindern können. Ich denke da an das Bodenschutzprogramm, das dann ...«

»Junger Mann, können Sie sich vorstellen, was damals ein EG-Gipfel war?«

»Nein.«

»Dann sag' ich es Ihnen. Wenn wir da unseren europäischen Freunden gesagt haben: Erzeugerpreise hoch, damit die Bauern nicht in die Masse gehen müssen und dadurch dann auch der Boden nicht so geschädigt wird, dann sind unsere lieben Miteuropäer auf die Sitzungstische gestiegen und haben gesagt, wir sollen mit unseren deutschen Sentimentalitäten aufhören. So war das! Aber so was sieht heute keiner mehr. Ich habe das in meinem Buch, Kapitel elf, genau beschrieben.«

»Haben Sie Allergiker in der Familie?«

»Die Meinen sind von gesundem Stamm. Man braucht eine bestimmte Disposition, um von der Umwelt krank zu werden. Besser als alle Medizin ist Zuversicht und ein unerschütterlicher Glaube an den positiven Gang der Geschichte. Sie sprechen mich auf die Allergiker an. Gut, das Problem ist schlimm. Das ist von tiefer Tragik. Aber verschwiegen wird doch immer die Leistung unserer Zeit: Die Bluter sind durch die Leistungen der Gen-Ingenieurs-Wissenschaft geheilt, von der Todesdrohung befreit ...«

»Und die ›andere Krankheit‹? All die Frauen und Männer, die sich gegen zuviel Bauchspeck spritzen ließen? Sie hätten doch die Chance gehabt, engere Grenzen zu ziehen!«

»Junger Mann, ich will Ihnen mal etwas sagen. Wie erfolgreich, glauben Sie, waren die allerersten chirurgischen Operationen? Sie waren, und das können Sie mir als einem Historiker glauben, höchstens eins zu zwanzig erfolgreich. Möchten Sie deshalb heute auf die Chirurgie verzichten? Die Wissenschaft kann auch die Wunden schließen, die sie geschaffen hat. Das ist meine unerschütterliche Überzeugung.«

»Das deutsche Alpengebiet ist entsiedelt, Oberstdorf ist verschüttet. Wie heilt man diese Wunden?«

»Ich weiß doch genau um die Tragik dieser Entwicklung. Aber meine Parteifreunde und ich waren es doch, die erste ernsthafte Schritte gegen die neuartigen Waldschäden unternommen haben.«

»Trippelschritte. Für die Schutzwälder in den Alpen zu wenig und zu spät.«

»Herr Egk, ich gestatte Ihnen nicht und keinem Menschen, meine Ernsthaftigkeit und die Ernsthaftigkeit meiner politischen Freunde in Frage zu stellen und in den Staub zu treten!« Kalb wurde heftiger, und das stimmte Roland zuversichtlich.

Im Hintergrund funkelte ein Chronometer im Takt des Pendelschlages, gleichmäßig und unbeirrt. Vielleicht, so kam es Roland, vielleicht könnte man das Gerät zum Sinnbild des Interviews machen? In INFORM-Sendungen waren Sinnbilder ja ein beliebtes Stilmittel. Kalb vor der unbeeindruckten Zeit ...? Warum nicht!

12

Der erste Prozeßtag bot nichts als die ausführliche Klagebegründung der VAU, sicherlich eine der umfänglichsten Computerrecherchen, die je gemacht worden waren. Ihre Essenz war allerdings schon weltweit bekannt und medienaufbereitet. Sie lautete: Sie hätten etwas tun müssen, die Mächtigen des späten zwanzigsten Jahrhunderts, in jedem Fall weit mehr, als sie getan haben. Die direkte schiefe Ebene vom Waldtod bis zum Kollaps des humanen Immunsystems war auch damals schon erkennbar gewesen.

Auch die Verteidigungslinie des Staates war zumindest in ihrer groben Richtung bekannt; Mohrmann, ein in allen Kanälen der großen weiten Medienwelt gewaschener Jurist und Informatiker, würde für den Staat geltend machen, daß dessen Rechtsvorgänger in den siebziger, achtziger und neunziger Jahren sich, bedingt durch widersprüchliche wissenschaftliche Befunde (und darauf kam es an!), in einer Fehleinschätzung der Umwelt-Gesamtsituation befunden habe. Staatliches Ungenügen sei also objektiv unabwendbar gewesen, wie etwa heute der progressive Schwachsinn jener Umweltopfer, die zu hohe Aluminiumwerte im Gehirngewebe hätten.

Doch diese Verteidigungslinie würde schwer zu halten sein, denn die Terminals der Klageseite quollen von Fakten über, die eine damalige Regierung hätte wissen können und müssen, Fakten, die unter allen Umständen rasches Handeln, bis hin zu Notstandsmaßnahmen, erfordert hätten.

Dann war da auch noch der Amtseid des Kanzlers: »Schaden vom deutschen Volk abwenden«, aber daraus ließe sich, so die Ansicht der meisten Auguren, nichts machen. Es war halt nur eine Formel.

All die juristischen Stellungsspiele interessierten Roland wenig, dafür gab es Spezial-Newsleute. Nein, ihn faszinierte und deprimierte ein Umstand, den nur ein interpretierender Geist wahrnehmen konnte: Genaugenommen war es die Wissenschaft gewesen, die in ihren Vorwärtssprüngen die Politiker alten Schlages zu besinnungslosem Hinterherhüpfen gezwungen hatte, nicht die Wissenschaft schlechthin, sondern die, welche auf das Panier der Industrie gehoben wurde: die »Wissustrie«, wie das Kürzel dafür lautete: Gen-Engineering, Computerkybernetik vor allem.

Es gab damals, so war sämtlichen alten TV-Dokumenten zu entnehmen, ein Totschlagargument gegen Warner: Wenn wir es nicht machen, machen es andere, und wir verlieren den Anschluß an die Spitzentechnologie der Welt. Seltsam: Dem konnte damals offenbar niemand wirksam widersprechen. Es mußte eine Situation gewesen sein wie zu Hoch-Zeiten der katholischen Orthodoxie, wobei die mittelalterliche Inquisition den Ketzern immerhin noch die Möglichkeit gelassen hatte, sich zu erklären, wenngleich unter brutalen Begleitumständen. Die Warner vor wissenschaftlich-technischen Selbstläufen dagegen wurden einfach ausgeblendet, wie Showleute mit zu geringer Einschaltquote. Die verfahrenstechnisch interessante Frage war heute, ob der damalige Staat – als Sachwalter des Volkswohles – gleichwohl hätte hinhören müssen.

Für Roland lag die Ironie der zeitgenössischen Wissenschaftsgeschichte in einem weiteren, scheinbar selbstverständlichen Detail: Das kräftigste Kind der Neu-Wissenschaft, die Computerei, war das Medium, in dem nun der Kampf ausgetragen wurde. Würde es dem Staat gelingen, sich um die Alimente zu drücken, weil sein Computer-Recherche-Argumentationsprogramm das stärkere war? Wie viele Recheneinheiten konnte dagegen die VAU mobilisieren? Was um alles in der Welt erwartete sich die VAU von einem greisen Hermann Kalb im Zeugenstand? Kalb war vorverurteilt als notorisch Unschuldiger, als einer, der nichts Böses getan haben konnte, ganz einfach deshalb, weil er überhaupt nur wenig getan hatte. Aber stets das Gute gewollt.

Roland sah sich die Aufnahmen seines Kalb-Besuches noch einmal an, fand sie atmosphärisch dicht, überlegte erneut, ob man das schwingende Chronometer in Kalbs Zimmer nicht zum symbolisch-gedanklichen Takt des Features machen könnte, vermochte die Frage aber momentan nicht zu lösen und entschied sich lieber für den Besuch einer der vielen Veranstaltungen, die Karlsruhe als Begleitprogramm zum Mammutprozeß bot.

Der Saal war zum Bersten voll. »Ich bin der Hiasl, der letzte bayerische Gstanzelsänger. Die es sonst noch gibt, die gibt es nicht mehr, weil sie tot sind. Die singen immer nur von vergangener Alpenherrlichkeit.«

Roland hatte einen Platz nahe der schlichten, mit Bachkieseln dekorierten Bühne ergattern können (manchmal machte er von seiner Prominenz als hochdekorierter INFORM-Nachrichtler schamlos Gebrauch). Der kleine Kerl mit den zwei Gamsbärten, die er sich wie Riesenklunker an die Ohrläppchen gehängt hatte, war, wie es in der Branche hieß, voll präsent. Er hatte sein Handwerk noch vor der Zeit des grellen Video-Flimmers gelernt. Ein Scheinwerferkegel ruhte auf einem Spruchband, das dreiviertel des Bühnenhintergrunds ausfüllte: ›Zug der lebenden Toten‹. Die Zeile war – in spontaner Reaktion auf die Rede des alten Jordan – korrigiert worden in ›Zug für das Leben‹.

Der Kleine mit den hängenden Ohrpinseln steckte in einer grellrosa eingefärbten Lederhose, an seine Haferlschuhe hatte er Hermes-Flügel montiert: ausgefranste Hühnerschwingen. Vor ihm fußte eine monströse Harfe im bayerisch weißblauen Fahnenschmuck, dazwischen wie freche Spritzer die Sonnenfahne der Freien Republik Kraichgau.

»Da, wo i aufg'wachsen bin, sagt man: Wer nicht fluchen kann, kann a net busserln. Ins Hochdeutsche übersetzt: Wer nicht hassen kann, kann auch nicht lieben. Ich bin ein begabter Liebhaber. Daher mein Gruß und mein Haßgesang auf die, welche den Untergang meines Heimatortes Oberstdorf verschuldet haben. Ich bin dort aufgewachsen unter der Drohung der absterbenden Bergwälder. Als die Schlammlawine kam, war ich siebzehn und unsterblich verliebt. Deshalb bin ich auch nicht gestorben, weil ich zum Zeitpunkt des Unterganges von Oberstdorf gerade bei meiner Angebeteten in Sonthofen war. Also hört's zu und singt es weiter:

Requiem für Oberstdorf

Der Haß zerfrißt mir den Verstand,
tät' gern ein wenig morden.
Mein Alpenland, mein Heimatland,
was ist aus dir geworden!

Die dieses taten, unbedacht,
ich hätt' sie gerne umgebracht.

Ich stellt' sie unter'n letzten Baum,
der widerstand der Säurequal,
und ließe sie noch einmal schau'n
auf das geröllverstopfte Tal.
Dann zög' ich sie mit eig'ner Hand
hoch übers steinzerschlag'ne Land.

Mein Heimatort ist gut versteckt,
hieß Oberstdorf am Iller-Fluß.
Liegt über noch mit Schlamm bedeckt
so an die hundertneunzig Fuß.
Da liegt mein' Schwester und ihr Kind,
Gott weiß, daß ich sie nimmer find.

Der Schattenberg liegt nun zu Tal,
die Bäume war'n ihm weggeätzt,
die Haut verbrannt, in seiner Qual
hat er der Schand' ein End' gesetzt:
Und kann ich schon kein Berg mehr sein,
bezahlt ihr mir mit eurem Schrei'n.

Der Haß ist seither mein Gebot,
auf euch, die ihr das kommen ließt
und uns beruh'gt habt in den Tod.
Mein Geld dem Kerl, der euch erschießt.
Der Haß zerfrißt mir den Verstand.
... ich liebe dieses tote Land.«

Es war eine Zeitlang still, dann gab es einen »massenpsychotischen Urknall«, wie später in einer Nachricht formuliert wurde. Viele hatten sicherlich nach jahrelanger Isolation zum ersten Male wieder einen Sänger live erlebt; allein der Eindruck, jemanden lebensgroß und nicht schirmklein musizieren zu sehen, war durchschlagend. Das Geklatsche schwoll frenetisch an. Neben Roland exaltierte sich eine Allergikerin, so daß man fürchten mußte, ihr könnten der schützende Handschuh und die Gesichtsmaske wegfliegen. Total-Allergiker, die man in ihren Schutzglaskästen in die erste Reihe geschoben hatte, vollführten in ihren Käfigen kleine Solo-Freudentänze. Hiasl verbeugte sich artig, ließ die Gamsbärte wirbeln und schickte sich zum zweiten Lied an.

»Wir leben alle von schlechtem Nährschleim und guter Hoffnung. Wenn es umgekehrt wäre, gute Nahrung und schlechte Hoffnung, könnt' ich nicht mehr singen. Für viele hat die Hoffnung einen Ort: die Freien Republiken, in denen man Menschen erlaubt, die Menschwerdung des Affen noch einmal anders anzugehen. Die älteste Republik liegt ja praktisch hier vor der Haustür, die Freie Republik Kraichgau. Ich komme gerade von dort und habe versucht, eine Hymne für den Kraichgau zu dichten. Kein Marschtakt, das verbietet sich von selbst. Ihr müßt aber nachsichtig sein, es ist eine Premiere. Ich bin halt a weng aufgeregt.

Land der Schlehenblüten

Du Land der Schlehenblüten
und der geträumten Bäume,
wir wollen dich behüten
wie unsre Kinderträume.

Ein Datum gegen Daten:
das Jahr Zweitausendvier.
Das Land, das wir erwarten,
beginnt in uns und hier.

Traum ohne Trauerschleifen
und Insel ohne Meer
und Erde zum Begreifen,
mein Land der Wiederkehr.

Du Land der Schlehenblüten
und der geträumten Bäume,
wir wollen dich behüten
wie unsre Kinderträume.«

Roland wurde von seinem Sitz gestoßen, denn hinter ihm war ein massiger Jüngling emporgeschnellt. Es kochte, johlte, schepperte, pfiff und kreischte. Zwei Burschen schulterten Hiasl, eine total vermummte Allergikerin versuchte, ihn zum Kuß wieder herabzuzerren. Roland schüttelte sich. Die Begeisterung galt Hiasl und wohl nicht zum kleinen Teil dem »Utopia der Verzweifelten«, der »Republik der Hoffnung«, der Freien Republik Kraichgau.

»Nochmal, nochmal, nochmal!« Die Sprechchöre wurden zum Mantra, die Masse zum pulsierenden Herzen. Roland wurde es heiß. Was war das für ein Fleckfieber, das da osmotisch durch alle Masken und Isolieranzüge schlug? Der Veitstanz der Gezeichneten. Die Eruption der totgeschwiegenen Vulkane. Roland war froh, die Kamera nicht aufgesetzt zu haben: Die Konserve des Ausbruchs hätte enttäuschen müssen. Scharfer Geruch unguter Herkunft stach von seitlich, von hinten wirbelten Papierschlangen zur Bühne. »Wir wollen leben. Wir wollen leben.« An den Ausgängen formierten sich Pfleger zum Einsatz. Es war nur noch eine Frage der Zeit, bis die ersten ausgelaugten Körper von der Emotionswoge niedergedrückt würden. »Wir wollen leben. Wir wollen leben. Wir wollen leben.«

Vorn splitterte ein Käfig. Wie das? Waren die nicht bruchsicher? Eine Gestalt torkelte heraus ins sichere Verderben, aber sie tanzte. Roland lief es warm in die Augenbrauen. Der Sturz, den sein Hintermann verursacht hatte – er stand jetzt auf der Sitzfläche –, der Sturz hatte zu einer Stirnschramme geführt. Raus hier! Vorne kämpfte ein VAU-Verantwortlicher ums Mikrofon, und endlich schaltete einer die Saalsprinkleranlage ein. »Wir wollen leben. Wir wollen leben. Wir wollen leben.« Langsam nahm das Massenherz die Infarkt-Schlagzahl zurück. Hiasl hatte sich von den Schultern der beiden Träger herabgewunden, das Mikrofon gepackt und hechelte: »I sing's noch einmal, macht aber vorher das Wasser aus. Bitte seid ruhig, bitte bleibt ruhig.« Roland nutzte die Ruhe zwischen den Stürmen zum seitlichen Abtauchen. Nichts wie raus hier! Soviel Lebenswille erstickte, machte sprachlos. Und Sprachlosigkeit war ein Gefühl von existentieller Bedrohlichkeit für einen Nachrichtler.

Roland war zeitvergessen und ziellos durch die Stadt gelaufen und hatte sein Spiegelbild in den Schaufenstern betrachtet, ohne sich dabei wahrzunehmen. Er hatte mit Menschen, Allergikern meist, gesprochen, die ihn erkannten und von Mal zu Mal wissen wollten, ob er »für sie«, »in ihrem Sinne« über das Verfahren berichten würde. Diese Hymne – Land der Schlehenblüten, der geträumten Bäume – hing ihm nach wie eine Schleppe, dieses alte, immer neu vertonte Lied vom Gelobten Land, dieses Lied, das besonders inbrünstig in Wüsten und in wüsten Zeiten gesungen wurde ...

Es war einer der Zufälle, die man im nachhinein gern als Fügung klassifiziert, daß sich Roland in ein bestimmtes Altbadisches Lokal verkroch. Er suchte den hintersten Winkel, um vor weiteren Fragen sicher zu sein, fand aber den für ihn attraktivsten Tisch besetzt. An ihm hockte eine schlohweißhaarige Gestalt, in die Betrachtung eines Schoppens versunken: Professor Jordan. Einen Moment lang lähmte Roland so etwas wie Scheu: Einem lebenden Denkmal näherte man sich nicht mit einer saloppen kommunikationsauslösenden Leerformel auf den Lippen. Erst auf den dritten Blick entdeckte er ein Foto neben dem Weinglas, das Porträtfoto einer Frau, über das Jordan hinwegstreichelte. Die Gefahr, jemanden abzustoßen, indem man ihn aus einer intimen Tätigkeit aufschreckte, war Roland sofort gegenwärtig, doch Jordan sagte, ohne den Kopf zu heben: »Setzen Sie sich, junger Mann.«

Roland hockte sich mit einem artigen Schulbubengrinsen hin. Eine Weile war es still, und Jordan strich weiter mit schmalen, von großen braunen Altersflecken gezeichneten Fingern über das Foto. Dann hob er den Kopf, nein, das Haupt, dieses greise Intellektuellenhaupt, das Güte von innen erleuchtete. »Schauen Sie, meine Tochter.«

Roland betrachtete das Foto: ein unscheinbares Frauengesicht, aber kein unbekanntes, irgendwo zwischen dreißig und vierzig. »Schön«, sagte er und bemühte sich um einen zustimmenden Gesichtsausdruck.

»Können Sie Schönheit auf Fotos erkennen?«

»Ahh ... nein ... vielleicht ahnen.«

Jordan lächelte: »Als ich jung war, konnte ich Menschen auf Bildern und in Filmen schön oder häßlich finden. Das kann ich heute nicht mehr. Eine Alterserscheinung. Ich kann nur noch schön oder häßlich finden, was ich selber sehe, ohne ein Kunstauge dazwischen.«

Roland nickte etwas zu reflexmäßig Zustimmung: »Das Foto, das ist doch diese Franziska, die Anführerin der Efeu-Christen in der Republik Kraichgau. Ich wußte nicht, daß sie Ihre Tochter ist.«

»Das war auch nicht immer so. Wir sind seelenverwandt. Mit meiner leiblichen Tochter bin ich nicht mehr verwandt. Kenne ich Sie, junger Mann?«

»Vielleicht, ich bin Nachrichtler und heiße Roland Egk. Ich habe Sie mal interviewt, kurz bevor Sie sich entschlossen hatten, am Aufbau der Freien Republik mitzumachen.«

»Eine schöne Zeit war das, eine Aufbruchszeit. Es gibt wenige, die mit fünfundsiebzig noch einmal abbrechen und neu aufbrechen.« Der Alte schlotzte seinen Wein so, als sei es echter Traubensaft und nicht Bakterienchemie. Dann betrachtete er wieder das Foto. »Eine schöne Frau, eine schöne Seele. Sie kann nur deshalb meine Tochter sein, weil sie nicht meine Erbmasse hat. Besäße sie meine Erbmasse, würde sie wahrscheinlich in einer Denkfabrik hocken und Menschen an die Wand denken.«

Roland verstand alles nur bruchstückhaft: Der Alte betrachtete offenbar diese Kultfigur der Freien Republik, die »Heilige Franziska«, in einem geistigen Sinne als seine Tochter – ein Detail, das nach seiner Kenntnis noch nirgends medienwirksam berichtet worden war. Möglicherweise hatte ihm da der Zufall den alten Jordan in einer weinseligen Laune beschert. Fragen wären jetzt falsch. Erzählen lassen!

»Wissen Sie, man muß die Wissenschaft entmannen. Nicht kastrieren, sondern entmännern. Man muß ihr das austreiben, was an ihr tödlich ist, und das heißt männlich. Franziska und die vielen anderen wunderbaren Menschen in der Republik lernen mit mir eine neue Wissenschaft jenseits aller Wisserei. Wir sind Klassenkameraden im ersten Schuljahr. Unsere ›Gruppe 427‹ lernt gerade die Pilz-Baum-Symbiose und den Taoismus. Das ist dasselbe.«

Roland zuckte zusammen, denn das war genau sein Thema: Wissenschaft und Macht, Wissenschaftsmythos. Hoffentlich blieb der Alte beim Thema.

»Was Adam für die Menschheit begründet hat, die Erbsünde, das hat Francis Bacon zu Beginn des 17. Jahrhunderts für die Wissenschaft begründet. Bacon war ein Teilhaber der Macht und zugleich ein Wissenschaftler. Also die erste Vorlage der Fratze, die uns heute überall anstarrt. ›Wissenschaft ist Macht‹, hat er gesagt, und so ist es ja auch gekommen. In seiner Nachfolge hat Descartes die Welt zur Maschine und zum Uhrwerk erklärt. Die Wissenschaftler wurden folgerichtig zu Uhrmachern und haben die Welt zerlegt. Und der Inspirator des Ganzen, der alte Bacon? Eine Frau bezeichnenderweise, eine Amerikanerin, hat schon vor vielen Jahren herausgefunden, daß derselbe Bacon, der die schauende und einfühlende Erkenntnisweise zu Tode gebracht hat, auch die Trägerinnen dieses Wissens töten ließ: Bacon war nicht nur Wissenschaftstheoretiker und politischer Berater der Krone, er war auch Inspirator der Hexenverfolgungen. Manchmal möchte man meinen, das Unheil reichert sich in bestimmten Menschen an wie Schadstoffe im Körper.«

Jordan strich noch immer, wehmütig nun fast, über das Frauenbild. »Und als erst das Weibliche aus der Wissenschaft getrieben war, konnte man zertrümmern: Kerne und Zellkerne. Eine neue Wissenschaft, jenseits der Orthodoxie der Technologie, wird eine weibliche Wissenschaft sein. Oder es wird keine mehr sein. Meine neuen Töchter und Söhne lernen mit mir. Und sie haben viel Geduld mit einem alten Ochsen, der immer in Gefahr ist, das alte ausgedroschene Stroh wiederzukäuen.«

Roland spürte eine ziehende Schwäche, ein intellektuelles Schwindelgefühl. Zum ersten Male begann ihn eine Erscheinung, ein Mensch mehr zu interessieren als die Geschichte, als das medienfertige Produkt daraus. Das war für einen Nachrichtler so, als fühlte ein Schlachter eine zunehmende Blutphobie in sich aufsteigen.

Wirklichkeitsverlust? Wirklichkeitserfahrung? Vor ihm der alte Jordan, Sendbote aus dem Gelobten Land.

»Roland, sag sofort, daß du mich liebst.«

»Nein, sag' ich nicht.«

»Warum nicht?«

»Weil es sich vom Schirm so anhört wie gefrorener Nährschleim.«

»Na so was! Was hat der berühmte INFORM-Nachrichtler Roland Egk plötzlich gegen Schirme?«

»Nichts, ich erkenne nur ihre Grenzen.«

»Weißt du schon das Beste?«

»Nein, ich glaub' nicht.«

»Ich bin am Freitag ganz in deiner Nähe.«

»Wo?«

»Im Kraichgau.«

»In der Republik?«

»Mmmh. Paß auf, ich hab' dir doch von diesem Fab Fab erzählt, dem Schildknappen von Zero Zero. Du erinnerst dich?«

»Klar.«

»Ich habe den leitenden Arzt der Ginsterklinik überredet, das heißt, ich mußte ihn eigentlich gar nicht überreden, mit mir und Fab Fab in die Republik zu fahren.«

»Mir wäre es aber lieber, wenn du alleine kommst.«

»Hör zu: Es gibt bei denen im Kraichgau eine Gruppe, die es fertigkriegt, diese Compau-Kranken wieder aufzumachen. Die werden richtig wieder wie Menschen.«

»Seit wann hast du denn deine Ader für Sozialkranke entdeckt?«

»Läster nicht! Denk doch mal nach! Wenn die Fab Fab wieder aufkriegen, könnte der was über Zero Zero sagen, da bin ich ganz sicher. Ich weiß, daß Fab Fab bis zum Zeitpunkt von Zero Zeros Verschwinden bei ihm war. Also, wenn es eine Chance gibt, in der Geschichte mit Zero Zero weiterzukommen, dann hab' ich sie auf der Diskette. Verstehst du das nicht? Eh, sag was!«

»Wann bist du da?«

»Freitag abend. Du, ich freu' mich.«

»INFORM-Jagdfieber?«

»Nein ... ein anderes ... ganz anderes Fieber ... viel besser.«

13

Symbolik konnte etwas Anregendes sein, gewiß. Aber mußte es denn immer gleich so dick kommen, fragte sich Hussler und betrachtete – dabei jedes verräterisch despektierliche Grinsen vermeidend – das Mahnschild an der Grenze zur Freien Republik Kraichgau im Örtchen Reihen: Da schnarrte doch tatsächlich unter den Sohlen der Besucher ein schmiedeeiserner Gitterrost, über den alle mußten, welche die Republik verließen. Hussler konnte – Vorsicht hin, Vorsicht her! – ein Kopfschütteln nicht unterdrücken. Da stand: ›Sorgfältig abtreten! Kein Sandkorn darf verlorengehen. Wir brauchen jedes. Wie viele gingen schon durch Unachtsamkeit verloren. Gezeichnet: Rat der Freien Republik Kraichgau.‹

Ein warmer Wind kam vom ›Großen Wald‹ herab, von Westen, wo sicher einmal ein Höhenrücken diesen Flurnamen zu Recht getragen hatte; etwas staubbeladen war der Wind und matt. Hussler, dem die neugekaufte Alternativkluft noch etwas steif zu Gesicht stand, erinnerte sich, daß die Freie Republik ihre Existenz ja im Grunde der »Jahrhundertkatastrophe«, dem Waldsterben und dem nachfolgenden Bodentod, verdankte. Hätte nicht die Landwirtschaft der vergangenen Jahrzehnte diese zigtausendjährige Kulturlandschaft zwischen Oden- und Schwarzwald bis auf eine dünne Lößrestkrume ruiniert, so hätte die Bonner Zentralgewalt diese sogenannte »Sozialbrache« den Softis nie als Experimentierfeld und Lebensraum überlassen. Die Sünden der Väter waren die Voraussetzung für die »Kinder des dritten Jahrtausends«, hieß es in einem Video-Feuilleton, das sich Hussler in Vorbereitung seiner heiklen Mission angeschaut hatte.

Kinder des dritten Jahrtausends! Kinder ... Hussler fand, daß er angesichts der obwaltenden Zustände nicht mehr jung sein wollte, und betrachtete sich das Treiben an der improvisierten Grenze, einer Grenze, die eigentlich mehr einem stationären Empfangskomitee glich. Kinder! Das Wort mißhagte Hussler. Er hatte in seinem Leben schon einiges an Software besorgt (Hussler vermied, auch vor sich selbst, das Wort »klauen«), aber »Kinder« hatte er noch nie bekla... noch nie erleichtert. Die

Leute, denen er Software abgenommen hatte, waren stets solche gewesen, die keine Sekunde gezögert hätten, auch ihn selber um Software zu erleichtern. Es herrschte sozusagen Waffengleichheit. Allerdings handelte es sich hier in dieser Läuserepublik zweifellos um kluge Kinder, die ihre Geheimnisse nicht ausplaudern würden wie compaugefährdete Vorschulkinder, die einen neuen Algorithmus entdeckt hatten. Das versöhnte Hussler etwas mit seinem Auftrag: Er trat nicht gegen Flaschen an.

»Guten Morgen«, sagte plötzlich so ein Kind und schien sich zu freuen. »Herzlich willkommen bei uns. Darf ich dir etwas zeigen?«

Hussler schaute leicht irritiert, denn normalerweise bekam man an Grenzen nichts gezeigt; normalerweise mußte man an Grenzen etwas zeigen, eine Kennkarte zum Beispiel! Die Frau, eine rundliche Mittvierzigerin, schätzte Hussler, nahm ihn bei der Hand – ein seltsamer Grenzübertritt! – und führte ihn durch die Pforte, von der blauäugige Clematis-Blüten herabhingen, umschwirrt von Hummeln.

»Unsere Schleuse«, lächelte die Frau. Schleuse??!!! Hussler versetzte es einen Stoß, so schnell hatte er sich das nicht vorgestellt. Doch die Erklärung war harmlos. »Das hier ist unser ›Tor zum Verständnis‹. Ich weiß nicht, wie lange du bleiben willst, aber es ist in jedem Fall gut, wenn du etwas von dem verstehst, was du siehst. Schau dich um. Das hier ist unsere Sommerschule für Besucher, sozusagen ein Kurzeinführungskurs für unsere Republik.« Die runde Freundlichkeit tauchte wieder durch die Schleuse ab, die Hummelwächter gaben kurz die Blüten frei.

Hussler sah, wie die Frau eine Familie in Empfang nahm, doch die schien sich auszukennen und betrat zielsicher das Gelände. Hussler hob den Blick. Über ihm schaute ein hölzerner Christus aus dichtem Efeugerank vom Kreuz herab: nicht leidend, eher wissend. Was konnte er wissen? Ob diese Weichtreter am Ende Fähigkeiten hatten, von denen er, der Datenspezialist Sebastian Hussler, nicht ahnte, ob sie intuitiv erfassen konnten, in welcher Absicht man zu ihnen kam? Warum dieses Begrüßungslächeln, das im übrigen fatal dem Holzlächeln des Christus über ihm ähnelte?

Hussler beruhigte sich mit einer einfachen Erklärung: Hätten sie ihn etwa so freundlich reingelassen, wenn ihm sein Auftrag – Software-Besorgen – im Gesicht geschrieben stünde? Er stöhnte lautlos: Vielleicht war es doch nicht so einfach, ›Kindern‹ ihre Geheimnisse abzunehmen.

Der Familie folgte eine Busreisegruppe: Japaner, über und über mit Hobbyoptik behängt. Das wäre auch eine Tarnung gewesen, sagte sich Hussler mit Blick auf all die handlichen Geräte. Aber er hatte sich nun mal für die Rolle des frustrierten Agrargenetikers und Industriewirtes entschlossen und vorbereitet: Ich, Sebastian Hussler, will meine wunde Seele an den Ufern der Seligen laben, so und nicht anders.

Eine opulente Plastik stellte sich Husslers Gedankenstrom in den Weg: Ein sehniger, steingehauener Herkules oder Atlas? Oder ein Bodybuilder? Nein, eher ein mittelalterlich zerlumpter Bauer (Hussler dachte mit Schauder an den bewegten Holzschnitt in Kaules Agroplant), jedenfalls eine optisch dominante Figur stemmte sich in ein Rad. Das Rad war augenscheinlich der überdimensionierte Reifen eines Traktors. Die Haltung der Figur ließ zwei Deutungen zu: War der Körper nun auf dieses Rad des Fortschritts geflochten oder stemmte er es voran? Bäurisch schien die Figur in jedem Fall zu sein: Etwa in dem Maße heroisch-bäurisch wie die volkstümelnden Recken im sozialistischen Realismus (in linken Jugendtagen hatte Hussler sich mal für derlei erwärmt).

Hussler nahm sich ›ein tönendes Kügelchen‹ aus der Informationsschale vor dem Kunstwerk, knetete es sich ins Ohr und stellte sich unter die Phonodusche. Eine angenehme Stimme, vermutlich die Stimme der Begrüßungsfrau, erklärte: »Dieses Werk der Neo-Humanistin Jola Brahms trägt den Namen ›Armer Täter, Bruder Bauer‹. Es entstand im Anschluß an die Diskussionen, die wir 2002 im Vorfeld der Gründung unserer Freien Republik Kraichgau geführt haben. Wie ihr vermutlich wißt, ist nach Gründung der Republik ein beträchtlicher Teil der bäuerlichen Urbevölkerung im Kraichgau geblieben, das heißt Landwirte, die zuvor nach den üblichen agrarindustriellen Vernichtungsprinzipien Erde, Pflanzen und Tiere behandelt hatten. Wir, die Gründer und Neu-Kraichgauer, haben uns immer wieder bei Haßgefühlen ertappt: Wir konnten es den traditionellen Landwirten nicht verzeihen, daß sie sich blind zu Vollzugsbeamten der Agroindustrie gemacht und folglich die Vergiftung und Zerschlagung der Landschaft mitverantwortet hatten.

Mit diesem Haß haben wir, die Zuzügler und Neubürger, uns an den angestammten Kraichgauern schuldig gemacht. Vom Haß kuriert haben wir uns durch einen Blick in die Geschichte der Kraichgauer Bauern, und davon legt diese Skulptur Zeugnis ab. Aber wir wollen euch nicht den Spaß am Entdecken verderben. Denkt selber über den Sinn des Standbildes nach, oder: Fragt! Die Haltung des Fragenden ist eine menschliche Haltung. Die Haltung des Wissenden ist haltlos.«

Hussler pulte sich, einen Fluch zerbeißend, das tönende Kügelchen aus der Ohrmuschel und schleuderte es in einen Papierkorb. Die Interpretation der Skulptur wäre sicherlich nützlich gewesen, gerade für ihn, der glaubhaft den vom Agrar-Business Frustrierten mimen wollte. Sofort nachfragen? Allzu spontan bekundetes Interesse hätte ihn möglicherweise verdächtig gemacht. Wer wußte, wie raffiniert diese Softis ihre Software schützten? Man durfte diese Kinder nicht unterschätzen, sagte sich Hussler, alles, nur das nicht, keine Amateur-Fehler!

»Geh einfach, wohin du magst. Und wenn es dir irgendwo gefällt, frag, ob du mitwohnen kannst. Wenn kein Platz ist, wird man's dir sagen. Wir haben zur Zeit sehr viele Menschen hier, die eine Zeitlang mit uns leben wollen. Aber wenn irgendwo Platz ist, kannst du bleiben.« Die Empfangsfrau lächelte Hussler ein »Gott mit dir« auf den Weg, dann stand er am Ausgang der stationären Empfangs-Ausstellung.

Vor ihm lag ein fremder Minikontinent. ›Geh einfach, wohin du magst ...‹ In Husslers Kopf hatte alles seine geordneten Schaltbahnen, und so ein unbestimmter Satz wie dieser war da eine Fehlinformation. Das hatte keine Ja-Nein-Struktur, das war schlicht inkompatibel. So foppte man keinen Besucher wie ihn! Aber was blieb ihm schließlich anderes übrig?! Er studierte die Karte, die man ihm in die Hand gedrückt hatte. Die Freie Republik bot sich ihm in Gestalt eines leicht verwinkelten Hufeisens dar. Von der gerade passierten Grenzstation Reihen ging es südwärts, im Halbbogen dem Lauf der Elsez folgend, über Ittlingen nach Eppingen, dann weiter südwestlich im Uhrzeigersinn bis Flehingen, von dort die Kraich aufwärts bis Unteröwisheim. Von diesem Ort verlief die Grenze ziemlich genau in Nordrichtung bis Malsch und von dort in West-Ost-Richtung zurück nach Reihen.

Hussler faltete das Blatt zusammen, nicht ohne noch einmal einen Blick auf die Legende geworfen zu haben. Maßstab 1 : 50 000 stand da und in Klammern dahinter: »Aber der richtige Maßstab steckt in dir.« An diese Art Späße mußte man sich hier offenbar gewöhnen. Aber bitte sehr: In einem fremden Land tat man gut daran, die Landessitte zu imitieren. Und dazu fand Hussler sofort Gelegenheit. Ein erdbrauner Akku-Kleinlaster hielt, und ein freundliches Männergesicht reckte sich durch die offene Seitenscheibe: »Willste mit, wo soll's denn hingehen?« Hussler machte eine Drehbewegung der Handfläche, die so etwas wie Beliebigkeit signalisierte, und sagte: »Bewegung ist alles, das Ziel ist nichts. Wenn du erlaubst, fahr' ich einfach mit und frag' hinterher, wo wir sind.«

Der Fahrer nickte, offenbar war das eine völlig zureichende Antwort. Hussler ließ sich aufseufzend auf den Beifahrersitz fallen. »Heiß, was?« sagte der Freundliche, ein hagerer strohblonder Typ mit sonnengeröteter Haut. Hussler nickte. Die Straße war schmal, gewunden und von blühenden Hecken gesäumt. Ein Aroma von Wildstrauchparfüm zog in den Fond des Kleinlasters.

»Die Hundsrosen blühen«, sagte der Blonde. »Ich heiße Pepper.«

»Sebastian, aber das ist zu lang, sag besser einfach nur Seb.«

»Ich heiße eigentlich Onno und komme aus Papenburg. Weil ich früher mal in so einer Kinder-Computer-Gang das Codewort Peppermint hatte, ham' sie mir den Spitznamen Pepper angehängt. Und der ist mir geblieben.«

Hussler erwartete dringlich eine Frage nach dem Wer, Was, Woher, Warum und Wohin, denn schließlich war er unschwer als Touri zu erkennen, aber Pepper beschränkte sich darauf, präzise Angaben zur Landschaft zu machen: »Alles extrem erosionsgefährdet ... Darum haben wir erstmal quer zum Hang gepflanzt. Das verlangsamt den Krumeabtrag enorm. Guck, da drüben, Zwiebel-Kartoffel-Rüben-Mischkultur ... Der Bergfried da, dieser achteckige Turm, ist das Zentrum des Kraichgaus. Die durchziehenden Plünderheere im Dreißigjährigen Krieg haben die Burg Steinsberg ›de Kompaß uff dem Kraichgau‹ genannt, weil man den Steinfinger von überall sehen konnte ... Stecken viele Geschichten in dem Gemäuer. Heute ist da unsere Verwaltung drin, ha, ha,ha, die Herrschaft sitzt doch immer in einer Befestigung. Guck da drüben, Berberitzen, schön, nicht? Die hat man früher als Unkraut ausgerissen. Wir haben in manchen Teilen schon wieder eine Strauchflora wie vor hundert Jahren, und bei Odenheim gibt es sogar noch einen Rest Hochwald, den unsere Hexen homöopathisch imprägniert haben. Ha, ha, ha, wir haben hervorragende Hexen! Manche sind mir allerdings zu fromm.«

Pepper fuhr ziemlich langsam. »Wenn ich schnell fahre, ist der Luftsog zu stark, und man zertrümmert dann nur unnötig viel Insekten. Übrigens haben wir wieder die Gottesanbeterin, die galt doch schon lang als ausgestorben.«

Hussler fand die dunkle Erzählstimme angenehm. Immer wieder streichelten Duftwolken vorbei: »Brombeere, Schlehe, Pfaffenhütchen ...« kommentierte Pepper. Ein locker gewirktes Mosaik kleiner Felder schimmerte beidseits der Straße, dazwischen buntgetupfte Menschen. Das Wechselbild stimmte heiter. Pepper machte eine Vollbremsung, stieg aus, kratzte ein Tagpfauenauge von der Windschutzscheibe und betrachtete es anteilnehmend: »Schade«, sagte er, »ich denke, in drei, vier Jahren können wir ganz auf diese Schmetterlingsklatschen verzichten.«

»Rückkehr zum Fahrrad?«

»Nicht nur, es gibt eine Reihe von anderen Möglichkeiten.«

Hussler fand, daß da irgendein Zufallsgenerator zu seinen Gunsten getickt hatte. Gleich zu Beginn einen Softi kennenzulernen – besser konnte es nicht laufen! Und wie ein vorgezogenes Happy-End: Peppers Angebot, erst einmal in »seiner Familie« zu wohnen! Aber nur nicht hitzig werden, nichts überbeschleunigen. Er zwang sich, alle neuen Eindrücke zu ordnen. Unordnung war der Systemtod aller Programme. Diese Burg (er hatte schon von ihr gehört) hatte Pepper »Kompaß auf dem Kraichgau« genannt und außerdem »Zentrum«. Es war nicht eben viel, was sich Hussler aus der Erinnerung vergegenwärtigen konnte, während bukolische Landschaften am Wagenfenster vorbeizogen. Aber die Burg wollte er im Auge behalten.

Irgendwann in den Achtzigern hatte einer die Burg Steinsberg, das Wahrzeichen des Kraichgaus, neu in Besitz genommen und in den historischen Mauern ein Ausflugslokal eingerichtet. Ein nicht untalentierter Innenarchitekt hatte versucht, gestalterisch an alte Ritterherrlichkeit anzuknüpfen: runde und maurische Bögen, nachempfundene Hellebarden als Zimmerschmuck. Und durch mutwillig getrübtes Glas fiel der Blick in einen Burghof, der nicht nur Waffengeklirr und Minnesang vernommen hatte, sondern nun auch Kaffeetassengeklapper.

Als jedoch Ende des zweiten Jahrtausends die Lößstürme über den Kraichgau gezogen waren, gelbe Staubschleppen schleifend, und als dann die Intensivlandwirte von ihren flurbereinigten Äckern in die Arbeitslosigkeit nach Heilbronn und Heidelberg getrieben wurden, war auch die Attraktivität der Burgschenke gesunken. Wer schaute schon gern – und sei es von historischen Zinnen – in sterbendes Land? Die dank moderner Landwirtschaft zum Flickenteppich durcherodierte Lößdecke taugte nicht mehr zur Intensivlandwirtschaft, und eine andere als die Landwirtschaft aus der Tüte war den meisten Bauern nicht mehr vertraut. Was Kleinklima, Fruchtfolge, Bodenleben waren, hatten sie verlernt, und auf ruinierter Scholle nutzten auch die Spritzpläne von Bayer und die neuesten Hochleistungstraktoren nichts mehr.

Drei Menschen, so sagte die relativ junge Gründungslegende, hatten sich im Spätsommer 1999 auf dem Bergfried der Burg getroffen, angeblich, um die Befestigung für ein privates Jahrtausendfest zu prüfen: Silvester 1999 auf dem »Kompaß des Kraichgaus«. Es wurde mehr daraus. Die drei brauchten nicht viel Einflüsterungsgabe, um den Wirt davon zu überzeugen, mit ihrer Hilfe die Räumlichkeiten in ein alternatives Kulturzentrum Neu-Kraichgau umzufunktionieren. Der klobige Steinkranz wurde Geburtsort eines Wortes: Freie Republik Kraichgau.

Er war übrigens gut achthundert Jahre zuvor schon einmal Geburtsstätte eines kulturbildenden Wortes gewesen: Weihnachten. Der Minnesänger Spervogel dichtete in den Jahren 1165 bis 1175 auf dem kalten Stein, und in einem seiner Lieder tauchte erstmals im deutschen Sprachraum der alte Dativ »ze wihen nahten« auf, »in den heiligen Nächten«, den altgermanischen Rauhnächten zwischen dem 25. Dezember und dem

6. Januar. Daraus – Hussler konnte sich nicht genug wundern, was ihm alles an Faktenstreuseln über den Kraichgau im Gedächtnis haften geblieben war – aus diesem Plural war das singuläre deutsche ›Weihnachten‹ geworden. Ob die Republikgründung einmal als ähnlich kulturbildend bewertet würde? In jedem Fall war hier vor zehn Jahren eine Idee aufgestiegen wie ein zweiter Bethlehem-Stern, Suchende nach sich ziehend.

Die Sache schien rückblickend logisch, ja, vernünftig: Wenn sich die Nation schon unwiderruflich geteilt hatte in die vielen einerseits, die auch die letzten Meter zur Hölle computergesteuert und genskalpelliert zurücklegen wollten, und die nicht ganz so vielen andererseits, die noch einmal – neu und anders! – anfangen wollten, wenn also schon der Graben tief gekerbt war, warum dann nicht den Versuch eines friedlichen Nebeneinanders wagen? Die Idee, geboren in einer regnerischen Spätsommernacht hoch über dem Kraichgau, entwickelte die Dynamik einer Lawine und überrollte alle Neins und Niemals der Politik. Die drei Gründer – namentlich war nur der alte Jordan bekannt – begannen die verwaisten Schankräume mit Leben zu füllen, anfangs nur mit Gedanken, doch bald schon mit den Bewegern dieser Gedanken. Erst kamen die Dauerarbeitslosen und die »Jungalten«, also jene Menschen, die man schon mit vierzig für nicht mehr computertauglich erklärt hatte, dann die Computer-Analphabeten, Opfer die meisten.

Doch irgendwann kam auch die ›Creme der Nation‹, die nicht mehr auf der alten sauren Milch schwimmen wollte: Wissenschaftler, die erkannt hatten, daß ihr Wissen die Welt schaffte: abschaffte in letzter Konsequenz. Als schließlich Professor Jordan, der Heros der Wissenschaftsgläubigen und Hardway-People, in den Kraichgau übersiedelte, da zogen die Medien mit; und irgendwann waren auch die Efeu-Christen da, die sich um eine charismatische Frau scharten.

Der Kraichgau war plötzlich ein Medienereignis mit Dauerwert, er wurde zum Faktum hochgeflimmert: Drei, vier Fernseh-Polls und eine qualifizierte TV-Mehrheit meinten, man solle »die« doch machen lassen, das sei besser als lungernde Arbeitslose und Drogensucht, als Straßenkriminalität und Exzeß.

Die Idee warf Funken in andere deutsche Lande. Der ganze Lahn-Dill-Kreis, wegen zerstörter Böden nicht einmal mehr zur Industriepflanzenproduktion geeignet, fühlte die begehrlichen Blicke der Softis auf sich gerichtet. Eine oft geäußerte Forderung hieß: »Republik Dill! Sag, ich will!« Das westliche Vorland des toten Bayerischen Waldes schien ebenfalls als Neu-Land geeignet. Aber Befreiungsbewegungen hatten in Bayern ja von jeher eine eigene Dialektik; es traute sich keiner so recht anzufangen, zumal das nicht allzu ferne München noch immer die Hauptstadt der Computer-Bewegung war ...

Hussler hatte all die Fakten über die Wahrzeichen-Burg nur deshalb parat, weil er kurz vor seiner Einreise in die Republik noch den TV-Bericht »Fünf Jahre Neu-Kraichgau: Die sanfte Idee von einer anderen Republik« gesehen hatte. Diese Burg, so schien es ihm, diese harten Mauern könnten sehr wohl Software abschirmen.

Pepper hielt vor einem enttäuschend konventionellen Haus: schwäbischer Häuslestil, mit Eternit verschandelt.

»Da wären wir.«

14

Roland war klar, daß etwas Neues her mußte: Die Preise für Prozeß-News aus Karlsruhe sanken, selbst gut gemachte Features wurden nur zögernd abgenommen ... Es war der alte Effekt: zuviel des Gleichen machte satt. Selbst Allergiker, für die es hier schließlich um nicht mehr und nicht weniger als ihre materielle Zukunftssicherung ging, zeigten Ermüdungserscheinungen. Ein Nürnberger Total-Allergiker brachte es TV-gerecht auf den Punkt: »Zuviel Tod wird langweilig.« Roland ging es eigentlich nur mittelbar um den Prozeß; der mußte das nötige Zubrot abwerfen für die eigentliche, die wesentliche, für seine Geschichte: ›*Mythos Wissenschaft* oder *Warum das alles möglich war.*‹

Erschwerend, aber auch anspornend stand hinter dieser Frage eine journalistische Regelverletzung – Regelverletzung insofern, als Nachrichtler, die etwas verkaufen wollten, nicht Fragen *stellten,* sondern gestellte Fragen *beantworteten.* Und Rolands »regelwidrig« selbstgestellte Frage drehte sich noch immer darum, ob es nicht der Mythos Wissenschaft war, jener naive Kinderglaube an die Allmacht der Forschung, auf dem alle Monstrositäten wucherten. Roland hatte gefunden, daß in den Achtzigern des vergangenen Jahrhunderts Meldungen, etwa über die Verseuchung des Bodens mit Ultragiften, unweigerlich Meldungen über irgendwelche Wunderpilze oder -bakterien nach sich gezogen hatten, die nichts lieber als Ultragift verzehrten. Der Mythos wurde gefüttert.

Die Fakten und Indizien befanden sich bereits wohlgeordnet in Rolands Speicherterminal, aber es fehlte noch der erhellende Blitz. Diese Art von elektromagnetisch-geistiger Erhellung ließ sich zum Glück noch nicht schalten. Aber dennoch: Roland brauchte Geschichten, um die Geschichte, *seine* Geschichte, zu Ende recherchieren zu können. Um eine gute Story abzusetzen, etwas, das den Glanz auf dem eigenen Namen polierte, mußte man eine Vielzahl von Geschichtchen ausspucken, die einem das materielle Überleben sicherten. Alte Nachrichtler sagten, das wäre noch nie anders gewesen. Wenigstens im Profanen gab es Kontinuität.

Das Geschenk der VAU, die das Absinken der Interessenskurve am Prozeßgeschehen sicherlich genauso alarmierte wie die Nachrichtler, kam für Roland just in einem Moment, in dem er erwog, aus materiellen Gründen kurzfristig auf andere Themen umzuschalten. Doch was ihm die VAU da – vertraulich, versteht sich – signalisierte, exklusiv noch dazu, war eine Nachricht, nach deren Ausbeutung man sicherlich für einige Monate jeglichen materiellen Druck los wäre.

»Was verschafft mir die Ehre der Exklusivität?« fragte Roland den Pressesprecher der VAU, einen drahtbürstigen älteren Herrn, der sich vor etlichen Jahren Meriten um die Mediengewerkschaft erworben hatte.

Der alte Hase setzte ein pfiffiges Lächeln zwischen beide Jochbeinknochen: »Sehen Sie, Herr Egk, ich kenne die neuen Medien wie nur wenige. Wenn ich die Nachricht breit streue, schießen sich zehntausend hungrige Nachrichtler gegenseitig damit tot, und auf der Strecke bleibt nicht zuletzt die Sache, um die es uns geht. Wenn dagegen ein Spitzenmann die Sache exklusiv hat, holt er für sich und damit auch für uns ein Optimum heraus.«

Roland nickte. Das leuchtete ein.

»Da sind wir.« Aina hüpfte aus dem Fond des Isoliertransporters, froh, wieder Boden unter den Füßen zu haben; die acht Stunden Fahrt waren wie Schmirgel über das Gemüt gegangen. Dr. John streckte sich hinter dem Steuer und nahm belustigt wahr, wie Aina davonstob auf das Haus zu, in dem all diese medizinisch-religiösen Wunder geschahen. »Hallo, wir sind da«, flötete sie. Das Rehabilitationszentrum lag am westlichen Dorfausgang von Reihen, dem nordöstlichsten Ort der Freien Republik, in einem unproportionierten Haus der Spätmoderne. Die Flanken des Hauses, wie konnte es anders sein, hatte man dem Efeu überlassen.

In diesem Haus, so wußte Dr. John, befand sich schon seit etlichen Jahren ein Therapie- und Rehabilitationszentrum, in dem die verschiedensten Techniken ausprobiert und angewendet wurden. Zu seiner rund um die Welt kolportierten Berühmtheit war das Zentrum aber erst unter dem Einfluß der Efeus gekommen. Dr. John massierte sich die Verspannung aus dem Nacken und warf einen Blick in den Transportkäfig. Fab Fab lag ruhig da: angeschnallt und sediert. Der Arzt stellte mit einer gewissen Erleichterung fest, daß es spätestens jetzt kein Zurück mehr gab. Fabian war ordentlich überführt, und er, der Fachmann für computerverursachte Verhaltensanomalien, konnte sich entspannt in die Rolle des wissenschaftlichen Beobachters begeben, konnte skeptisch oder wohlwollend zuschauen, konnte den Wissenden oder den Aufnahmebereiten herauskehren: Er hatte alle Optionen. Die Behandlung würde länger dauern, aber das Experiment war bewilligt, und es würde verschiedentlich Gelegenheit geben, den Fortgang zu überprüfen. Wie immer das Ergebnis sein würde, einerlei, ob Fabian wieder ins menschliche Leben zurückkehrte oder ob er »zu« bliebe wie eine Safetür, es gab in jedem Fall etwas zu forschen.

Aina kam mit Mayer-Salm aus dem Haus zurück; der ›Gunter und Rahn‹-Mann war in seinem Edel-Oldie vorausgefahren, um »das Terrain zu sondieren«, wie er gemeint hatte. Mayer-Salm gestikulierte wie ein übersteuerter Showmaster und unterbrach seinen Redeschwall nur für einen kurzen Nickgruß in Richtung Dr. John. »... schier unglaublich, was die hier mit all den Mumien anstellen. Ich sage, die impfen mit Liebe, die streicheln gesund. Ihr werdet sehen, schiere Hexerei ...« Aina stellte sich zwischen die beiden Männer, von denen sie wußte, daß sie sich gegenseitig nicht sonderlich mochten. John sah in Mayer-Salm den beruflichen Effekthascher und Oberflächler, Mayer-Salm hielt John für einen verpfriemelten Wissenschaftler.

Aus dem Haus trat jetzt eine Frau und ging auf die Gruppe der Neuankömmlinge zu. Um den Hals trug sie das Kreuz auf dem Efeublatt. In ihrem Gesicht lag Milde. »Guten Tag, ihr kommt aus Hamburg? Herzlich willkommen! Wo ist Fabian?«

Aina sah Dr. John eine Sekunde lang verwirrt an, doch auch den Arzt schien die Frage aus der Fassung gebracht zu haben; er berappelte sich dann aber und sagte kühl und protokollgerecht: »Mein Name ist Frank John, ich bin der begleitende Arzt. Fabian ist Voll-Compau. Das haben wir Ihnen aber alles auf den Schirm gegeben. Wir haben ihn während der Fahrt sediert. Am besten wird es sein, ich fahre den Wagen jetzt an die Schleuse, damit ...« Irgend etwas im Blick der Efeu-Christin hinderte Dr. John, den Satz zu beenden. Mayer-Salm machte ein triumphierendes Gesicht, glaubte er doch zu wissen, daß gleich der erste Anschlag auf Dr. Johns Schul-Psychiatrie erfolgen würde.

»Entschuldigen Sie, wir haben keinen Schirm«, sagte die Efeu-Frau. »Die Daten haben wir per Brief von der Burg bekommen. Und eine Schleuse haben wir auch nicht.«

»Welche Burg?«

»Sie können sie fast von hier aus sehen. Burg Steinsberg im Nachbardorf. Über die Burg gehen alle unsere Außenkontakte.«

»Aber ohne Schleuse dreht uns der hier ab. Oder ich muß ihn voll sedieren ...!«

»Ich möchte ihm gern guten Tag sagen. Bitte machen Sie den Wagen auf.«

»Verdammt, nein! Wissen Sie denn nicht, was ein Voll-Compau ist?

Wenn der hier einen Haufen Menschen sieht, kriegt er einen Anfall, der ... der ... Was machen Sie da an der Wagentür? Ich sage Ihnen, lassen Sie das! Noch trage ich die Verantwortung!«

Die Frau hatte die Tür aufgeschoben, kniete sich neben die Pritsche und löste mit flinken Fingern die Gurte. Aina und Mayer-Salm packten fast wie auf Verabredung je eine Schulter des Arztes, der ganz offensichtlich eingreifen wollte: »Was machen Sie da ...?«

»Seien Sie unbesorgt, ich beginne mit der Behandlung.« Die Frau hatte eine Hand auf Fab Fabs Stirn gelegt und sprach leise auf ihn ein.

»Unruhig, Dokterchen?« ätzte Mayer-Salm. »Hier heilt der Heilige Geist persönlich. Und der ist nicht mal approbiert.«

Gegen Kannibalismus sperrt man sich gefühlsmäßig, aber ab und zu muß man jemanden schlachten, um satt zu werden. Und in diesem Fall hatte Roland sogar das halbgute Gefühl, der richtigen Sache ein Opfer zu bringen, nämlich der Sache der VAU und der zigtausend »Toten auf Urlaub«, der Sache der Allergiker. Was war dagegen die Karriere eines Richters? Mehr noch: Hatte nicht die VAU selbst dieses rituelle Opfer empfohlen? Es galt, die aufkeimende Unlust am Karlsruher Prozeß zu überwinden. Nichts könnte der prozessualen Sache der VAU abträglicher sein als nachlassendes Medieninteresse. Und unter diesen hohen Zielvorstellungen war ein Richter eben nur ein kleines Brandopfer, aber immerhin hell genug, um das öffentliche Interesse neu zu entfachen.

Als Roland sich die Zwillingskameras auf die Schultern setzte und die Pupillensteuerung prüfte, fühlte er sich wieder wie sein Lieblingsmythos: der Cowboy, der vorm alles entscheidenden Shoot-out die Leichtgangigkeit der Colts prüfte. Schließlich kam es noch immer vor, daß im Moment der Wahrheit die Technik jämmerlich versagte und große, sorgsam vorprogrammierte Ereignisse mit einem Pausenzeichen endeten. Roland wartete, bis sein Puls wieder gleichmäßig klopfte, schloß die Augen und turnte im Geiste ein paar Entspannungsübungen durch. Dann drückte er den Summer an der Gartentür. Eine Stimme schnarrte: »Wer ist da, bitte?«

»Mein Name ist Roland Egk. Herr Reute weiß, daß ich komme. Ich bin von der VAU avisiert.« Eine Weile war es still. Roland blickte durch die Gitterpforte in den Garten: früher Biogarten-Stil, links der obligate Teich mit den hochaufragenden Rohrkolben, im Hintergrund ein Touch von Englischem Garten; umwucherte Stümpfe entlang dem Schotterweg markierten die Stellen, wo einmal Alleebäume gestanden haben mußten. Im Haus flammte die Parterrebeleuchtung auf, und gleichzeitig drang es, diesmal klar und fest, aus dem Lautsprecher: »Herr Egk? Treten Sie ein! Der Neufundländer beißt nicht.« Erst jetzt sah Roland einen riesigen schwarzen Hund, der auf halbem Weg zwischen Pforte und Villa auf dem Schotter lag und nur kurz den Kolossalschädel hob, als Roland ihn passierte.

Roland prüfte noch einmal die Verbindung. Ein Kontrollimpuls auf der Innenseite der Handfläche bestätigte: die Live-Verbindung zum ›Gunter und Rahn‹-Zentrum in Hamburg stand. Eine leichte Nervosität, keine, die einem die Sinne lähmt, sondern eher eine, die Hundertmeterläufer vor dem Start erfaßt, bemächtigte sich Rolands Augen: der Lidschlag war noch zu hochfrequentig, um gute Bilder zu garantieren. Roland brachte ihn schließlich auf normalen Wert, und als er die Tür erreichte, eine schöne Jugendstiltür mit bleiverglaster Lilie, bestätigte ihm ein erneuter Check, daß seine Körperfunktionen (Puls, Pupillenfunktion, Lidschlagzahl und Konzentrationsgleichwert) einer Direktübertragung nicht im Wege standen.

Der oberste Bundesrichter Erich Reute stand in der Empfangshalle. Kristallüster ließen seine massige Gestalt zum Schattenriß werden (ungünstig für Aufnahmen!), aber die Stimme kam klar. »Ich habe Sie erwartet, allerdings nicht in voller TV-Montur.«

Roland spürte mehr, als daß er es erkannte, daß nun alles sehr schnell gehen mußte. Er umrundete den Richter, so daß er das Licht im Rücken und Reute es im Gesicht hatte. Aus den Augenwinkeln (ein gedankenschneller Schwenk erfaßte den Hintergrund) sah Roland, daß die Leibwächter sich steiften. »Herr Reute, Sie sind Vorsitzender Richter im Fall VAU gegen Bundesrepublik Deutschland. Sie haben darüber zu entscheiden, ob vier Millionen Allergiker Rente beziehen werden oder nicht.

Wie wollen Sie das unbefangen entscheiden, wenn Sie selber Allergiker sind?«

Reute stand regungslos; fast schien es, als würde er noch breiter. Die Leibwächter gruppierten sich hinter ihm, als gelte es, eine Schlachtreihe zu formieren. »Woher wollen Sie wissen, daß ich ... Sind wir auf Sendung?«

»Ja, zentrale News-Show. Herr Reute, Sie sind Allergiker. Sie haben eine diffuse Kunststoffallergie mit progressiver Lähmung der Atemfunktionen und ...«

»Raus!«

Roland wurde von einem Vierschröter zu Boden geworfen. Das müßte ideale Live-Bilder geben, war sein vorletzter Gedanke. Der letzte war ein Stoßgebet, daß man in der G & R-Zentrale jetzt schnell genug zum Pressesprecher der Bundesregierung umschaltete, der seinen vorbereiteten Antrag auf »Suspendierung des Vorsitzenden Richters wegen Befangenheit« verlesen würde.

Am darauffolgenden Tag war Roland um eine nennenswerte Summe reicher und die VAU hochzufrieden: Der Prozeßgegner BRD hatte sich wunschgemäß verhalten. Die schon verdrängten Bilder menschlicher Wracks trieben wieder durch alle Kanäle.

»Da die Wissenschaft uns eingebleut hat, daß heute keine Wunder mehr geschehen können, geschehen sie auch nicht. Und so ist die Wirklichkeit, die einst das strahlende Ziel der Suchenden war, ein Synonym für Öde geworden. Wirklichkeit ist jetzt nur, was sich experimentell wiederholen läßt.«

Hussler las die Zeilen mit zusammengekniffenen Augen im Halbdunkel des Wohnflurs. Die Worte standen auf einer altertümlichen Schiefertafel; der Name unter dem Zitat war verwischt, ebenso die Jahreszahl. »Ist das von eurem Professor Jordan?« fragte Hussler schließlich.

»Könnte von ihm sein, ist aber schon etwas älter. Das stammt von Erwin Chargaff.« Pepper grinste und ersparte Hussler die Peinlichkeit einer Nachfrage. »Chargaff hat 1983 eine ›Kritik der Zukunft‹ verfaßt. Er war seinerzeit einer der schärfsten Kritiker der harten Wissenschaft. Chargaff hat übrigens schon damals gesehen, daß beliebig ausgespucktes Wissen die Welt nicht klüger macht. Und vor allem, daß der Verlust von Geschichte entmenscht ...«

Hussler war ein philosophischer Einstieg ebenso recht wie jeder andere; es kam nur darauf an, zu möglichst vielen Personen möglichst gute Kontakte aufzubauen. »Mit der Geschichte habt ihr's hier wohl ganz besonders, wie? Ich denke da an diese Skulptur am Eingang?«

Pepper hatte sich in einen Strohflechtkorb geflegelt, stippte Rhabarberstangen in Ahornsirup und überlegte: »Du meinst den Radschieber? Über die ästhetische Qualität kann man sich streiten, davon verstehe ich zuwenig. Aber die Aussage der Skulptur stimmt. Es war für uns zu Anfang ganz wichtig, zu begreifen, daß die Bauern hier – etliche sind ja auch geblieben – nicht Schurken, sondern Opfer sind. Die haben in den siebziger, achtziger Jahren sehr genau gesehen, daß ihre Art zu wirtschaften die Bodenerosion noch beschleunigte. Aber sie hatten nur die Wahl, so weiterzumachen oder aufzuhören. Das soll, glaube ich, diese Skulptur aussagen – der Bauer aufs Rad geschnallt, wie im Mittelalter, und trotzdem das Rad noch schiebend.«

Hussler sah eine gute Gelegenheit, sich als bekehrter Agrarwissenschaftler zu profilieren. »So glatt kann man den Freispruch nicht erfolgen lassen, denn es gab auch damals schon Untersuchungen, etwa die Empfehlung, keine Zuckerrüben oder Mais auf Erosionshängen anzubauen.«

»Aber es gab kein Geld, um den Bauern einen schonenden Umgang mit dem Boden zu ermöglichen. Die agrarpolitische Ordnung zwang sie zur billigen Massenproduktion. Und sie haben auch nicht aus Jux und Tollerei alles totgespritzt, sondern sie konnten nicht anders, als zu spritzen, und sie wußten es auch nicht anders. Moderne Landwirtschaft war ja Fortschritt. Chemie war gut, war modern. Was heute die Gen-Bastelei ist, war damals die Chemie. Aber wenn man nicht versucht zu verstehen, kann man nur noch hassen. Das ist schlecht. Mit Haß wären wir beim Aufbau der Republik schon am Anfang gescheitert.«

15

Das Land träumte seine Vergangenheit in Erdfarben, und auch der Schweiß war echt. Hussler hatte zwar vorher gewußt, daß jeder Dauergast – pflanzend, pflegend oder erntend – für seinen Lebensunterhalt mit aufkommen mußte, aber in einem gelbstaubigen Lößhang kniend Franzosenkraut und Ärgeres zu jäten, war etwas, das einem fast Sechzigjährigen doch sehr die Glieder steifte. Über dem Feld jagten Rauchschwalben und flitzten durch die Lupinenfurchen, um Flug-Ernte unter den Schmetterlingen zu halten. Vom Hangfuß wehte es kühl herauf. Die Softis waren dazu übergegangen, dort, wo die Flächen flach ausschwangen, kleine Teiche anzulegen. Das verbesserte das Kleinklima und war darüber hinaus eine vertretbare Notlösung: Jahrzehntelange Erosion hatte mit der zu Tal rutschenden Erde Pestizide aller Art und Schwermetallanreicherungen bergab gespült und in die Senken eingelagert. Es wäre unverantwortlich gewesen, dort Frucht anzubauen. Schlehen und Weiden fächerten sich an den Wasseraugen Kühle zu, formten grüne Wimpern, und darüber bläute ein unverschämt offener Himmel.

Der Lößboden staubte Hussler gelben Puder über die Finger. In der Reihe über ihm kniete und rupfte ein junges Mädchen, und es schien ihm, daß es sich Mühe gab, sich seinem langsamen Arbeitstempo anzupassen. Die Softis hatten die Reihen quer zum Hang gezogen, um bei Starkregenfällen dem Wasser keine Sturzbahnen zu graben. Die durcherodierten Kuppen der Hügel bedeckte Buschwerk wie krauses Haupthaar eine Schädelplatte. Es folgte hangabwärts ein Streifen Sommergerste, dann Kleegras und schließlich der Gemüsestreifen, in dem Hussler von Unkrautbüschel zu Unkrautbüschel vorrutschte.

»Mach doch mal 'ne Pause, Seb, wenn's schwer wird. Ich war am ersten Tag nicht so gut wie du«, rief die Kleine.

Hussler fand das ausgesprochen liebenswürdig. »Geht schon«, rief er zurück, »du mußt meinetwegen aber nicht langsamer machen.« Die Kleine hieß Imke, und Hussler gestand sich ein, daß er ihretwegen gern nochmal, befristet, fünfundzwanzig gewesen wäre. Auffällig wenig Alte hatte er hier gesehen, obwohl doch seine Jahrgänge und deutlich höhere sonst schon fast überall in Europa das Bild prägten.

Pepper hatte ihm eine Schlafrolle im Haus seiner »Familie« angeboten. Familie hießen die Gruppen, die zusammenlebten. Hussler verspürte Lust auf dieses »Familien«-Leben, Lust auf Nähe, aber: sie beunruhigte ihn auch. Er war schließlich nicht hier, um sich wohl zu fühlen, sondern um etwas herauszufinden. Das, was er hier tat, war Mimikry, zum Teufel: Er war laut Plan der frustrierte Agrargenetiker, der sich nach richtig alten Kartoffeln und altmodischem Gemüse sehnte. Wie aber, wenn ihm die Maskerade besser gefiele als sein Auftrag ...?

Es ist leicht, Leute auszurechnen, die man nicht mag. Das konnte Hussler aus Erfahrung sagen. Aber es ist schwer, den nötigen Kampfabstand zu halten, wenn einem Nähe angeboten wird. Seltsam auch dieses Singen! Manchmal sprang eine Art Chorgesang von Ackerfurche zu Ackerfurche, und immer wieder diese Hymne: »Du Land der Schlehenblüten und der geträumten Bäume ...« Das Lied hatte ein Bayer gedichtet, wie Hussler nicht ohne Stolz zur Kenntnis nahm. Der Text war seltsam: etwas altmodisch, aber eben deshalb von der Art, die sich festhakt. »... wir wollen dich behüten wie unsre Kinderträume ...« Das war gut gesagt. Der Geruch von Erde, das Flimmern der Hochsommerglut, das kleinräumige, aus Lebendigem gewirkte Muster von Getreide, Gemüse und Gras, all das nahm den Staub von den vergessenen Bildern: Das roch wie der große lange Kindersommer, wie Blütenregen im Mai, wie Kaulquappen im Einweckglas, das roch wie: lange her!

Als Imke die Furche wechselte und ihm einen grünschillernden Laufkäfer zeigte, der besagte, daß ein bestimmtes Ökosystem wieder intakt war, verspürte Hussler ein schönes (und deshalb ganz und gar beunruhigendes!) Gefühl von Glück und Weichheit im Bauch. Er ertappte sich bei der kichernden Bemerkung, Imke möge den Käfer sanft absetzen, damit er sich kein Bein bräche, was Imke versprach und wieder eine Furche aufwärts wippte. Hussler durchdachte schnell ein paar Algorithmen und Suchbäume, um dieses Gefühl des Fließens und Eintauchens zu verdrängen: Reiß dich zusammen, Mann, es gibt nur ja oder nein, Erfolg oder Mißerfolg, es gibt nichts Hoffnungsloseres als einen verliebten Spion.

Am Horizont lag Burg Steinsberg, der Kompaß auf dem Kraichgau. Von forkenbewehrten Scharen 1525 im Bauernkrieg niedergebrannt, von Tillys und Gustav Adolfs Mordbrennern im Dreißigjährigen Krieg mit dem Blut der Einheimischen befleckt und nun (vieles deutete darauf hin) eine Schatztruhe neuer Art. Bussarde miauten hoch über dem Hang, und Hussler fand, daß selbst hochprofessionelles Fühlvideo wenig mehr als Nährschleim war, gemessen an Lößstaub auf den Armen und einem grünen Laufkäfer auf einer Mädchenhand.

Zwei ozeanische Augen ruhten auf Aina und machten sie sprachlos. Franziskas Augen waren nicht hypnotisch, sondern in ihnen war einfach eine Güte, der man nicht ausweichen konnte. »Schwester, du willst, daß Fabian gesund wird? Da wäre es gut, wenn du es um seinetwillen wünschtest. Du willst es aber um deinetwillen.«

Aina erschrak. Was war schiefgegangen? Hatte Mayer-Salm oder Dr. John etwas über die Hintergründe und -gedanken der Fab-Fab-Transaktion ausgeplaudert? Unwahrscheinlich! Beide waren ausreichend zum Schweigen vergattert worden.

»Schwester, du hast Fabian hier abgeliefert wie einen Pfandbrief. Wie soll er aber wieder Besitz von sich ergreifen können, wenn du Teile von ihm schon verpfändet hast? Du brauchst nicht zu antworten. Es wäre aber gut, wenn du dir selber antworten würdest.« Franziska beugte kurz den Kopf, nicht demütig, nicht ehrerbietig, eher mit einem angedeuteten Verständnis: Ich begreife zwar, aber ich billige nicht! Dann lief sie mit fliegenden Kleidern zurück ins Haus zu ihren Compaus.

Aina war es, als entferne sich eine Wärmequelle, und ein kalter Luftzug weckte sie auf: Das also war sie, die »Heilige Franziska«, von der die Frommen wisperten, sie sei die Inkarnation des Heiligen Franz von Assisi. So vieles fügte sich zum Mysterium oder, wenn man es nüchterner sah, zur Nachricht. Was dem Heiligen Franz die Lepra-Kranken, von deren Teller er aß, deren Wunden er wusch, waren dieser Franziska die Compaus, der Aussatz der Informgesellschaft.

Die Nachrichtlerin fühlte sich jämmerlich ertappt. Noch nie, seit sie

»eine andere« geworden war, hatte ihr jemand so leicht hinter das Gesicht geblickt. Sie hatte keine fünf Minuten mit dieser Franziska gesprochen, hatte nur mit Staunen und Schaudern gesehen, wie sie vorhin Fab Fab aus dem Wagen geholt und ihn, der zwar hektisch und aus schrekkensweiten Augen um sich sah, ins Haus geleitet hatte, und all das, obwohl, wie Dr. John bemerkte, das Sedativ noch wirkte und willentlich gesteuerte Körperbewegungen hätte unmöglich machen müssen!

Dr. John saß seltsam zusammengepfriemelt auf der Veranda, die Beine mit den Armen umschlungen, als drohten sie ihm wegzulaufen. Er winkte Aina zu sich heran: »Ich lehne die Verantwortung ab. Sie sind meine Zeugin, daß ich von Anbeginn an Bedenken schwerster Art angemeldet habe.«

Aina sah einen, der noch verwirrter war als sie selbst, und das gab ihr etwas Stärke zurück: »Wir bleiben dabei, Dr. John. Wenn Fab Fab hier keine Chance hat, dann hat er überhaupt keine ... und ich auch nicht.«

»Na super! Sie denken nur an Ihre Marktchance, an Ihre Story, an Ihr Medien-Phantom, an Ihre Chance, die Sie haben oder nicht haben.«

»Nein, ich denke an meine kaputte Doppelhelix.«

Dr. John richtete sich etwas auf. »Die Sache ist sicher ganz einfach, S-c-h-w-e-s-t-e-r! Verpfuschtes Gen-Engineering heilt man hier durch Handauflegen oder Gesundbeten oder besser: durch Kamillentee und Efeublätter!«

»Warum sind Sie so aggressiv, B-r-u-d-e-r Arzt?«

Dr. John sackte wieder ein Stück zusammen: »Diese seltsame Heilige hat mir auf den Kopf zugesagt, daß ich mit dem Vorsatz gekommen bin, den ganzen Schwindel hier zu entlarven.«

Aina lachte, kippte fast vornüber vor Lachen und ließ Dr. John sitzen.

Eine Tugend (und sie besaßen bitter wenige), die sich Journalisten aus den Tagen der Kugelschreiber und Schreibmaschinen in die Gegenwart der Schirme gerettet hatten, war die Tugend des Fragens. Aina beschloß zu fragen: »Franziska, bist du eine Heilige? Wer hat dir gesagt, daß du das hier machen sollst und daß du es so machen sollst?«

»Die Leute nennen all diejenigen, die etwas konsequent anders machen, Sonderlinge, komische Heilige oder einfach nur Heilige. ›Franziska‹ hat man mich genannt, um mich zu verspotten. Ich habe den Spottnamen gern angenommen. Mit einundzwanzig Jahren, 1985, hatte ich eine Offenbarung. Offenbarungen haben fast alle Menschen, sie merken es nur nicht. Du würdest meine Offenbarung wahrscheinlich einen Zufall, ein Zusammentreffen von zwei Informationen nennen. Für mich war es eine Stimme, aber keine, wie man sie aus der Kirchengeschichte kennt: keine brennenden Dornbüsche, keine Lichtgestalten, keine verzückte Ohnmacht. Es war einfach nur ein Funke, der zwei durch Jahrhunderte getrennte Nachrichten miteinander verband.

Ich habe mich 1985 eingehend mit dem Leben des Heiligen Franz von Assisi befaßt, aus rein erbaulichem Interesse. Mich haben vor allem die Infamie und die brutale Intelligenz gefesselt, mit der die Kirchenmaschine in den Jahrhunderten nach Franz' Tod seine Lehre dogmatisiert und verfälscht hat. Die wahren Franz-Nachfolger landeten in Kerkern und auf Scheiterhaufen, und nur diejenigen, die ein papistisch umgelogenes Franziskanertum betrieben, durften ungestört weiterwachsen.

Franz hatte Jesu Leben nachgelebt unter dem Gebot absoluter Armut. Er hatte sich radikal auf die Stufe extremer Bedürfnislosigkeit begeben, hatte mit den Aussätzigen aus einer Schüssel gegessen. Das konnte die Herrschafts- und Gewaltmaschine in Rom nicht dulden, und so wurde der Heilige Franz im nachhinein zwar seliggesprochen, doch sein klares Armutsgebot mit Weihrauch vernebelt.

Die zweite Information war die: Während ich las, erreichte mich die Nachricht, daß der lateinamerikanische Franziskaner Leonardo Boff mit päpstlichem Schweigegebot belegt wurde – wieder, weil einer Jesus beim Wort genommen hatte. Boff hatte sein Christentum und sein Leben der Armenfürsorge verschrieben. Während man Franz' Nachfolger vor Beginn der Neuzeit mit dem Vorwurf der Ketzerei erledigt hatte, bediente man sich im Falle Leonardo Boffs des Vorwurfs, der Franziskaner hätte sich dem Marxismus angenähert.

Von da an wußte ich, daß der Heilige Stuhl ein morsches Möbelstück ist, das in den Jahrhunderten steht, ein dumpfes Gegenbild zum Kreuz auf Golgatha. Wir werden diesen Stuhl aber nicht mit Haß überwinden, sondern nur mit der Liebe, mit gelebtem Leben dagegen. Und ein neues Wissen werden wir brauchen. Wir haben schon ein paar Schritte zurückgelegt seit Gründung unserer Gruppe 427.«

»Gruppe 427???«

427 – das war eine Zahlenkombination, die sämtliche Hochleistungsrechner und Kombinationscomputer in Ainas Gehirn gleichzeitig einschaltete. 427, das war der Quotient aus Zero Zeros geheimnisumwitterter letzter Zahl und seinem Geburtsdatum, das war laut Mayer-Salm diese physikalische Zahl, dieses Wärmeäquivalent, das war Wetterleuchten über dunkler Spur.

Aina konnte nicht anders, als dem neu erwachten Jagdtrieb nachzugehen, den Spannungsbogen zu dehnen, eine Diana anno 2009, der allerdings das übliche Jagdgerät fehlte: Warum um alles in der Welt hatten die hier keine Computeranschlüsse? Warum konnte man nicht einfach eine Folge von Suchwörtern einhämmern oder eine computerkompatible Frage stellen? Aina sah sich auf die Stufe des Telefon- und Kugelschreiber-Journalismus zurückgeworfen. Nicht einmal eine traditionelle Bibliothek schien in Reichweite. Doch seltsamerweise bekam man auf Fragen Antworten, ohne daß jemand vor Beantwortung einer Frage den Nachrichtenwert seiner Antwort in Mark und Pfennig beziffert haben wollte.

Das Zwischenergebnis ihrer Recherchen war: Julius Robert Mayer, der Entdecker des universellen Wärmeäquivalents, ein Arzt und Wurmkurer, war in der Nähe der Freien Republik im Heilbronn des vorvorigen Jahrhunderts tätig gewesen. Diese räumlich-historische Nähe hatte den Namen des Wissenschaftlerzusammenschlusses der Freien Republik Kraichgau offenbar inspiriert. Was Robert Mayer für die Physik geleistet hatte: die Brücke zwischen bis dahin verschieden definierten Energieformen zu finden und damit der modernen Physik die Pforte aufzustoßen, das wollte die Gruppe 427 für einen ungleich wichtigeren Brückenschlag leisten: für eine neue Verbindung zwischen Wissenschaft und Moral. Beide sollten eins werden, so, wie die verschiedenen Energieformen schließlich als eine erkannt und anerkannt worden waren.

Unter dieser hehren Maxime hatten sich kluge und klügste Geistes-und Naturwissenschaftler zusammengetan, um das scheinbar Unmögliche, das noch stets Gescheiterte, doch zu zwingen: Die Hure Wissenschaft sollte sich von ihren Zuhältern Industrie und Politik befreien und sollte ein Wissen schaffen, das seine Reklamestände nicht länger auf den Leichen der Umwelt- und Kriegstoten aufbaute. Die Zöglinge und Geister dieses neuen Denkens sollten dann irgendwann die multinationalen Thinktrusts von innen her brechen. Der glückliche Umstand, daß nach Kern- und Genspaltung Gevatter Tod länger als erwartet die Sense schärfte, gab etwas Zeit ...

Für Aina waren das alles wolkige Sätze, doch nicht ohne Faszination. Wenn ein Professor Jordan, eben jener gütige alte Herr, der ihr vor ihrem Gen-Engineering noch persönlich ins Gewissen geredet hatte, wenn so ein verstoßener Halbgott der Wissenschaft in ein Mauseloch namens Freie Republik kroch, warum sollten da nicht auch andere Ex-Götter wohnen? Wie anders als eine Spur ließ sich der Zusammenhang von 427 mit Zero Zeros Zahl deuten? Er mußte hier sein oder hier gewesen sein. Besser: Er wäre hier.

Und morgen würde Roland aus Karlsruhe kommen. Aina hatte plötzlich Heißhunger auf Leben.

16

Einiges an der Art, wie Aina in langen mitternächtlichen Telefon-Rendezvouz von ihrem neuen Lebensraum sprach, gefiel Roland nicht: Journalisten müssen immer den Grad finden zwischen kritischem Abstand und innerer Beteiligung. Aina, so schien es, war bereits sehr weit, schon beinahe beidfüßig, in diesem seltsamen Land verwurzelt, das geographisch fast am Stadtrand von Karlsruhe lag und doch Lichtjahre entfernt. Roland hatte darauf gedrängt, daß Aina zu ihm nach Karlsruhe käme, aber sie hatte darauf bestanden, daß er »das alles erleben« müsse. Also dann, wohlverdienter Urlaub nach all dem Rummel, den seine Reute-Story verursacht hatte.

Reute hatte gegen sich einen Befangenheitsantrag gestellt, hatte seine Allergie eingestanden. Die VAU nutzte die Situation für eine neue große Öffentlichkeitsoffensive. Motto: Es gibt keine Unbeteiligten mehr! Die Bundesregierung sah sich zu verstärkter Gegenaktivität genötigt und forcierte die These von der »pathologischen Verdrängung«, eine Formel, die von einer Reihe durchaus veritabler Psychologen und Soziologen im Gefolge der Verhaltensforschung propagiert wurde.

Roland schien diese These nur eine Krücke zu sein, aber die Bereitwilligkeit, mit der die Medien sie aufgriffen, ermutigte die regierungsnahen Gutachter zu immer mediengewaltigeren Erklärungen. Die These war, einmal allen schmückenden Beiwerks entkleidet, etwa folgende: Der Mensch ist das einzige Wesen, das seine Endlichkeit, seinen individuellen Tod denken kann. Normalerweise müßte diese Gewißheit die Lebenskraft des Menschen brechen. Die Natur (respektive Gott oder die Evolution) hat dem Menschen nun aber eine höchst bemerkenswerte Gabe verliehen – gewissermaßen zur gnädigen Abschirmung seiner schlimmen Hellsichtigkeit in Sachen Tod: die Fähigkeit, zu verdrängen. Diese Fähigkeit ist grenzenlos: Sieche Endachtziger zum Beispiel können sich bisweilen so verhalten, als hätten sie das Leben noch vor sich. Nun wurde aber in den neunziger Jahren angesichts der sterbenden Wälder, der verschütteten Alpentäler, der Kloake Nordsee aus der *individuellen* Verdrängung eine *kollektive*. Dazu kam, daß die Summe der Umweltschreckensnachrichten bei ihren Konsumenten nur die Schmerzgrenze hochtrieb.

Die kollektive Verdrängung hatte, so die nützliche Theorie, natürlich nicht nur die Staatsbürger, sondern auch deren Repräsentanten erfaßt. Diese sahen das Übel zwar kommen, machten aber – gewissermaßen durch ihren evolutionären Erbteil, die übergroße Verdrängungsfähigkeit, gezwungen – die Augen zu und fanden sich nur zu kosmetischen Korrekturen bereit, die keinerlei Einsatz von ihnen verlangten. Die Regierung im Jahre 2009 stellte ihren Vorgängern gewissermaßen eine Krankheitsbescheinigung aus, um nicht für deren Tatenlosigkeit geradestehen zu müssen. Das Umweltdesaster sollte einer diffusen höheren Gewalt angelastet werden. »Tragische Verstrickung« war ein vielgenannter Begriff und »Diktatur der Sachzwänge«.

Roland begannen die TV-Duelle der Pro- und Contra-Wissenschaftler zu langweilen; auch das durch den Reute-Fall neu entfachte Interesse würde sich als Strohfeuer erweisen. Die Umschlaggeschwindigkeit von News erlaubte keine beharrliche Meinungsbildung. Die Tagesform würde über Schuld oder Unschuld entscheiden, es würde einen Spurtsieger geben. Nichts Neues.

Aber morgen würde er Aina sehen. Hoffentlich noch die Aina, die er kannte.

Hussler fand erneut bestätigt, daß, wer konzentriert sucht, viel findet, wenngleich nicht immer das Gesuchte. So hatte er höchst bemerkenswerte Details über umgekippte Wissenschaftler herausgefunden, die sich zu einer Art »offenem Geheimbund« zusammengeschlossen hatten, um so etwas wie Antikörper im faulen Leib der Industriewissenschaft zu sein.

Interessant, wenngleich für ihn nutzlos, war auch die Erklärung des Efeu-Symbols der charismatischen Christen. Eine Frau, die alle »Franziska« nannten und die sich der Pflege von Compaus widmete, hatte vor Jahren eine scheinbar banale Entdeckung gemacht. In ihrer Heimat, einer tiefkatholischen Gegend, waren die Linden und die Buchen über den Wegkreuzen abgestorben – wie alle Bäume. In dem Maße, wie die Kronen lichter und spärlicher wurden, fand Efeu bessere Lebensbedingungen, um an den Kreuzpfählen emporzuranken. Die Gläubigen entfernten die Schlingpflanzen, weil sie den Heiland verhullten. Doch diese Franziska, die eigentlich Elke hieß, stellte sich ihnen in den Weg und sagte, es sei ein Zeichen, wenn Jesus sich mit Natur verhülle, und man solle dem Zeichen nicht wehren. Eine seltsame Deutung eines biologisch simplen Vorganges! Jesus wurde Bioleib, tauchte ein in immergrünes Pflanzenreich.

So hatte Pepper die Geschichte erzählt. Er war abtrünniger Software-Mann, gehörte wohl zu diesen 427ern und hatte früher Programme für Gezeitenkleinstkraftwerke entwickelt. Er erzählte den seltsamen Efeu-

Mythos so, als handele es sich um Wahrheit im wissenschaftlichen Sinne: also um intersubjektiv nachvollziehbare Versuchsanordnungen und -ergebnisse. Ein verrückter Haufen, in den Hussler hier geraten war. Aber schön verrückt.

Hungerüberfälle. Die Gewaltfrage, an der die Ahnherren der Freien Republik, die Grünen, lange und fruchtlos herumdiskutiert hatten, kehrte in neuer, in sehr konkreter Gestalt zurück. Seit gut ein Drittel der Bundesbevölkerung an oder unter der Armutsgrenze lebte, seit die Slums sich wie totes Zellgewebe erstickend um die Städte legten, seit Mundraub auf den Feldern kaum noch möglich war, weil auf Cadmium- und Bleiäckern keine Kartoffeln und Rüben mehr wachsen durften, sondern nur noch Industriepflanzen, seit diesen Tagen waren Hungerüberfälle in der Republik zum Problem geworden. Es räuberten im Kraichgau nicht nur die Ärmsten, denen man es nicht verübeln konnte, die Slummies aus Mannheim, Heidelberg und Heilbronn. Es gab auch INFORMS, Mitglieder der informierten Klasse, denen ihr Homer deutliche Überschreitungen aller wichtigen Schadstoffgrenzen signalisiert hatte und die nun professionelle Diebe zur Beschaffung von »alter« Nahrung anheuerten.

Hungerüberfälle: Die Frage lag wie ein geladener Revolver in jeder Diskussionsrunde der Freien Republik. Wie sollte man sich verhalten? Sollte man sich christlich wehr- und waffenlos berauben und damit auf mittlere Sicht das hochsensible System der Selbstversorgung ausheben lassen? Sollte man so etwas wie eine Feld- und Wiesenwehr aufstellen und damit den eigenen Anspruch der Gewaltlosigkeit verraten? Sollte man gar die ungeliebte Zentralgewalt in Bonn um Hilfe rufen, von der man sich sonst so weit wie möglich distanzierte? Noch hielt insbesondere Franziskas und Professor Jordans Autorität die »Aggressalos« ruhig – diejenigen, die notfalls gewaltsam Rübe um Rübe, Löwenzahn um Löwenzahn verteidigen wollten. Aber die anwachsende Zahl der nächtlichen Feldraube drängte zu einer Lösung.

Hussler, dem Pepper das Problem dargestellt hatte, drückte sich um eine eindeutige Stellungnahme. Er hatte den Verdacht, ein glattes Ja oder

Nein (und eigentlich bevorzugte er Antworten dieser Art) könnte ihn von der einen oder anderen Gruppe isolieren, könnte ihm folglich den Weg zu Informanten versperren. »Ihr könnt ja auf dem Steinsberg, hoch auf dem Bergfried, ein Späher- und Warnersystem einrichten«, witzelte er in der Hoffnung, daß Pepper etwas über den Kabelknoten ausplaudern würde, den Hussler dort vermutete. Aber Pepper war mal wieder historisch aufgelegt: »Verrückt! Früher mußten die armen Kraichgau-Bauern ihre Felder gegen die Wildschweine der Fürsten verteidigen oder – was nie gelang – gegen die Totschläger der kaiserlichen und protestantischen Heere. Und heute müssen wir, um unsere Salatköpfe zu schützen, auf Menschenköpfe schlagen. Ein Weiser hat mal gesagt: Die Geschichte erlaubt sich Wiederaufführungen: erst das Drama, dann die Farce.«

Von allem, was anders war hier auf der gelbhügeligen Insel, waren das am meisten andere die Kinder. Sie waren ... ja wie eigentlich? Sie waren ... Aina fehlte ein Adjektiv. Sie waren so, wie die Kinder in alten Kinderbüchern: unverbogene Traumgestalten, Astrid-Lindgren-Kinder; Lachen und Weinen gingen ineinander über wie Sonne und Wolken, ein Dach aus Vogelbeergesträuch war Haus, eine Pfütze Ozean, ein Sprung von der Mauer Gleitflug von Stern zu Stern, heute war immer. Keine Isolierer, die sich unter Kopfhörern in sich verkrochen, keine harttrainierenden zukünftigen Autisten, die geistmörderisch die Strichmännchen flippen ließen, ohne selber tanzen zu können. Da gab es noch kleine Jungen, die an der Wand maßen, wer am höchsten pissen konnte, und kleine Mädchen, die giggelnd zuschauten, Schmetterlingsjäger, die Expeditionen ins Brennesselverhau starteten, dem Gezirpe der Grillen zuhörten und nicht dem Elektronengefiepe eines Spielroboters der weiß der Teufel wievielten Generation.

Sie nisteten unter den Dächern wie Tauben, zärtelnd und ruckend, bebrüteten Tennisbälle und fütterten sich schnäbelnd mit Würstchen, sie überschwemmten Kontinente, indem sie einen Bach aufstauten, sie retteten Käfer und bissen ihnen anschließend die Köpfe ab, und die Mutigsten verschluckten Regenwürmer. Und sie konnten offenbar etwas, was den Nicht-Inselbewohnern schwer fiel: Sie behandelten die Compaus wie Menschen, näherten sich ihnen nicht, wenn diese ängstlich kreischend vor ihnen auswichen, kamen auf sie zu, wenn die Compaus ihre Nähe ertragen konnten, teilten mit ihnen die Kaninchen, mit deren Pflege die Isolationisten zu Therapiezwecken betraut wurden, machten sich über sie lustig, aber machten sie nicht fertig, boten ihnen Widerstand und Nähe, während die Erwachsenen höchstens das eine oder das andere Extrem zu bieten hatten. Die Neu-Kraichgau-Kinder waren, und das war das Auffälligste, laut. Sie schwiegen sich nicht durch stundenlange Kopfhörer-Séancen, wiegten nicht hospitalistisch die Köpfe, sondern brüllten und lachten, rotzten und lebten.

Solche Kinder gab es eigentlich nur noch auf alten Video-Clips zu sehen. Einen Abglanz dieser Gleitflüge auf den eigenen Träumen hatte Aina noch in ihrer Jugend in Hamburg-Ottensen erlebt, wenn man sich unter den bierflaschenwerfenden Punks ducken mußte, weil man ihre lila und grünen Irokesen-Haarschöpfe bespöttelt hatte.

Solche Kinder mußten es sein, wenn es denn je eigene Kinder sein sollten. Aber wann sollten es noch Kinder sein? Zwischen zwei, drei Anfällen Kindern die Flasche geben, den Nährschleim reindrücken? Solche Kinder wie diese hier würden es vielleicht gelohnt haben, eine fette Halbtürkin mit gesunden Genen geblieben zu sein. Vielleicht.

Aina hatte das Bedürfnis, den alten Jordan wiederzusehen, der ihr bis zuletzt den Gang unters Genskalpell hatte ausreden wollen. Er lebte, hieß es, hier in der Republik. Roland hatte ihn im nahen Karlsruhe getroffen. Roland würde kommen. Alles andere war nicht so wichtig. Es waren eigentlich so wenige Sachen wichtig. Wenn man wenig Zeit hat, wird man wählerisch in seinen Maßstäben für Wichtigkeit. Spielenden Kindern zuzuschauen war wichtig; da platzte der Rost vom eigenen Korsett, da hörte man Geräusche, die schon lange außerhalb der humanen Hörfrequenzen lagen: Herztöne.

Am Abend roch es nach Holunder und ofenfrischem Brot, und Franziska predigte nach einem Text aus den erst im vorigen Jahrhundert durch

Zufall gefundenen Schriftrollen vom Toten Meer, einem Essener-Text, der nicht in der Bibel stand, dort aber nach Meinung der Efeu-Christen dringlicher hingehörte als sehr viele andere Texte.

»Die Dummheit ruiniert die meisten Menschen,
die Gestorbenen
und die Sterbenden gleichermaßen.
Wenn die Dummheit
durch die heilige Weisheit ersetzt wird,
kommt die Süße und Fülle
in unser Land und auf unsere Felder zurück
mit Gesundheit und Heilkraft,
mit Fülle, Wachstum und Vermehrung,
einem Übermaß an Korn und Gras.
Und Flüsse voll Frieden werden durch die Wüste fließen.«

Franziska sprach leise, so daß alle eng unter dem Efeu-Kreuz zusammenrückten: »Die Dummheit, die uns, die Republik, umringt und bedroht, ist vor allem die Dummheit, an die Klugheit einer Wissenschaft zu glauben, die nicht dem Wohl aller, sondern allenfalls dem Wohl ihrer Träger verpflichtet ist. Wie lange wird die Wüste der Oase erlauben, eine Oase zu sein? Nur so lange, wie wir bereit sind, Schwester Wasser, Mutter Erde und Bruder Wind zu lieben.«

Neben Aina hockte ein Mann, der von seinem blonden hageren Nachbarn Seb genannt wurde und in bayerischem Idiom sagte: »Wann dös so einfach wär!«

Hussler bemerkte bereits am dritten Tag, daß er unter Form spielte. So, wie er beim Schach nur dann passable Brettschlachten lieferte, wenn sein Gegner aggressives Angriffsspiel bot, so (wie anders war sein schlechter Start zu erklären?) stachelten diese Friedlinge um ihn herum keinen Widerstand, kein Zähneblecken in ihm auf. Auch die grobe Schelte der Naturwissenschaft, wie sie diese ›Heilige Franziska‹ gepredigt hatte, stellte ihm nicht hinreichend den Kamm auf: Er wußte nicht so recht, wo ihr zu widersprechen wäre, denn allein die Übertreibung machte eine Sache ja noch nicht falsch.

Das Bett war hart, aber er schlief gut. Die Nahrung war ungewohnt, aber sie schmeckte. Die Familie war in drangvoller Enge zusammengepfercht, aber das störte keinen. Wo war da die Spalte, in die man den Hebel klemmen konnte? Wo sollte hinreichend Aggression für strategische Fortschritte entstehen?

Hussler ordnete die Fakten und die vagen neuen Erkenntnisse auf seinem Taschencomputer, denn ein großer bequemer Schirm war nicht greifbar.

1. Die Republik, das war bekannt, hat keinerlei öffentliche Kabel- und Datenanschlüsse nach draußen. Pepper hatte das, eher beiläufig, so erklärt: Die erniedrigende Angst der letzten Jahre war die gewesen, daß im großen Netz potentiell jeder über jeden alles wissen konnte. Ein gläserner Mensch wird spröde wie Glas und zerbricht: inwendig. Darum die Abkopplung der Freien Republik vom Weltnetz.

2. Intern funktionierte ein sparsam ausgelegtes, aber fantastisch effektives Kleinnetz. Für das stand eine Datei zur Verfügung, deren Ort nicht bekannt war. Hussler glaubte ihn dennoch zu erahnen ...

3. Das eigentlich Unerhörte war der Schutz dieses Kleinnetzes. Die Codes und Passwörter, um intern Informationen abzurufen – und sei es nur den Stickstoffbedarf von Schnittlauch –, hatte noch kein Unbefugter geknackt. Die Tatsache, daß irgendwo Codes bestanden und offenbar Bestand hatten, Codes, die auch durchtrainierte Profis nicht knacken konnten, war eine Drohung, war eine Verletzung der Regel, die da heißt: Es gibt keinen Code, der absolut sicher ist. Man kann ihn brechen, sei es durch den klassischen Blick über die Schulter eines Eingeweihten, sei es durch die geballte Macht mathematischer Intelligenz. Sollte es wirklich die absolute Sicherheit geben, dann wäre es gut, sie als erster verkaufsfertig anbieten zu können. Darum war er schließlich hier.

Der sinnvollste Denkansatz schien Hussler eine Meta-Überlegung zu sein: Nicht: *Was* mag das Geheimnis dieser Pass-Word-Festigkeit sein? Sondern: *Warum* hatte den Code bisher kein Unbefugter geknackt? Hussler kannte den Branchentratsch zur Genüge; er wußte, daß es etliche versucht hatten, das Softi-System auszuforschen. Ja, es lag sogar ein gewisser sportlicher Ehrgeiz darin, den Softis ihren Software-Schutz abzunehmen.

Es gab ein paar lose Fäden, die Hussler straff ziehen wollte. Der vielleicht greifbarste Faden befand sich in Husslers unmittelbarer Nähe: Dieser Pepper trug offenbar unter seinem Wuschelkopf ein Gehirn der Sonderklasse, das sicherlich Feineres leisten konnte, als auf den Feldern die günstigsten Zeilenabstände der Bohnen im Interesse eines optimalen Kleinklimas zu errechnen. Auch schien er zu dieser abtrünnigen Gruppe der 427er zu gehören, die sich irgendwo traf. Aber wo?

Der mythische Humus, auf dem die Inselblumen und -früchte gediehen, schien das charismatische Christentum der Efeus zu sein. Eine seltsame Sekte, fromm, aber nicht dummfromm. Die ›Heilige Franziska‹ hatte, so fand Hussler, in ihrer Predigt einen bemerkenswerten Gedanken formuliert: Die einzig wirksame Predigt sei die Tat. Besser als ein gutgesetzter Satz sei es, Zeichen zu setzen. Hätte Christus nur Barmherzigkeit gepredigt und nicht Elende geheilt, wäre ihm kein Erfolg durch die Jahrtausende beschieden gewesen. Sicher richtig! Die Zeichen leiteten. Wer anderes wollte, mußte vorher ein anderer werden.

Ähnlich hatte sich Hussler gegenüber gestern am Rande der Predigt auch eine junge Halbtürkin geäußert, die auf ihn sehr ›zugereist‹ wirkte. Auf Husslers Beteuerung, er sei hier, um ein anderer zu werden, meinte sie nur lakonisch, sie sei schon ›eine andere‹. Es hatte sehr traurig geklungen.

Das Glück lag Aina wie eine süße Narkose auf den Stimmbändern. Und das Glück war: an einem Bach zu sitzen, die Füße von lößgelbem Wasser umspült, eine wichtige, die einzig wichtige Hand auf der Schulter, von der aus warme Wellen über den ganzen Körper liefen.

»Woran denkst du?«

»An alles.«

Von allem das nächste waren Aina und Roland die Büsche – windige Gestalten. Mit den Büschen des Neu-Kraichgaus war es eine besondere

Sache: Franziska hatte kürzlich anläßlich einer seltsamen Prozession den Heiligen Bonifatius unselig gesprochen, weil er vor etlichen hundert Jahren aus Büschen und Bäumen die alten Geister und Götter vertrieben hatte. Das Beil, mit dem Bonifatius die Wotans-Eiche fällte, wurde zur Motorsäge und schließlich zur Gensäge der Pflanzen-Genbastler. Bonifatius hatte den Anfang gemacht, arglos natürlich, aber einen Heiligen muß man auch an seinen Folgen messen.

Hier aber war spürbar, daß die heimatlosen Lebensgeister sich wieder einnisteten. Sie waren von den toten Äckern der Umgebung eingeflogen, von den Unfriedhöfen des vergangenen großen chemischen Krieges, der Europas Äcker verwüstet hatte. Sie waren gekommen, weil sie die kulturlosen Kulturpflanzen der Industrie wie Zichorie, Lein und Hanf nicht aushielten. Manche hatten sich von Schmetterlingen tragen lassen, zu matt, selber zu fliegen. Doch nun waren sie da, kauerten noch etwas mißtrauisch und ratlos zwischen Schlehen- und Holunderblüten, sogen durch feine Nüstern die Luft, die wirklich nicht mehr nach 2,4 D und Kalkammonsalpeter stank.

Bäume, ihre bevorzugten Aufenthaltsorte, konnte man ihnen auch in der Republik nicht mehr bieten, denn Bäume hatten, anders als Götter und Geister, einen Stoffwechsel. Darum waren sie tot. Aber die Weitgereisten und Zerzausten waren anspruchslos geworden; wo Eichen fehlten, taten es auch Haselnußbüsche.

Auch die Laren, die altrömischen Haus- und Stallgötter, waren zugereist. In den Kuhställen der Moderne, neben Spaltenböden und computer-enzymgesteuerten Kunstkühen, hatten sie es nicht mehr ausgehalten, doch die Ställe im Neu-Kraichgau bezogen sie gern, denn die hatten noch Stallgeruch.

»Aina?«

»Ja.«

»An was denkst du jetzt?«

»Immer noch an alles.«

»Alles ist zuviel.«

»Nichts ist zuviel.«

Aina bat die neu inthronisierten Götter, etwas Platz zu machen, ihnen ein Gebüsch abzutreten. Es waren alte Götter, und sie hatten nichts von der klerikalen Lustfeindschaft der Religionsbeamten; sie gaben gerne Raum unter einem grasgepolsterten Weidenstrauch.

»Nichts ist zuviel!«

»Nichts.«

Es war wieder Normalzeit. Die Stunden hatten wieder sechzig Minuten, und die Schmetterlinge trugen keine Geister mehr Huckepack einher. Roland war wieder in Karlsruhe; die Verhandlung VAU gegen Bundesregierung war nur für zwei Tage unterbrochen gewesen. Seltsam genug, früher gab es Prozeßverzögerungen, wenn Menschen »verhandlungsunfähig« waren, heute stockte die Gesetzesmaschine nur, wenn irgendwo ein Ast vom Suchbaum abgebrochen war ...

Aina brauchte einen ganzen Vormittag, um das Knäuel von Gefühlen und Plänen wieder zu entwirren: Fab Fab, das war der Ariadne-Faden. Mit gemischten Gefühlen betrat sie das Haus der Efeus; seit Franziska ihr mit zärtlicher Härte die Tarnfarbe aus dem Gesicht gewischt hatte, fühlte sie sich unsicher, wann immer einer dieser stillen bekreuzigten Menschen vorbeiging.

»Zu wem möchtest du?« fragte einer, ein sehr leiser junger Mensch.

»Ich will Fabian sehen.«

»Komm mit!«

Sie folgte dem jungen Mann, ein Knabe noch fast, durch einen Steingarten, in dem Flockenblumen und Oleander nickten: Ein Gewitterluftzug bewegte die Blütenköpfe, die Schwüle verlor ihre Ruhe.

»Bleib hier oben sitzen, von hier aus kannst du ihn gut sehen.«

Aina schaute über einen Rand aus Gräsern und Blüten in ein Amphitheater, auf dessen Grund ein bukolisches Stück gegeben wurde. Etwa fünfzehn Kranke saßen, hockten, kugelten sich auf der Rasenfläche, umwimmelt von Kaninchen, Enten, Gänsen und Meerschweinchen. Die Geräusche, die von den Compaus heraufdrangen, waren menschlich, und eben das war fürs erste schockierend, hatte man sich doch durch tausend TV-Strips an das hohläugige Schweigen der Autisten gewöhnt.

Fabian kroch auf allen vieren rückwärts, und zwei noch sehr kleine Gänseküken folgten ihm mit vorgereckten Schnäbeln und hektischen Trippelschritten.

»Was macht der mit den Entenküken?« fragte Aina den Knaben, der die Szene wohlgefällig überblickte.

»Es sind Gänseküken. Wir nennen diese Therapie ›Lorenz rückwärts‹.«

»Hm???«

»Die Therapeuten sind gerade aus dem Ei geschlüpft. Sie therapieren Fabian, indem sie ihn zur Mutter machen.«

Aina war, bevor es der Knabe verhindern konnte, den Abhang etwas weiter hinabgerutscht, um alles noch genauer verfolgen zu können. Fab stieß jetzt zärtlich flötende Laute aus, die sich wie »Wiiie, Wieee« anhörten. Die beiden Daunenknäuel watschelten mit hektischen Strampelbewegungen auf ihn zu, wann immer sich die Distanz zwischen Mensch und Tier vergrößerte. Aina sah Fabs Gesicht. Es war unentwegt auf die Pfleglinge gerichtet; sein Blick war von entspannter Aufmerksamkeit und anders als der Blick, mit dem er seine Geräte zu fixieren pflegte. Anders und doch ... Aina fragte sich, was eigentlich an diesem Anblick befremdlich war. Was genau wäre ihr daran peinlich, in dieser Weise mit Küken gesehen zu werden?

Ein trockener Schlag erschreckte Tiere und Menschen. Eine Compau barg ihr Meerschweinchen und drückte es, ganz Muttertier, unter ihren Busen. Fab Fab neigte sein Gesicht tief zu Boden und umfaßte die herandrängenden Küken in einer Beschützerbewegung. Die ersten dicken Regentropfen klatschten nieder, wirbelten im Steingarten kleine Staubfontänen auf. Der Efeu-Knabe war hinab ins Szenarium geeilt und dirigierte gemeinsam mit anderen Efeus die Mensch-Tier-Gesellschaft ins Trockene. Keine Hektik kam auf. Die Compaus schien weder das Gewitter noch die plötzliche Menschennähe zu beunruhigen. Nur eine, die mit dem Meerschweinchen, versuchte ihr Tier abzuschirmen, als ein Efeu den Sicherheitsabstand durchbrach.

Das Theater war geräumt und frei für einen altertümlichen Platzregen, der angenehm heftig durch den Stoff auf die Haut ging. Blitze rissen die

Wolken auf, und plötzlich war es, als schwappte ein Süßwassermeer die Böschung hinab. Aina spürte noch, wie gelbe Lößflut ihr Haar umschwemmte. Dann war nichts mehr, nicht der übliche Würgegriff am Hals, nichts. Daß der junge Efeu zurückkam und sie ins Haus trug, merkte sie nicht mehr.

Als Aina wieder erwachte, saß Franziska neben ihr. Es war Nacht, und vom Gewitter war nur ein gleichmäßiges Regenrauschen geblieben.

»Wie lange war ich ...«

Franziska lächelte: »Schlaf weiter.«

17

Alltag im Studio. Die miefige TV-Anlage war von einem Konsortium gechartert worden, das sich eigens für die Prozeßberichterstattung aus Karlsruhe zusammengefunden hatte. In den Räumen, Brutalo-Beton-Stil der sechziger Jahre, lagerte sich die Langeweile in klebrigen Schichten auf den Kunststofftischplatten ab.

Roland war als Beitrag für die G & R-News-Show nicht mehr eingefallen als eine weitere Talk-Runde. Vereinzeltes Fleischstück in der faden Suppe: Hermann Kalb! Zur emotionalen Aufladung hatte Roland eine jugendliche Total-Allergikerin in ihrem Glaskasten ins Studio rollen lassen. Von ihr versprach er sich ein paar heftige Attacken gegen Kalb. Dann saß da noch ein zwischen Paragraphen ergrauter Jurist, der die Gabe besaß, selbst vergleichsweise spannende Tatbestände allein mit seiner Tonlage emotional zu kastrieren. Unglücklicherweise war er Obergutachter der VAU und nur schwer zu ersetzen. Roland hatte sich vorgenommen, ihn nur im Notfall in die Diskussion einzubeziehen, etwa als Puffer, falls die Glaskastenfee und Kalb zu hart aneinandergerieten.

Zur lockeren Einstimmung hatte Roland einen Komiker engagiert, der ein Potpourri aus alten und neuen Fernsehstreifen kommentierte. Da zog zum Beispiel in historischen Aufnahmen aus den achtziger Jahren ein Papst in einem Glaskasten über alle Kontinente, was der Komiker als die

Vorstufe der heutigen Allergikerkästen erkannte. Dann synchronisierte er zwei Gestalten nach, die aus einer beliebten Fantasy-Serie bekannt waren, die Edelstahl-Roboter Stahly und Laufl: Die Metalltypen diskutierten darüber, daß sie auf Menschen allergisch zu reagieren begännen. Einzige Möglichkeit: Abschaffung der Schadstoffquelle Mensch!

Roland klatschte reflexmäßig Beifall, bedankte sich artig und leitete zu seinen Gesprächspartnern über. »Herr Kalb, Sie sind gewissermaßen zur negativen Symbolfigur all derer geworden, die einer ganzen Politikergeneration fahrlässige Körperverletzung durch Untätigkeit vorwerfen. Wie leben Sie mit diesem Vorwurf?«

Kalb lächelte und legte den Schädel schräg: »Herr Egk, es gilt doch festzustellen – und das möchte ich hier in aller Klarheit betont wissen –, daß hier, eben gerade wieder, mit dem Entsetzen Scherz getrieben wird. Den unglückseligen Opfern ist nicht gedient mit zynischen Anwürfen. Und, lassen Sie mich das Ihnen als tiefempfundene Erkenntnis sagen, den Opfern draußen im Land ist auch nicht damit gedient, daß man sich Sündenböcke sucht. Ich denke, Röpke wird mir da zustimmen.«

Das Mädchen im Glaskasten warf die Haare zurück. Auf den rotgeschminkten Lippen, den einzigen Farbinseln in dem ansonsten weißen Gesicht, spiegelte sich das Scheinwerferlicht. »Zynisch, Herr Kalb, zynisch ist es, wenn Ihresgleichen heute die Verantwortung von sich weist und von schicksalhaften Entwicklungen redet ...«

Es fing gut an. Roland bestätigte sich, mit der jungen Total-Allergikerin einen guten Griff getan zu haben. Sie schaffte es schon mit wenigen Sätzen, Kalb Schweißtropfen auf die Stirn zu reden. Roland hatte die Sendung bereits gedanklich als gehobenen Durchschnitt abgehakt, als doch noch etwas Unprogrammiertes geschah.

Die Allergikerin hatte gerade ihr Schlußwort, der Jurist ordnete bereits seine Unterlagen, und Kalb verharrte wie einer jener allegorischen Schmerzensmänner, die auf Renaissancebildern trotz etlicher Pfeile im Leib stets verklärt lächeln. Da geschah es. Die Allergikerin zog aus ihrem Gewand eine Spraydose, deren Inhalt, einen allergenen Haarfestiger, sie sich unter die Nase stäubte: »Schauen Sie gut zu, Herr Dr. Kalb. Was Sie jetzt sehen, kam bei Ihnen ja immer nur in Statistiken vor ...«

Roland versuchte der Regie gestikulierend klarzumachen, daß jemand eingreifen müsse, aber von außen konnte keiner in den Kasten fassen, das war nur zu klar.

Dr. John war abgereist, seine Dienstfahrt war zeitlich befristet gewesen. Die letzten Tage hatte er damit verbracht, in Ermangelung eines ordentlichen elektronischen Arbeitsgerätes ein Notizheft vollzuklieren. Von Zeit zu Zeit führte er meist kurze Dispute mit einem Arzt, den die Efeus Schober nannten und der, wie Aina erfahren hatte, vor etlichen Jahren den alternativen Nobelpreis für Autismusforschung erhalten hatte.

Schober war offenbar so etwas wie der Klinik-Leiter – wobei diese Bezeichnung so unangebracht schien wie die meisten Begriffe, die man dieser Republik anhängte. Schober war Efeu, wie alle im Haus, was ihn allerdings nicht daran hinderte, von Zeit zu Zeit in einem ordinären Amerikanisch zu fluchen. Er hatte fünfzehn Jahre lang in Houston/USA ein Klinikum geleitet, in dem Autisten therapiert wurden. Bekannt und straffällig zugleich war er geworden, als er in einer vor TV-Kameras inszenierten Zerstörungsaktion Teile der Klinik demoliert und dabei immer nur einen Satz talmudiert hatte: »Let's take a new start.«

Der Professor war Wiener, der allerdings schon als Austauschstudent in den USA hängengeblieben war, dort Karriere gemacht hatte und nun als einer der vielen, die es mit der Alten Welt noch einmal versuchen wollten, zurückgekehrt war: knapp fünfzigjährig und mit der juvenilen Neuererwut, die einem gemeinhin schon mit fünfundzwanzig abhanden kommt.

Aina versprach sich einiges von seinen Erklärungen.

»Meine Erfahrung ist die: Journalisten fragen immer so, daß man Sachen sagt, die absolut unsäglich sind. Wir betrachten die Compaus nicht so sehr als Sonderfälle. Sie sind vielmehr nur die Akutfälle einer Krankheit, die uns latent alle bedroht. Wir sprechen von ›sensorischer Deprivation‹, also von Verarmung der Wahrnehmung infolge fehlender – echter – Sinneseindrücke?«

Aina schluckte. Verdammt noch mal, auch alternative Ärzte raspelten dieses sperrige Deutsch! »Ich dachte immer, das Problem wären zu viele Sinneseindrücke?«

»Beides. Ich sagte: *echte* Sinneseindrücke, also Eindrücke der Haut und nicht des Fühlvideos, des Auges und nicht des TV-Auges. Wir setzen in unserer Therapie auf die Kraft des Natürlichen, des Kreatürlichen, denn das ist die Dimension, die in uns im Zuge all der technischen Revolutionen zerbrochen ist.«

Aina keilte schnell eine Bemerkung in den Redefluß des Efeus: »Trotzdem! Mich hat das ... wie soll ich sagen ... mich hat das irgendwie erschüttert, wie ein erwachsener Mann vor Gänseküken herkriecht, rückwärts auch noch. Das sah so kindisch aus ...«

»Eben drum. Seine wesentlichen Defekte hat er als Kind erfahren. Daher ist es doch nur folgerichtig, wenn wir ihn etwas erleben lassen, was früher Generationen von Kindern wie selbstverständlich erfuhren ...«

»... und die Methode nennen Sie ›Lorenz rückwärts‹! Muß der arme Patient den Tieren rückwärts vorankriechen?«

Der Efeu lächelte, und bei allem Sanftmut kam ihm eine Spur von Schulmeisterei in die Stimme. »Nein, nein! Ein Landsmann von mir, der Vater der Verhaltensforschung, Konrad Lorenz, hat schon tief im vorigen Jahrhundert entdeckt, daß schlüpfende Gänse auf das Wesen geprägt werden, das sie als erstes nach Verlassen der Eierschale sehen. Die Prägung ist unlöschbar. Wir meinen – und die Therapie zeigt den Erfolg –, daß die Bindung gegenseitig ist: Die ›Wahlmutter‹, also in unserem Fall der Compau-Patient, nimmt die Wahl an, nicht so sehr mit dem Kopf, sondern hauptsächlich mit der Seele. Und dabei wird etwas reaktiviert, das bei Autisten unter Bergen von Computerschutt und optischem Müll vergraben liegt: die kreatürliche Liebe.«

Aina verstand nur Bruchstücke von dem allen, doch die zuversichtliche Art, in der Schober seine Erwartungen vortrug, ermutigte sie zu einer Frage, zu *der* Frage: »Wird Fabian wieder sprechen können, kommt seine Erinnerung zurück?«

»Möglicherweise! Im Augenblick genügt ihm noch die Gänsesprache. Sie genügt ihm so sehr, daß er nur noch täglich zweieinhalb bis drei Stunden vor dem Schirm braucht ... Wollen wir zusammen für ihn beten?«

Aina schreckte auf: »Ich ... ich kann nicht ... Ich habe schon jahrelang nicht mehr gebetet. Und auch nicht zu eurem Gott. Mein Vater war Muslim.«

»Gott schert sich nicht um seine diversen Vornamen. Ich mache einen Kompromißvorschlag: Wir knien uns vor das große Efeukreuz im Vorgarten und verneigen uns dabei nach Osten. Einverstanden?«

Irrlichter bis über den Horizont: kleine Feuer, im sanften Schwung und in regelmäßigen Abständen der mittleren Hanghöhe folgend. Es war Neumond, sonst erreichen die hohen Julinächte nicht diese Schwärze. Die Restfeuchte des Gewitters hatte alle Sternenglut ausgelöscht. Die Erde trank Nachtkühle, und vom Waldgeißblatt wehten Narkosen herüber. Hussler war eingenickt, was Pepper mit einem Lächeln verzieh. Der hagere Mann, dessen Blondhaar im Feuerschein ins Grünliche changierte, warf trockene Reiser in die Glut.

»War schon was?« schreckte Hussler hoch.

»Nichts Ernstes. Richtung Reihen habe ich vor fünfzehn Minuten Stimmen gehört. Aber nur kurz.«

Hussler rieb sich die Müdigkeit aus den Augen. Das gerade aufgelöste Halbschlaf-Bild kehrte zu ihm als Wachtraum zurück: Ein Pfadfinderlager am Fuße des Toten Gebirges in Österreich, Späher Hussler hielt Nachtwache am Lagerfeuer. Eine johlende Moped-Meute hatte bei Einbruch der Dunkelheit angesagt, sie würde das deutsch-österreichische Scout-Lager nachts dem Erdboden gleichmachen. Ein zitternder Seppl saß da am Lagerfeuer. Wenn er ins Geflacker starrte, kreiselte es rot vor den Augen, wenn er in die Dunkelheit stierte, reckten sich dort allerlei Fratzen, die schiere Mordlust im Gesicht.

Hussler schüttelte sich.

»Kalt?« fragte Pepper.

»Nein, Erinnerungen.«

Pepper schwieg. Er war überhaupt ein talentierter Schweiger. Die rote Glut leuchtete sein Gesicht von unten aus, und Hussler erkannte eine Narbe, die, hinter Peppers Ohrläppchen beginnend, auf dem Unterkieferknochen verlief. Sie war sehr schmal und, wenn Pepper den Kopf nur leicht schräg hielt, schon nicht mehr zu erkennen. Eine Operationsnarbe? Schwer zu sagen und unmöglich zu fragen.

Mein Gott, was hatte er, Sebastian Hussler, alles an Operationen hinter sich: Blinddarm, Mandeln, Entfernung einer gutartigen Geschwulst, diverse Rückenoperationen wegen des verpfuschten Jugend-Skiunfalls ... Wer kam heute noch vollständig unter die Erde? Immerhin: Die Ausweidung zugunsten der Organbänke war rückläufig. Die Medizin hatte andere Wege eingeschlagen.

Hussler wurde jäh aus seinen Erinnerungen an Pfadfinderlager und Operationssäle aufgescheucht. Am Nachbarfeuer wurde es laut. Schemen fuchtelten vor der Flamme, die sich plötzlich signalrot einfärbte. Im Nu schlugen auch die umliegenden Feuer um: Der Lößhang schien zu bluten.

»Chemie plus Psychologie«, kommentierte Pepper. »Bleib hier, Sepp, ich seh' mal nach. Und wenn hier welche auftauchen: nur reden, egal was, und nicht provozieren lassen.«

Pepper stob davon, und Hussler war unwohl. Allein auf Nachtwache. Erdbeeren beschützen gegen Hungerleider, die jeden Moment aus dem Dunkel auftauchen konnten, um mit der Entschlossenheit von Verzweifelten – man kannte das! – erst über ihn und dann über die Erdbeeren herzufallen. Hungerleider! Mundräuber! Oder, noch schlimmer, gedungene Diebe, die im Auftrag genußsüchtiger INFORMS »alte Nahrung« beschafften. Mit denen gab es keine Diskussion. Aber wie unterschied man die einen von den anderen?

Drüben am Feuer wurde es ruhig. Die Warnsubstanz, irgendein Salz, das die Verfärbung bewirkte, war verbrannt, die Flammen hatten wieder ihr gewohntes Gelbrot.

Das war die letzte definitive Feststellung, die Hussler in dieser Nacht treffen konnte. Aber die Indizien erlaubten eine eindeutige Rekonstruktion der Ereignisse. Die Platzwunde an Husslers linker Stirnhälfte ließ auf einen professionell geführten Schlag schließen, und auch die in Windeseile samt Pflanzenbüscheln abgeräumten Erdbeerzeilen sprachen eine eindeutige Sprache. Natürliche, nicht genetisch umgebaute Erdbeeren hatten schließlich dieser Tage einen Stückpreis, den in Husslers Jugend allenfalls Trüffeln zu erzielen vermochten.

Hussler erwachte mit einem Eisbeutel auf der Stirn, und eine vertraute Stimme sagte: »Hier, Alter, Erdbeermus à la Pepper. Iß! Du hast es dir verdient.« Pepper stand grinsend über ihm, einen Riesenteller voll pürierter Köstlichkeit in der Hand. Aus seiner Liegeperspektive zu Pepper aufblinzelnd, glaubte Hussler jetzt zu erkennen, daß zwei Narbenstränge, jeweils hinter Peppers Ohrläppchen beginnend, an der Unterseite der Unterkieferknochen verliefen und sich an der Kinnspitze berührten, ohne sich zu überschneiden. Zu feine Narben, um nicht von einem Skalpell gezogen zu sein.

Aina erfuhr beim Frühstück von den nächtlichen Überfällen. Ein älterer Besucher der Republik, der in einer Mischkultur bei Weiler mitarbeitete, sollte zu Schaden gekommen sein. »Verfluchte Luxusräuber«, hatte eine hiesige ehemalige Informatikerin, mit der Aina das Zimmer teilte, geflucht. Luxusraub war der Name für den Diebstahl aus Gaumenkitzel, im Gegensatz zur Hunger-Verzweiflungstat. Eine Efeu-Christin hatte die Informatikerin sanft belehrt: »Dein Haß bricht Bahn für die nächsten Diebe.« Die dergestalt Belehrte hatte sich wortlos verzogen, aber Aina konnte erkennen, daß sie etwas herunterschluckte. Eine böse Entgegnung vermutlich.

Das Frühstück fand in gedrückter Atmosphäre statt. Schließlich erhob sich die Efeu: »Danken wir dafür, daß dem Gast in der Weiler-Berg-Familie nichts Ernstes geschehen ist.«

Aina aß etwas, das sie nicht kannte: flache gespaltene Scheiben, dazu allerlei Kerne und Nüsse, mit süßsaurer Weichspeise überzogen. Es schmeckte gut, man spürte die Einzelheiten, die Zungenspitze erregte sich. Die Türkin wandte sich an die Efeu, eine etwa gleichaltrige Brünette mit Schweizer Akzent. »Ist schon mal jemand umgekommen auf Wache?«

»Vor zwei Jahren eine ältere Frau bei Eppingen.«

»Schickt ihr auch Frauen auf Wache?«

»Seit dem Zwischenfall damals nicht mehr.«

»Habt ihr schon mal daran gedacht, eine ausgebildete Wachmannschaft aufzustellen?«

»Nein, das wäre Krieg.«

Aina fragte nicht weiter. Es gab Punkte auf dieser Insel, die wie innere Wunden unter der Haut lagen. Nur nicht daran rühren!

Franziska stand auf dem Dach, das noch kahle Erde bedeckte. »Die Zeit ist gekommen. Die Zeit der Beaufsichtigung ist vorbei. Die Zeit des Tuns ist da. Wir geben die Häuser den Menschen zurück. Nicht nur zum Schein, sondern wirklich.« Sie streute Kornblumen in die Menge hinab. »Freunde, was wir hier tun, nannte man früher Richtfest feiern. Und Richt-Feste waren es auch wirklich: Feierlich begangene Hinrichtungen, Hinrichtungen der Seelen, die in den Häusern wohnen sollten. In den Häusern des vergangenen Jahrhunderts sind mehr Seelen zerbröselt, als alle Weltkriege Leben vernichteten ...«

Zur Einweihung des Dorfgemeinschaftshauses, so schien es, war der ganze Kraichgau zusammengeströmt, und das, obwohl es vorzügliches Heu-Wetter war, wie ein Neu-Bauer neben Aina aufstöhnend bemerkte.

»Freunde, die Sätze, die ich einleitend gesagt habe, sind nicht von mir. Sie stammen auch aus keinem Heiligen Buch. Die Worte sind heute einundvierzig Jahre alt. Sie sind das Versprechen eines seltsamen Mannes an die Welt, eines Mannes, der eine zärtliche Klugheit besaß.«

Franziska stand jetzt mit wehendem Leinenkleid auf dem Dach des neuerrichteten Zentrums, das sich wie der Hut eines Pilzes in die Bergflanke schmiegte. Nur die Sonnensegel blinzelten etwas technizistisch.

»Der Mann, von dem ich rede, hat darauf bestanden, daß auf seinem toten Körper ein Baum gepflanzt wird, damit sein zerfallender Leib wieder in die Natur eingeht. Nun, wir haben einen Busch gepflanzt auf seinem Grab, denn Bäume sind, wie wir wissen, auf lange Zeit keine Lebensbäume mehr. Der Busch war ein Pfaffenhütchen. Von diesem Strauch streue ich jetzt Samen auf das Dach. Das Dach ist nach seinen

Gedanken geformt, und – wer will, mag sich das vorstellen – die Früchte, die aus ihm herauswachsen, werden hier neues Blattwerk austreiben. Er ist mit uns.« Sie streute etwas Rötliches über das Erddach.

»Weißt du, von wem sie redet?« fragte Aina den Neu-Bauern, der sich eben noch um seine Heu-Ernte gesorgt hatte.

»Ich denke schon, Schwester, aber ich werde der Franzi nicht die Pointe klauen.«

Franziska sprach ruhig. Ihre Predigt – Predigt? Was anderes als eine Predigt konnte es sein? – kam ohne pastoralen Singsang aus. Sie trug ihr Alltagskleid, und nur ein paar Blumen im Haar signalisierten den Feiertag.

»›Die Zeit des Tuns ist da‹, sagte unser Mann im Jahre 1968. Und viele, das wollen wir nicht vergessen, sind damals aufgebrochen. Dieses Haus, diese Republik steht auf ihren Schultern, auf den Schultern derer, die damals anfingen, ›nein‹ zu sagen zu einer Welt, in der von allem der Preis und von nichts der Wert bekannt war. Sie haben sich verprügeln lassen, wenn blutbefleckte Potentaten auf Staatsbesuch kamen, sie haben versucht, gegen Atomkraftwerke anzurennen, sie haben schließlich sogar versucht, der Macht ein Bein zu stellen, um sich dann selbst an die Schaltstellen zu begeben – sie wollten die Preise verändern, aber veränderte Preise ändern nichts am Wert.

Alle ihre Irrtümer sind der Humus für unseren Versuch, hier eine Gegenwelt zu leben. Ihre nicht zu Ende gegangenen Wege führen schon bis dicht vor den Kraichgau.

Die Zeit des Tuns ist da. Die Menschen lernen nur aus Beispielen, kaum aus Programmen. Das wurde lange verkannt. Die großen Lehrer Buddha, Jesus, Franz von Assisi, Gandhi haben geredet – ja, auch das –, vor allem haben sie ihre Lehren *vorgelebt*. Unsere Republik wird Bestand haben, wird ein Haus bleiben so schön und so fest wie dieses hier, auf dem ich stehe, aber nur so lange, wie wir lebendiges Leben leben. Wenn wir zu viele Kompromisse mit dem Totenkult der Technomanie schließen, sind wir bald tot. Wenn wir aber Wissenschaft betreiben wie Hirten, die in der Wüste Brunnen graben, dann werden wir die Lebenswissenschaft erlernen. ›Wir wollen leben. Wir geben die Häuser den

Menschen zurück‹, sagte im Jahre 1968 der Wiener Maler Friedensreich Hundertwasser. Zeit, daß es wahr wird!«

Es folgte ein stummes Gebet. Nur Kinderstimmen waren zu hören, Kinder respektieren keinerlei Schweigen. Dann begann ein Fest, wie Aina noch keines erlebt hatte. Dabei fehlte eigentlich alles, was sonst zur Euphorie gehörte: Kopfhörer, Psychopillen, Lichtorgeln, Fühlvideo ... Statt all der vertrauten Stimulantien gab es nur ein Menschenbeben, eine Vibration, deren Epizentrum nicht zu erkennen war, einen Rausch, der nicht wie Tausend-und-eine-Pille über einen kam, sondern als Taumel aus Klarheit und Menschenliebe. Aus allen Ecken sprang Musik auf, und Aina vernahm sogar die klagenden Synkopen, wie sie ihr türkischer Vater an langen Sonntagnachmittagen aus dem Plattenspieler erschallen ließ. Binnen kurzer Zeit zogen Wohlgerüche über die Freifläche vor dem Neubau: von Kebab, portugiesischem Stockfisch, bayerischen Schmalznudeln

Kinder hatten sich mit bunten Lumpen behängt und spielten Umzug. Und all das ohne elektronisch eingesteuerte Lacher. Keine (zumindest keine sichtbare) Synchronisation des Emotionspegels. Glück hat angeblich die Frequenz von 16,5 Kilohertz, wollte man herausgefunden haben. Schwachsinn: Glück war, auf einer Holzbank zu sitzen und in den Augenblicken zu baden, Glück war, ein selbstgebrautes Bier zu trinken, dessen Schaum nicht das Schlimmste verdeckte. Glück war, von einem Dreikäsehoch einen bunten Flicken geschenkt zu bekommen und dann den Widerschein in seinen Augen zu sehen, wenn man sich das Geschenk lachend ans Kleid band. Glück war, ein Lied mitzusingen, das man auch meinte:

»Du Land der Schlehenblüten
und der geträumten Bäume,
wir wollen dich behüten
wie unsre Kinderträume ...«

»Soll ich dir etwas über Hundertwasser sagen?« fragte schließlich der Neu-Bauer, neben dem Aina während Franziskas Einweihungs-Predigt gehockt hatte.

»Ich denke, ich habe das Wesentliche verstanden«, antwortete Aina und lehnte sich an. »Erzähl mir lieber etwas über Heu.«

Hussler fand, daß ein gezielter Schlag auf den Kopf Grund genug für die Überlegung war, inwieweit man denselben auch künftig riskieren wollte. Nicht etwa, daß ihm die Grundsituation fremd war: Hussler hatte schließlich in jüngeren Jahren dem Calamari-Ring, der Software-Filiale der Mafia, Programme im Werte von fünfunddreißig Millionen Dollar abgenommen. Unter Lebensgefahr! Aber damals stimmte der Lohn: eine alte, grundrenovierte Villa am Starnberger See. Doch was würde der Lohn für die Arbeit hier in der Softi-Republik sein? Ein aufmunterndes Dankeschön, eine symbolische Gehaltserhöhung? Die Zeiten waren lausig. Die Goldgräbertage, in denen ein talentierter Software-Räuber ein Vermögen machen konnte, lagen Jahre zurück und waren nur noch Stoff für »Weißt-du-noch?«-Geschichten.

Pepper hatte einen grüngelblichen Pflanzenextrakt auf die vernähte Platzwunde geträufelt. Das tat gut. Und es tat auch gut, daß Menschen, wildfremde, Anteil nahmen – an ihm und seiner Wunde. Doch schließlich hatte Pepper etwas Seltsames gesagt, etwas ganz und gar Befremdliches: »Seb, es ist besser, von Dieben verprügelt zu werden, als wenn man als Dieb verprügelt wird.« Hussler war unter dieser Bemerkung wie unter einem Peitschenhieb zusammengefahren und hatte Pepper, der gerade grüne Paste auf die Erdbeer-Stirnbeule spachtelte, gefragt, was denn damit gemeint sei: als Dieb verprügelt zu werden ... Doch Pepper wollte seine Äußerung nur als allgemeine Lebensweisheit verstanden wissen – sagte er. Er sagte es mit einem Hoppla-Lächeln in den Augen, und das mußte Hussler mißfallen.

Zu vieles gefiel ihm hier. Zu vieles erinnerte ihn an gelebte Zeit, an den jugendlichen Sebastian Hussler. Das bedeutete Tempoverlust. Es wurde Zeit für eine Entscheidung. Es fehlte nicht viel, und er, Datenspezialist Sebastian Hussler, würde noch das Gefühl entwickeln, sich selbst zu beklauen. Diese Herzlichkeit der Kraichgauer verursachte ihm Herzrhythmusstörungen. Nein, wenn der Lauf noch sehr viel länger andauerte, würde ihm im entscheidenden Moment die Kraft zum Spurt fehlen: So etwa hatte Hussler seine Situation anläßlich eines Trimmlaufes unterhalb der Burg Steinsberg analysiert. Der Schlag vor den Kopf war eine hochnotwendige Zäsur. Er bedeutete: Stopp, alter Esel! Willst du etwa noch mal den Stall wechseln?

Die Richtfestfeierlichkeiten in Weiler boten eine günstige Gelegenheit für seine Pläne. Hussler hatte schon am Vorabend während des Familien-Abendessens gesagt, er werde den Trubel nicht mitmachen, sondern wolle spazierengehen, abschalten, sich sammeln, nachdenken. Die Burg, so Husslers Kalkül, müßte während der Festivitäten so gut wie leer sein, keiner würde sich das Spektakel um das Richtfest entgehen lassen. Und wenn ihn dennoch jemand anspräche, hatte er genug kulturhistorisches Halbwissen parat, um touristisches Interesse an dem Gemäuer zu mimen. Wichtig würde nur sein, daß die Spezialisten, die Hussler hinter den Mauern vermutete, zu diesem Zeitpunkt nicht anwesend sein würden.

Befriedigt registrierte er, daß ihm etwas von dem Blutgeruch in die Nase zurückkehrte, den brauchte, wer seinen Job tat. Seltsam nur die Kulissen, die sich das Leben selbst für so profane Dinge wie Software-»Klau« ausdachte: Da mußte man wie weiland Prinz Eisenherz, nur ohne entsprechend jugendlichen Haaransatz, eine Burg erobern, um eine Zahlensequenz, einen Datenriegel zu knacken. Verrückt. Verrückt wie alle hier.

Die VAU hatte der Versuchung widerstanden, die Beerdigung der Vanessa Röpke, die sich während Rolands News-Show getötet hatte, zu einer großen Demonstration werden zu lassen – weniger aus grundsätzlichen, vielmehr aus taktischen Erwägungen: Es stand zu befürchten, daß die Öffentlichkeit von anderen, zu Tode verzweifelten Isolierten zu ähnlichen Aktionen genutzt würde. Und eine Inflation demonstrativer Freitode hätte dieses Druckmittel entwertet.

Roland war zur Trauerfeier geladen, nicht als Medienmann, sondern als quasi Beteiligter. Er ging widerstrebend.

Vanessa Röpke hatte einen Brief hinterlassen, der einen Tag nach ihrem spektakulären Abtritt die ›Gunter und Rahn‹-Zentrale erreichte: »Männer wie Kalb und viele andere haben mir die Möglichkeit genommen, etwas Sinnvolles aus meinem Leben zu machen. Ich hole mir diese Möglichkeit zurück, indem ich mir das Leben nehme, damit alle wissen, worum es jetzt und zukünftig geht.«

›Stoff für eine Märtyrer-Geschichte‹, dachte Roland. ›Zeit, daß ich hier wegkomme ...‹

Ainas »Neu-Bauer« hieß Tobias. Er war, wie sie, das Kind von Eltern, welche die Not aus der europäischen Peripherie in die Bundesrepublik getrieben hatte: Sohn einer portugiesischen Näherin, die vor fünfundzwanzig Jahren den Säugling im Hof eines Bremer Waisenhauses versteckt hatte, ehe sie sich, heimwehkrank, nach Porto zurückflüchtete. Tobias' ›Geburtsanzeige‹ war eine Schlagzeile in der BILD-Zeitung gewesen: »Unbekannte Rabenmutter verstößt Säugling!«

Tobias war samthäutig und intellektuell, aber anders intellektuell als Roland; er konnte zum Beispiel mit herausgestreckter Zunge die Luftfeuchte messen, wußte Kosenamen für Schmetterlinge, Käfer und Wildkräuter, sprach das kühle Bremer Norddeutsch, und dennoch schien es, als lägen darunter die Grundtöne einer wärmeren Sprache, die er nie gelernt, sondern allenfalls wenige Stunden als Frischgeborener gehört haben konnte.

Tobias' Heu war in einem luftigen Schober aufgeschichtet. Es roch nach Sommerliebe und all den Geschichten, die Ainas türkische Großmutter erzählt hatte.

Als sie das große Bett verließen, stolperten sie über Franziska, die einem behaarten Mann, dem die Jahre schon eine Tonsur ins Haupthaar gestanzt hatten, die Beichte abnahm.

Es gab keine Zinnen mit Bogenschützen, keine Zugbrücke, die man im gestreckten Galopp nehmen mußte – und offenbar auch weder Lichtschranken noch Laserfinger oder Wärmesensoren. Der achteckige Bergfried lag verlassen da wie vor vierhundert Jahren, als Soldateska und Pest das Umland entvölkert hatten.

Hussler war enttäuscht. Im Burghof balgten sich Katzen, Spatzen lärmten in der Dachrinne. Die Tür zum angebauten Wohntrakt stand offen. Es war still. Hier, hinter den Mauern, war das Stimmenrauschen vom Einweihungsfest nicht mehr zu hören. Hussler hatte vorsichtshalber ein Brevier gezückt, das gerade von den Neu-Kraichgauern veröffentlicht worden war: ›1109 bis 2009. Neunhundert Jahre Burg Steinsberg.‹

Die Räume waren wie die Familienhäuser drunten in der Republik eingerichtet: hell, freundlich, sparsam. Am größten Fenster stand das Gipsphantom für eine Büste. Herumliegende Fotografien verrieten, daß hier die Bronze des alten Jordan entstehen sollte. Jordan, so wußte Hussler, würde dieser Tage fünfundachtzig, sein Gesundheitszustand war schlecht. Auf einer Sitzbank lagen verstreut Seiten. Hussler erkannte nach kurzem Studium, daß es sich offenbar um eine Materialsammlung für ein Buch oder eine Broschüre über Jordan und die Gruppe 427 handelte. »Das Problem ist schon lange nicht mehr, neues Wissen zu schaffen, sondern altes vergessen zu machen«, las er und schüttelte den Kopf. An der Wand gegenüber der Eingangstür prangte ein Bild des Revolutionärs Friedrich Hecker, der auf dem Gebiet der heutigen Republik Kraichgau geboren worden war, einer, der schon einmal eine andere, eine freie Republik gewollt hatte, errichtet aus französischen Idealen. Als seine bewaffneten Träume scheiterten, floh er nach Amerika, von wo jetzt so viele sanfte Revolutionäre zurückkamen, Menschen, die im alten Europa noch einmal helfen wollten, ein Licht aufzustecken …

Was Hussler suchte, befand sich ungeschützt neben der Küche: eine Schaltzentrale von winzigen Ausmaßen, nicht größer als eine bessere Speisekammer. Die Hardware schien neu. Jedenfalls war sie von einer Bauart, die Hussler nicht kannte. Wie viele Anschlüsse mochte die Republik haben: fünfhundert bis tausend? Verblüffend wenige jedenfalls … Hier also lag das Gehirn, dessen sich alle abtrünnigen Wunderknaben bedienten, die sich in der Gruppe 427 zusammengeschlossen hatten, um einer »neuen Wissenschaft« auf die Beine zu helfen. Aber das Wissen der

427er interessierte jetzt nicht. Marktwert hatte für Hussler nur eine Doppelfrage: Wie schützten die Softis ihr System, beziehungsweise warum hatte es noch keiner geknackt?

Ein leises Schnurren, kein elektronisches, sondern ein animalisches, traf Husslers Ohr. Hinter ihm stand Pepper und kraulte eine Katze, die sich an seiner Schulter räkelte. »Ich hab' dich erwartet, Seb. Es ist einfacher, als du denkst. Wenigstens einfacher als die Systeme, die ihr bei ›Unlimited‹ benutzt.«

Professor Schober, der Anglo-Österreicher und Autismus-Spezialist, sah Aina lange an, als suche er nach einem Weg zwischen Wahrheit und Tröstung. Zwischen den beiden hatte sich mittlerweile ein Verhältnis gegenseitigen Vertrauens entwickelt. »Schau, ich bin kein Genetiker, aber soviel weiß ich: Diese sogenannte ›andere Krankheit‹ ist so etwas wie ein umgedrehtes AIDS. AIDS war, vereinfacht ausgedrückt, die Syphilis der achtziger Jahre, nur tödlicher. Ein Zusammenbruch des menschlichen Immunsystems. Durch das Gen-Engineering, das an dir vorgenommen wurde, kommt es, als unerwünschte Nebenwirkung, zu einer beständigen Überreaktion des Immunsystems. Die Symptome sind wie bei einer multikausalen progressiven Allergie. Doch wenn man nun, um den Organismus zu entlasten, das Gesamtsystem dämpft, dann rafft dich der erste beste Keim dahin.«

»Ich hab' also die Wahl, woran ich krepier': an zuviel oder zuwenig Immunsystem.«

»Sag bitte nicht krepieren; sag sterben, das klingt menschlicher.«

»Hast du Angst vorm Sterben?«

»Nicht vor der Stille. Vor dem Lärm vorher.«

»Würdest du mir ... etwas geben, wenn es – zu laut wird?«

»Ja.«

Aina fühlte sich erleichtert. Sie nahm die Hand des Arztes: »Versprochen?«

»Versprochen!«

Schober suchte nach der Möglichkeit, eine versöhnliche Bemerkung zu machen, die nicht Ainas Intelligenz beleidigte. Schließlich sagte er: »Der Tod hat eine Sense, und die benutzt er auch. Aber hinter ihm wachsen tausend junge Köpfe nach.«

»Wie kommst du darauf?«

»Nur so. Ein Freund von mir, der hier in der Republik lebt, hat mir einmal ein Bild gezeigt, das ›Magische Dreizehn‹ heißt und so ein Motiv zeigt, so ein mittelalterliches ... Manchmal denke ich, die wußten damals mehr, als unsere Historiker zugeben.«

Hussler fühlte sich elend, klein und dreckig. Pepper stand einfach da, streichelte unentwegt die Katze und ließ die Sekunden wie flüssiges Blei zu Boden tropfen. Schließlich sagte er: »Das Password heißt A1 B1 C1«, und tippte es ein. Ein kleiner bernsteinfarbener Schirm signalisierte: ›Sie haben Zugang zu allen Terminals. Bitte wählen Sie!‹

Hussler löste sich aus seiner Schamstarre: »So einfach?«

»Versuch es selber!« Pepper löschte den Schirm, und Hussler wählte ebenfalls A1 B1 C1. Der Schirm blieb blind.

Pepper lächelte und gab, ohne mit dem Katzenkraulen aufzuhören, die Folge D1 E1 F1 ein. Wieder räumte der Homer alle Sperren, doch erneut verweigerte er Hussler bei absolut identischer Anwahl den Zugang, und wieder lächelte Pepper sein Lächeln: »Dieser elektronische Pförtner mag dich nicht, scheint's. Vielleicht hat er dir auf die Finger geschaut?«

Hussler besah sich unwillkürlich seine Fingerkuppen. Dann mußte er lachen: »Die On-Taste nimmt meine Fingerabdrücke ab ...?«

»Richtig.«

»... die werden digitalisiert und analysiert. Das Ergebnis löst dann die Sperre oder auch nicht. Es ist egal, welches Password ich eingebe – ihr entscheidet vorher darüber, wer genehm ist, und dessen Fingerabdrücke kommen in den Speicher ...«

»Gut, Seb, du bist dein Geld wert.«

Hussler krampfte das Gesicht: Alles drängte zu der entscheidenden Frage. Doch auch die schien Pepper zu kennen. »Du fragst dich, warum ich dir das auf die Nase binde? Ich mag dich, Seb.«

18

Die letzte große Arbeitstagung der Gruppe 427 vor Jordans fünfundachtzigstem Geburtstag, der zugleich der fünfte Geburtstag der Freien Republik sein würde, mußte ohne den Präsidenten stattfinden. Jordan war, entgegen allen Ratschlägen, grippekrank nach Karlsruhe gefahren, um den Allergikern sein Mitgefühl zu zeigen. »Ich hab' nur noch eine kleine Spanne Lebens, da ist es unerheblich, wie klein oder groß sie ist. Aber die jungen Menschen dort hat man um ihre ganze Lebenszeit betrogen. Ich muß hin.« Mit dieser Erklärung war er abgereist. Für die Rückreise hatten die aufgezehrten Kräfte nicht mehr gereicht. Pepper hatte ihn abgeholt, hatte sanft verpackte Vorhaltungen gemacht und sich eine Abfuhr eingehandelt: »Hüte dich, mein Lieber! Du denkst zuviel und fühlst zuwenig. Ich bin ja froh, daß wir hier auch Denker und nicht nur Fühler haben. Aber manchmal hab' ich Angst um dich.«

Man traf sich am Sommertagungsort im alten Steinbruch, den ein begabter Bastler abhörsicher gemacht hatte. Die Teilnehmer hockten sich zusammen und lauschten einer Botschaft aus Jordans Krankenzimmer, die Franziska verlas. Es folgte eine Andacht, die nicht von allen mitvollzogen wurde. Manche streckten sich entspannt ins Gras, schauten den Exerzitien der Efeus zu, nickten beifällig oder wiegten zweifelnd den Kopf.

Pepper hatte ohne jede Begeisterung Jordans Präsidentenplatz eingenommen und stellte die Tagesordnung vor: »Hauptpunkt heute: Jessika berichtet über den Stand des H-Projekts. Jessika, bitte!«

Eine kleine weißhaarige Frau erhob sich, und das Gemurmel verebbte. Jessika sprach frei; die Vokalfärbung verriet amerikanische Herkunft, ihre Art zu sprechen Übung: »Freunde, ich muß nicht noch mal das ganze Projekt erklären, sondern nur in groben Zügen: Ihr wißt, daß die Solar-Wasserstofftechnik anwendungsreif ist. ITT legt Ende dieses Jahres die erste Großserie auf. Ich weiß das, denn ich war ja bis vor einem Jahr noch in der Entwicklungsabteilung in Dallas.

Also, man kann mit Hilfe von Sonnenenergie und Apparatetechnik Wasser fast kostenlos in Wasserstoff und Sauerstoff zerlegen, den Wasserstoff beliebig speichern und für spätere Nutzung abrufbereit halten. Ich erspar' euch Einzelheiten – nur soviel: Das Problem, Sonnenlicht kostengünstig zu speichern, ist damit gelöst.

Die Aufgabe unserer Forschungsgruppe konnte es nicht sein, die Lösung noch mal zu lösen, das wäre rubbish. Unsere Aufgabe war es, die Technologie so zu ändern, daß sie auch außerhalb der internationalen Trusts lieferbar, beherrschbar und anwendbar ist; denn was nutzt eine sanfte Technologie, wenn sie von den alten Gigantomanen monopolisiert wird? Ich denke, es ist uns gelungen, die Wasserstoff-Synthese handhabbar zu machen wie eine Fahrradpumpe.«

Die Mittagsschläfrigkeit, die eben noch über der Gruppe gelegen hatte, verflüchtigte sich in allgemeine Aufmerksamkeit. Ein schwarzer Rauschebartträger, Molekularbiologe und Taubenzüchter, witzelte: »Achtung, Frau Dr. Alberta Jessika Einstein präsentiert die Weltformel!«

Doch die Erklärung der Projektleiterin strafte seinen Spott. Es breitete sich Hochstimmung aus, als die Gelehrte mit den Worten geendet hatte: »Ich denke, wir sind unserem 427er-Anspruch gerecht geworden, Wissenschaft, wo immer möglich, aus den Verwertungsbahnen der großen Konzerne zu reißen. Danke für eure Aufmerksamkeit ... Halt, noch etwas Wichtiges: Wir werden natürlich draußen Partner brauchen, denn wir können unsere ›H-Spalterei‹ hier nicht selber machen, so schön das auch wäre. Da hoff' ich auf die Unterstützung der Ökonomie-Gruppe. Wie weit sind eigentlich die Dänen?«

Die Befragung des Hermann Kalb vor dem Karlsruher Tribunal brachte wenig, und Roland hatte gegenüber den Kollegen die Genugtuung, es von Anfang an gewußt zu haben.

– Ja, über die Zunahme der Allergien hätten ihn schon 1984 seine Referenten informiert.

– Nein, er hätte nicht das Gefühl gehabt, ein Schadstoffkataster sei zwingend erforderlich gewesen.

– Ja, der Regierung sei ab 1985 bekannt gewesen, daß der Wald nur noch mit notstandsähnlichen Maßnahmen zu retten gewesen wäre.

– Nein, einschneidende Maßnahmen seien aus Gründen von Stabilität und Wirtschaftswachstum unterblieben.

– Ja, seine Referenten hätten ihm berichtet, daß Städte wie Köln und Koblenz infolge ungezügelter Rheinhochwasser teilgeräumt werden müßten. Ihm sei auch bekannt gewesen, daß diese Hochwasser unter anderen auch Folgen des Waldsterbens, des Ausfalls der Saug- und Staukraft der Wälder waren ... Ja, ja, darüber hätte es Studien gegeben ...

– Nein, davon sei die Öffentlichkeit nicht unterrichtet worden. Panikmache hätten schon die Medien betrieben.

– Ja, er werde vor seinen Schöpfer treten und sagen: Herr, ich habe alles versucht, richte mich!

Roland hatte mit einem altgedienten Kollegen, der in jüngeren Jahren bei einem Öko-Magazin in München gearbeitet hatte, fast eine Nacht lang über die Frage diskutiert: Wäre der Öko-Kollaps von Wäldern, Böden, Grundwasser, Nordsee, wäre all das, was man die »selbstgemachte Eiszeit« genannt hatte, auch dann gekommen, wenn der TV-Poll, die regelmäßige Volksabstimmung per Homer, nicht erst im Jahr 2002, sondern schon 1994 eingeführt worden wäre?

Die Frage war letztlich so wenig entscheidbar wie die beliebt-berüchtigten Fragen: Was wäre, wenn die Dampfmaschine, das Auto, die Struktur des Zellkerns nie entdeckt worden wären?

Roland dachte an das Gespräch mit seinen Eltern zurück. Aina hatte ihn angefaucht ob der Impertinenz, mit der er seinen Eltern im Gemüt herumgestochert hatte – relativ erfolglos übrigens.

Es muß seltsam gewesen sein, damals im ausgehenden Jahrhundert, wie eine epidemische Lähmung der Wahrnehmung. Die Medien waren vor fünfundzwanzig, dreißig Jahren voll von Umweltnachrichten gewesen; man mußte noch nicht einmal mühsam deren Summe ziehen, um zu begreifen, daß alle Zeiger gegen Null pendelten. Aber die Menge der Nachrichten – Rolands alte These! –, die Menge der Nachrichten schaffte nicht den qualitativen Bewußtseinssprung. Nicht einmal die Nachrichtler jener Tage, die Börsianer des Todes, schienen das begriffen zu haben. Roland war aus all den Konserven, die er sich aus jener Zeit angeschaut hatte, ein Kuriosum im Gedächtnis geblieben: In den 20-Uhr-TV-

Nachrichten irgendeines Tages in den Achtzigern war an fünfzehnter Stelle vom unwiderruflichen Tod der Nordsee die Rede gewesen, während die Top-Meldung mit anschließendem Kommentar irgendeine Dickdarmblähung einer Bonner Null gewesen war.

Wie immer man sich den Problemknoten schürzte: ob mit dem Theorem des Thanatos, des Todestriebes, oder mit der These von der »kollektiven Bewußtlosigkeit«, ob mit wilden Verschwörertheorien oder mit der vergleichsweise einleuchtenden Erklärung, der ›industriell-wissenschaftliche Komplex‹ hätte weltweit die Schienen in die Abgründe verlegt – alle Erklärungen zusammengenommen ließen einen großen Rest von Nebel über der Szene liegen. Und dabei lag doch diese kaum vergangene Zeit in Bild, Ton und Schrift so ausführlich dokumentiert vor wie noch keine Epoche der Vergangenheit ...

Die VAU war zuversichtlich. Ihr Prozeß-Dokumentationsmaterial suggerierte kriminelle Fahrlässigkeit bei denen, die im letzten Drittel des zwanzigsten Jahrhunderts nicht wirklich alle Register gezogen hatten, um »Schaden vom deutschen Volk zu wenden«. Aber die VAU, so Rolands Einschätzung nach sieben Bakterienbieren mit dem Kollegen, erweckte für ihre Klientel Illusionen. Ihr Sieg würde bedeuten: finanzielle Liquidation des Staates, den Millionen Antragsteller, eine Armee verzweifelt militanter Gläubiger, so gründlich ruinieren würden, wie die Arbeitslosen die Kassen nie ruinieren konnten. Welcher Staat hatte sich in der Geschichte je für seine Bürger und Opfer ruiniert?

Nein, nein, es war doch alles ganz einfach; das zehnte Bier brachte Klarheit, und auch der ältere Kollege nickte beifällig. »Wir sind eine evolutionäre Fehlentwicklung. Wir fahren mit zu fettem Gemisch. Unser Intellekt wächst und drückt Gefühl und Moral an die Wand. So ist das, Mann! Und der industriewissenschaftliche Komplex verdient an der Vorbereitung der Beerdigung. Prost!«

Alles, restlos alles hatte sich geändert in seinem Beruf, dämmerte es Roland, als sein Gegenüber schon im Alkoholdunst verschwamm. Nur daß Journalisten saufen, war geblieben.

Aina ging häufig in die Andachten, die Franziska auf einem Hügel über der Compau-Pflegestation hielt. Ihre Stimme war stets leise, zwang zum Lauschen, war eindringlich wie klares Wasser.

»›In den alten Tagen, als die Schöpfung noch jung war,
da war die Erde voll riesiger Bäume.
Durch die Wälder floß der Fluß der Unendlichkeit,
und in ihrer Mitte stand der Baum des Lebens.
In dieser Zeit waren die Bäume die Brüder der Menschen.
Und ihre Lebensdauer auf Erden währte lange.
Nun erstreckt sich eine Wüste mit brennendem Sand über die Erde.
Die riesigen Bäume sind Staub und Asche ...‹

So steht es bei den Essenern in den Schriftrollen vom Toten Meer. Und auch wir, Brüder und Schwestern, haben die Bäume geschlagen, verbrannt, weggeätzt. Die Wüste frißt Afrika. Die Wüste frißt immer erst die Ärmsten. Die Wüste frißt Südamerika. Die Wüste ist taub, sie hört nicht die Beteuerungen der Unschuldigen. Wir aber wollen nicht aufhören, Bäume zu pflanzen, bis sie wieder die Kraft finden, mit uns zu leben ...«

Aina nahm an der anschließenden kultischen Gießung teil. Die Buchenschößlinge standen gut im Saft. Ihr Zartgrün war ein Versprechen. Sie wuchsen gegen alle statistische Wahrscheinlichkeit an, unerschütterlich. Und das ähnelte Ainas momentanem Lebensgefühl.

Ein alter Mann, weißmähnig und gebrechlich, wurde gestützt, während er eine Pflanzreihe mit geweihtem Wasser besprenkelte. Aina hatte bisher nicht den Mut gefunden, Professor Jordan anzusprechen; empfand sie gemeinhin nur Wut, wenn sie an ihr Gen-Engineering dachte, so spürte sie Jordan gegenüber so etwas wie Scham: Eine halbe Nacht lang hatte der alte Mann damals an ihrem Bett gesessen und geredet bis zur gegenseitigen Erschöpfung. Morgen wollte sie mit ihm sprechen, morgen, gleich nach der Andacht.

Jordan umarmte Franziska, die ihn nach kurzem Verweil allein den Hügel hinab stützte. Aina sah den beiden nach und wußte – ohne zu wissen, woher –, daß es ein Abschied war.

Tage der Scham. Ein archaisches Gefühl, tief aus dem Stammhirn. Unkontrollierbar. Klebrig. Ein Geschmack wie übersäuertes Brot stieg aus Husslers Magen auf. Und ziehende Gedanken, die, wie Wolken ein Bergpanorama, ab und an Prägebilder freigaben: Scham. Da war es wieder, dieses Gefühl, das damals in Hitzewellen aus der Magengrube aufgestiegen war, als der Direktor den achtzehnjährigen Unterprimaner Hussler beim Handel mit Pornos in der Knabentoilette erwischt hatte, diese Kette kleiner Ohnmachten, mit jedem Mädchenblick auf dem Schulhof unerträglicher. Alle, alle mußten es wissen. Alle ...

Doch eigentlich, wenn Hussler sich für kurze Zeit aus allen Gedankenknäueln entwirren konnte, eigentlich mußte er sich eingestehen, daß ihm alle Kraichgauer wie stets begegneten: keine scheelen Blicke, kein Mißtrauen. Peppers Familie ließ ihn mit der gewohnten Selbstverständlichkeit Dinge tun, die man eigentlich keinen Abtrünnigen tun läßt, ließ ihm Zutritt in Kreise, in die eigentlich kein Entlarvter Zutritt haben sollte – wenn es nach Recht und Billigkeit ging. Aber was, um alles in der Welt, könnten diese Begriffe hier bedeuten?

Es mochte eine einfache, aber zugleich unerhörte Erklärung dafür geben: Pepper hatte es nicht für nötig gehalten, die Familie und andere von Husslers Identität zu unterrichten. Aber wäre das nicht eine grobe Fahrlässigkeit? Woher wollte Pepper wissen, was er, Software-Spezi Hussler, selber nicht wußte, woher wollte dieser Mann mit der elektrisierenden Intelligenz wissen, daß ein einmal ertappter Dieb nicht weiter versuchen würde, Schaden zu stiften?

Hussler zirkulierten eine Weile Informationen über computerbased character-studies (CBCS), also computergestützte Charakteranalysen, durchs Hirn: Sollten die hier schon entscheidend weiter sein, fähig, aus wenigen Indizien eine verläßliche Vorhersage zu machen, die gewissermaßen die Entscheidungsfindung eines analysierten Individuums im voraus durchsichtig werden ließ? Der Griff unter die Schädeldecke, Abtasterei der Intimsphäre ...? So etwas paßte doch nicht zur neuen Menschlichkeit.

Wenn Pepper tatsächlich mit keinem Familienmitglied über die Begegnung in der Burg gesprochen hatte, mußte er eine bemerkenswerte Güterabwägung vorgenommen haben: Sein, Husslers, Verbleib in der Familie mußte für Pepper ein Wert an sich sein, so daß demgegenüber der Risikofaktor, den ein Dieb zweifellos darstellte, gering erschien.

Je länger Hussler darüber nachdachte, desto sicherer wurde er: Seine erprobten Kriterien der formalen Logik, die ganze bewährte Ja-Nein-Struktur der Datenwelt, waren hier untauglich, waren deplaziert wie Dampframmen in einem Bio-Chip-Labor. Ein Rauswurf wäre eine klare, eine in sich völlig folgerichtige Sache gewesen. Aber Pepper nahm ihm die Chance, zu kämpfen, löschte das alte Programm, schlug einem älteren Herrn die Krücken weg. Eine schöne Gemeinheit! Blieb nur die Möglichkeit, Stehversuche zu machen.

Offiziell wurde Jordans Tod erst vier Tage nach der Beerdigung bekannt.

Nur gehen, schauen, wie die Stieglitze auf den Distelblüten schaukeln, nichts denken, sich wie der Milan fühlen, der flügelträge im Aufwind liegt, den Menschen zunicken, die unter den vorspringenden Dächern der Erdhäuser Most trinken oder auf den Feldern alte Handgriffe tun, als seien sie Statisten für einen Historienfilm. Sich von den unzähligen Windrädern drohende Gedankenstränge, diese inneren Würgestricke, kleinhäckseln lassen, sich von den Bächen, die noch lößgelb vom letzten Regen daherkamen, die Füße küssen lassen, sich mit Schmetterlingen und Hummeln die Süße der Waldgeißblüte teilen und nicht denken. Nur nicht denken! Mit leichtem Kopf über die Abgründe driften, mit den Blüten der Hundsrose sprechen, angenehmer Erschöpfung nachgeben, ins Gras fallen und sich im tausendstämmigen Gräsergewirr verirren. Und nicht denken!

Hussler reckte den Kopf hoch: Kein Mensch zu sehen. In einiger Entfernung weideten Schafe. Er streifte die Sandalen ab und faßte mit den Zehen das Gras. Nur nichts denken! Morgen würde noch genug Zeit dafür sein. Das Operationsbesteck für die analytische Vivisektion am eigenen Leib lag schon bereit. Aber nicht heute. Nicht jetzt.

Hussler sah wieder die wachsbleichen nackten Füße des alten Jordan, der nur in ein Tuch gehüllt beerdigt sein wollte. Und je länger er diese Füße betrachtete, desto klarer wurde ihm, daß es seine eigenen Füße waren. Aber der Irrtum ließ sich nicht mehr aufklären. Alles um ihn herum war klar gegliedert. Er konnte sogar spüren, daß über das große Efeukreuz und seine wachsbleichen Füße ein Wind strich. Doch ihm fehlte die Stimme, um die Trauergemeinde auf die Verwechslung aufmerksam zu machen.

Pepper trat an die Holzbahre und strich ihm über die Stirn. Endlich! Jetzt mußte Pepper merken, daß hier kein Toter lag, daß sich eine schlimme Verwechslung ereignete. Aber Pepper lächelte nur sein typisches Lächeln, etwas trauriger als sonst, und sagte: »Ich hab' dich immer gemocht, Seb.«

Die kleine Hübsche, die ihm während seines ersten Feldeinsatzes den Laufkäfer gezeigt hatte, heftete ein paar Tränen an seine Hand. Auch ihr fiel nicht auf, daß diese Hand nicht kalt und leichenstarr war. Dann war Geläut zu hören ...

Die Schafherde hatte Hussler umringt, das Glöckchengebimmel ihn geweckt. Es war gut, nicht tot zu sein.

Es war eine stille Trauer. Unter den Efeukreuzen sammelten sich Menschen, die nicht geladen waren und auch keine Einladung brauchten. Geweint wurde wenig. Zwei Kinder, die begriffen hatten, daß der alte Weißschopf tot war, erwiesen ihm die letzte Ehre, indem sie ›Jordan‹ spielten. Das eine setzte sich auf einen Stuhl, der kühn auf dem Erddach eines Familienhauses plaziert war, und hielt mit ausladenden Gesten eine Rede, das andere war das Volk und hörte zu. Dann wechselten sie die Rollen.

Ainas erster Reflex war gewesen, die Nachricht vom Ableben des großen alten Mannes sofort nach Hamburg durchzugeben. Die Chance, als erste und aus nächster Nähe eine absolute Weltnachricht abzusetzen, war verlockend gewesen. Doch ein Gefühl, das unfaßlich und neu war, hatte sie daran gehindert: Es wäre ihr wie Leichenschändung vorgekommen, sich an Jordans Tod zu bereichern, obgleich ... Die Bedingungen wären verführerisch günstig gewesen: Ein Mann, der offenbar wußte, daß sie Nachrichtlerin war, machte ihr das Angebot, die News für sie abzusetzen. Er hätte Verbindungen, sagte er, sei jederzeit in der Lage, selbst aus dieser News-Oase eine Direktverbindung in alle Welt zu schaffen. Wenn schon an diesem Tod verdient würde, warum sollten auch sie dann nicht beide daran verdienen. Er würde das Geld ja gern allein einstreichen, aber ihm fehle leider eine INFORM-Kennung.

Aina hatte sich bedankt und abgelehnt. Der Mann schien das nicht übel vermerkt zu haben.

19

Mayer-Salm hatte natürlich wütend darauf reagiert, daß Aina nichts über die heimliche Beerdigung nach Hamburg vermeldete. Das wäre doch wohl das Mindeste gewesen! Mit diesem Heimvorteil hätte sie leicht das Spiel für ›Gunter und Rahn‹ gewinnen können. Ob ihr klar wäre, auf wessen Spesen sie im Kraichgau hockte!

Aina hatte sich nicht einmal bemüht, eine plausible Entschuldigung vorzubringen, sondern kurz und ruppig vermeldet, daß ihr die Beerdigungsfeier persönlich zu wichtig gewesen sei, um sie nachrichtlich zu vermarkten. Während Mayer-Salm noch nach Worten rang, hatte sie die Verbindung gekappt.

Er war nicht mehr wichtig für sie. Sie hatte erlebt, wie Menschen um einen Menschen trauern, der ihnen wichtig war. Wichtig, nicht weil sein Tod ein Medienereignis war, wichtig, nicht weil sein Name alle INFORM-Agenturen elektrisierte, nein, wichtig, weil seine Gedanken gute Gedanken gewesen waren.

Es mußte ein Zauber darin liegen, Gutes zu tun. Die Menschen, die hier lebten, waren deshalb anders als die Menschen draußen, weil sie das Gefühl hatten, Gutes, Wichtiges, Richtiges zu tun. Sie stiegen auf die Dächer und reparierten die Sonnenkollektoren in dem Bewußtsein, etwas Entscheidendes zu tun. Sie knieten in den Feldern und maßen den

Erosionsabtrag, und ihre Freude, daß auch der letzte große Starkregen keine meßbaren Schäden hinterlassen hatte, war eine große Kinderfreude.

Es mußte eine Bedingung für Glück sein, Dinge zu tun, die einen Wert hatten, einen Wert, der etwas anderes war als eine INFORM-Kennung, etwas anderes als Kreditkarten für Läden mit »alter Nahrung«.

Aina war es plötzlich wichtig, daß es Fabian gut ging. Wenn er je wieder Mensch würde, wäre es etwas, das sie ermöglicht hätte. Es wäre wichtig und richtig. Es wäre Glück.

Sie lief zum Amphitheater hinauf. Die Compaus machten Fühlübungen. Sie hockten, großen Kindern gleich, im Zentrum des Halbrunds und betasteten mit verbundenen Augen die Gesichter ihrer Mitpatienten. Manche versuchten, Worte zu artikulieren. Einer jungen Frau gelang es deutlich hörbar, die Namen erratener Compaus auszustoßen. Franziska stand am Rande der Gemeinschaft und verbesserte die Stammellaute: »Uuuoo – Udo ... Gaijjje – Gabriele ... Phhh – Peter.« Neben ihr saß ein Mann im Gras, der den pantomimischen Reigen betrachtete. Es war jener Mann, der Aina vor wenigen Tagen angeboten hatte, die Meldung über Jordans Tod aus der Republik rauszuschaffen, und der dann so freundlich gelächelt hatte, als sie das Angebot ablehnte.

Aina setzte sich in einigem Abstand auf den Hang. Auf keinen Fall wollte sie die Therapie stören. Doch der Mann winkte sie herüber. Aina umrundete den Platz und hockte sich zwischen Franziska und den Mann mit dem blonden Wuschelkopf. Franziska unterbrach kurz ihre Artikulationen und wandte sich an Aina: »Dein Pflegling macht sich gut! Schau, er versucht zu sprechen.«

Fabian wirkte erregt, aber nicht verkniffen wie vor dem Schirm, sondern eher begeistert wie ein Kind, das seine Kräfte und Erfolge spürt.

»Er sieht gut aus«, bestätigte Aina, »ich freu' mich für ihn.«

»Warum hast du ihn hergebracht?« fragte unvermittelt der Blonde, ohne seine Aufmerksamkeit vom Geschehen abzuziehen.

»Das ist mir heute nicht mehr wichtig. Wichtig ist, daß er wieder gesund wird. Bist du ... Nachrichtler?«

»Nein.«

»Warum hast du mir dann angeboten, eine Nachricht über Jordan abzusetzen?«

»Ich wollte wissen, wie du reagierst!«

»Kleine Prüfung?«

»Ja.«

»Hab' ich bestanden?«

»Das ist noch unklar; aber wenn nicht, fallen wir beide durch ...«

Der Blonde widmete wieder alle Aufmerksamkeit dem Geschehen auf dem Rasen. Einige Compaus hatten die Binden abgelegt und blinzelten unschlüssig in die Sonne. Franziska rief sie mit Namen und versicherte ihnen in gleichbleibend ruhigem Ton, daß sie nichts zu fürchten hätten.

»Was heißt das: ›fallen wir beide durch‹?« forschte Aina.

»Mädchen, du hast doch schon fast alles rausgebracht, da will ich dir nicht noch das Finale verderben. Auf jeden Fall bin ich dankbar, daß du Fab Fab hier hergebracht hast. Egal, aus welchem Grund.«

Roland hatte sich nach Kräften gegen den Auftrag gewehrt, aber G & R bestand darauf: Er sollte eine Hintergrund-Lebensgeschichte über Vanessa Röpke, die Tote im Glaskasten, machen. G & R hatte erheblich in den Prozeß investiert, der kontinuierlichen Berichterstattung war viel Sendezeit reserviert worden. Nun galt es, die elend lange Zeit bis zur Entscheidung zu überbrücken.

Roland brauchte eine Weile, um zu verstehen, was genau ihn gegen das Thema einnahm. Es war der Gedanke an Aina, denn es stand zu befürchten, daß sie ebenfalls als Isolierte enden würde. Das machte ihn weich gegenüber dem Thema.

Manchmal hat man das Gefühl, etwas zum zweiten Mal zu erleben. Der Eindruck ist stark und läßt sich auch nicht durch das Eingeständnis erschüttern, daß er ganz offensichtlich das Ergebnis einer Täuschung ist, denn die Täuschung muß Gründe haben. Menschen, die von der Wiedergeburt überzeugt sind, meinen, der unsterbliche Teil des Ichs erinnere sich bisweilen an bestimmte Situationen aus längst vergangenen Verkörperungen. Aber es gibt auch schlichtere Erklärungen.

Aina fand schließlich heraus, wann sie dieses Gefühl einer pathetischen Leere zum letzten Mal hatte: nach ihrem körperlichen Umbau. Es war damals die Implosion von Träumen gewesen, die sich um ein lange unerreichbares Zentrum verdichtet hatten: Da waren ihre Jugendträume, Menschen lieben zu dürfen, die ihr liebenswert oder auch nur begehrenswert erschienen. Doch die Menschen, die sie für sich wollte, die Jungmänner zumal, »standen nicht auf Fett«. Die Träume wurden dichter, das Vakuum in ihrer Mitte verheißungsvoller. Als sie schließlich »eine andere« war und als es mühelos gelang, Begierden einzulösen, geschah zum ersten Mal solch eine Implosion, der Zusammenbruch des Vakuums: Das bißchen Hektik auf durchgelegenen Matratzen war all die Träume nicht wert gewesen. Der Gipfel war kahl.

So auch jetzt. Aina hatte variantenreich davon geträumt, wie es sein würde, wenn sie, Aina Ötztürk-Bruck, ein halbtürkischer Niemand aus Hamburg-Ottensen, das verschollene Mediengespenst aus der Kiste ziehen würde. Tatsächlich war es nur wie das Auffinden einer Telefonnummer. Zero Zero lebte.

Am Abend telefonierte Aina mit Roland, der allerlei Kuriosa vom VAU-Prozeß in Karlsruhe zu berichten wußte. Auf Rolands Frage, wie es um Ainas Recherchen stünde, sagte sie: »Zero Zero ist tot.« Das war wahr, wenngleich nicht richtig. Die Wahrheit vollends zu verstehen, hieße, mehr von dieser Gruppe zu verstehen. Es mußte etwas Wichtiges sein, was diese Menschen, die Jordans, die Zero Zeros, die Efeus und die vielen anderen zusammenhielt, etwas, das wichtiger war als eine Nachricht.

Wann waren für Aina in den letzten vier Jahren jemals Dinge wichtiger gewesen als ihr Nachrichtenwert? Roland würde sie für verrückt erklären, wenn sie nur versuchte, dies zu erläutern. Und nach normalen Kriterien, den Kriterien der Informationsgesellschaft, war sie tatsächlich verrückt.

Es war ein Zeichen von Vertrautheit, wenn einheimische Neu-Kraichgauer Besuchern aus ihrem Vorleben erzählten. Je länger Aina hier lebte und je leichter ihr die obligate Feldarbeit fiel, desto häufiger widerfuhren ihr diese Herzensergießungen.

Tobias zum Beispiel, das portugiesische Waisenkind aus Bremen, war Theologiestudent gewesen. Auch er war einmal angereist, um etwas auszuforschen, und war geblieben, um etwas anzubauen. Im Rahmen seiner Dissertation hatte er klären wollen, wie stark das pantheistische Moment, also das Einssein Gottes mit der Natur, für die Efeu-Christen wirksam war, inwiefern die apokryphen Schriften der Essener für die charismatischen Christen kultbildend waren, was die mythischen Wurzeln des Efeus waren ... »Theologendurchfall halt«, witzelte er.

Auch Tobias war schnell von dem infiziert worden, was er »Sinn« nannte. Er hatte sein Studium abgebrochen und war Bauer geworden. In jeder Möhre, so meinte er, stecke mehr Sinn als in der Frage, um wieviel Grad die Efeus von der amtlichen Lehre abwichen (»amtliche Leere«, sagte Tobias). Er selbst war kein Efeu geworden, aber er unterstützte deren ›Christentum der Tat‹, fand ihren urfranziskanischen Verzicht auf feste Gotteshäuser konsequent, beschäftigte auf seinen Buchweizenparzellen vorzugsweise Kranke, Allergiker meist.

»Wir brauchen einen neuen Kultus«, pflegte er zu sagen, »und einer, der das Humane und das Natürliche zum Zentrum allen Lebens erklärt, ist mir lieber als die amtliche Leere.«

Für Aina war Religion Teil einer überwundenen grauen Kindheit und kein leichter Gesprächsstoff. Doch Tobias' pragmatische Einstellung zum Kultus war erfrischend. Es kostete ihn nur ein südländisches Lächeln, um zur norddeutsch vorgetragenen Nutzanwendung zu kommen: »Sag selbst: Welchen humanen oder göttlichen Sinn soll es machen, Gott anzudichten, daß er jeder Schönen grimmig aufs Jungfernhäutchen schaut? Wenn Gott so verklemmt wäre wie seine Beamten auf Zeit, hätte er den Orgasmus nicht erfunden. Oder?«

Aina zog nach einiger Überlegung zu Tobias in die Familie, und das bedeutete erst einmal die Umstellung von Kartoffelanbau und Wasserleitungsbau auf Buchweizen, Viehwirtschaft und Heilkräuter.

›Gunter und Rahn‹ hatte alle Spesenzahlungen eingestellt, und Roland hatte Ainas Weigerung, Genaueres über die Umstände von Zero Zeros Tod mitzuteilen, einen Vertragsbruch genannt und einen Treuebruch dazu.

Das Inselklima schaffte Fakten.

Hussler war klar, daß seine Entdeckung – eine Entdeckung noch dazu, die ihm ent-deckt wurde – für ›Unlimited‹ wertlos war. Nachrichtensysteme, wenn sie nicht gerade wie hier klein und insulär waren, mußten nach allen Richtungen hin offen sein. Ein Datenschutz dagegen, der einen Kreis von Eingeweihten voraussetzte, die eine Art elektronischer Fingerabdruckkartei führten: So etwas ließ sich im großen Maßstab nicht denken. Interessant schien nur, nach welchen Kriterien die Kraichgauer entschieden, wessen Fingerabdruck Password-Qualität hatte: Gab es einen »alternativen Geheimdienst«, gab es Datenschutzexperten? Und warum hatte Pepper ihm, dem enttarnten Software-Dieb, bereitwillig alles erklärt?

Datenschutz per Fingerabdruck, das war Hussler klar, hatte nur Sinn, wenn es tatsächlich etwas zu schützen gab. Zweifellos versammelte sich hier unter Erddächern und Windrotoren einiges an wissenschaftlicher Intelligenz. Gab es womöglich Erkenntnisse, die ein derart eng gezogenes Sicherheitssystem rechtfertigten? Was war mit dieser Gruppe 427? Wenn man eine repräsentative Auswahl von Menschen erfassen könnte, die jeweils den ›richtigen‹ Finger hätten, besäße man auch die Antwort auf die Frage, was da eigentlich geschützt werden sollte.

Hussler bemerkte, daß all diese Fragen automatisch in seinem Kopf abliefen, so, wie sich ein Suchbaum aufbaut, wenn entsprechende Suchbefehle erteilt worden sind. Hussler bemerkte ferner, daß ihn die Antwort nicht mehr sonderlich interessierte. Sie interessierte ihn eigentlich nur noch als Lösung einer Denksportaufgabe und nicht mehr als ein existentielles Problem. Von wirklich existentiellem Interesse war dagegen die Bronchitis von Fredi, dem jüngsten Mitglied in Peppers Familie. Ihm war selbst mit erlesensten Kräutern nicht zu helfen. Er hustete und quälte sich, und Hussler wurde einmal mehr klar, daß auch eine Insel keine Insel war, zumindest, was Schadstoffe in der Luft anbelangte.

Als Fredi schließlich eine Lungenentzündung bekam, hielt Seb Nachtwache, erzählte Geschichten, die er sich gar nicht mehr zugetraut hätte, ließ sich von Pepper sämtliche verfügbaren Therapieprogramme über Schadstoff-Asthma zusammenschalten und litt entsetzlich im Auf und Ab von Fredis Fieberkurven. Als es Fredi besser ging, ging es Seb ebenfalls besser, und daran änderte auch ein Telefongespräch mit ›Unlimited‹ nichts. Die Firma wollte eine Erfolgsmeldung, und Hussler gab eine Erfolgsmeldung: »Alles bestens, ihr Mumien! Fredi geht es besser.«

Aina traf Pepper fast regelmäßig im Amphitheater. Gemeinsam kommentierten sie Fabians Fortschritte, machten sich auf winzige Verzögerungen seiner Feinmotorik aufmerksam, freuten sich über seine Reaktion auf vorbeisegelnde Schmetterlinge. Und: Sie konnten lachen, wenn sich der immer noch zu schwere Mann ungeschickt anstellte; es war nicht mehr das Tabu wirksam, das Gesunden gebietet, scheinbar unbeeindruckt über die Kapriolen von Schwachsinnigen hinwegzuschauen. Fabian schien sich an die gelegentliche Nähe von Zuschauern zu gewöhnen, ja, er wirkte sogar leicht irritiert, wenn Aina alleine kam. Dann suchte er das Halbrund des Amphitheaters ab, bevor er sich wieder den herangewachsenen Gänsejungen oder einer anderen Aufgabe zuwandte.

An einem besonders erfreulichen Nachmittag – Fabian hatte nach Auskunft von Franziska zum ersten Mal gänzlich auf Schirmkontakt verzichtet – geriet Pepper in eine mitteilsame Stimmung.

»Ich hatte die Zahl eigentlich nur für Fabian hinterlassen. Fabian und ich hatten damals einen Code: Wichtige Zahlen oder Daten haben wir immer mit seinem oder meinem Geburtsdatum multipliziert oder durch es dividiert. Fabian wußte, daß ich damals schon zusammen mit Professor Jordan Vorbereitungen traf, um die Gruppe 427 zu organisieren. Er wußte auch, daß ich abtauchen wollte. Es wäre ihm ein leichtes gewesen, mich nach Aufschlüsselung der Zahl 427 im Umkreis von Jordan zu suchen.

Aber dann spitzte sich alles zu. Schober rief mich aus Houston an, daß wir meine Gesichtsveränderung um einen Monat vorziehen müßten, sonst ginge gar nichts mehr. Die Sache war sowieso schon kompliziert genug: Versuch mal, mit *einem* Gesicht in die USA einzureisen und mit einem *anderen* wieder raus! Es blieb keine Zeit, Fabian direkt zu benachrichtigen, denn er war nicht aufzufinden, schon seit Tagen nicht. Heute weiß ich, daß genau in jenen Tagen seine Krankheit ausbrach. Freunde hatten mich gewarnt, hatten gemeint, daß er schon seit Wochen verändert wirkte. Ich selbst hab' das nicht bemerkt, wollte es wohl auch nicht bemerken, weil ich Tag und Nacht mit meinem Abgang beschäftigt war.

Fabian hätte normalerweise die Zahl sofort gelöscht. Statt dessen blieb sie stehen, und eine Herde von Rindviechern spekuliert nun schon seit zehn Jahren daran herum. Ich habe quasi selber verhindert, was ich erreichen wollte: Ich wollte vergessen werden, um neu anfangen zu können. Und diese verhexte Zahl sorgt dafür ... Ach, Scheiße, du weißt ja alles selber.«

Pepper kaute hektisch auf einem Sauerampfer, spie ihn aus und knurrte mit einer Spur von Respekt in der Stimme: »Du bist übrigens die erste Nachrichtlerin, die mich gefunden hat; sonst waren es immer nur ... Softis, um in deinem Jargon zu sprechen.«

»Ich bin gerade dabei, diesen Jargon zu verlernen.«

»Gut.«

Eine Weile gehörte ihre Aufmerksamkeit wieder Fabian, der auf einfache Zurufe und Fragen von Franziska mit hoher Trefferquote richtig reagierte. Schließlich, ermuntert durch Peppers seltene Mitteilsamkeit, fragte Aina: »Pepper, warst du eigentlich sicher, daß ich dich nicht aufs Kabel gebe?«

»Nicht so ganz, aber ziemlich.«

»Aber woher?? Ich selber war bis zuletzt nicht sicher. Ich stand unter Vertrag. Ich sollte zum zehnten Jahrestag von Zero Zeros Verschwinden eine Story liefern.«

Pepper erhob sich: »Es muß genügen, daß ich es wußte.«

Die Vorbereitungen zu Jordans fünfundachtzigstem Geburtstag liefen so weiter, als könnte der Alte den Ehrentag noch erleben. Die Zeit, die Aina nicht auf dem Feld, beim Melken, mit Tobias oder im Amphitheater bei Fabian zubrachte, gehörte einem anderen Theater.

Eine Theatergruppe, zusammengesetzt aus verblüffend vielen prominenten Gesichtern, probte ein Stück über das Leben des Heilbronner Arztes, Wurmkurers, Geburtshelfers und Wissenschaftlers Dr. Julius Robert Mayer. Einer der Theaterleute, noch vor Jahren ein hochdotierter Video-Serienheld, hatte das Stück geschrieben, und er schrieb es mit dem Fortgang der Proben ständig um.

Das Faszinierende war: Aina erkannte Bruchstücke, sah die farbigen Splitter herumliegen, aus denen sich das Mosaik fügte. Vom Schirm kannte man nur Fertigteile, normierte Ware, alle Marionetten hatten durchsichtige Schnüre; hier aber sah man den Schnürboden.

Das Stück schilderte Szenen aus dem Leben des Mannes, der in geringer Entfernung von der heutigen Freien Republik im Jahre 1842 die Zahl 427, das universale Wärmeäquivalent, entdeckt hatte. Die zünftige Wissenschaft seiner Tage beförderte ihn dafür ins Irrenhaus, denn Mayer hatte den gültigen Komment gebrochen. Er hatte seine epochale Entdeckung, daß Wärme und Bewegung verschiedene Energieformen sind, nämlich nicht zünftig aus stumpfen Zahlenreihen destilliert. Mayer war seiner Gedankenkraft, seiner kreativen Wissenschaftlichkeit gefolgt, so wie später ein Albert Einstein, der eine andere Zahl fand. Mayer mußte für seine Zahl büßen, bevor er im Alter rehabilitiert und geehrt wurde. Doch auch dann war es nur ein näselnder Großmut, mit dem die offiziellen Leuchten der Wissenschaft Mayers Ehrfurcht vor der Natur verziehen.

Aina faszinierte jeder Schweißtropfen auf jeder Schauspielerstirn. Die Ernsthaftigkeit, mit der die Akteure versuchten, in die Hülle längst vergangener Gestalten zu kriechen, wo gab es das sonst noch? Lebende Gestalten waren aus allen TV-Kanälen herausgeschwemmt worden. Die Fantasy-Helden, Software-Agenten, Tiermenschen und Roboter waren sämtlich nach medialem Geschmacksquerschnitt zugerichtet. Sie waren für keine Überraschungen mehr gut.

Am Ende des 427-Stückes sagte ein greiser Mayer, etwas pathetisch vielleicht: »Erst wenn Moral und Wissenschaft, wenn Jesus und Prometheus eins sind, wird Friede sein.« Der Satz hätte das eigentliche, das wesentliche Geburtstagsgeschenk für Jordan sein sollen, denn es war der Satz, mit dem er im Sommer 2004 an seinem achtzigsten Geburtstag die Freie Republik Kraichgau gegründet hatte.

20

Es ließ sich nicht mehr aufschieben. Hussler gingen die Ausreden aus, mit denen er sich vor der Konsequenz drückte. Also hatte er abrupt, als müsse er sich losreißen, die Republik verlassen und sich im nahen Sinsheim eine Kabine für eine internationale Konferenzschaltung gemietet.

Die Tage vor dem Entschluß dazu waren wie die Krisis einer Krankheit gewesen; alle Bewegung war ihm lästig geworden, als strafe ein kritisch abgesackter Blutdruck jede Regung seiner Gliedmaßen mit Erschöpfung. Die Erfahrungen der letzten Wochen hatten ihm die Hornhaut von der Seele gekratzt, jene nützliche tote Haut, die man draußen so nötig zum Leben brauchte, wenn man nicht verletzlich wie eine Nacktschnecke daherschleichen wollte.

Die Postzelle kam ihm wie das Innere einer Gaskammer vor. Und was ihn erwartete, waren Säurespritzer. Hussler setzte sich vor den Schirm und hackte die Anwahl runter; alles, was vorher in der Republik noch klar gewesen war, bröckelte hier in der Zelle wieder zusammen, und der gesunde Menschenverstand gab erneut zu verstehen: Mit sechzig gibt man keine Existenz auf ... Aber gab es überhaupt noch eine Existenz, in die ein Rückstieg möglich war? Pepper hatte alles mit ihm durchgesprochen: »Sag ihnen ruhig, was du weißt, Seb, sie können damit absolut nichts anfangen, was zu unserem Schaden ist.« *Unser*, hatte Pepper gesagt. Unser!

Als schließlich all die vertrauten, doch ungeliebten Gesichter aufflimmerten, wuchs Hussler wieder etwas Kampfgeist zu: Er erzählte seine

Geschichte, ungerührt und ungeschützt: seine Enttarnung durch einen Hausgenossen, der ihm sogar bereitwillig die Funktion der Datensperre erklärt hatte, sein Glücksgefühl, als er nicht wie ein räudiger alter Hund verjagt wurde, seine Sehnsucht nach Erde, Wasser, gewachsenen Formen. Ja, vor allem diese Sehnsucht ...

Die erwarteten Säurespritzer, das schrille Hohngelächter aus Kanada und Japan, machten ihn weder wütend, noch deprimierten sie ihn. Das waren bedingte Reflexe, Reflexe von Verhaltensgestörten, und damit unerheblich. Die anschließende Drohung des Bosses: ein ritueller Rülpser.

Hussler verließ die Kabine nicht eben wie ein Sieger, sondern eher wie einer, der keine Siege mehr braucht. An der Grenze zur Freien Republik kannte man ihn. Es war gut, von guten Leuten erkannt zu werden: mit den Augen, nicht per Daten-Check. Er schaute zurück auf Sinsheim: verlärmt, gesichtslos, Grenzstadt wider Willen, Einfallstor für Schmeißfliegen wie ihn, für Agenten auf Software-Jagd. Eines allerdings mußte er ernst nehmen: nicht die fristlose Kündigung, sondern die Ankündigung des Bosses, ›Unlimited‹ werde sich ab sofort dafür interessieren, *was* durch dieses Fingerabdrucksperrsystem geschützt werde. Man habe Hinweise ...

An der Grenze wurde Hussler fast von einem hektisch fuchtelnden jungen Mann umgerannt. Dessen Eile kontrastierte auf komische Weise mit dem Sanftmut der »Grenzer«. Hussler kannte das Gesicht vom Schirm. »Grüß Gott, Herr Egk«, sagte er, »kann ich helfen?« Doch der Mann machte nur eine unwirsche Handbewegung und maulte, daß es keine Leihwagen gäbe. Damit könne er auch nicht dienen, sagte Hussler, vielleicht aber mit seiner Gesellschaft und etwas Ortskenntnis.

Hussler verschaffte es Genugtuung, daß er mit seinen rund sechzig Jahren besser zu Fuß war als diese etwa fünfunddreißigjährige TV-Gestalt, wobei es immer wieder erstaunlich war, daß so eine Erscheinung überhaupt schwitzen konnte. Keiner der kleinen Akku-Laster kam vorbeigesurrt, um sie ein Stück Weges mitzunehmen, und Blechschweine der normalen groben Sorte hatte man gleich nach Gründung der Republik verbannt.

Die Sonne stach, und die Luft lag unbeweglich im Elsenztal, wollte nicht einmal Vögel und Schmetterlinge tragen. Die beiden setzten sich schließlich an den Rand einer Streuobstwiese. Einige verwegene Baumgestalten hatten das große Sterben überlebt und standen da wie ihre eigenen Mahnmale. Hussler widmete ihnen den Anfang eines Gedichtes: »›Bei einem Wirte wundermild, da war ich einst zu Gaste. Ein goldner Apfel war sein Schild, an einem langen Aste ...‹ So was haben wir noch als Kinder gelernt.«

Roland hatte seine Schuhe ausgezogen und massierte sich die Fußballen. Er hatte geschwiegen und den Mann erzählen lassen, erst mit beherrschtem Mißmut, der dann langsam einem gewissen Interesse wich; der Alte benutzte genau dieselben sperrigen, altertümelnden Vokabeln, mit denen Aina während ihres letzten Telefongesprächs um sich geworfen hatte: Sinn, Erfüllung, die einfachen Dinge tun, um die schwierigen zu begreifen, mit dem Leben leben, nicht gegen das Leben ...

Normalerweise hätte Roland sich derlei mit gut trainierter Indifferenz angehört: Es hatte immerhin News-Wert. Da gab es eben seit einigen Jahren eine Insel im Datenstrom, und auf der sprach man einen alten Dialekt. Sei's drum! Doch seit einer Weile waren diese Worte auch Ainas Jargon: Sie sprächen nicht mehr dieselbe Sprache, hatte sie gesagt, und man müsse wissen, »wann ein Akt zu Ende ist ...«

»Wie lange sind Sie schon hier?« fragte Roland schließlich, unentwegt seine Fußballen massierend.

»Zwei Monate, aber es kommt mir vor wie zwei Jahre. Die Zeit hier hat andere Qualität.«

Da war sie wieder, diese Sprache, die Außenstehende noch weiter nach draußen stellte.

»Wechselt hier eigentlich alles die Qualität? Wissen Sie, mir gefällt die Welt auch nicht, so, wie sie draußen ist, aber ich beschreib' sie, ich verkriech' mich nicht in Nischen ... Leute, die eine Zeitlang hier sind, erkennt man nicht wieder.«

»Liebeskummer?«

»Sieht man mir das an?«

»Ja. Sie massieren dauernd Ihre Fußballen.«

»Weil meine Scheißschuhe drücken! Warum wohl sonst?«

Hussler hatte das Gefühl, er müsse sich für sein Glück entschuldigen. Da saß neben ihm einer mit schweren Füßen. Und er, gekündigter Ex-Spion ohne Rentenanspruch, hatte gerade abgeladen, sich entschlossen, ein alter Narr zu sein, aber ein unbeschwerter, einer, der für Fredi Drachen baute mit bunten Papierschwänzen, mit solchen, wie die Drachen seiner Kindheit sie getragen hatten. So ein richtig altersmilder Tagedieb wollte er sein. Hussler mußte über sich lachen, was Roland fälschlich und verärgert auf sich bezog.

»Wenn Sie schon hellsehen und mir aus dem Fuß lesen, dann kennen Sie vielleicht auch die hier?« Er zog ein Foto aus der Jackentasche, das im Frühsommer in der Lüneburger Heide entstanden war.

»Ich denke schon«, sagte Hussler, »aber so schöne Frauen haben keinen festen Wohnsitz.«

Es gab Stimmen in der Republik, Jordans fünfundachtzigsten Geburtstag, der zugleich auch fünfter Geburtstag der Republik war, still zu feiern, den gerade Verstorbenen durch Schweigen zu ehren. Durchgesetzt hatte sich schließlich eine sinnesfrohere Fraktion mit dem Hinweis, daß Jordan ein Freund ausgelassener Feste gewesen war. Außerdem sollte der Doppelgeburtstag eine Werbeveranstaltung sein: »Die Insel muß fruchtbar bleiben, oder sie versinkt wieder im Ozean«, hatte Jordan mal gesagt.

Das rührte an einen Streit, der die Republik nun schon seit drei Jahren von Krisengipfel zu Krisengipfel trieb: Sollte man versuchen, der Zentralregierung in Bonn weitere Freiräume mit Teilautonomie abzuringen, vor allem das Recht, sich vom großen Netz abzukoppeln? Oder sollten die Kraichgauer zurück in die Städte gehen, um dort die Alternativbewegungen zu stärken? Die Gründung »neuer Reiche« war die Perspektive mit dem großen Atem, mit dem Charme der Pioniergeisterei ... Die »Missionsvariante« dagegen war beschwerlicher, vielleicht aber auch verdienstvoller.

Die Bonner Zentralregierung und die Stuttgarter Exekutive hatten seinerzeit dem ›Experiment Freie Republik Kraichgau‹ widerstrebend zugestimmt, um Protestpotential, um »Fortschrittsverweigerer« räumlich zu konzentrieren und »aus den Gelenkstellen des Systems« fernzuhalten. Ein oder zwei weitere »Neu-Kraichgaus« schienen den Machtjongleuren verschmerzbarer als ein permanenter Rückstrom infizierter Menschen aus der überfüllten Republik. Also signalisierte die Macht mittels ihr genehmer Nachrichtler eine gewisse Bereitschaft, über eine »Freie Republik Dill« und eine »Freie Republik Südoldenburg« zu verhandeln. Beide Gebiete waren aus jeglicher landwirtschaftlicher Nutzung gefallen, ohne daß sich zwingende Folgenutzungen ergeben hätten. Die Böden Südoldenburgs lagen tot unter dem Wind; jahrzehntelang anhaltende Gülle-Sturzfluten, notwendiger Begleitumstand der Massentierhaltung, hatten alles Bodenleben massakriert und das Grundwasser auf unabsehbare Zeit ruiniert.

Die katholischen Kruzifix-Herrgötter des Landkreises Vechta starrten in eine Kultursteppe, und ihre Augen waren erblindet, denn die sie pflegten, verließen das Land, als auch der letzte Güllesäufer, der Mais, kollabierte. Das Land hatte – aus Millionen von Tierdärmen – regelrecht verschissen. Gerade deshalb schien sich das Projekt »Republik Südoldenburg« in manchen Köpfen festzusetzen: aus Nichts etwas machen, die Stunde Null erleben, von unten wachsen lassen ... Die »Missionare« dagegen bestanden auf friedlicher Eroberung der Notbezirke, der Slums, der »Ghettos der Informationsarmen« und Nicht-Computertauglichen. Thema für einen Kirchenstreit ...

Noch von Jordan stammte der Rat, die Frage der Perspektive öffentlich in größtmöglicher Runde zu diskutieren. »Insulaner« und »Missionare« sollten sich »mit Argumenten bereichern, aber nicht erschlagen«. Franziska war es schließlich, die vorschlug, die Diskussion anläßlich des fünften Geburtstages öffentlich und festlich zu führen, in Jordans Geist: aus der Haltung der Fragenden, nicht der Wissenden, streiten, ohne zu zanken. Dafür waren zuguterletzt alle.

Der Ort war befremdlich und dennoch passend: eine Theater-Freilichtbühne, auf der eine Truppe probte. Roland fand Aina auf einem der vorderen Zuschauerränge, und was er von ihr zu hören bekam, war ein sachlicher Epilog auf eine Sommerliebe.

»Was erwartest du von mir, Roland? Ich habe, wenn es gut geht, noch zwei, drei Jahre, bis ich in einen Glaskasten muß wie ein Total-Allergiker. Was soll ich noch suchen? Ich hab' hier alles. Ich hab' sogar ein Kind, das älter ist als ich und das gerade wieder sprechen lernt. Was willst du? Daß ich wieder irgendwelche INFORM-Wettläufe mitmache? Das sind doch tote Rennen! Ich hab' mich verändert, sagst du. Na gut, wenn das ein Vorwurf sein soll, dann ist mein Vorwurf: Du hast dich nicht verändert. Du willst den Mythos Wissenschaft entzaubern, aber du bist doch schon lange sein Opfer und merkst es nicht.« Sie machte eine Pause, aber Widerspruch blieb aus.

»Hier versuchen wir eine neue Wissenschaft. Ich versteh' noch längst nicht alles, aber das schon: Sie rücken der alten Wissenschaft nicht mit Entlarvung und Manifesten zuleibe und nicht mit Kameras und Mikrofonen, sondern mit praktischen Konzepten. Die Leute hier wissen, was sie tun, die draußen lassen sich sagen, was sie tun sollen – das ist der Unterschied. Du hast mir in Egestorf gesagt, was zu tun ist. Darüber bin ich nicht böse, dafür bin ich dankbar. Aber jetzt ist es anders: Ich möchte, daß mir keiner mehr sagt, was zu tun ist. Und hier sagt es dir keiner. Sie machen es vor. Sie leben ihre Ratschläge, verstehst du? Sie machen Angebote. Sie streiten miteinander, aber sie zerstreiten sich nicht.

Man hat mir angeboten, in der Pressestelle mitzuarbeiten. Vielleicht mach' ich mit, vielleicht bleib' ich auch bei der Feldarbeit. Nur: Laß mich, Roland, es hat keinen Zweck. Ich versteh', daß du aus allem nicht rauskannst. Dein Handikap ist dein Marktwert. Ich habe keinen. Versuch nicht, mir Schuldgefühle einzureden. Laß uns beide Freunde bleiben, ja?«

Roland nickte und ging. Ging einfach in die Richtung, in der er den Ausgang vermutete: Tusch und Vorhang. »Schöne Frauen haben keinen festen Wohnsitz«, hatte der ältere Herr mit dem Sturmschritt und dem bayerischen Akzent gesagt und dabei verschmitzt geblinzelt. Es schien, daß Aina doch einen festen Wohnsitz hatte.

Wenn man den Kopf auf den gelben Lößboden legte und die Augen schloß, hörte man – nicht immer, aber in guten Momenten – Klopfzeichen, keine akustischen, aber doch wahrnehmbare. In dem Maße, wie sich der Kraichgau wieder belebte, drängten auch seine historischen Gestalten zurück an die Oberfläche, herauf ins Bewußtsein der Neu-Kultivatoren, der Landpfleger.

Hussler gab sich dieser neu-alten Suche mit Kinderlust hin, einer Lust, die viele Neu-Kraichgauer erfaßt hatte: der Heimatkunde. Es war ein altes Wort, bei dem Hussler anfangs nur die gestanzte lateinische Ausgangsschrift seines Volksschullehrers eingefallen war. Doch der besondere Wind, der hier strich, wehte den Staub von dem Wort. Die Mitglieder in Peppers Familie erzählten sich zu allen sozialen Anlässen, in Arbeitspausen auf dem Feld oder bei spontaner Abendgeselligkeit, Sagen und Histörchen. Es gab einen regelrechten Forscherwettstreit.

Beliebt waren die Legenden und Dokumente über Joß Fritz, einen Kraichgauer Bauernführer, der im ersten Quartal des sechzehnten Jahrhunderts agiert hatte und der eigentliche Erfinder von Konspiration und Guerillakrieg gewesen war, vierhundert Jahre vor Mao Tse-tung, ein Meister im Unter- und Wiederauftauchen ...

Hussler interessierte alles, was über die Burg Steinsberg zu erfahren war, den achteckigen »Kompaß auf dem Kraichgau«, wo ihm selbst so heftig ein Kurswechsel bedeutet worden war. Der Spruchdichter Spervogel hatte dort im zwölften Jahrhundert minnegedichtet: »Steinsberg hat die gute Eigenschaft, daß es sich von niemandem erben läßt, außer von einem, der auch die Ehre pflegt.« Über wie lange Zeit so etwas wahr bleiben konnte! Die heutigen Erben, so empfand es Hussler, pflegten die Ehre, obgleich ihr Ehrbegriff wohl sicher nicht derjenige der fahrenden Sänger war. Ehrgefühl, das war hier etwas, was sich mit Wahrheitsliebe und dienender Wissenschaft verband. Codewort: 427.

Hussler fragte alle Menschen seines neuen Umkreises danach, was sie sich unter Ehre vorstellten. Viele wußten keine Antwort, aber niemand wies die Frage zurück. Hussler bekam wegen all der Fragerei den Spottnamen »Ehrwürden«, und besonders die Efeus machten sich einen Spaß daraus, ihn mit salbungsvoll übereinandergelegten Händen und klerikaler Verbeugung zu grüßen: »Ehrwürden, wie steht es mit unserer Ehre?« Ein gutartiger Spott, der sich immer in Lachen auflöste ...

Auf Husslers Drängen bildete sich ein ›Kuratorium Steinsberg‹ für eine Feier zum neunhundertsten Geburtstag der Feste Steinsberg. Er behielt sich vor, die Festrede zu halten, Thema: »Die Kunst, eine Verteidigungsanlage zu erben.« Franziska erbat sich das Koreferat. Hussler bezweifelte zwar, ob er eine wirkliche Rede zustande bringen würde, aber es gab keinen Erfolgszwang. Jetzt nicht mehr.

Der regierende Bundeskanzler hatte, trotz bedenklicher Wirksamkeitsprognosen seiner Medienberater, der Verlockung nicht widerstanden, zum fünften Geburtstag der Republik Kraichgau persönlich anwesend zu sein – ein flinker Mann, Sozialdemokrat (Feinde nannten ihn Wendehals), ein Mann, der in seiner Sturm- und Drangzeit das kleine Einmaleins der Ökologie von den Grünen gelernt, dann aber in den Vorhöfen der Macht seinen Frieden gemacht hatte mit der schönen bunten Glitzerwelt aus High Tech, Medienkratie und dem Mindestmaß an Korruptheit, das politische Klugheit gebietet.

Der Kanzler besaß offenbar ein strikt ausgearbeitetes Drehbuch für seinen Besuch »im befreundeten Inland«. Er zeigte Interesse, lobte dezent und kommentierte ansonsten die meisten Erscheinungsformen des Insellebens mit einem konsequenten Ja-Aber:

Ja, die Organisierung von »wahlverwandten« Gruppen in Familien dünke ihn ein interessantes Modell, um in begrenztem Rahmen das zu bieten, was in besseren Tagen einmal der Staat hatte bereitstellen können: soziale Sicherheit. Aber auf die Bedingungen der Leistungsgesellschaft sei das eben nur sehr begrenzt übertragbar.

Ja, der Kodex absoluter gesellschaftlicher Verantwortung, zu dem sich die Wissenschaftlergruppe 427 bekenne, sei vorbildlich, aber würde nicht die »notwendig damit verbundene Abschottung des forschenden Auges die Gefahr heraufbeschwören, daß man technologische Konkurrenten wie Korea, Taiwan, Japan und USA aus dem Blick verlöre«?

Ja, die neue Religiosität stifte nach allem Nihilismus der vergangenen

Jahrzehnte ein »Gefühl christlicher Mitmenschlichkeit und sozialer Nähe«, aber die rigide Ablehnung beider großer Amtskirchen durch die Efeus stürze viele Menschen, die den neuen Inhalten gegenüber aufgeschlossen seien, ihrer Kirche aber gleichwohl verbunden bleiben wollten, in Seelenpein.

Zur Gründung neuer alternativer Enklaven ließ sich der Kanzler, in einem Feld von Gurken und Radieschen stehend, etwas konkreter vernehmen, als man es allgemein in Neu-Kraichgau erwartet hatte: »Wir haben vor fünf Jahren ›Ja‹ gesagt, und dieses Ja war richtig. Wir haben Menschen die Möglichkeit gegeben, ihr Anderssein und Anderswollen praktisch auszuprobieren. Ich empfinde Kraichgau nicht, wie etwa die Opposition, als ›Brutstätte‹ und ›Bedrohung‹. Allerdings wird sich die Bundesrepublik wohl kaum so einfach ›missionieren‹ lassen, wie sich das einige hier vorstellen. Wir werden uns umschauen und prüfen, wie wir umgekehrt erwarten, daß sich Neu-Kraichgau nicht aus allen politischen und kulturellen Zusammenhängen löst. Das wäre unerträglich und damit auch unmöglich. Aber ich denke, die Gefahr ist erkannt und damit auch gebannt. Insofern sehe ich auch keine prinzipiellen Barrieren für weitere Neugründungen. Die Entscheidung liegt natürlich nicht allein bei der Bundesregierung. Wie bekannt, haben die letzten Medien-Polls eine überwiegend positive Haltung der Bevölkerung gegenüber dem Experiment der Freien Republik Kraichgau signalisiert. Und das ist um so erfreulicher und erstaunlicher, als zwei große Medienkonzerne, wie ebenfalls bekannt, keinen Tag vergehen lassen, an dem nicht Unrat über den Kraichgau ausgegossen wird ...«

Der Kanzler verlor noch ein paar kritische Anmerkungen über die Abkoppelung des Kraichgaus vom großen Netz, einen Schritt, den er für »überreagierende Datenphobie« halte; die »Angst vor dem gläsernen Menschen« solle anders, »zukunftsgewandter« überwunden werden als durch Kappen der Glasfiberkabel.

An dieser Stelle seiner Rede kam erstmals Unmut auf: Einige Neu-Kraichgauer deklamierten sprechchorartig aus der Verfassung der Freien Republik: »Die Würde des Menschen ist unantastbar und unabtastbar, sie hängt an keinem Kabel und läßt sich nicht verdaten ...«

Das Fest selbst war Musik: Holz- und Blechblasinstrumente, Saiten und Trommeln, keine Musikcomputer. Ein archaisches, klassisches und romantisches Getöne, das altgediente Musikkritiker in Erinnerungen an Salzburg, Bayreuth, Woodstock und Jazz-Kneipen schwelgen ließ. Die Besucher gingen wie auf Klangteppichen, aßen vergessene Früchte, tranken Milch, die nach ihrer Kindheit schmeckte, sangen. Viele beteuerten spontan, sie würden gern bleiben, wenn sie nur könnten, aber man wohne halt in Bottrop, und da müsse ein Gärtchen reichen; ob es keine Video-Kassetten über das Leben hier gäbe, denn vieles sei in der Kürze gar nicht zu verstehen, sei so viel schöner als auf dem Schirm, so anders ...

Die Allergiker hatten in allen Orten der Freien Republik Info-Stände errichtet und mahnten, daß sich nur wenige Kilometer Luftlinie von diesem Ort entfernt, in Karlsruhe, ihr Schicksal entscheide, ein Schicksal, das sehr wohl jeden angehe und unmittelbar betreffen könne. Der Kanzler ließ es sich nicht nehmen, eine besorgte Diskussion mit einer Total-Allergikerin zu führen, lächelte mitwissend und mitfühlend in ihre Gesichtsmaske und versprach, »alles in seiner Macht Stehende« zu tun.

Die Massendiskussionen entwickelten sich zu Ballungsknoten, so daß die Bauern fürchteten, die Wege würden in ihre Kulturen ausgeweitet. Doch am Ende war nur wenig Vertritt zu beklagen: Es gab offensichtlich auch bei Stadtmenschen noch Betretungstabus.

Der Kanzler schenkte der Theateraufführung seine Aufmerksamkeit und fühlte sich anschließend zu einer spontanen Ehrung des »großen Toten« veranlaßt: Jordan sei ein großer Beweger ... ein unermüdlicher Warner ... sein Vermächtnis gelte hier und im Land draußen ... seine beispiellose Güte bleibe Verpflichtung ...

Franziska, die von den angereisten Nachrichtlern immer wieder genötigt wurde, sich vor Efeukreuzen ablichten zu lassen, die beständig gedrängelt wurde, etwas »gegen Rom« oder »die Evangelen« zu sagen – Franziska schwieg und bot allen professionellen Ausquetschern Brot und Salz an.

Pepper war nicht aufzufinden. Er hatte sich mit einer Gruppe von Freunden auf das obere Plateau des Steinsberg-Bergfriedes zurückgezogen und sah von dort finster wie ein Burgvogt auf die Belagerer: »Drei solche Feste im Jahr, und ich garantiere für nichts mehr«, grummelte er und wurde erst wieder umgänglicher, als der Besucherrückstrom zu erkennen war.

Roland hatte das Bedürfnis, etwas Melodramatisches zu tun: Ainas Bild zu zerreißen, ein Gedicht zu schreiben oder nur zu heulen. Letzteres mißlang, das Foto begrub er unfeierlich zwischen Programmvordrucken, und das Gedicht geriet eher schmerzlich als zum Ausdruck von Schmerz:

Goldbraune Hand,
die aus dem Sand ich zog,
dem Heidesand,
seh ich erneut versinken
in Löß und Traum und Trug,
Goldbraune Hand ...

Kitsch! Roland löschte den Textschirm und suchte eine erprobte Betäubung: Arbeit. Heute würde es eine hohe Dosis sein müssen. Roland bekam eine Überdosis.

Er spürte die Annäherung einer Super-News schon an der Telefonstimme seines U-Bootes, seines Mannes im Karlsruher Gericht. Der Mann meldete sich pünktlich zum Rapport: »... nein, noch nichts Neues, aber es kann sehr wohl noch etwas passieren ... Der Kanzler ist unangekündigt in der Stadt ... Nein, wo er sich zur Zeit aufhält, ist nicht bekannt ... Ein Tip: Der Kanzler ist dem Oberbürgermeister freundschaftlich verbunden, und der Oberbürgermeister pflegt, zumal mit hohen Gästen, im Schwarzen Schwan zu speisen ...«

Roland überwies das Info-Honorar per Tastendruck. Er hatte sich angewöhnt, seine Informanten im Stücklohn zu bezahlen. Das schien zwar altertümlich, bewirkte aber so etwas wie Leistungsanreiz. Roland beschloß, daß die neuerliche Nachricht des agilen Kerlchens im Gericht sehr wohl eine Zusatzbelohnung wert sei, und buchte noch einmal nach.

Daß der Kanzler von seinem Kraichgau-Besuch nicht direkt nach

Bonn geeilt war, zumal dort gerade die Eurosozialen tagten, war ein Hinweis. Roland quälte sich durch das Menschengewühl der Karlsruher Innenstadt und zwang sich, nicht in allen Schaufensterspiegelungen Ainas Gesicht zu sehen. Wenn es ihm gelänge, den absolut ersten Kanzler-Kommentar zum Urteil zu bekommen, noch bevor der Spruch selbst offiziell verkündet wäre, könnte das mehr Geld bedeuten, als man in einem ganzen Jahr mit leidlich ehrlicher Arbeit verdiente.

Vor dem nostalgisch restaurierten ›Schwarzen Schwan‹ lungerten vier eindeutige Gestalten. Roland beschloß, den Weg über die Café-Terrasse zu nehmen. Die Chance, der Meute die entscheidenden Meter vor dem Ziel abzuschneiden, stand klar konturiert über der Szenerie wie die Seriennummer eines Abrufbildes: Was immer entschieden würde, pro VAU oder pro Bonn – entscheidend wäre es, wer als erster auf die große Glocke haute. Und dann mit all dem Geld im Kreuz und mit langem Atem die Geschichte über den ›Mythos Naturwissenschaft‹ fertigstricken! Die große Roland-Egk-Geschichte! Die Geschichte, für die all die ›Schnelles-Geld-Geschichten‹ gelohnt haben würden. Auch ohne Aina und ihre verbummelte Zero-Zero-Kiste! Nun erst recht!

Roland hatte die Terrasse gerade betreten, als eine Gestalt in grellgrüner Turnkleidung an ihm vorbeihechtete. Mehr einem Impuls als einem Entschluß folgend, stürzte Roland hinterher, die Kamera, die er gerade auf das Schulterstück montieren wollte, in der Hand. Der Speiseraum war grell erleuchtet. Roland sah noch, wie vier Gestalten vor dem Tisch, an dem vermutlich der Kanzler saß, die Schultern verschränkten. »Scheiße, und ich hab' die Kamera noch nicht drauf, ich Id...« Der Selbstvorwurf blieb unvollendet.

Die Detonation riß die gesamte Vorderfront des ›Schwarzen Schwan‹ nieder. Den Sprengsatz, so ergaben die Ermittlungen der Polizei, hatte sich der Attentäter, ein 28jähriger Essener Total-Allergiker, unterm Turnanzug auf die Haut geklebt.

Die VAU begrüßte den spontanen Aufruf des Vize-Kanzlers zu einer dreitägigen Staatstrauer. Die Verkündung des Prozeß-Urteils, die eigentlich für die frühen Nachmittagsstunden vorgesehen gewesen war, wurde auf ein unbestimmtes Datum verschoben.

21

Nicht mehr schreiben zu müssen, sondern schreiben zu können, schreiben, ohne abliefern zu müssen und ohne die Verkäuflichkeit der Worte zu kalkulieren – das war ein anderes Schreiben. Aina hatte begonnen, Tagebuch zu führen: nicht mit den Tagen buchhalten, sondern Tage wie ein Buch aufblättern ...

12. 8. 2009

»... ein Gefühl wie Nachhausekommen ist das: von Kühen gekannt zu werden, von weichen, dampfenden Mäulern gestupst zu werden, sich in den Milch- und Ausmistungsrhythmus fügen zu müssen, einen Rhythmus, der einem den Morgenschlaf raubt und der zu früher Bettruhe zwingt – kein böser Zwang, sondern einer, den man akzeptiert wie den Regen zu Mittag und den Tau am Morgen. Morgentau, Glasperlenspiel für Melkerinnen ...

... dann die Geburt eines Kalbes ohne vorangegangene Embryoausspülungen und -transfers. Mit dem nassen staksigen Neuling zittern: Ob so schiefe Beine tragen? Es mit Heu trocken reiben und wenig später unter dem Holunderbusch am Stall einschlafen.

Sich arbeitend vergewissern, daß Käse nicht aus Schachteln, sondern aus Eutern kommt; essen, was man erarbeitet hat.

Zu Hause erwartet werden. Tobias' Stimme hören, sich mit ihm irgendwo zwischen Unaufgeräumtem und Liegengebliebenem verkriechen, aufgescheucht werden, weil die Kälber ausgebrochen und ins Buchweizenfeld eingefallen sind. Einem kleinen Mädchen ein Pflaster aufs Knie kleben und sich daran erinnern, daß richtig aufgeklebte Pflaster bei Kindern sofort den Schmerz stillen.

Und am Abend das Heimweh einer Sechzehnjährigen zur eigenen Sache machen, ihr aus Ottensen erzählen von Tausendundeiner Nacht in miefigen Fühlvideo-Kabinen. Und die Geschichte von der dicken Prinzessin aus Klein-Istanbul, die so gerne die schönste Bauchtänzerin Altonas werden wollte.«

Dokumentation

Aber,
denkt man,

auch die Herren von der RWE
atmen doch diese Luft,
sitzen im Schatten dieser Bäume,
sind vielleicht sogar gütige Großväter

denkt man,
aber

Ein Zwischenwort

Eine Dokumentation als Anhang zu einem Roman? Ist das nicht ungefähr so paradox wie die Gebrauchsanleitung zu einer Symphonie? Wir, die Autoren, erklären uns, was diese konzeptionelle Frage anbelangt, für befangen und überlassen die Antwort den Lesern. Nur eines sei gesagt: Die Dokumentation der Zukunft kann nicht der *Wahrheits*frage genügen, allenfalls der *Plausibilitäts*frage.

Eine wahrscheinliche Todesursache unserer Zivilisation (von Kultur sollten wir in diesem Zusammenhang nicht mehr reden) ist unserer Meinung nach die Phantasielosigkeit. Wir hören, im dürren Datendeutsch der Statistiker, Apokalyptisches, aber es erreicht uns nicht. Fünfzig Prozent des deutsches Waldes unrettbar krank? Das ist schlimm, aber im Endeffekt nur eine Zahl. Zunahme der umweltbedingten Allergien bis zum Jahr 2000 um soundsoviel Prozent befürchtet? Das ist eine Soundso-Nachricht, mehr nicht. Die Befürchtungen ertrinken im Strom der schlimmen Gewißheiten. Uns reichen die gegenwärtigen Finsternisse.

Ende der siebziger Jahre geschah, vermittelt durch das Fernsehen, etwas sehr Seltenes: Man konnte das Bewußtsein eines ganzen Volkes beim Springen beobachten. Seit Kriegsende hatten Journalisten, Historiker, Dichter, Filmemacher kilometerweise Zelluloid und turmhohe Blätterberge Papier über den Völkermord der deutschen Faschisten angehäuft. Aber es bedurfte einer Seifenoper made in USA mit Namen »Holocaust«, daß Millionen Deutsche das Ungeheuerliche verinnerlichten. Das Vielgesagte wurde erst dann vielsagend, als es anders gesagt wurde: nicht so sehr den analytischen Teil des Hirns ansprechend, sondern den sensitiven.

Dieses Buch ist der Versuch, das grundsätzlich Bekannte, das Absehbare, das Sehr-wohl-Mögliche noch einmal anders zu sagen. Schon deshalb, weil sich in der Sprache der Statistiker Hoffnung verbietet. In einem Roman nicht.

München, 30. September 1985

Claus-Peter Lieckfeld
Frank Wittchow

Betr.: Bodenbelastung und Erosion

Die letzte Ernte hält der Wind

Das Problem ist *bodenlos* – und genauso könnten auch die Bauern des Jahres 2135 dastehen: bodenlos. Dies ist keine modische Katastrophen-Kredenzerei, sondern das Ergebnis einer Studie des Worldwatch Institute (1): Bei weltweit unverminderten Erosionsverlusten von 0,7 Prozent pro Jahr wird in 150 Jahren die Krume, von der wir leben, verschlissen sein.

Mit solcher Voraussicht kann man erfahrungsgemäß keinen Anhänger der reformierten Bonner Fortschrittsgemeinde erschrecken. Er wird vermutlich geltend machen, daß wir spätestens in 25 Jahren genetisch ertüchtigten Weizen haben, der auf Beton wurzelt, mindestens aber Kartoffeln, die in Glaswolle gedeihen.

Doch zurück zum Boden der Tatsachen und zu den Tatsachen, die den Boden betreffen! Die Erde vergißt nicht. Schwermetalle bleiben für die Ewigkeit (2). Das gilt für Cadmium (aus Industriekaminen oder per Düngegaben und Klärschlamm auf die Äcker verfrachtet) wie für Blei, das aus Millionen Auspuffen über Land geschickt wird. In den letzten Jahren stieg die Cadmium-Konzentration in bundesdeutschen Ackerböden kontinuierlich an (3); anders als z.B. in Schweden, will man in diesem unserem Lande der Industrie offenbar nicht zumuten, Farben, Kunststoffe, Batterien oder Metallegierungen ohne den krebserregenden Stoff herzustellen. Ärzte warnen nicht erst seit gestern (4), aber bisher folgenlos.

Fatalerweise multipliziert sich die Schadwirkung des Cadmiums noch durch den Sauren Regen (5), der ja nicht nur auf den deutschen Wald fällt: Schwefel- und Salpetersäure, die aggressivsten Bestandteile des Giftcocktails aus der Luft, lösen das giftige Metall auf, machen es damit für die Pflanzen verfügbar und eröffnen ihm den Einstieg in die Nahrungskette ›Feldfrucht – Mensch‹ beziehungsweise ›Gras – Rind – Mensch‹. Auf saure Felder und Wiesen streuen die Bauern Kalk, der zwar Säure bindet, aber die Böden auslaugt. Dem wiederum wird mit verstärkter Düngung begegnet. Handelsüblicher Phosphatdünger aber enthält neuerlich Cadmium (6). Ergo: Die schleichende Vergiftung geschieht nach einem Schema, das der Volksmund als Teufelsaustrieb durch den Beelzebub glossiert.

Schon heute gelten sieben Prozent der landwirtschaftlichen Fläche als gefährdet wegen zu hoher Schadstoffbelastung (7). Dabei ist die Schwermetallanreicherung nur eine Dimension der Bedrohung. Die andere wird noch immer nicht so recht wahrgenommen: Was ich nicht (genau) weiß, macht mich nicht heiß. Das Stichwort dazu lautet: Bodenleben. Dieser Mikrokosmos unter unseren Füßen droht einzustürzen; das noch weitgehend unerforschte Gefüge mikroskopisch kleiner, hochspezialisierter Lebewesen zeigt erste Erschütterungen (8).

Was wir Bodenleben nennen, ist die Gemeinschaft von Myriaden von Pilzen, Bakterien und Kleintieren. Eine Handvoll Mutterboden enthält mehr Lebewesen, als Menschen auf der Erde leben (9). Dieser Untertage-Hochleistungsbetrieb war für die chemiefixierte Landwirtschaft jahrelang der letzte Dreck, für sie galt und gilt: Ertrag, das ist Erde plus Mineraldüngung plus Schädlingsbekämpfung. Heute zeigt sich, daß der Einsatz von Spritzmitteln gegen Wildkräuter und Schädlinge – zwanghafte Begleiterscheinung jedweder ›modernen‹ Landwirtschaft – auf das hochkomplexe unterirdische Netzwerk verheerend wirkt (10).

All das war lange Zeit nur das Spezial- und Geheimwissen weniger Experten. Erst die neue Dimension des Schreckens, die mit dem Waldsterben in deutsche Fernsehstuben drang, machte den Boden zum politischen Thema. Landwirtschafts- und Innenminister beteuerten, sich diesmal nicht wie beim Baumtod durch Abwiegeln und Zuwarten aus der Handlungsfähigkeit drängen zu lassen. Und in der Tat: Die Bodenschutzkonzeption vom 7.3.1985 versammelt, daten- und kenntnisreich, alle Schadursachen, die unsere Böden bedrohen. Doch die genannten Zielprojektionen und Handlungsperspektiven sind unterspült von Konjunktiven, von vagen Absichtserklärungen und Abwägungen, wo Notprogramme angebracht wären (11).

Wirklichen Wandel könnte nur eine *verbindliche* Bestimmung von Leitlinien schaffen, die der Agrochemie-Lobby die Umgehungsstraßen abschneidet. (Und jede »Kann«-Bestimmung ist eine vielspurige Umgehungsautobahn.) Solange das Erzübel einer nur ertragsorientierten Landwirtschaft weiter besteht, werden bundesdeutsche Bauern im absurden EG-Theater weiterhin die Doppelrolle ›Giftleger und Almosen-Bettler‹ spielen müssen. Würde dagegen die Bemühung um Bodenfruchtbarkeit, um naturverträgliche Anbauweise und Landschaftspflege honoriert und subventioniert, wäre das Ende der amtlichen Land-miß-wirtschaft abzusehen. Doch unter dem Diktat der europäischen Materialschlachten sind Landwirte nicht einmal in der Lage, den Boden ihrer Äcker zu halten, Stichwort: Erosion (12).

Der Geologe Dietmar Quist belegt anhand detaillierter Untersuchungen im Kraichgau, daß dort jährlich große Mengen Mutterboden von den hügeligen Feldern abgeschwemmt werden (13). Ursache und Wirkung von Wassererosion sind bekannt. Starkregen entwickeln eine hohe Tropfen-Aufschlags-Energie und zersprengen wie ein Trommelfeuer dic leichte Lößboden-Oberfläche. Ist außerdem der Acker nur spärlich mit Feldfrucht bedeckt – wie beispielsweise bei Mais und Zuckerrüben –, hat die Wassererosion (im Wortsinne) freies Feld. Superschwere Schlepper verdichten den Boden, was ein normales Einsickern der Niederschläge erschwert. Wenn zusätzlich noch Flüssigmist im Übermaß die Krume beizt und versiegelt, wenn Regenwasser in hangabwärts gezogenen Furchen zu Tal schießen kann, sind alle Bedingungen einer klassischen anthropogenen (menschengemachten) Erosion erfüllt. Der Kraichgau, wegen der leichten Lößböden sowieso erosionsanfällig, wird laut Quist bei fortgesetzter Raubbau-Landwirtschaft in wenigen Jahrzehnten für intensive Nutzung verloren sein.

Bauern als Totengräber einer Landschaft? Griffige Verurteilungen liegen auf der Hand, aber nicht ganz im Schwarzen: Wollten Kraichgauer Bauern, die Jahr für Jahr unermüdlich die Erosionsspuren glattschieben, tatsächlich Bodenschutz betreiben – das heißt: Hecken pflanzen, Flurstücke verkleinern, auf hohe Düngegaben und schweres Gerät verzichten –, würden sie sich also entschließen, wieder Landwirte zu sein, die ein Land nicht *runter-* sondern *bewirtschaften,* so stießen sie sehr schnell an die Rentabilitätsgrenze. Also müssen sie die Erde wegschwimmen lassen, um nicht von den Zusatzkosten weggeschwemmt zu werden.

Fazit: Überschußproduktion mit all ihren verheerenden Folgen für Boden-, Tier-, Pflanzen- und Menschenleben wird subventioniert, Erhalt einer ländlichen Kulturlandschaft kaum. Denn merke: Nicht die ›bodenlosen‹ Landwirte kommender Jahrzehnte und nicht die heute noch Ungeborenen entscheiden die nächste Bundestagswahl.

(1)

»Ein Drittel, vielleicht sogar die Hälfte des Ackerlandes auf der Erde wird in sehr kurzsichtiger Art und Weise bearbeitet. Die Böden auf diesem Land haben sich von einer erneuerbaren zu einer nicht erneuerbaren Ressource gewandelt. Nimmt man die Stärke der Bodenkrume im Durchschnitt mit zwanzig Zentimetern an, so entspricht das 1120 Tonnen pro Acre. Bei 3,1 Milliarden Acres Ackerland ergeben sich weltweit 3,5 Billionen Tonnen Ackerkrume. Bei der gegenwärtigen Rate exzessiver Erosion wird diese Ressource mit einer Geschwindigkeit von 0,7 Prozent pro Jahr verbraucht.«
(Lester R. Brown, Edward C. Wolf: »Soil Erosion – Quiet Crisis in the World Economy«, Worldwatch Paper 60, Washington 1984.)

(2)

»Da dem Boden zugeführte Schwermetalle – gleich, ob mit Kompost, Klär- oder Flußschlamm beziehungsweise über Luft – nicht (bzw. nur wenig) ausgewaschen werden, dort also immer und ewig der Pflanze in mehr oder weniger großen Anteilen zur Verfügung gehalten und von ihr aufgenommen werden, wird der Boden durch die Schwermetallzufuhr irreparabel geschädigt.«
(Adolf Kloke: ›Immissionsbelastete landwirtschaftliche Standorte‹, in: »Leistungen von Landwirtschaft und Landschaft zur Wohlfahrt in Verdichtungsräumen«, Hannover 1980.)

»Der Schwermetalleintrag im Boden ist von besonderer Problematik, weil Schwermetalle, die in den Boden gelangen, sich dort anreichern und aus ihm nicht wieder entfernt werden können.«
(Steuerungsgruppe der Projektgruppe ›Aktionsprogramm Ökologie‹ [Hrsg.]: »Argumente und Forderungen für eine ökologisch ausgerichtete Umweltvorsorgepolitik«, Bonn 1983.)

(3)

»Der natürliche Cadmiumgehalt des Bodens beträgt etwa 0,1 Milligramm pro Kilogramm Boden oder 0,3 Kilogramm pro Hektar, bezogen auf 20 Zentimeter Ackerkrume. Durch den verstärkten Cadmiumeintrag während der letzten

Jahrzehnte ist der Gehalt im Bereich der Länder der Europäischen Gemeinschaft bis 1970 auf etwa 0,16 bis 0,32 Milligramm pro Kilogramm Boden, entsprechend 0,48 bis 0,96 Kilogramm pro Hektar, angestiegen. Verantwortlich hierfür sind:
- Abluft: ca. 3 bis 5 Gramm pro Hektar im Jahr [...]
- Klärschlamm: ca. 1 Gramm pro Hektar im Jahr [...]
- Phosphatdünger: ca. 5 bis 6 Gramm pro Hektar im Jahr [...]
- andere Quellen: ca. 1 Gramm pro Hektar im Jahr [...]

Die so angenommene Cadmiumbelastung würde zu einer Erhöhung des Gehaltes des landwirtschaftlich genutzten Bodens um 0,1 Milligramm pro Kilogramm in jeweils 20 bis 30 Jahren führen.«
(Umweltbundesamt [Hrsg.]: »Cadmium-Bericht«, Berlin 1981.)

(4)

»Bei der Allgemeinbevölkerung in nicht besonders belasteten Gebieten sind cadmiumbedingte Erkrankungen unseres Wissens bisher nicht bekannt geworden. In belasteten Gebieten könnte [...] mit einer möglicherweise epidemiologisch erfaßbaren Zunahme von 0,1 bis 1 Prozent an Nierenfunktionsstörungen gerechnet werden. [...] Die potentielle Gesundheitsgefährdung durch Cadmium sowohl in bezug auf die Allgemeinbevölkerung als auch in bezug auf die Bevölkerung in besonders belasteten Gebieten dürfte mindestens den Stellenwert der Gesundheitsgefährdung durch Blei erreichen.«
(Friedrich Karl Ohnesorge, in: »Anhörung zu Cadmium«, Umweltbundesamt [Hrsg.], Berlin 1982.)

»Einer weiten Ebene relativ niedriger und – nach aller vorliegenden Kenntnis – gesundheitlich weitgehend unbedenklicher Cadmiumexposition für den größten Teil der Bevölkerung stehen darin eingelagert begrenzte Risikospitzen in Form regionaler Belastungsgebiete, aber auch bestehender Individualrisiken wie zum Beispiel starkes Rauchen, hohes Alter, chronische Nierenerkrankungen anderer Ursachen, chronischer Eisenmangel speziell bei Frauen, Diätbesonderheiten und so weiter gegenüber. Ich bin der Meinung, daß Cadmium ein begrenztes Problem solcher Risikospitzen darstellt.«
(Hans Ludwig Thron, in: »Anhörung zu Cadmium«, Umweltbundesamt [Hrsg.], Berlin 1982.)

»Und wenn Sie jetzt sozusagen die Gretchenfrage stellen: Was machen Sie mit den Grenzwerten, soll man die nochmal überdenken? Dann würde ich sagen, man sollte in der Tat nochmal darüber denken, nachdenken [...] es sei denn [...],die Regierung [...] nimmt ein Risiko auf sich und sagt, die können ruhig

5 Prozent Nierenfunktionsstörungen haben; wenn Sie das der Bevölkerung sagen, dann können wir über sehr viel höhere Werte sprechen. Bloß das Risiko müssen Sie tragen.«
(Hans-Werner Schlipköter, in: »Anhörung zu Cadmium«, Umweltbundesamt [Hrsg.], Berlin 1982.)

»Cadmium wird mit einer *Halbwertszeit* von mehreren Jahrzehnten aus dem tierischen oder menschlichen Organismus nur sehr langsam ausgeschieden und reichert sich in den kritischen Organen Leber und Niere kontinuierlich an [...] Kritisches ›Zielorgan‹ für Cadmium ist die Niere. Werden in der Niere Cadmiumkonzentrationen von 200 Mikrogramm pro Gramm Nierenrinde überschritten, steht nicht mehr ausreichend Metallothionein zur Bindung des Cadmiums zur Verfügung, das ungebundene Cadmium tritt in Konkurrenz zum chemisch nahe verwandten Zink. Dadurch werden zinkabhängige Enzyme gehemmt und die Niere geschädigt.«
(Dirk Löffler, Hermann Kruse: »Zur Toxikologie des Cadmiums«, Schriftenreihe der Untersuchungsstelle für Umwelttoxikologie des Landes Schleswig-Holstein, Heft 12, Kiel 1985.)

(5)

»Unbestritten und in der Literatur häufig beschrieben ist der Einfluß des pH-Wertes des Bodens auf die Cadmium-Aufnahme der Pflanze in dem Sinne, daß mit abnehmendem pH-Wert des Bodens die Cadmium-Aufnahme gesteigert wird.«
(K. Isermann, in: »Anhörung zu Cadmium«, Umweltbundesamt [Hrsg.], Berlin 1982.)

»Saure Depositionen sind im wesentlichen eine Folge der Emissionen von Schwefeldioxid (SO_2) und Stickstoffoxiden (NO_x); diese werden in der Atmosphäre zum Teil zu Schwefel- und Salpetersäure oxidiert und mit dem Niederschlag dem Boden zugeführt. Die Säurezufuhr über längere Zeit bewirkt zunächst eine Freisetzung von zum Beispiel Kalzium, Magnesium, Kalium und Natrium. Der stetige Verlust basischer Bodenbestandteile nach weiterem Säureeintrag bedingt eine Versauerung der Böden. Wiederholungsuntersuchungen in Bayern und Hamburg zeigen bei der Mehrheit eine Abnahme der Boden-pH-Werte in einem Zeitraum von etwa 25 Jahren um bis zu einer Einheit, das heißt bis zu einem rund zehnfach höheren Versauerungsgrad. [...] Eine weitere Folge der Versauerung ist die Mobilisierung und Freisetzung von Metall-Ionen, wobei zum Beispiel Aluminium-Ionen an Wald- und Gewässerschäden beteiligt sind. Auch Schwermetalle können auf diese Weise gelöst, mobilisiert und damit von

den Pflanzen aufgenommen werden. [...] Aluminium-Ionen haben toxische Auswirkungen auf Pflanzen und das Leben in Gewässern. Cadmium-, Mangan- und Eisen-Ionen können – bei höherer Konzentration – auch auf Tiere giftig wirken.«
(Bodenschutzkonzeption der Bundesregierung, Bundestagsdrucksache 10/2977 vom 7.3.1985.)

(6)

»Von größerer Bedeutung ist dagegen der Eintrag von Schwermetallen, vorwiegend Cadmium, durch die Düngung. Die Cadmiumzufuhr mit der mineralischen Phosphatdüngung beträgt im Durchschnitt 3 bis 5 Gramm pro Hektar und Jahr und liegt damit in der Größenordnung des allgemeinen immissionsbedingten Eintrages sowie auch des Cadmium-Austrages durch die Ernte.«
(Der Rat von Sachverständigen für Umweltfragen: Sondergutachten »Umweltprobleme der Landwirtschaft«, Bonn 1985.)

(7)

»In einigen Bereichen ist die Belastung bereits derart hoch, daß die landwirtschaftliche Produktion eigentlich untersagt werden müßte: So hat der Präsident des Umweltbundesamtes, von Lersner, festgestellt, daß 7 Prozent der landwirtschaftlichen Nutzfläche in der Bundesrepublik (vor allem in der Nähe gewisser Industrieunternehmen und an verkehrsreichen Straßen) so mit Schwermetallen belastet ist, daß Nutzungsbeschränkungen in Betracht gezogen werden müßten. Wenn nicht ›unverzüglich entscheidende‹ Maßnahmen zur Verhinderung der Schwermetallbelastung getroffen würden, müßten nach von Lersner auch auf den restlichen 93 Prozent in 30 bis 70 Jahren Nutzungsbeschränkungen ausgesprochen werden.«
(Bund für Umwelt und Naturschutz Deutschland e.V. [BUND]: »BUND Bodenschutzprogramm«, Bonn 1983.)

»Schon heute gelten Nutzungsbeschränkungen für Teile Nordrhein-Westfalens, wo sich 1980 ein Drittel der untersuchten Getreideproben als verseucht erwies, aber auch für den bayerischen Landkreis Freising, wo laut amtlichen Auflagen stellenweise ›nur solche Fruchtarten angebaut werden dürfen, die nicht für den menschlichen Verzehr bestimmt sind‹. Auch in Frankfurt warnte der Magistrat im Juli 1984 die Kleingärtner vor dem Verzehr blei- und cadmiumhaltigen Gemüses.«
(Jochen Bölsche [Hrsg.]: »Was die Erde befällt ...«, Reinbek 1984.)

»Bereits vor etlichen Jahren hat Kloke darauf hingewiesen, daß etwa 7 Prozent der landwirtschaftlich genutzten Fläche durch Schadstoffe wie Schwermetalle,

Stickoxide, Schwefeldioxide und andere mehr gefährdet sind. Die besonders gefährdeten Flächen liegen in den Verdichtungsräumen ›mit einem 3 Kilometer breiten Randgürtel sowie in einem 50 Meter breiten Band beiderseits der stark befahrenen Straßen und Autobahnen‹. Der Straßenverkehr hat Anreicherungen von Blei in Böden entlang der Verkehrswege gebracht. Durch das Benzin-Blei-Gesetz ist die *zusätzliche* Belastung laufend zurückgegangen. Auf straßennahen Flächen kann in Ballungsgebieten eine gesundheitlich bedenkliche Kontamination von Lebens- und Futtermitteln noch nicht ausgeschlossen werden.«
(Bodenschutzkonzeption der Bundesregierung, Bundestagsdrucksache 10/2977 vom 7.3.1985.)

(8)

»Die übermäßige Anwendung von Pflanzenbehandlungsmitteln führt zu vermeidbaren Belastungen der Nahrung, bewirkt Schäden bei wildwachsenden Pflanzen sowie wildlebenden Tieren und kann zu einer Beeinträchtigung der Bodenorganismen führen. [...] Durch die intensive mechanische Bodenbearbeitung können die Makrofauna des Bodeninnerns (zum Beispiel die Regenwürmer), die Makrofauna der Bodenoberfläche (hierher gehört ein großer Teil der fast 1000 Nützlingsarten des Acker-Ökosystems) und die Mikroflora und Mikrofauna des Bodens beeinträchtigt werden.«
(Steuerungsgruppe der Projektgruppe › Aktionsprogramm Ökologie‹ [Hrsg.]: »Abschlußbericht der Projektgruppe ›Aktionsprogramm Ökologie‹«, Bonn 1983.)

»Durch die permanente Freisetzung gasförmiger, säurebildender Substanzen aus Verbrennungsprozessen (Schwefeldioxid, Stickoxide etc.) wird der Regen immer saurer. Dadurch steigt auch der Säuregehalt der Böden ständig mit der Folge, daß das Bodenleben sich verändert und letztlich abstirbt, so daß kaum noch natürliche Umsetzungsprozesse stattfinden.«
(Bund für Umwelt und Naturschutz Deutschland e.V. [BUND]: »BUND Bodenschutzprogramm«, Bonn 1983.)

(9)

»In einer Handvoll Ackerboden gibt es weitaus mehr Lebewesen als Menschen auf der Erde. Wissenschaft und Technik haben für das Bodenleben oft nur Desinteresse übrig, obwohl die Bakterien Leistungen vollbringen, bei denen die moderne Technik passen müßte. Jahr für Jahr bauen Bodenbakterien Biomasse mit einem Trockengewicht von rund 100 Milliarden Tonnen ab, das ist die Produktion allein der Pflanzen auf dem Festland.«
(Gerd Schuster: »In den Bergwerken des Lebens«, in: natur 5/1983.)

(10)

»Es wurden Untersuchungen durchgeführt, um die Wirkung der Atrazin-Behandlung auf die Bodenfauna von mit Mais bebautem Boden zu erfassen. Jeweils ein und vier Monate nach der Behandlung mit 5 bzw. 8 Kilogramm pro Hektar aktiver Substanz wurde der Boden in der Tiefe von 0 bis 10 Zentimeter untersucht. Die Bodenfauna zeigte, mit Ausnahme der Nematoden, eine ausgeprägte Empfindlichkeit gegenüber der Herbizidwirkung. Eine Abnahme der Herbizidwirkung wurde nach 4 Monaten festgestellt.«
(I. Popovici und andere: »The influence of Atrazine on soilfauna«, in: Pedobiologie 17, 1977.)

»Über den Artenrückgang bei Mikroorganismen im Boden liegen kaum oder gar keine Kenntnisse vor; allerdings ist nach bisherigen Untersuchungen keine Beeinflussung der von den Mikroorganismen abhängigen Bodenfruchtbarkeit zu verzeichnen.«
(W. Wohlers, in: »Landbewirtschaftung und Umwelt«, hrsg. von der Bundesforschungsanstalt für Landeskunde und Raumordnung, Heft 6/1984, Bonn 1984.)

»Aus eigenen Untersuchungen geht hervor, daß Fruchtbarkeitskriterien wie mikrobielle Aktivität, Regenwurmbesatz, Infiltration, Verschlämmungen, Widerstand in ›biologisch‹ bewirtschafteten Ackerböden meistens größer sind als in ›konventionell‹ bewirtschafteten. Dies deutet darauf hin, daß die Gesamtmaßnahmen der Intensivierung und Spezialisierung die Bodenfruchtbarkeit eher nachteilig als günstig beeinflußt haben.«
(Dietmar Schröder: »Unser täglich Brot«, Hamburg und Berlin 1984.)

»Der Pestizideintrag in den Boden hat zwar mengenmäßig zugenommen, durch den verstärkten Übergang zu rascher abbaubaren Mitteln hat sich die Belastungssituation für die Bodenorganismen jedoch etwas entspannt. Unklar ist, wieweit Pestizide im Boden wirklich abgebaut werden oder als sogenannte verborgene Rückstände infolge festen Einbaus in Humusbestandteile im Boden verbleiben.«
(Wolfgang Haber, in: »Umweltschutz, Landwirtschaft, Boden«, Arbeitsgemeinschaft für Umweltfragen e.V. [Hrsg.], Bonn 1984)

»Oberstes Ziel muß daher sein, Schadstoffe gar nicht erst in den Kreislauf gelangen zu lassen, zumal wir über ihren Einfluß auf das Bodenleben bisher fast nichts wissen, allenfalls dies, daß die Vielfalt des Bodenlebens ein Schlüssel für die Bodenfruchtbarkeit ist. Neuere Untersuchungen lassen befürchten, daß

mindestens ein Drittel des Bodenlebens durch Agrochemikalien geschädigt wird.«
(Hubert Weinzierl, in: »Umweltschutz, Landwirtschaft, Boden«, Arbeitsgemeinschaft für Umweltfragen e.V. [Hrsg.], Bonn 1984.)

»Die Bodenmikroorganismen sind infolge ihrer hohen Teilungsfähigkeit im allgemeinen nur wenig von Pestiziden beeinträchtigt, zumal diese sich im Boden sehr ungleichmäßig verteilen und ihre Konzentration mit der Tiefe rasch abnimmt. Stärker betroffen ist dagegen die Bodenfauna. Insbesondere Regenwürmer wurden durch eine Anzahl von Wirkstoffen geschädigt, zum Beispiel durch das Fungizid Benomyl. [...] Einzelne Pestizide enthalten Schwermetalle und haben stellenweise zu Schwermetallanhäufungen im Boden geführt. Hervorzuheben ist die Kupferbelastung der Böden zahlreicher Weinberge und Hopfengärten durch kupferhaltige Fungizide. Dort ist die Lebensraumfunktion des Bodens zum Teil stark beeinträchtigt, auch wenn es an den Kulturpflanzen selbst noch nicht zu Schäden kommt. Zusammenfassend stellt der Rat fest, daß eine langfristige Schädigung der Regelungs- und Lebensraumfunktion der Böden infolge nachteiliger Beeinflussung durch landwirtschaftliche Nutzung nicht ausgeschlossen werden kann.«
(Der Rat von Sachverständigen für Umweltfragen: Sondergutachten »Umweltprobleme der Landwirtschaft«, Bonn 1985.)

»Zu den langfristig vielleicht dramatischsten, wenn auch bislang kaum beachteten Folgen des permanenten Chemikalieneinsatzes – derzeit bereits auf 85 Prozent der Ackerfläche, einem Viertel des Bundesgebietes – zählen die Auswirkungen auf die bodenbildenden Mikroorganismen. Pflanzenschutzmittel stehen in dringendem Verdacht, die Kommunikation unter den Kleinstlebewesen zu stören, die sich, anders als der Mensch, nicht mit optischen und akustischen Signalen verständigen.«
(Jochen Bölsche [Hrsg.]: »Was die Erde befällt ...«, Reinbek 1984.)

»Seit etwa drei Jahren sind rasante Fortschritte der Bodenverdichtung von Jahr zu Jahr für jeden Beobachter festzustellen. Da sie großflächig, mindestens über ganz Mitteleuropa gleichmäßig auftreten und manchmal ganz gezielt nur an einzelnen Pflanzenarten sichtbar werden, muß angenommen werden, daß es vorwiegend die Feinstoffe sind, die lebenswichtige Informationen im Zellkern der Lebewesen im Boden zerstören oder umkehren, wie zum Beispiel Männchen-Weibchen-Erkennung oder Nahrungserkennung.«
(Gerhardt Preuschen: »Bodendichte und Wasserverhalten«, in: ifoam 51, 1985.)

»Eine weitere verhängnisvolle Wirkung übt Gülle auf Regenwürmer aus, die wichtigsten Humusproduzenten. Der Braunschweiger Bodenbiologe Professor Otto Graff stellte fest: ›Die jauchehaltige Flüssigkeit hat einen hohen Salzgehalt, der die Haut der Regenwürmer reizt und ihre Fluchtreaktion auslöst. Die Tiere kommen nach oben und verenden, weil der Ultraviolett-Anteil des Tageslichtes ihren Blutfarbstoff zerstört.‹«
(Peter Sandmeyer: »Rettet den Boden«, in: stern 17/1985.)

(11)

»Heute endlich wird das Bodenschutzkonzept vom Kabinett verabschiedet. Wichtige Ankündigungen werden nicht erfüllt. Das Konzept ist lückenhaft und teilweise nichtssagend. Dazu einige Beispiele:

– Fernverkehr: Im August-Entwurf fordert Zimmermann eine klare Bevorzugung des Eisenbahnverkehrs zu Lasten des weiteren Ausbaus der Bundesfernstraßen, und zwar durch ›investitions- und ordnungspolitische Bevorzugung des Eisenbahnverkehrs (z.B. durch Tarifpolitik, Kontingentierung des Frachtaufkommens) ...‹. Dollinger war damit nicht einverstanden. Im Kabinettsentschluß finden sich daher verschieden interpretierbare Formulierungen.

– Landverbrauch: Die Trendwende im Landverbrauch (täglich werden über 100 Hektar Land versiegelt), wie im Referentenentwurf angekündigt, wird nicht eingehalten. So wurde z. B. der konkretes Handeln erfordernde Satz ›Ausweisung und Erschließung von zusätzlichem Bauland nur nach Prüfung des Bedarfs durch die Regional- und Landesplanung‹ gestrichen. Statt dessen wurden auf Initiative des Ministers Schneider allgemeine Forderungen hineingeschrieben.

– Boden- und Artenschutz: Die konkrete Forderung im Referentenentwurf, die Anwendung von Pflanzenschutzmitteln zum Schutz des Bodens und von wildlebenden Pflanzen an bestimmten ökologisch wertvollen Böden zu verbieten, wurde aufgeweicht.

– Belastungsgebiete: Auf Einspruch Bangemanns wurde der Passus gestrichen, Bodenqualität als zusätzliches Kriterium zur Festsetzung von Belastungsgebieten aufzunehmen.

Zusammenfassend muß festgestellt werden: Zimmermann bleibt hinter seinen eigenen Ankündigungen weit zurück. Im Gegensatz zum Referentenentwurf werden die begrenzten Möglichkeiten des Bundes, Bodenschutz direkt umzusetzen, nicht genutzt. So werden z. B. zum Bundesimmissionsschutzgesetz und zum Bundesnaturschutzgesetz eigentlich nur Prüfaufträge angekündigt, statt konkrete Änderungsvorschläge formuliert.«
(Volker Hauff, in: »Informationen der sozialdemokratischen Bundestagsfraktion«, 6.2.1985.)

»Vor allem fehlt es dem Bonner Aktionsprogramm an klaren Auflagen und Vorgaben für die Landwirtschaft. Weder wurden Begrenzungen der Massentierhaltung Wirklichkeit noch deutliche Einschränkungen für den Gifteinsatz, noch die Förderung alternativer Bauern, die zeigen, wie es auch ohne Gift und Gülle geht.«
(Peter Sandmeyer: »Rettet den Boden«, in: stern 17/1985.)

(12)

»In den süddeutschen Lößgebieten überschreitet die Schlaggröße nach vielen Flurbereinigungsverfahren die Toleranzgrenze, d. h. das Bodenprofil wird in weniger als 100 Jahren abgetragen. [...]

Winderosion spielt in der Bundesrepublik Deutschland in weitgehend ebenen Gebieten mit leichten Böden (entwässerte Moore, Anmoor, Feinsand) eine Rolle. Zu nennen sind: Norddeutsche Moorgebiete, Altmoräne, Oberrhein und Untermain, Donau- und Isarmoos, Dungau.«

(Giselher Kaule: ›Einfluß bodenverändernder und bodenordnender Maßnahmen auf die Umwelt‹, in: »Landbewirtschaftung und Umwelt«, hrsg. von der Bundesforschungsanstalt für Landeskunde und Raumordnung, Bonn 1984.)

»Demgegenüber wird die Bodenfruchtbarkeit durch Bodenerosionen wegen des Verlustes von humus- und nährstoffhaltiger Feinerde sowie durch mechanische Schädigungen von Pflanzen erheblich, wenn auch regional begrenzt, beeinträchtigt. Sie ist auf leicht erodierbaren Böden wie hängigen Lagen mit Anbau spätdeckender Kulturen und bei Sandstandorten z. T. schon stark herabgesetzt. Bestimmte, heute dort verbreitete Pflanzenbauverfahren sind geeignet, Bodenerosionen über den natürlichen Abtrag hinaus zu verstärken. Zur Begrenzung der Einwirkungen auf den Boden und der Erosionsgefahren muß

– das Naturschutzrecht überprüft und ggf. erweitert werden mit dem Ziel, erosionsgefährdete Gebiete auszuweisen (§ 15 Abs. 1 Nr. 1, Abs. 2 BNatSchG),

– Bodenbelastungen in Naturschutzgebieten und ökologisch wertvollen Sonderstandorten durch den Tourismus begegnet werden,

– auf ökologisch bedenkliche Bodenveränderungen für Anlagen und Einrichtungen im Zusammenhang mit dem Fremdenverkehr, insbesondere dem Wintersport, verzichtet werden,

– der Einsatz schwerer Maschinen in der Forstwirtschaft und in der Landwirtschaft vermieden werden, soweit auf empfindlichen, insbesondere extensiv genutzten Böden Schäden verursacht würden,

– die Übernutzung von Flächen durch Skisport und Trittschäden im Hinblick auf eine Verdichtung des Oberbodens und von Erosionsschäden bei Hang- und Steillagen verhindert werden,

– der Einschwemmung von Bodenteilen in Oberflächengewässern, u. a. durch Anlage von Schutzstreifen, entgegengewirkt werden,

– der Kahlschlag in Waldbeständen auf gefährdeten Standorten eingestellt werden,

– die ökologische Verträglichkeit von Bodenabtrag oder -auftrag unter Beachtung der Ausgangssituation und der entstehenden Bodenverhältnisse abgewogen werden, u. a. durch eine flexible Profilgestaltung im Straßen- und Gewässerbau,

– die Bodennutzung an spezielle Standortbedingungen angepaßt werden (Bodenbedeckung, konservierende Bodenbearbeitung, Schutzmaßnahmen).«

(Bodenschutzkonzeption der Bundesregierung, Bundestagsdrucksache 10/2977 vom 7.3.1985.)

»Eine besonders schwerwiegende Bodenschädigung stellt die Bodenerosion durch Wasser und Wind dar. Sie nimmt besorgniserregend zu und ist vor allem auf die Vergrößerung der Schläge und vermehrte Bearbeitung in der Fallinie, auf die Umwandlung von Grünland in Acker, auf zunehmenden Anbau von Reihenfrüchten wie Mais und Rüben sowie auf intensivere Bodenbearbeitung zurückzuführen. [...]

Da viele Formen der Landbewirtschaftung sich beschleunigend auf den Erosionsprozeß auswirken, hält der Rat es für dringend geboten, das Erosionsproblem stärker in das Bewußtsein der Landwirte, der landwirtschaftlichen Fachbehörden, der landwirtschaftlichen Beratung und nicht zuletzt auch der Agrarpolitik zu rücken.

Die Irreversibilität der Bodenverluste erfordert nach Ansicht des Rates die konsequente Durchführung von Schutzmaßnahmen sowohl durch landschaftsgestaltende und kulturbautechnische Maßnahmen, z. B. im Rahmen der Flurbereinigung, als auch durch eine Anpassung innerbetrieblicher, vor allem ackerbaulicher, Vorgänge und Betriebsweisen an die jeweilige standortliche Erosionsgefährdung.«

(Der Rat von Sachverständigen für Umweltfragen [Hrsg.]: Sondergutachten »Umweltprobleme der Landwirtschaft«, Bonn 1985.)

(13)

»Neben der Zerstörung des Landschaftsbildes, dem Artenverlust und der übermäßigen Verwendung von Agrochemikalien stellt zunehmend auch die Bodenerosion eine Herausforderung für Landwirtschaft und Ökologie dar. So dokumentieren die nachfolgenden Untersuchungsergebnisse aus dem Kraichgau ein bedenkliches Ausmaß der Erosion. [...]

Betrug die natürliche Bodenerosion während der letzten zwei- bis dreitausend Jahre je Hektar nur Bruchteile einer Tonne jährlich, so erhöhte sich dieser Abtrag infolge der Landnahme bis zur Mitte dieses Jahrhunderts auf vier bis sieben Tonnen. Eine geradezu dramatische Zunahme in Hanglagen auf jährlich 45 bis 80 Tonnen je Hektar erfolgte durch den ›modernen Landbau‹. Stellenweise registrierte man sogar schon einen Bodenverlust von 420 Tonnen. Weiße Kuppen auf den Hügeln, an denen das nackte Lößgestein ansteht, und mit Humus angereicherte Mulden bezeugen diese Entwicklung. Selbst wenn man eine ›tolerierbare‹ Erosion von 15 Tonnen zugrunde legt, ist abzusehen, wann die durchschnittlich 3000 Tonnen Ackerboden je Hektar abgetragen sein werden.

Messungen auf Zuckerrübenflächen von 1978 bis 1984 ergaben, daß es auch ohne ›katastrophenartige‹ Schäden zu durchschnittlichen jährlichen Bodenverlusten in Höhe von ca. 21 Tonnen pro Hektar im Bereich von Kuppen, ca. 63 Tonnen pro Hektar in Oberhanglagen (Hanglänge ca. 50 Meter; Hangneigung ca. 4 bis 5 Grad) und ca. 112 Tonnen pro Hektar in Unterhangbereichen (Hanglänge ca. 150 Meter, Hangneigung ca. 6 bis 7 Grad) kommt. In den einzelnen Untersuchungsjahren schwankte die Erosionsintensität stark.

Im Winterhalbjahr kommt es auch bei Getreideanbau zu Erosionsschäden, wenn der Boden gefroren oder wassergesättigt ist (im Frühjahr ist der Boden meist trocken, aber oberflächlich verkrustet, so daß bei Starkregen das Wasser nicht so schnell einsickern kann und dann an der Oberfläche erosiv wirksam abläuft). Schwertmann gibt die Erosion unter Getreide mit ca. 30 Prozent gegenüber Zuckerrüben an. [...] Wird die Fruchtfolge noch durch den Anbau von Mais erweitert, oder rechnet man statt Zuckerrüben mit Maisanbau, erhöht sich der jährliche Bodenabtrag, da Mais eine um ca. 60 Prozent höhere Erosionsgefährdung aufweist.

Geht man weiter davon aus, daß nur alle 20 Jahre ein katastrophenartiges Schadenereignis das gleiche Feld schädigt – eigene Beobachtungen und die Angaben der Landwirte lassen eine erheblich höhere Schadhäufigkeit vermuten –, muß man zu den errechneten Werten der Hanglagen noch [jährlich] 10 bzw. 20 t/ha hinzurechnen. In Abhängigkeit von der Hanglänge ist dann mit einem jährlichen Abtrag in Höhe von etwa 45 Tonnen pro Hektar in Ober- und 80 Tonnen pro Hektar in Unterhanglagen zu rechnen.

Die Bodenverluste sind acht- bis zehnfach höher als bei nicht industriell geprägter Landnutzung; die vom Menschen ausgelösten ›quasinatürlichen‹ Prozesse sind damit auf den Hanglagen landwirtschaftlich genutzter Flächen des Kraichgaus etwa 1000mal intensiver als die natürliche Erosion. Bleibt die Erosionsintensität derartig hoch, muß damit gerechnet werden, daß in 50 bis 100 Jahren die Bodenkrume (ca. 3000 Tonnen pro Hektar) zu großen Teilen flächenhaft abgetragen ist.

Der als ›tolerabel‹ angesehene Abtragswert von ca. 15 Tonnen pro Hektar mal Jahr, mit dem bereits akzeptiert wird, daß nach ca. 200 bis 250 Jahren die Krume abgetragen ist, wird um das bis zu Fünffache überschritten. Mit einem jährlichen Krumenverlust von bis zu über 2 Prozent verlieren die Hanglagen des Kraichgaus nahezu dreimal mehr Boden, als dies weltweit im Jahresdurchschnitt der Fall ist.

Die Bodenerosion im Löß des Kraichgaus stellt sich als selbstverstärkender Prozeß dar: Die Abtragsgefährdung bereits erosionsgeschädigter Flächen steigt durch den Rückgang der Aggregatsstabilität an (Zunahme des Schluff-, Senkung des Humusanteils). Durch ungünstiges Pflanzenwachstum wird der Boden weniger und erst später durch Blätter geschützt und unterliegt somit nochmals verstärkter Erosion. Der unterschiedliche Schädigungsgrad der Böden spiegelt sich in den stark differierenden Erträgen zwischen Hang, Kuppe und Hangfuß wieder. Aufgrund der Bodenverschlechterung sind regelmäßig Mindererträge von 20 bis 40 Prozent nachzuweisen. Ertragsuntersuchungen im Kraichgau bei Zuckerrüben von Eichler, bei Mais von Mann und bei Weizen, Roggen und Hafer von Jung weisen ähnliche Ergebnisse auf.

Zum völligen Zusammenbruch des landwirtschaftlichen Anbaus, wie er auf Böden mit unterlagerndem Festgestein zu befürchten wäre, wird es bis auf Ausnahmen nicht kommen, da die Lößdecke mächtig und leicht bearbeitbar ist – die Ertragssicherheit wird jedoch zurückgehen. Ertragseinbußen in Größenordnungen von 20 bis 50 Prozent werden ohne Erosionsschutzmaßnahmen wahrscheinlich (dies zeigen Ertragsmessungen auf stark geschädigten Böden).

Durch die Besitzzersplitterung infolge der Realerbteilung entstanden im Kraichgau kleinparzellierte Fluren, deren Äcker durch ihre Lage quer zum Gefälle mehrfach die Hänge untergliederten; häufig waren die Hänge durch Hecken, Raine und Terrassen zusätzlich unterteilt. Diese Flur bot einerseits optimalen Erosionsschutz, andererseits war der rationelle Einsatz von modernen landwirtschaftlichen Geräten in diesen Fluren nicht möglich. Die durch die erforderlichen Flurbereinigungen geschaffenen größeren Schläge (Zusammenlegungsverhältnis ca. 5:1) mit vergrößerten Hanglängen und Einzugsgebieten, häufig aus agrotechnischen Erfordernissen in Gefällsrichtung gelegt, verstärken die Erosionsgefährdung. Die stark verdichteten Fahrspuren dienen bei Bearbeitung in Gefällsrichtung geradezu als Leitbahnen für das abfließende Wasser.

Eine weitere Erhöhung der Erosionsgefahr ergab sich aus der Zunahme weitständiger, erst später den Boden bedeckender Feldfrüchte wie Zuckerrüben und Mais (Flächenanteil 25 bis 30 Prozent; in Einzelbetrieben bis zu 50 Prozent). Zusätzlich führten der Rückgang des Feldfutteranbaus (1949 = 100; 1973 = 24), der niedrige Humusgehalt (1,2 bis 1,8 Prozent), einseitige Fruchtfolgen, die Intensivierung der mechanischen Bodenbearbeitung, die tiefe Bodenwendung und Oberflächen-, Krumen- und Unterbodenverdichtungen durch schwere Maschinen und häufiges Befahren zur Reduzierung der Krümel- und Gefügestabilität der Böden – wodurch die ohnehin erosionsgefährdeten Lößböden strukturlabiler und damit noch erosionsanfälliger wurden.

Der ökonomische Druck auf die landwirtschaftlichen Betriebe hat dazu geführt, daß Bodenbearbeitung, Fruchtfolge, Art der angebauten Feldfrucht usw. nicht mehr nach Standort und Bodenerhaltung geplant werden, sondern daß kurzfristig ökonomische Zwänge den Anbau bestimmen, wobei bewußt bodenbelastende Maßnahmen in Kauf genommen werden müssen. ›Alternativ‹ bewirtschaftete Flächen (intensive organische Düngung, gezielte Humuswirtschaft, ›Bodenruhe‹, weite Fruchtfolgen usw.) unterliegen wesentlich abgeschwächter Erosion. Die Zunahme der Erosionsintensität in den letzten ca. 30 Jahren ist also auf das Zusammenwirken der Maßnahmen und Methoden der ›industriell geprägten‹, großflächig wirtschaftenden Landwirtschaft zurückzuführen. Das Ausmaß der Bodenerosion wird entscheidend durch agrarpolitische Zielvorgaben bestimmt und durch Agrotechnik, betriebswirtschaftliche Zwänge und großflächigen Anbau (Flurbereinigung) ausgelöst. Die gestiegene Erosionsintensität ist also eine Folge des Zwanges, die Landbewirtschaftung kurzfristig ökonomischen Prioritäten anzupassen; sie kann aber auch als ›sichtbares‹ Indiz der Strukturverschlechterung vieler Böden dieser Region gewertet werden.«
(Dietmar Quist: »Bodenerosion – Schäden, Ursachen und Schutzmaßnahmen«, in: ifoam 52, 1985.)

Betr.: Landwirtschaft

Lasset uns Pflanzen und Tiere machen

Manchmal sagen Ministerworte mehr, als ihren Urhebern recht sein kann. In einer Rede des Bundeslandwirtschaftsministers Ignaz Kiechle vom Januar 1984 finden sich zwei Aussagen, die zusammengenommen ein Drittes bedeuten: Augenauswischerei. »Wir müssen natürlich die kleineren Betriebe stärker unterstützen.« Und: »Ich bin für Strukturwandel.« Was anderes als dieses können die beiden Sätze bedeuten: Wir Politiker werden weiterhin unbeirrt das Bekenntnis zum mittelständischen Familienbetrieb im Munde führen, aber nichts tun, um die Kleinen *tatsächlich* vor »Strukturwandel«, das heißt vor der Verdrängung durch die Supergroßen, zu schützen. Und entsprechend ist auch die Wirklichkeit: Das Hofsterben hält an (1). Landwirtschaftsexperten schätzen, daß bis zur Jahrtausendwende etwa 100 000 Landwirte aufgeben müssen. Und die Überlebenden des modernen Bauernlegens werden dann mit Landwirtschaft nach heutigem Verständnis etwa so viel zu tun haben wie Gutenbergs Drucklettern mit hyperschnellen Lichtsatzgeräten. Auf den Feldern der Zukunft werden gentechnisch umgebaute Früchte reifen (2), der Pflanzenbau für die chemische Rohstoffproduktion (Benzin vom Acker) wird aus Bauern vollends Hilfsarbeiter der Großchemie machen (3). Und die moderne »Bioproduktion« mit Retortenbastelei und Konzeption neuer Tiere wird selbst eine aufgeputschte Phantasie sehr schnell überflügeln (4). Über die sprichwörtliche »eierlegende Wollmilchsau« kann heute eigentlich nur noch lachen, wer nicht den Stand der Forschung kennt.

Das grundseriöse amerikanische Wissenschaftsjournal *Science* veröffentlichte 1985 ein Szenario, das die Dimensionen der künftigen computergestützten Landwirtschaft in High-Tech-Ländern erahnen läßt:

»Es ist ein klarer Junimorgen irgendwo im Mittleren Westen. Während der vergangenen Nacht hat der Farmcomputer automatisch mehrere örtliche und überregionale Datenbanken angewählt, um Informationen über die Liefermöglichkeiten und Preise für Dünger, Saatgut, Treibstoff und Pestizide einzuholen. Daten über Wetter und Marktlage, Voraussagen über Insektenbefall und Getreidekrankheiten sowie Käuferangebote wurden ebenfalls eingeholt. Jetzt schaltet der Computer das Radio an, das den Farmer Bob mit sanfter Musik weckt. Nach einigen Minuten erscheinen die in der Nacht gesammelten und verarbeiteten Daten auf dem Bildschirm im Schlafzimmer. Sensoren in den Nasenringen und an den Ohren sowie unter die Haut implantierte Meßgeräte werden abgefragt, um den Gesundheitszustand der Tiere auf der Farm festzustellen. Brunftige Säue und Kühe werden automatisch von Sensoren identifiziert, die das Bewegungsverhalten und die Scheidensekrete der Tiere überwachen. Nach diesen Daten wird ein Plan für das Einpflanzen tiefgefrorener Embryos in die Muttertiere aufgestellt.

Die automatische Futtermühle und die Futterverteilung liefen während der Nacht einwandfrei. Alle Tiere wurden automatisch mit Futter und Wasser versorgt, die ausgegebenen Futtermengen wurden aufgezeichnet, und die von jedem Tier verbrauchte Menge wurde geschätzt und registriert. Der Bestand an Getreide, Eiweißfutter und Futterzusätzen wurde gemessen, und nach diesen Meßdaten wurden über das Computernetz Aufträge zum Auffüllen der Vorräte an die Händler erteilt. Das Programm zum Bestimmen der Futterrationen, das Daten über den Nährstoffgehalt des farmeigenen und des zugekauften Futters benutzt, hat für jede Tiergruppe optimale Futtermengen bei möglichst geringen Kosten neu berechnet und die automatischen Futterverarbeitungs- und -verteilungseinrichtungen der Farm nach diesen Daten neu eingestellt, um die optimalen Futtermengen bereitzuhalten.

Bobs Sohn Bill überwacht inzwischen das Melken der 200 Milchkühe. Wenn die Kühe in den Melkstall kommen, ertasten Melkroboter die Position der Tiere und setzen das Melkgerät am Euter an. Durch einen elektronischen Ohrclip ist jedes Tier automatisch vom Computer identifiziert worden. Eine festgelegte Menge von Getreide, Eiweiß, Zusatzfutter sowie eine Mineral- und Vitaminmischung fallen in den Futternapf, vom Computer genau auf die erreichbare Milchproduktion jeder einzelnen Kuh zugeschnitten. Der Farmcomputer überwacht an jeder der vier Zitzen Menge und Fettgehalt der Milch und mißt auch deren Leitfähigkeit, um Infektionen sofort zu erkennen.

Der Bildschirm zeigt an, daß jedes der per Wachstumshormon gesteuerten Mastrinder seinen elektronisch gesteuerten Futterplatz mindestens einmal in der Nacht aufgesucht hat und daß die riesigen, gefügigen Tiere die nötige Menge an Rauhfutter erhalten haben.

Die Umgebungsbedingungen in allen Gebäuden und Einrichtungen der Farm einschließlich des Farmhauses wurden in der Nacht ständig überwacht und automatisch mit vorgegebenen Grenzwerten verglichen. Notwendige Maßnahmen zum Beleuchten, Abdunkeln, Heizen, Kühlen, Trocknen, Befeuchten, Belüften und zur Abfallbeseitigung wurden vom Computer nach Bedarf eingeleitet, das Funktionieren aller mechanischen Geräte wurde in regelmäßigen Abständen überprüft.

Der Motor eines Rührers in der Futtermischanlage verbrauchte beim Starten zuviel Strom. Das Problem wurde über das Computernetz automatisch der Elektrikerin am Ort mitgeteilt, die laut Vertrag das Fütterungssystem betreut. Sie hat diese Information per Telemetrie auf ihrem Autocomputer empfangen und sitzt bald daran, die Trockenkupplung auszutauschen, die das Problem verursacht hat.«

Soweit die Übersetzung aus *Science*. Nach Schätzung des Autors dieses Szenarios besitzen heute bereits rund acht Prozent der US-Farmer einen Heimcomputer, den sie für das Farmmanagement einsetzen. Weitere zwei bis drei Prozent haben direkten Zugang zu Computern. Die Entwicklung verlief rasant: 1981 waren es rund ein Prozent, Ende 1983 schon sechs Prozent, Mitte 1984 um elf Prozent.

Es ist unschwer zu erkennen, daß das touristische Erfolgsprogramm »Ferien auf dem Bauernhof« eine ganz neue Zielgruppe ansprechen kann: Computerfreaks. Zur Erklärung des ungebrochenen erwartungsfrohen Grundtones, in dem dieser Ausblick gehalten ist, muß hier der Hinweis genügen, daß es sich um ein Szenario made in USA handelt.

Bei uns gibt es ähnliche Aufrisse der landwirtschaftlichen Zukunft (5). Ob High-Tech-Farmen aber tatsächlich weltweit so etwas wie Problemlösung brächten und nicht vielmehr eine Zementierung des Nord-Süd-Grabens, scheint uns zumindest ein paar Fragen wert:

– Müßte nicht eine High-Tech-Landwirtschaft die Dritte Welt noch brutaler abhängen, als das schon heute mit der vergleichsweise klobigen Agrochemie-Landwirtschaft geschieht?

– Was wäre das für eine Weltwirtschaft, in der ein Rechenautomat in San Franzisko, Tokio oder Frankfurt die Wachstumsgeschwindigkeit von Kakaobohnen in Kamerun bestimmt?

– Muß nicht eine total durchrationalisierte Lebensmittelproduktion die letzten Reste von Selbstversorgerwirtschaft in den Armenhäusern der Welt zerschlagen? Die UNO geht schon heute davon aus, daß zahlreiche Länder der Dritten Welt ohne Lebensmittelschenkungen verhungern müßten.

– Berechtigt irgend etwas zu der Hoffnung, daß die Menschen in armen Ländern mit High-Tech besser umgehen können, als sie es mit Phosphat und Stickstoff, mit DDT und Lindan konnten?

Schon heute gibt es Kriegsgewinnler des weltweiten Spritzkrieges auf Äckern und Spezialkulturen: Mehr als 400 Schadinsekten sind durch anschwellende Giftströme resistent, unempfindlich geworden (6). Angesichts der »superharten« Schädlinge setzt die Agrochemie natürlich auf Vorwärtsverteidigung: Sie entwickelt die Pestizide der dritten Generation. So sollen zum Beispiel Schadinsekten hormonell umgesteuert werden: etwa dergestalt, daß sie nicht mehr die Geschlechtsreife erreichen. Schon heute ist abzusehen, daß die Hardliner aus den Großlabors auch noch die vierte Generation konzipieren dürfen – dann nämlich, wenn bestimmte Insekten gegen die Waffen der dritten Generation unempfindlich sind. An »Abrüstung« denkt keiner, der von »Rüstung« lebt, zumal bekanntlich der naturgemäße Landbau durch und durch »pazifistisch« ist, was chemische Agrowaffen anbelangt.

Es ist Teil der modernen Heilserwartung, daß »die Technik« – gewissermaßen in natürlicher Wahlverwandtschaft zur Vernunft — zumindest die Probleme löst, die es ohne sie nicht gäbe. Demgegenüber bleibt festzustellen: Es wird keinen Wandel geben, ohne daß Wandel politisch durchgesetzt wird. Das gilt für die Methoden der Landwirtschaft wie für ihre Marktbedingungen. Hier ist bekanntlich die Groteske ein Stück, das en suite läuft: Überschüsse werden in der EG subventioniert und die Vernichtung der Überschüsse ebenfalls. Es scheint, daß Wahnsinn dann nicht eines natürlichen Todes sterben kann, wenn er ein bestimmtes Wachstumsstadium überschritten hat.

Dennoch: Umrisse einer Landwirtschaft, die ihren Namen verdient, sind seit Jahr und Tag vorgezeichnet. Stichworte z. B.: Bestandsobergrenzen bei der Viehhaltung, gestaffelte Erzeugerpreise, Förderung des naturnahen Landbaus, Zurückdrängen der Import-Futtermittel, Ausweiten des Bergbauern-Programms.

(1)

»So hatte Staatssekretär Gallus noch am 24.6.1981 vor dem Bundestag die Ansicht vertreten, daß von den jetzt noch existierenden 400 000 Vollerwerbslandwirten weitere 100 000 im Rahmen des Strukturwandels ›eine außerlandwirtschaftliche Beschäftigung beginnen‹ sollen.«
(»Wandel per Verbrauch«, in: natur 6/1982.)

»Jedes Jahr müssen 20 000 bis 30 000 Betriebe – das sind 50 bis 80 Betriebe täglich – aus der Produktion ausscheiden. [...] Dabei ist noch kein Ende dieses Aderlasses und Bauernlegens abzusehen. Von den noch bestehenden ca. 400 000 Vollerwerbsbetrieben ist es dem ›untersten Viertel‹ nur möglich, ein durchschnittliches Einkommen von 7500 DM pro Jahr und Arbeitskraft (bezogen auf 1980/1981) zu erwirtschaften. Bei steigenden Betriebskosten und damit real fallenden Preisen sind diese Bauern gezwungen, von der Substanz der Höfe zu leben, in den Nebenerwerb zu gehen und langfristig auszuscheiden. Von offizieller Seite werden sie zu diesem Schritt offen aufgefordert. In den nächsten Jahren sollen also weitere hunderttausend Bauern ihren Arbeitsplatz aufgeben.«
(Arbeitsgemeinschaft Bauernblatt: »Bleibt auf dem Lande und wehret Euch täglich«, Rottenburg 1983.)

»Die Zahl der landwirtschaftlichen Betriebe hat sich innerhalb von 30 Jahren von 1,65 Millionen auf 740 000 reduziert. Landwirte geben freiwillig nicht schnell auf. Es kann insofern davon ausgegangen werden, daß sie einem bestimmten Druck ausgesetzt waren. Nur 50 % der noch vorhandenen 740 000 Betriebe sind Vollerwerbsbetriebe. Über 40 % von ihnen haben in den letzten Jahren mit Substanzverlusten gearbeitet. Diese Entwicklung wird sich in diesem Jahr ganz sicher noch verschärfen.«
(Reiner Latten, in: »Umweltschutz, Landwirtschaft, Boden«, hrsg. von der Arbeitsgemeinschaft für Umweltfragen, Bonn 1984.)

»Es ist angesichts der unveränderten agrarpolitischen Vorgaben nicht erkennbar, daß diese gewaltigen Einkommensunterschiede in absehbarer Zeit reduziert

oder gar ausgeglichen werden können. Vielmehr wird dieser erbarmungslose Ausscheidungskampf, der nach gültiger agrarpolitischer Sprachregelung als ›notwendiger Strukturwandel‹ (!) verharmlost wird, auch in Zukunft weitergehen und u. a. zum Ausscheiden von weiteren 100 000 Vollerwerbsbetrieben in den nächsten Jahren führen.«
(Hubert Weinzierl, in: »Umweltschutz, Landwirtschaft, Boden«, hrsg. von der Arbeitsgemeinschaft für Umweltfragen, Bonn 1984.)

»Von 1950–1980 haben in der BRD ca. 50 % der Bauern ihren Betrieb aufgeben und sich eine andere Arbeit suchen müssen! Diesen Prozeß nennt man *Strukturwandel.* [...] Bei konsequenter Anwendung der heute gängigen Technik könnte die derzeitige Produktion von weniger als 100 000 Vollerwerbsbetrieben (1/4 der heutigen Betriebe) bewerkstelligt werden.«
(Aktionsgruppe Bauern und Verbraucher und katholische Landjugendbewegung [Hrsg.]: »Der neue agrarpolitische Weg«, München 1984.)

(2)

»Die oben erwähnten Pflanzeneigenschaften (Stresstoleranz, erhöhte Photosyntheseleistung, Resistenz gegen Schädlinge und Stickstoffixierung aus der Luft) sind in den letzten Jahren häufig diskutiert worden wegen der enormen wirtschaftlichen Auswirkungen, die ein Fortschritt auf diesen Gebieten hätte. Da diese Pflanzeneigenschaften häufig auf einer Anzahl unbekannter Gene beruhen, ist eine Ausnutzung heute noch schwierig. Obwohl es also unwahrscheinlich ist, daß wir auf so komplizierten Gebieten wie der Erhöhung des Eiweißgehaltes von Pflanzen oder Konstruktion von Pflanzen, die ihren eigenen Stickstoff fixieren, schnelle Erfolge sehen werden, bedeutet das doch nicht, daß die Genmanipulation an Pflanzen weit entfernt von der Wirklichkeit ist. Die Übertragung von Merkmalen, die nur von einem Gen bestimmt werden, ist heute schon technisch machbar.

Es ist wahrscheinlich, daß herbizidresistente Pflanzen mit Hilfe der Übertragungstechnik bald entwickelt werden. Ein einziges neues Gen ist möglicherweise alles, was man für die Herbizidresistenz braucht. [...] Resistenzen gegen Krankheitserreger können vielleicht ein wenig schwieriger zu übertragen sein. [...]

Ob die Pflanzen, die bei diesen Versuchen entstehen, in praktische Züchtungsprogramme einbezogen werden können, läßt sich heute noch nicht beantworten – wir können nicht vorhersagen, wie solche genetischen Änderungen den Stoffwechsel komplexer Systeme, wie es höhere Pflanzen sind, beeinflussen.«
(K.A. Barten und W.J. Brill: »Aussichten für die Gentechnik bei Pflanzen«, in: Science, 11.2.1983.)

»Es gibt unzählige Versuche in der Molekularbiologie, bei denen Zellkerne oder einzelne Gene in fremde Zellen verpflanzt werden. Chromosomenstücke werden ausgetauscht, oder ihre Zahl wird verdoppelt oder verdreifacht. So werden Pflanzen mit neuen Eigenschaften entstehen oder gar neue, bisher noch unbekannte Pflanzen oder Pflanzen mit Riesenwuchs und wesentlich höherer Leistung. Andere Bioregulatoren aus genetisch-technischen Manipulationen sollen zur Gewinnung von krankheitsresistenten Sorten verwendet werden oder für Sorten, die auch bei ungünstigen Standortbedingungen und auch auf Salzböden gedeihen.«
(Günther Thiede: »Die Elite-Kuh der Zukunft ist wahrscheinlich ein Serienprodukt«, in: Frankfurter Allgemeine Zeitung, 14.8.1984.)

»Die Anwendungsmöglichkeiten für Gentechnologie in der Landwirtschaft sind vielfältig. [...] So hält man die Entwicklung neuer Sorten für möglich, die auf Grund ihrer verstärkten Stressresistenz die Kultivierung relativ trockenwarmer Regionen oder die Rekultivierung bereits versalzter Böden ermöglichen könnten. Durch Übertragung von Genen krankheitsresistenter Wildtypen auf Kultursorten könnten möglicherweise rascher als über herkömmliche Züchtungsmethoden Formen geschaffen werden, bei denen die Einschränkung chemischer Bekämpfungsmaßnahmen sich anbieten würde. Bis man abschätzen kann, wie weit solche Vorschläge zu verwirklichen sind, wird noch einige Zeit vergehen. Nicht nur ist es schwierig, die gesuchten Gene zu isolieren bzw. überhaupt zu identifizieren. Die erwünschten Eigenschaften sind offenbar vielfach Ergebnis eines komplizierten Zusammenspiels mehrerer Gene. Damit wird die Übertragung auf andere Pflanzen schwierig. So wird sich dieser Zweig der Gentechnologie, verglichen mit dem mit Hilfe von manipulierten Bakterien erzeugten Angebot an Impfstoffen, Peptidhormonen u. a., wie es für die Medizin von Interesse ist, deutlich langsamer entwickeln.

Der im folgenden erörterte Einsatz von Herbiziden, verbunden mit herbizidresistent gemachten Nutzpflanzen, findet aller Wahrscheinlichkeit nach – im Gegensatz zu den oben dargestellten Beispielen – schon bald Anwendung in der landwirtschaftlichen Praxis. Ein kommerzielles Angebot entsprechender Sorten ist in Kürze zu erwarten, wird für Tabak beispielsweise für 1986–88 in Aussicht gestellt. [...] Aus verschiedenen Gründen darf man vermuten, daß die direkte Einführung solcher Resistenzgene in Kulturpflanzen mit den Methoden der Gentechnologie auf lange Sicht der einfachste Weg sein wird, zu herbizidresistenten Nutzpflanzen zu kommen. Diese Resistenz wird in vielen Fällen offenbar über die Wirkung eines einzigen Gens erreicht. [...] Sie ist damit gentechnologisch verhältnismäßig leicht zu handhaben. [...] Als besonders aussichtsreich für die Anwendung in Verbindung mit Herbizidresistenz gilt das Totalherbizid

Glyphosat (Firmenname Roundup) der Firma Monsanto. [...] Bekannt ist, daß andere Firmen wie Ciba Geigy und Hoechst herbizidresistente Kulturpflanzen gegen das in großem Umfang eingesetzte Atrazin entwickeln. Die besondere Problematik der nunmehr eingeschlagenen gentechnologischen Pflanzenschutzstrategie erweist sich vor dem Hintergrund der Probleme, die der bisherige großflächige Einsatz von Herbiziden in der Landwirtschaft mit sich brachte.«
(Frank Herzfeld, Bernd Görlitz und Manuel Kiper: »Gentechnologie in der Landwirtschaft. Einsatz von Totalherbiziden verbunden mit herbizidresistent gemachten Nutzpflanzen«, Manuskript, Februar 1985.)

»Der amerikanische Agrochemikalien-Riese Monsanto und die kalifornische Gen-Boutique Calgene arbeiten bereits erfolgreich an einer Tabak-Sorte, die gegen ein Herbizid resistent ist. [...] Schwieriger wird es dagegen sein, Eigenschaften wie Salztoleranz, Resistenz gegen Insektenbefall oder Proteingehalt und damit Fruchtqualität genetisch dingfest zu machen. Viele Pflanzengenetiker rechnen damit, daß sich ganze Gen-Komplexe hinter diesen Eigenschaften verbergen.«
(Rolf Zell: »Durchbruch in der Pflanzenzüchtung«, in: Bild der Wissenschaft 7/1985.)

»Einer Forschergruppe des Friedrich-Miescher-Instituts in Basel gelang es, ohne Mithilfe von Viren oder Bakterien ein Gen direkt in eine Pflanzenzelle einzubauen. [...] Die Zellen mit dem fremden Gen lassen sich vermehren, es entstehen Zellkolonien und neue, nun widerstandsfähige Tabakpflanzen. Die neue Methode des genetischen Umbaus von Pflanzen könnte dem Pflanzenbau eine neue Ära eröffnen: Vielleicht kann man so einmal methodisch einfacher bei Nutzpflanzen die Widerstandsfähigkeit gegen Gifte und Schädlinge steigern.«
(Deutscher Forschungsdienst, 15/1985.)

»Als erstes konkretes Ergebnis der Gentechnologie erwartet Schell (vom Max-Planck-Institut für Züchtungsforschung) die Übertragung von Widerstandsfähigkeit gegen Unkrautvernichtungsmittel in Nutzpflanzen. Hieran sind Pflanzenschutzmittel-Industrie und Pflanzenzüchter besonders interessiert. Klar wurde, daß damit aber die Tendenz, mehr Herbizide zu verwenden, wächst.«
(Frankfurter Allgemeine Zeitung, 19.9.1985.)

(3)

»Mit dem Bemühen, landwirtschaftliche Pflanzen als nachwachsende Rohstoffe stärker oder wieder in die betriebliche Praxis einzuführen, werden mehrere Ziele verfolgt. In dem Maße, in dem es gelingt, ein- oder mehrjährige landwirtschaftliche Pflanzen zur Verwendung in der industriellen oder gewerblichen Weiterverarbeitung anzubauen, sollen

– die Importabhängigkeit bei der Versorgung mit bestimmten Rohstoffen verringert,

– die Nutzfläche von der Produktion von Nahrungsgütern abgezogen, an denen auf absehbare Zeit auch unter Berücksichtigung der aus humanitären Gründen zu gewährenden Nahrungsmittelhilfe ein struktureller Überschuß besteht,

– die Fruchtfolgen der landwirtschaftlichen Betriebe angereichert und

– die biologische Verwertung von Restmengen, z. B. der Zuckerproduktion, angestrebt werden, die wegen einiger Begleitstoffe bisher nicht wirtschaftlich weiterverarbeitet werden konnten. Ziel ist eine Kombination von Abfallverwertung, Abwasserreinigung und Energiegewinnung.

Da derzeit nicht beurteilt werden kann, welche Arten in naher oder ferner Zukunft für einen Anbau in Frage kommen oder umgekehrt mit Sicherheit auszuschließen sind, muß eine möglichst breite Palette von Pflanzenarten ins Auge gefaßt werden. Dessenungeachtet ergeben sich aus der bereits heute erkennbaren ›Anwendungseignung‹ bestimmter Pflanzen einerseits und dem erkennbaren Bedarf an bestimmten Produkten, die man aus diesen Pflanzen herstellen kann, andererseits einige Ansatzpunkte, um ein ausgewähltes Artenspektrum prioritär zu bearbeiten. Es sind dies

– Pflanzen zur Äthanolgewinnung, vor allem Rüben, Kartoffeln, Topinambur, Zichorie, Getreide, Mais (letztere in unkonventioneller Verwendung),

– Pflanzen zur Ölgewinnung, vor allem Raps, Rübsen, Cuphea, einige Senfarten, Crambe, Leindotter, Ölrauke, Sonnenblumen, Öllein u.a.,

– Pflanzen zur Stärkegewinnung, vor allem Kartoffeln, Erbsen, Bohnen,

– Pflanzen zur Gewinnung von Kohlenwasserstoffen wie z. B. Euphorbia lathyris (Kreuzblättrige Wolfsmilch),

– Pflanzen zur Fasergewinnung wie Flachs, Hanf, Große Brennessel,

– Pflanzen zur Gewinnung von Pharmaka wie Mohn, Hanf, andere Arzneipflanzen.«

(Antwort der Bundesregierung, in: Bundestagsdrucksache 10/900, 19. Januar 1984.)

»Vor dem Ausschuß für Ernährung und Landwirtschaft des Bayerischen Landtages berichtete Staatssekretär Simon Nüssel über den Problemkreis nachwachsender Rohstoffe. Nachwachsende Rohstoffe sind Pflanzen, Abfälle der pflanzlichen Produktion und tierische Exkremente, aus denen Energieträger, Chemiegrundstoffe, Spezialchemikalien und Werkstoffe gewonnen werden. [...] Folgende Produkte aus nachwachsenden Rohstoffen spielen bereits heute eine gewisse Rolle: In der Bundesrepublik werden etwa 600 000 Tonnen Stärke unter anderem aus Kartoffeln, Mais, Getreide verarbeitet. Ungefähr 350 000 Tonnen finden unter anderem als Industriestärke für Papier, Waschmittel, Kunststoffherstellung und -verarbeitung, Textilien Verwendung. Nach Schätzungen könnten langfristig 865 000 Tonnen Stärke verbraucht werden. Pflanzliche Öle und Fette, unter anderem aus Raps, Sonnenblumen und Olivenöl, haben eine breite Einsatzpalette in der chemischen Industrie, die in der Bundesrepublik rund 450 000 Tonnen verbraucht. Chemisch aufbereitetes Rapsöl könnte als Kraftstoff verwendet werden. Zur Zeit kostet Rapsöl noch den vierfachen Preis von Dieselöl.

Aus Holz und Stroh werden als wichtige chemische Grundbausteine Zellulose, Hemizellulose und Lignin gewonnen. Die Zerstörung der tropischen Regenwälder wird die Tropen auf längere Sicht als Holzlieferanten ausfallen lassen. Da auch andere Exportländer eine Zunahme des Eigenverbrauchs erwarten, wird Holz knapper und teurer werden, so daß der verstärkte Einsatz von Stroh für die chemische Industrie interessant werden könnte.

In der Bundesrepublik werden ungefähr 110 000 Tonnen Äthanol in der chemischen Industrie verbraucht. Der Agraralkohol wird unter anderem aus Kartoffeln, Mais, Getreide und Rüben gewonnen. Zur Verbesserung der Klopffestigkeit von Benzin könnten unter bestimmten Voraussetzungen ungefähr fünf Prozent Äthanol beigemischt werden. So würden ungefähr zwei Prozent der gesamten Fläche, also etwa 200 000 ha, gebunden. Die eigene Nahrungsmittelversorgung würde dadurch nicht gefährdet.«
(Bulletin der Bayerischen Staatsregierung, 3. Juli 1984.)

»Staatssekretär Simon Nüssel betonte, daß das Bayerische Landwirtschaftsministerium die Überlegungen zu den nachwachsenden Rohstoffen mit Nachdruck verfolge und große Erwartungen in dieses Projekt setze. Deshalb erwarte er auch deutliche Initiativen der Bundesregierung, insbesondere bei der Erforschung von Möglichkeiten, die fossilen Rohstoffe in einer breiten Palette durch nachwachsende Rohstoffe zu ersetzen.«
(Bayerisches Staatsministerium für Ernährung, Landwirtschaft und Forsten, Pressemitteilung 116/1985.)

»Äthanol aus Getreide, Zuckerrüben oder anderen landwirtschaftlichen Produkten herzustellen, ist nach Angaben von Landwirtschaftsminister Willi Görlach absolut unwirtschaftlich. Überlegungen, die Überschüsse in der europäischen Landwirtschaft mit der Produktion von Bioäthanol abzubauen, bezeichnete Görlach deshalb als unsinnig. Die Bundesregierung sei schlecht beraten, wenn sie dem Begehren von Vertretern vor allem der norddeutschen Landwirtschaft entsprechen und die Voraussetzungen für die Bioäthanolproduktion schaffen würde. [...]

Görlach erläuterte, die landwirtschaftliche Produktion sei mit hohem Energieverbrauch verbunden. Zur Umwandlung der pflanzlichen Erzeugnisse in Bioäthanol sei nochmals ein hoher Energieaufwand notwendig. In der Bilanz werde mehr Energie verbraucht als gewonnen. Dies komme auch in den Kosten zum Ausdruck. [...] Selbst mit Hilfe der hohen staatlichen Subvention könne es nur für Großlandwirte ein Geschäft sein, Pflanzen für die Äthanolherstellung anzubauen. Kleine und mittlere Betriebe [...] kämen dafür kaum in Frage. Dies bedeute, die jetzt schon ungerechte Verteilung der staatlichen Subventionen innerhalb der Landwirtschaft drohe noch mehr zugunsten der Großlandwirte verschoben zu werden. [...] Energiegewinnung aus Agrarrohstoffen stellt nach Görlachs Ansicht auf jeden Fall eine Gefahr für die Landbewirtschaftung dar. [...] Beim Anbau von Pflanzen, aus denen weder Futtermittel noch Lebensmittel hergestellt werden sollen, spielten Rückstände von Chemikalien keine Rolle. Dies werde die Landwirte wahrscheinlich dazu verleiten, mit Agrarchemikalien nicht sehr zimperlich umzugehen.«

(Presseinformation des hessischen Ministers für Landwirtschaft, Forsten und Naturschutz, 26. April 1985.)

»Für den baldigen Einsatz von Bioäthanol als Treibstoffzusatz und die vermehrte Verwendung von Stärke, Zucker sowie pflanzlichen Ölen und Fetten als Industriegrundstoffe hat sich der parlamentarische Staatssekretär beim Bundesernährungsminister, Georg Gallus, ausgesprochen. In einer Erklärung legte der Staatssekretär [...] in Bonn Berechnungen vor, wonach Bioäthanol durchaus mit Benzin aus Kohleverflüssigung konkurrieren und langfristig sogar kostengünstiger produziert werden könnte. Gallus räumte ein, daß die Bioäthanolerzeugung nur begrenzte energiepolitische Bedeutung erlangen werde. Die nachwachsenden Rohstoffe und der Aufbau einer Äthanolwirtschaft wären aber angesichts der überversorgten Nahrungsmittelmärkte als künftige Produktions- und Einkommensalternative agrarpolitisch äußerst hilfreich. Durch die Züchtung geeigneter Energiepflanzen – Beta-Rüben, spezielle Stärkekartoffeln oder Zuckerhirse – werde es möglich, mehr als 5000 Liter Äthanol pro Hektar landwirtschaftliche Nutzfläche zu erzielen. In der Europäischen Gemeinschaft könnte nach den Angaben des Staatssekretärs für diese Zwecke ein Flächenpotential von fünf bis zehn Millionen Hektar mobilisiert werden, ohne die langfristige Eigenversorgung mit Nahrungsmitteln und steigende Nahrungsmittelhilfeleistungen zu gefährden.«

(Bundesministerium für Ernährung, Landwirtschaft und Forsten, Informationen, 3.6.1985.)

»Unmißverständlich hat jetzt Wissenschafts-Staatssekretär Martin Grüner klargestellt, daß ein Beimischungszwang für die Bundesregierung nicht zur Debatte steht, weil Agraralkohol unter den derzeitigen Randbedingungen von Forschung, Entwicklung, Klima und Marktordnung einfach nicht auch nur zu halbwegs konkurrenzfähigen Preisen hergestellt werden kann. Unter diesen Voraussetzungen sei eine dauerhafte Entlastung des Agrarmarktes durch die Beimischung von Alkohol aus Bio-Masse nicht zu erwarten.«
(Süddeutsche Zeitung, 1.10.1985.)

(4)

»Rinderzüchtung für Milch- oder Fleischprodukte könnte durch einen Prozeß revolutioniert werden, der die Geschlechtsbestimmung von 6 Tagen alten Embryos ermöglicht. Der Erfinder ist die Firma Genetic Engineering in Denver, Colorado. Die Firma hat die erste erfolgreiche Anwendung ihres Geschlechts-Erkennungs-Prozesses verkündet, als die beiden Kälber ›Alpha‹ und ›Beta‹ im Dezember geboren wurden. Das Geschlecht beider Kälber war im Embryozustand bestimmt worden.«
(nature, 13.1.1983.)

»Schnelleres Wachstum von wirtschaftlich interessanten Tieren wie Rindern und Schweinen könnte die Produktionszeit unter Umständen erheblich verkürzen und die Futterverwertung der Tiere verbessern. Da sich zudem das Wachstumshormon und das Milchhormon Prolaktin sehr ähneln [...], erscheint eine Verbesserung der Milchleistung von Kühen auf diesem Wege als möglich. Daß dies keine futuristischen Spekulationen mehr sind, bekräftigt auch der Tierzüchter Franz Pirchner (Freising-Weihenstephan). Die Einrichtung eines Labors für genetische Manipulation an Zuchttieren wird dort gerade debattiert. [...]

Vor der praktischen Anwendung der Methode auf Zuchttiere und der wirtschaftlichen Ausnutzung müssen noch eine Reihe von Problemen gelöst werden: Abgesehen von der Möglichkeit, daß der erhöhte Wachstumshormonspiegel sich unter Umständen auf die Fleischqualität negativ auswirken könnte, liegen die Probleme, Genmanipulation auf die Züchtung anzuwenden, bedeutend tiefer. Die wichtigste Voraussetzung für Gentransfer, das Wissen um die Genorte, ist bei Zuchttieren nur in geringem Maße vorhanden. Man kennt nicht einmal die Größenordnung der Anzahl der Gene. Bei Kleintieren sind noch am meisten Genorte bekannt.«
(Süddeutsche Zeitung, 17.3.1983.)

»Obwohl der Embryotransfer derzeit von den Spitzenzüchtern der Schwarzbunten begierig aufgegriffen wird, ist der Zuchtfortschritt bei einzelnen Merkmalen, etwa bei der Milchleistung, bei weitem nicht so hoch wie bei der herkömmli-

chen Zucht. Der große Gewinn, den die Embryotransfer-Technik dem Züchter bringt, liegt vielmehr in der raschen Vermehrung mehrerer erwünschter Erbanlagen, die in einem Tier vereinigt sind. Eine solche Kombination tritt sehr selten auf und geht bei Kreuzungen wieder verloren (›ausmendeln‹). Mit dem Embryotransfer erzielt der Züchter bei wesentlich geringerem Zeitaufwand als bisher mehr Elitetiere, sowohl Bullen als auch Kühe.«
(Frankfurter Allgemeine Zeitung, 27.4.1983.)

»Von einer einzigen Elitekuh kann man heute durch den Embryotransfer bis zu 30 oder 50 Kälber zur Zucht bereitstellen. Demnächst werden es wahrscheinlich einige hundert sein, da es möglich geworden ist, die Embryonen in ihrem Frühstadium zu teilen und damit eineiige, also erbgleiche Geschwistertiere aufzuziehen. Weitere Möglichkeiten bietet das Tiefgefrieren von Embryonen, das schon begonnen hat. Das Gesamtmanagement der eigentlichen Fortpflanzung kann heute bereits im Zusammenspiel von biologischen, elektronischen und technischen Hilfen wie folgt verlaufen: elektronische Zuchtauswahl der geeignetsten Väter und Mütter; biotechnische Brunststeuerung (bei Jungtieren anders als bei Alttieren) zur gezielten zeitlichen Auslösung des Eisprunges; damit wird anstelle der unsicheren duldungsorientierten eine terminorientierte Besamung ermöglicht; biotechnische Trächtigkeitskontrolle (Progesterontest) oder durch Ultraschall; Vorausbestimmung des Geburtszeitpunktes durch hormonale Einleitung oder Verzögerung des Geburtsvorganges (Prostaglandine), Geburtsankündigung durch technische Hilfsmittel: Video oder akustische Signale. Wenn es sich um Elitetiere handelt, die in der Zucht in möglichst großem Umfang weiterverbreitet werden sollen, kommen noch folgende biotechnische Maßnahmen hinzu: Samengewinnung für die künstliche Besamung; Tiefgefrieren des Samens, späterer Versand in alle Welt; Einleiten einer Superovulation (Supereisprung) beim Muttertier, um möglichst viele Embryonen ausspülen und danach sofort oder später befruchtet in Empfängerkühe einpflanzen zu können; Einrichten von Samen- und Embryonenbanken. Diese Verfahren werden aber ständig verfeinert: Schon heute gibt es Elitebullen, die 150 000 Söhne oder Töchter, und zwar in beinahe allen fünf Erdteilen, haben.

Der amerikanische Professor Foote berichtet, daß bei Versuchen bis zu zehn Superovulationen bei einer Kuh ausgelöst wurden und daß jedesmal 50 bis 60 Embryonen je Kuh gewonnen wurden. Damit wird es auch beim weiblichen Geschlecht zu wesentlich höheren Vermehrungsraten kommen als bisher angenommen. An der gezielten Geschlechtsbestimmung durch Spermentrennung in X- und Y-Spermien wird gearbeitet; nach Wunsch können dann mit hoher Wahrscheinlichkeit vorwiegend männliche oder, falls gewünscht, vornehmlich weibliche Tiere bereitgestellt werden. Der Embryotransfer von Mutterkuh auf Austra-

gekühe dürfte 1984 in den Vereinigten Staaten hunderttausendmal und in der Bundesrepublik eintausendfünfhundertmal ausgeführt werden. Das ist aber sicher erst ein Anfang. Die Geschlechtsbestimmung kann möglicherweise auch beim sogenannten ›Sexen‹ von Embryonen erreicht werden. Dann kann dem Besteller von Embryonen das Geschlecht quasi ›garantiert‹ werden. An der Verschmelzung von zwei Embryonen zu einem einzigen neuen Lebewesen wird derzeit gearbeitet. Das Ergebnis ist ein Abkömmling, der vier Eltern hat. Ähnlich wie beim Menschen, sind auch schon in der Tierzucht sogenannte Retortenkälber geboren worden. Dabei wurden Eizellen und Bullensamen im Reagenzglas zusammengeführt und die so entstandenen Embryonen weiblichen Tieren eingepflanzt. Die Kreuzung von Ziege und Schaf (bewerkstelligt im Reagenzglas und später eingepflanzt) ist gelungen, wobei auch Nachkommen erzeugt werden können.«
(Günther Thiede: »Die Elite-Kuh der Zukunft ist wahrscheinlich ein Serienprodukt«, in: Frankfurter Allgemeine Zeitung, 14.8.1984.)

»Chimärenbildung zwischen zwei Arten eröffnet neue Möglichkeiten, die Unverträglichkeiten bei der Fortpflanzung zwischen verschiedenen Tierarten zu untersuchen, und könnte dazu führen, diese Unverträglichkeiten auszugleichen. Damit würden die Chancen für eine erfolgreiche Hybridisierung und den Embryotransfer bei unterschiedlichen Tierarten steigen. Wir berichten im folgenden über die Erzeugung von Schaf-Ziege-Chimären durch Embryo-Manipulation und die Anwendung der Chimärenbildung zwischen zwei Arten für die erfolgreiche Embryo-Übertragung zwischen Schaf und Ziege.«
(Carole B. Fehilly, S.M. Willadsen und Elizabeth M. Tucker: »Chimären zwischen Schaf und Ziege«, in: nature, 16.2.1984.)

»Die ersten Kälbchen, die aus einem Viertel-Embryo entstanden sind, kamen kürzlich an der staatlichen Universität von Louisiana in Baton Rouge zur Welt. Die Forscher teilten unter dem Mikroskop sieben Tage alte Rinderembryonen [...] in vier Teile. Die Embryoviertel wurden anschließend vier verschiedenen Kühen in den Uterus eingespült. [...] Die Übertragung von mikrochirurgisch geteilten Embryonen auf ›Leihmütter‹ hat für die Tierzucht große Bedeutung. Zum einen können dadurch Tiere mit besonderen Erbeigenschaften stärker vermehrt werden. Zum anderen ließe sich in der Zucht strenger selektieren.«
(Frankfurter Allgemeine Zeitung, 16.1.1985.)

»Im Sommer 1983 wurde in Deutschland zum erstenmal ein eineiiges Kälberzwillingspaar geboren, das durch Teilung eines Embryos erzeugt worden war. Jetzt wird die künstliche Erzeugung von Rinderzwillingen den Bauern kommerziell angeboten. Und so wird das Vieh manipuliert: Gute Zuchtkühe werden

hormonell zu mehreren Ovulationen gleichzeitig angeregt und danach mehrmals künstlich besamt. Am siebenten Tag nach der Besamung wird die Gebärmutter der Spenderkuh gespült. Die hierbei gewonnenen Embryonen überträgt man bereitstehenden ›Ammenmüttern‹. Diese Empfängertiere sind vorher künstlich in den gleichen Zyklusstand gebracht worden. [...] Außer der höheren Ausbeute an Embryonen sehen die Züchter noch andere Vorteile bei der künstlichen Erzeugung von eineiigen Zwillingen: Zuchtwertschätzungen und der ›Zuchtfortschritt‹ können genauer und schneller betrieben werden.«
(Süddeutsche Zeitung, 28.2.1985.)

»Amerikanische Reproduktionsbiologen haben menschliche Wachstumshormon-Gene in Zellkerne von befruchteten Kaninchen-, Schweine- und Schafseizellen injiziert. Von 500 ausgetragenen Versuchstieren wuchsen 28 Kaninchen, 20 Schweine und ein Schaf heran, die das Human-Gen in ihre eigene Erbsubstanz aufgenommen hatten. [...] Trotzdem funktionierte das Science-fiction-Experiment nur zur Hälfte. Zwar integrierten einige Tiere das Human-Gen in ihren Zellkern, produzierten zum Teil sogar das Hormon – wuchsen aber nicht größer als die Vergleichstiere. Offenbar hängt die korrekte Hormonproduktion entscheidend davon ab, an welcher Stelle im Chromosom das Fremd-Gen aufgenommen wird. Dieser genaue Ort läßt sich bisher nicht vorausbestimmen. Sollte sich aber durch einen Zufall bei einem der Versuchstiere das Gen am rechten Ort angesiedelt haben und sich auch auf die Keimzellen und damit auf die nächsten Generationen vererben, wäre der Weg frei für eine neue Population von Riesenkaninchen und Riesenschweinen.«
(Die Zeit, 19.7.1985.)

(5)

»Die landtechnische Forschung hat nicht mehr in der Hauptsache arbeitssparende Effekte im Sinn, sondern eine Verbesserung der Aufwands- und Ertragsbedingungen. Computereinsatz in der Landwirtschaft soll diese Ertragsmaximierung vorantreiben. So sieht es jedenfalls Ludwig Reiner, Professor am Institut für Ackerbau und Versuchswesen in Weihenstephan. Die von Reiner gegründete ›Gesellschaft für Informationsverarbeitung in der Landwirtschaft‹ will unter anderem über die Einsatzmöglichkeiten von Mikroprozessoren in der Landwirtschaft informieren. Sie werden auf einem Versuchsfeld auf dem Institutsgelände erprobt.

Die Ertragsverbesserung erhoffen sich Reiner und seine ›Gesellschaft für Informationsverarbeitung in der Landwirtschaft‹ durch den Einsatz von Computern auf dem Bauernhof. Wie das aussehen soll, erläutert Reiner an einem Beispiel aus dem Pflanzenbau: Der Landwirt steckt in einem Getreidefeld Sonden in den Boden, die mit einer Kleinwetterstation verbunden sind. Sie zeichnen automatisch halbstündig Wetterdaten auf eine Kassette auf, die der Bauer täglich oder wöchentlich an den Speicher einer zentralen Rechenanlage weitergibt. Ähnlich wie ein Arzt eine Patientenkartei führt, auf der er im Lauf der Zeit immer mehr Daten vermerkt, wird von dem jeweiligen Feld eine Schlagkartei angefertigt.

Nach Eingabe der täglichen Witterungsdaten, des Saatdatums, Informationen über den Boden und sortenspezifischer Angaben werden für jeden Vegetationstag die Bodenwassersituation und Wurzel- sowie Ährenwachstum errechnet. ›Der Rechner kann die Ernte nicht korrigieren‹, bemerkt Reiner, ›er ermittelt jedoch eine Ertragsprognose, die Ertragsstruktur und den Kornertrag unter den eingegebenen Bedingungen.‹ Je nachdem, wie die Prognose ausfällt, muß der Bauer selbst eingreifen und die Bedingungen optimieren. Dabei ist er nicht mehr auf sein Gutdünken angewiesen, weil der Rechner auf Grund der gespeicherten Wetterdaten ihm beispielsweise Wahrscheinlichkeitsangaben über Regenfälle zu einer bestimmten Jahreszeit auf einem bestimmten Gebiet liefert. So kann der Landwirt Dünge- und Pflanzenschutzmittel sparen, wenn die Witterung voraussichtlich ungünstig sein wird. Reiner betont hierbei den umweltschützenden Aspekt des Computereinsatzes, daß mit seiner Hilfe gezielte und präzise Dünger-, Herbizid- und Pestizidgaben möglich werden. Bisher wird der Einsatz dieser Klein- und Großcomputer noch auf dem Institutsgelände ausprobiert. Reiner ist jedoch davon überzeugt, daß über kurz oder lang zumindest größere Betriebe mit diesem Hilfsmittel arbeiten.

Auch für die Tierproduktion wird der Einsatz von Mikroprozessoren eine wichtige Rolle spielen. ›Bauern halten Tiere nicht zum Zeitvertreib, sondern weil sie davon leben müssen‹, erklärt Reiner vorab die Situation. Deshalb gehe es auch in diesem Bereich um eine Maximierung des Ertrags. Bei Milchkühen hängt die Leistung von der Futtergabe ab. Hängt man ihnen Sensoren um, so kann man bei täglicher Milchmengenmessung eine individuelle Kraftfutterzuteilung vornehmen: Jede Kuh bekommt ihren ›persönlichen‹ Code, der Auskunft über ihre Milchleistung und die sich daraus ergebende benötigte Futtermenge enthält. In den Futterautomaten wird dieser Code eingegeben, und das Tier erhält automatisch genauso viel von einem bestimmten Futterstoff, wie es haben soll.«

(Deutscher Forschungsdienst, 14/1982.)

»In einem weiteren Schritt wird derzeit versucht, die laufende Kontrolle der individuellen Milchleistung zu automatisieren, um eine physiologisch ausgewogene, bedarfsgerechte Fütterung zu ermöglichen. Dazu werden die Tiere im Melkstand identifiziert. Die von den Tieren ermolkene Milchmenge wird durch

Milchmengenmeßgeräte erfaßt. Die Werte werden in einem Rechner gespeichert und dem Melker angezeigt.

Die nächste Ausbaustufe ist die automatische Berechnung und Zuteilung der Futterration durch den Computer anhand erfaßter Daten über Milchleistung und mögliche Lebendmasse.

Die Prozeßüberwachung umfaßt die Bereiche:

- Futterplanung und -überwachung,
- Leistungsüberwachung,
- Terminüberwachung,
- Gesundheitsüberwachung,
- Reproduktionsüberwachung.

Als erster Schritt hierzu ist die Anwendung von Rechnern zur Futterrationsberechnung, zur laufenden Aufzeichnung der individuellen Milchleistung und deren Vergleich mit Standardlaktationskurven sowie die Führung des sogenannten ›Kuhkalenders‹ zu sehen.

Darüber hinaus werden in Zukunft die Überwachung der Tiergesundheit und die Reproduktionsüberwachung eine zunehmende Bedeutung erlangen.

Dabei wird die Erfassung pathologischer Veränderungen sowie der Brunst, Trächtigkeit und der Geburt nur durch eine laufende Beobachtung der Tiere möglich sein. Hierzu ist die kontinuierliche Aufnahme tierphysiologischer Daten im Produktionsablauf durch spezielle Sensoren erforderlich.«
(DLG-Mitteilungen 9/1984.)

»Die Welle neuer Pflanzenkrankheiten, der Artenschwund und die Zunahme der Schädlinge, die gegen eine oder gleich mehrere Agrarchemikalien resistent geworden sind, scheint dies zu bestätigen. Hierzu einige beunruhigende Zahlen: Nach einer Ende 1984 veröffentlichten Studie der Forscher Michael Dover vom World Resources Institute in Washington und Brian Croft von der Oregon State University stieg zwischen 1970 und 1980 die Zahl der Insekten, die gegen ein Insektizid oder mehrere immun waren, von 224 auf 428 an. Darüber hinaus sind heute über 150 Arten von Schadpilzen und Bakterien resistent. 1960 waren es erst 20. Mehr noch: Laut Dover und Croft vertragen mittlerweile über 50 Unkräuter ein oder mehrere Herbizide, ohne Schaden zu nehmen.«
(Peter Grosch, Gerd Schuster: »Der Biokost-Report«, München 1985.)

Betr.: Gen- und Fortpflanzungstechnik beim Menschen

Erlaubt ist, was lohnt

Wir haben uns daran gewöhnt, daß die Fragen des ausgehenden Jahrhunderts meist Angstfragen sind. So auch diese: Wird uns die Gentechnologie das Genick brechen, oder gehen wir herrlichen Zeiten entgegen? Werden wir Grenzen, etwa das menschliche Erbgut, respektieren? Tabus, die auch die schneidigsten Verfechter dieser neuen Herrschaftswissenschaft sehen. So sagen sie. Noch.

In Ermangelung einer Antwort die Gegenfrage: Wurde in der Geschichte der Menschheit jemals auf eine Fertigkeit verzichtet, deren Nutzen umstritten, deren Markt- und Machtträchtigkeit aber offensichtlich waren? Oder die gleiche Frage noch einmal präzisiert und dramatisiert: Wenn Menschenzüchtung Geld und Macht verspricht, wer oder was sollte sie verhindern? Eine Suggestivfrage, zugegeben! Doch die Art, in der heute Skeptiker von den forschen Forschern befragt werden, nötigt auch die Zweifler zu groben Fragen. Wer heute sein Nein sagt, wer sich der allseits geübten Güterabwägung verweigert, weil die Pro-Seite alle Waagen geeicht hat, wer ›Nein‹ sagt und kein ›Aber‹ hinzufügt, der handelt sich todsicher eine Frage dieser Art ein: Ja, wollen Sie denn, daß wir international in die Bedeutungslosigkeit zurückfallen? Wenn nicht wir vorgehen, dann die anderen ... (1)

Eine solche Fragestruktur nennen Rhetoriker eine Killerphrase: Sie tötet jede Diskussion, indem sie einem Andersdenkenden scheinbar die moralische Grundlage entzieht. Diese Phrase könnte Zukunft haben. Gesetzt den Fall, ein Regime verspricht sich die erhoffte weltweite Überlegenheit durch genetisch ›ertüchtigte‹ Supermenschen – wird dann der Rest der Welt zuschauen, bis ihn feindliche oder auch nur konkurrierende Intelligenz deklassiert? Eher wird wohl wieder nach bewährtem Muster gefragt werden: Ja, sollen wir denn international ins Hintertreffen geraten ohne künstliche Eliten?

Es gibt keine Täter, es gibt nur Getriebene.

Die Leiter, mit der künftig die Überschreitung heutiger Tabu-Zäune bewerkstelligt wird, liegt schon griffbereit: Notwehr, Verteidigung der Freiheit, des Sozialismus, des Fortschritts, des ungestörten Welthandels, der Forschung ...

Unzutreffendes bitte streichen.

Doch zurück in die Gegenwart: »Juristen des australischen Bundesstaates Victoria stießen auf eine Gesetzeslücke; es fehlten Präzedenzfälle für den Umgang mit tiefgefrorenen Embryos. Die Lücke wurde überhaupt erst sichtbar, als die US-Amerikanerin Elsa Rios und ihr Ehemann in Australien durch einen Flugzeugabsturz ums Leben kam. Sie ließen einen erwachsenen Sohn, zwei tiefgefrorene Embryos und mehr als eine Million Dollar zurück« (*nature*, 28.6.1984). Sind nun die eisigen Untoten erbberechtigt oder haben sie den Status eines abgeschnittenen Jungmädchenzopfes?

Diese Frage scheint aus dem Stoff, aus dem die Schlagzeilen sind. Doch sie signalisiert, in greller Überblendung, daß der ›human-sozialpolitische‹ Bereich menschlicher Existenz den Vorwärtssprüngen der neuen Weltmacht Wissenschaft nur noch hinterherhecheln kann. Atemlos. Konzeptlos.

Lägen die Rios-Embryos nicht in einem australischen, sondern in einem britischen Eisfach, wäre die Rechtslage immerhin etwas klarer. Dort sollen, nach Gutachterempfehlung, elternlose Leibesfrüchte der Wissenschaft gehören (2). Und die hat Bedarf. Erbkrankheiten, aber auch die Grundlage der Eugenik (Verbesserung der Menschen durch Erbgutverbesserung), lassen sich am ungeborenen Leben optimal erforschen. Bisher soll dieses ›Leben für die Forschung‹ nicht älter sein als 14 Tage. Aber warum eigentlich nicht, fragt Forscherdrang (3), wo doch schon Embryos in künstlichen Gebärmuttern heranreifen (4)?

Darüber, wie Institute legal zu ihren Forschungs-›Gegenständen‹ kommen und wie sie das experimentell bearbeitete ›Material‹ wieder los werden, liegt, wie über vielen Fragen der »Biotechnik« bei der menschlichen Fortpflanzung, ein juristisch-moralischer Grauschleier (5). Und den lichtet auch das Wort des ehemaligen Obersten Bundesverfassungsrichter

Ernst Benda nicht, der für künftige und vorhandene Möglichkeiten der Humangenetik die Grenzen dort wissen möchte, wo über medizinische Heileingriffe hinaus der Mensch »qualitativ verbessert« werden soll. Das leuchtet ein, so, wie die »Unantastbarkeit der Menschenwürde« (Artikel 1 des Grundgesetzes) einleuchtet, aber: Wo hört Heilung auf und wo fängt Verbesserung an?

Wenn eine Klinik einer sterilen Frau ein von ihrem Mann in vitro (= im Glas) befruchtetes Ei einsetzt und auf diesem Umweg Unfruchtbarkeit heilt, ist das sicher keine »qualitative Verbesserung« am Menschen, sondern die Überwindung einer körperlichen Fehlfunktion. Wenn nun aber eine Klinik ihren Kundinnen verspricht, daß ihre Ware, das verfügbare Samenangebot, nicht von dicken Männern stamme und nicht von langohrigen und hakennasigen Spendern, so mag man sich an kommendes Unheil gemahnt sehen oder an vergangenes: Bitte recht blauäugig, blond und arisch! Und wer unfruchtbar ist oder sich die Last einer Geburt ersparen will, läßt gebären, chartert eine Leihmutter (6), vielleicht optimiert mit Nobelpreisträger-Samen (7).

Gegenwart ist auch schon das sogenannte gen-screening (8), der genetische Check, den US-Firmen durchführen, um (versteckte) Kranke unter Job-Bewerbern gar nicht erst einstellen zu müssen. Andererseits: Gegen die Entzifferung des genetischen Codes bei Menschen wird man nicht in Bausch und Bogen zu Felde ziehen können, ermöglicht doch das Studium der buchstabenarmen Geheimschrift schon heute Früherkennung von Erbkrankheiten und wohl auch bald deren Behandlung (9). Auch Medikamentenherstellung mittels genetisch manipulierter Bakterien (10) ist ja nicht schon allein dadurch diskreditiert, daß sich für die Marktgiganten neue Supermärkte auftun. Angesichts geheilter Bluter oder Chorea-Huntington-Patienten werden sich die Promotoren der Zellkern-Industrie leicht tun, mit Blick auf die ungelösten Fragen von »Restrisiko« zu sprechen – das Wort hat sich schon zur Betäubung der öffentlichen Meinung in der Auseinandersetzung um Atomenergie bewährt.

Häufig schweigen Wissenschaftler, wenn man sie nach den Zielen ihres Tuns befragt, oder sie ducken sich noch immer hinter die »Wertfreiheit der Forschung« (11) – übrigens ein Versteckspiel, das angewandte Schizophrenie verlangt von einem Menschen, der seinen Arbeitsplatz, seine Zielvorgabe und seine Mittel von handfest materiell interessierten Leuten entgegennimmt. Oder von Militärs (12).

Doch dankenswerterweise haben die Erforscher des Zellkerns und der Möglichkeiten, die sich aus dieser Forschung ergeben, durchaus Visionen, Zielvorstellungen entwickelt: Vier Jahreszahlen sind schon heute, noch ehe das Genzeitalter so richtig begonnen hat, signifikant.

Voraussetzung aller Gentechnologie war die Aufschlüsselung der Struktur der Erbinformation durch James Watson und Francis Crick im Jahre 1953. Zehn Jahre später, 1963 (zweite Jahreszahl), versammelte die Ciba-Foundation, eine Stiftung des Ciba-Geigy-Konzerns, einige der erlauchtesten Geister der Genforschung unter dem Motto »Der Mensch und seine Zukunft« zu einer freien Aussprache. Was da gedacht und gewünscht wurde, war noch nicht von heutigen Homunkulus-Visionen angekränkelt – vielleicht, weil ›Schere‹ und ›Kleber‹ noch nicht erfunden waren, um die menschliche Erbinformation zu manipulieren. Diese Basiserfindung (dritte wichtige Jahreszahl) der Gentechnologie gelang erst 1973: Mittels Restriktionsenzymen wird Erbmaterial an bestimmen Stellen ›aufgegeschnitten‹, neue Erbinformation eingebaut und das Ganze mit ›Kleber‹-Enzymen zusammengefügt.

Noch einmal zurück zum Jahr 1963 und den bemerkenswerten Gedankenbewegungen von Nobelpreisträgern und Großhirnen. Julian Huxley bekannte: »Wir brauchen eine globale Evolutionspolitik, der wir unsere wirtschaftlichen, sozialen und nationalen Ziele unterordnen müssen ...« Das bedeutet nicht weniger als Weltherrschaft für die Menschenmacher, denn »schließlich könnte die voraussichtlich radikale eugenische Verbesserung die Hauptrichtung der menschlichen evolutionären Entwicklung werden«.

Der Biologe Julian Huxley zieht mit dieser Kursbestimmung gleich mit seinem Bruder Aldous Huxley, der das Menschenkonzipieren in seinem Jahrhundertroman »Schöne neue Welt« (1932) noch als warnende Vision vorgestellt hatte. Aber Julian Huxley war 1963 keine singuläre Erscheinung. Der Genetiker John Haldane sah das Ende der sexuellen

Fortpflanzung kommen und pries den Nutzen laborgesteuerter Zuchtwahl mit ausgelesenen Spendern. Und wer meint, daß Naturwissenschaftler einfach nicht das Zeug hätten, ihren Interessen eine passende Ideologie unterzuschieben, höre den Nobelpreisträger Hermann Muller: »Die Menschheit muß sich erheben, um ihren eigenen Erfolg wert zu sein. Wenn der Durchschnittsmensch die Welt, die die Wissenschaft entdeckt hat, nicht versteht und zu würdigen weiß, wird die Minderheit, die ihn regiert, bald Methoden finden, ohne ihn auszukommen.« Und Nobelpreisträger-Kollege Joshua Lederberg wußte auch, wie das gehen könnte: »Es wäre unglaublich, wenn wir nicht bald die Technik entwickelt hätten, mit der wir zum Beispiel die menschliche Gehirngröße vor oder nach der Geburt bestimmen. Dies ist keine ethische Frage, sondern eine Frage der Zeit. Wann fangen wir an?«

Nun, Müller und Lederberg werden sich noch etwas gedulden müssen. Vorerst steht noch nicht die künstliche Vergrößerung des Gehirnvolumens an, sondern (zum Beispiel) die gentechnische Regulierung von Zwergenwuchs. Nichts dagegen zu sagen. Oder? Das Lebensglück von Menschen, die ›normalerweise‹ eine Abnormität ihrer Doppelhelix dazu verurteilt, ihr Leben erniedrigt zu führen, ist den Schweiß der Edlen wert. Aber wie sicher ist die Grenze? Hat nicht auch ein 1,65 Meter großer Mann Anrecht darauf, 1,85 Meter zu erreichen? Wo hört Heilung auf und wo fängt Kosmetik an? Für solche Fragen werden wir in Zukunft Ethik-Kommissionen haben. Sie werden bestimmen, daß bei 1,59 Meter die medizinische Indikation aufhört und bei 1,60 Meter die kosmetische (verwerfliche) Genmanipulation anfängt.

Wir schulden dem Leser noch die vierte Jahreszahl. Die wichtigste. Im Juni 1980 entschied der Oberste Bundesgerichtshof der USA, daß die Patentierung genetisch manipulierter Lebewesen statthaft sei. Die Folge war eine Kursexplosion in der Wall Street für Gen-Industrie-Aktien. Seither sind Gelder für diese Branche kein Risikokapital mehr. Die wilde Ehe von Gen-Wissenschaft und Industrie ist legalisiert. Wir warten auf die Kinder.

(1)

»Es ist nicht zu übersehen, daß auf neuen und zukunftsträchtigen Forschungsgebieten, namentlich in der Gentechnologie, ein Nachholbedarf besteht. Dieser Rückstand muß aufgeholt werden, um unsere zukünftige Wettbewerbsfähigkeit zu sichern.«
(Statement von Bundesforschungsminister Andreas von Bülow, 27.9.1982.)

»Angesichts der sich abzeichnenden Fortschritte in der deutschen Forschung auf gen- und biotechnologischem Gebiet wird die CDU/CSU dafür sorgen, daß nicht wieder eine Situation eintritt, daß in Deutschland die gesellschaftspolitische Diskussion und die Geschäfte von anderen Ländern durchgeführt werden.«
(Christian Lenzer, in: CDU/CSU-Pressedienst vom 26.4.1984.)

»Ich halte es für eine schwierige Situation, eine solche Diskussion über einen längeren Zeitraum zu führen, ohne zu entscheiden. Das Risiko, daß während der Zeit Forschung stagniert, ist außerordentlich groß. Das Risiko, daß Rahmenbedingungen nicht gesetzt werden, ist unabschätzbar. Das Risiko, daß niemand beginnt, weil er nicht weiß, unter welchen Bedingungen er schließlich darf, ist erheblich. Wir sind heute in dem ganzen Bereich der Biotechnologie – und hierzu gehört einer der wichtigsten und interessantesten Wachstumsbereiche, nämlich die Gentechnologie – nicht mehr uneingeschränkt internationale Spitze.«
(Heinz Riesenhuber, in: »Gentechnologie – Chancen und Risiken«, hrsg. vom Bundesministerium für Forschung und Technologie, München 1984.)

»Für BDI-Präsident Dr. Hans-Joachim Langmann ist es längst angezeigt, daß auch vom politischen Bereich Impulse auf die Gentechnik und die industrielle Biotechnik ausgehen, um in den kommenden Jahrzehnten Anschluß an die führenden Industrieländer – etwa die USA oder Japan – zu halten.«
(Deutsches Ärzteblatt, 23.8.1985.)

(2)

»Menschliche Embryos sollen in Großbritannien künftig in den ersten vierzehn Tagen nach der Zeugung legal für Forschungszwecke benutzt werden können. [...] Das Warnock-Komitee, so hieß es, setze sich weiter für eine Behörde ein, die Lizenzen für die Forschung an Embryos vergebe und das Recht habe, Kliniken zu überprüfen, die sich auf ›Retorten-Babys‹ spezialisierten. [...] Experimente an menschlichen Embryos sollen etwa strafbar sein, wenn sie später als vierzehn Tage nach der Befruchtung vorgenommen werden. Darüber hinaus müsse verboten werden, einen menschlichen Embryo in den Uterus einer ande-

ren Säugetier-Art einzupflanzen und dort seine Entwicklung zu beobachten, hieß es.«
(Frankfurter Allgemeine Zeitung, 20.7.1984.)

(3)

»Experimente mit Embryonen im Frühstadium werden beispielsweise auch in Australien sowie in Großbritannien vom ›Pionier‹ Robert Edwards angestellt. Die rechtliche Legitimation beziehen die Forscher daraus, daß das Ungeborene vor der Einnistung, also in den ersten 14 Tagen, nicht als ›Mensch‹ gelte. Doch auch diese Grenze scheint willkürlich: Edwards möchte sie mit der Begründung auf sechs Wochen ausdehnen, erst danach sei das zentrale Nervensystem entwickelt, das Kind somit ›schmerzfähig‹. Und auch in Deutschland halten einige Wissenschaftler ›verbrauchende Experimente an Embryonen‹ (so nennen sie das tatsächlich) für gerechtfertigt.«
(Tagesspiegel, 23.7.1984.)

»Bereits vor einem Jahr verlangten die Engländer Steptoe und Edwards, daß Embryonen 30 Tage lang am Leben erhalten werden sollten, bis die Entwicklung des Gehirns beginne. Die Experimente an Embryonen werden mittlerweile auch von deutschen Wissenschaftlern verteidigt, weil man sich dadurch neue Erkenntnisse etwa über die Entstehung von Krebs oder die Ursachen von Mongolismus erhofft.«
(Frankfurter Rundschau, 12.1.1985.)

(4)

»Robyn Rowland, führende Retortenbaby-Expertin, hat ihre Mitarbeit beim Team des berühmten Carl Wood, Melbourne, aufgekündigt. Der nämlich hatte als einer der ersten in der Welt einer Frau den Embryo ausgespült und ihn einer anderen eingepflanzt. Zudem arbeitet er an einer künstlichen Gebärmutter, mit der die Lücke zwischen ›Kindermachen‹ im Labor und Behandlung von Frühgeborenen geschlossen werden kann – das ›Reproduktionssystem Frau‹ wird überflüssig.«
(Justin Westhoff: »Wenn Gebärmaschinen die Frau ersetzen«, in: Süddeutsche Zeitung, 6.9.1984.)

»Aus dieser Perspektive betrachtet, ist die Ektogenesis, das heißt die extrakorporale Entstehung und Reifung des Individuums, sicherlich auch ein heute technisch lösbares Problem, wenn es gelingt, den Stoffwechselaustausch zwischen der Plazenta und dem mütterlichen Blut nachzuempfinden.«
(Kurt Semm, in: Münchener Medizinische Wochenschrift 127/1985.)

(5)

»Deshalb ist auch noch nicht Einstimmigkeit erzielt hinsichtlich des gestern gebrachten Problems des Umgangs mit befruchteten überzähligen Eizellen. Ich persönlich würde auch sagen: Ich habe Verständnis dafür, würde es tolerieren, daß sie in den Ausguß geschüttet werden. Um es ganz brutal und satirisch zu sagen: Ich sähe keine Möglichkeit, sie zu taufen und ihnen ein christliches Begräbnis zu geben; das wäre die andere Möglichkeit. Beides ist so nicht ganz richtig, man hat ein Unbehagen dabei.«
(Wolfgang Kluxen, in: »Gentechnologie – Chancen und Risiken«, hrsg. vom Bundesministerium für Forschung und Technologie, München 1984.)

»Wenn man selbst auf dem Gebiet tätig ist, muß man feststellen, daß beim jetzigen Erkenntnisstand die Arbeit mit tierischen Embryonen völlig ausreichend ist, um offenstehende Fragen zu beantworten. Daß mit menschlichen Embryonen experimentiert wird, weil im Rahmen der in-vitro-Befruchtung unter Umständen ein Überschuß vorhanden ist, sollte in jeder Form abgelehnt werden.«
(Dieter Krebs, in: »Gentechnologie – Chancen und Risiken«, hrsg. vom Bundesministerium für Forschung und Technologie, München 1984.)

»Es ist, jedenfalls bisher, unvermeidlich, daß in vitro mehrere Embryonen erzeugt werden, so daß es in weiterer Folge unvermeidlich wird, die überzähligen Embryonen zu vernichten. Ihre Konservierung in der Absicht, sie später für zweite oder weitere Schwangerschaften zu verwenden, müßte wohl, pragmatisch bedacht, als eine Praxis angesehen werden, die nur höchst selten ihrem angeblichen Zweck, zumeist aber der Beschwichtigung dient, zumal es illusionär wäre, Mütter auf die Bereitschaft zu diesen zweiten oder weiteren Schwangerschaften moralisch wirksam verpflichten zu wollen.«
(M. Lübbe, in: »Gentechnologie – Chancen und Risiken«, hrsg. vom Bundesministerium für Forschung und Technologie, München 1984.)

»In-vitro-Fertilisation und Embryotransfer: Hiergegen habe ich keine grundsätzlichen Bedenken, sofern Ärzte einem kinderlosen Ehepaar mit dieser Methode Hilfe gewähren. Bei der Verwendung dieser Methode werden jedoch oft mehr befruchtete Eizellen erhalten, als für den Transfer benötigt werden. Der Verbleib dieser überzähligen befruchteten Eizellen wurde bei dem Fachgespräch ausführlich diskutiert, jedoch auch keine befriedigende Antwort gefunden. Es wird daher Aufgabe der Arbeitsgruppe sein, Lösungswege auszuarbeiten. Als ethisch nicht vertretbar halte ich mögliche Experimente, die auf eine Klonierung (künstliche Herstellung von Zwillingen oder Mehrlingen) des Menschen abzielen. Desgleichen halte ich Versuche zur Entwicklung eines lebensfähigen Mensch-Tier-Hybriden für unverantwortbar. Die Achtung vor der Würde des

Menschen setzt hier Grenzen, die nicht überschritten werden dürfen. In Deutschland werden solche Versuche nicht durchgeführt. [...] Andererseits können durch die Genomanalyse eine genetische Disposition für eine bestimmte Krankheit ermittelt und somit frühzeitig Präventivmaßnahmen ergriffen werden. Es kann auch festgestellt werden, ob aufgrund einer bestimmten genetischen Konstitution eine Gefährdung an bestimmten Arbeitsplätzen vorliegt. Der Einsatz dieser Methode zur Feststellung, ob für einen Menschen aufgrund einer bestimmten genetischen Konstitution eine Gefährdung an bestimmten Arbeitsplätzen vorliegt, sollte nur in solchen Fällen erfolgen, wo sie eindeutig dem Schutz des Arbeitnehmers dient. Die Anwendung dieser Methode ist aber sehr begrenzt und kann nur für ganz wenige Gene und ganz bestimmte Arbeitsbereiche in Frage kommen. [...] Ganz anders bewerte ich das Einbringen von Genen in Keimbahnzellen, bei der nicht nur der Patient, sondern auch dessen Nachkommen das übertragene Gen durch Vererbung erhalten. Diese Methode birgt nach dem heutigen Stand der Kenntnisse für den Patienten unübersehbare Risiken in sich. Derartige Versuche sind schon aus diesen Gründen mit der Würde des Menschen nicht vereinbar.«
(Der Bundesminister für Forschung und Technologie, Pressemitteilung, 2.2.1984.)

»Das gesamte mögliche Wirkungsspektrum neuer biologischer Methoden auf den Menschen erschließt sich aber erst dann, wenn man die Entwicklung verschiedener Sparten, wie etwa der Zell- oder Entwicklungsbiologie, mit den Möglichkeiten der Gentechnologie zusammendenkt. [...] Hier müssen schleunigst und vor jeder weiteren Forschung Regelungen getroffen werden, wenn unsere Gesellschaft nicht ihre Vorstellungen von Menschenwürde von wissenschaftlichen Entwicklungen in Frage stellen lassen will. [...] Elemente einer Regelung müssen sein: [...] Die Produktion von Embryonen für ›verbrauchende Experimente‹ mit menschlichen Embryonen ist aus ethischen Gründen grundsätzlich zu unterbinden. Damit wird der gentechnologischen Keimbahntherapie die technische Grundlage entzogen. Daraus folgt auch, daß es keine Klonierung von Menschen geben kann. [...] Die Herstellung von Mensch-Tier-Hybriden ist zu untersagen, ebenso wie das Überschreiten der Artgrenzen bei höheren Lebewesen. [...] Das Recht des Menschen auf Unantastbarkeit seines Erbguts ist grundsätzlich zu verankern. [...] Künstliche Geschlechtswahl bei Kindern ist wegen demographischen Risiken und der damit verbundenen Diskriminierung zu unterlassen. [...] Die In-Vitro-Fertilisation ist als äußerste Hilfe für Ehepaare, die sich erwiesenermaßen auf andere Weise keinen Kinderwunsch erfüllen können, zulässig. Dabei dürfen jedoch keine überschüssigen Embryonen produziert werden. [...] Eine Vermarktung von Samen oder Eiern sowie sogenannter Leihmüt-

ter ist zu unterbinden. [...] Eine somatische Therapie von Erbschäden ist unter genau zu definierenden Bedingungen (Sicherheitsrisiken) zulässig. [...] Dagegen ist jegliche Keimbahntherapie von Erbschäden zu unterbinden, was bereits durch die Unterlassung der Produktion von Embryonen für verbrauchende Experimente gesichert sein sollte. Damit verbietet sich auch jegliche Forschung in Richtung der genetischen Optimierung menschlicher Fähigkeiten oder Eigenschaften. [...] Die Erstellung menschlicher Genomkarten eröffnet neue Möglichkeiten der Manipulation: sie darf deshalb im Einzelfall nur dem behandelnden Arzt erlaubt sein. [...] Genetische Testverfahren bei Arbeitnehmern, durch die das Ausmaß erfolgter gesundheitlicher Beeinträchtigungen durch Schadstoffe am Arbeitsplatz ermittelt werden kann, sind nur auf der Grundlage tariflicher Vereinbarungen denkbar und dürfen nicht vom Arbeitgeber angeordnet werden. [...] Genetische Testverfahren bei Arbeitnehmern, durch die eine mögliche erbliche Veranlagung für ein erhöhtes Krankheitsrisiko an bestimmten Arbeitsplätzen entwickelt werden soll, sind wegen der völligen Unausgereiftheit derartiger Tests und der schwerwiegenden Möglichkeiten zur Diskriminierung zu untersagen. [...] Die Erörterung der ökologischen, rechtlichen, sozialen und ethischen Probleme, die durch den Einsatz der Gentechnologie, insbesondere durch die Anwendung gentechnologischer und anderer moderner biologischer Verfahren am Menschen selbst, aufgeworfen werden, darf nicht auf Gesprächszirkel zwischen der interessierten Wissenschaft, der Industrie und der Exekutive beschränkt bleiben, sondern muß wichtige gesellschaftliche Gruppen einbeziehen.«
(Tagesdienst. Informationen der Sozialdemokratischen Bundestagsfraktion, 25.4.1984.)

»Nach Professor Steinbach vom Bundesgesundheitsministerium ist die biomedizinische Forschung der gesellschaftlichen, politischen und religiösen Diskussion ihrer Folgen weit vorausgeeilt. Nun werde es höchste Zeit, sich mit Phänomenen wie dem Handel mit Embryonen oder der Möglichkeit, in der Retorte Kinder ohne Vater und Mutter bzw. mit vielen Vätern und Müttern zu zeugen, auseinanderzusetzen und Stellung zu beziehen.«
(Tagesspiegel, 13.6.1984.)

»In eine beängstigende Zukunft weist das Testen menschlicher Samenzellen an Hamstereiern – hier entsteht die Möglichkeit der Kreuzung von Tier und Mensch (Kreuzungen von Tieren sind bereits möglich). Darf so entstehendes ›Leben‹ vernichtet werden? – Oder aber: Muß so entstehendes Leben nicht vernichtet werden?«
(Deutsches Ärzteblatt, 27.7.1984.)

»Die zweite Möglichkeit des Umgangs mit dem Embryonen-Überschuß, die Verwendung als Forschungs-Material, wird gleichfalls vielerorts praktiziert. In Deutschland zum Beispiel wäre dies möglich, weil die ersten 13 Tage im Leben eines Menschen – von der Befruchtung der Eizelle bis zum Einnisten in die Gebärmutterschleimhaut – eine rechtsfreie Zeit sind, nicht zuletzt, um nicht die Verhütung mittels Pessaren verbieten zu müssen. Doch auch hier scheinen die zeitlichen und ethischen Grenzen je nach Geschmack und Interesse beteiligter Forscher verschiebbar.«
(Süddeutsche Zeitung, 6.9.1984.)

»[...] in der Empfehlung des Europarates zur Gentechnologie von 1982, Anhang 2, wird nachdrücklich gefordert, ›die Unantastbarkeit des genetischen Erbes gegen künstliche Eingriffe‹ in den Menschenrechtskatalog aufzunehmen und entsprechende Schutz- und Strafbestimmungen zu erlassen. Ebenso hat das Bundesverfassungsgericht keinen Zweifel daran gelassen, daß mit der Unantastbarkeit der Menschenwürde auch die individuelle Eigenart und Unverfälschtheit des Menschen gewährleistet sein soll. All dies gilt selbstverständlich ebenfalls für ›Embryonen verbrauchende‹ und andere Experimente mit menschlichen Keimzellen, auch wenn sie nur somatisch-gentechnologische Zielsetzungen verfolgen.

[...] während es in der gegenwärtigen Diskussion aber zumeist die Eltern sind, die abgesichert sein wollen in ihrem Selbstverwirklichungs- und Glücksstreben, ist von den Kindern erschreckend wenig die Rede: daß Kinder nämlich das Recht haben, ihren Vater und ihre Mutter zu kennen, nicht nur um ihrer späteren Identitätsprobleme willen, sondern auch, um ihre Rechte gegenüber den Eltern geltend machen zu können, in der Fürsorge, in der Ausbildung bis hin zu den Erbschaften. Während dies beim Retortenbaby von Eheleuten unproblematisch ist, [...] hat ein Kind, das durch heterologe Insemination gezeugt wurde, zwei Väter (einen leiblichen, einen in der Familie), und ein Kind, das von einer Leihmutter ausgetragen wurde, zwei Mütter. Selbst in den Fällen, in denen all das ohne Komplikationen vor sich geht, ist die rechtliche Situation noch weitestgehend ungeklärt. Aber es mehren sich Nachrichten über Problemfälle, je selbstverständlicher und unproblematischer diese Techniken betrachtet und angewandt werden, ja für sie geworben wird:

– daß eine Frau, die ihr Kind von einer Leihmutter austragen ließ, dieses nicht annehmen wollte, weil es behindert war;

– daß eine Leihmutter, nachdem sie das Kind austrug, es nicht hergeben wollte, weil sie es zu liebgewonnen hatte;

– daß ein Vater ein heterolog gezeugtes Kind nicht als sein Kind anerkannt hat.

Man kann die Beispiele fast beliebig vermehren, vor allem, wenn man noch den künstlichen Uterus in die Überlegungen mit einbezieht. Nur eines ist all diesen Fällen gemeinsam: daß die Kinder dabei auf der Strecke bleiben.«
(Reinhard Löw: »Leben aus dem Labor«, München 1985.)

»Die rechtliche Stellung von Leihmüttern und Samenspendern sowie deren Nachkommen ist in der Bundesrepublik noch weitgehend ungeklärt. Darauf wies Bundesjustizminister Hans Engelhard (FDP) am Wochenende hin. [...] Der Minister kündigte für beide Gebiete gesetzliche Initiativen an. Zunächst müßten aber noch grundsätzliche Antworten auf die neue Entwicklung gefunden werden. Die Rechtsordnung sei auf ›Befruchtung im Glas‹, Leihmutterschaft oder Gen-Manipulation weder zugeschnitten noch vorbereitet.«
(Frankfurter Rundschau, 13.5.1985.)

»Graue Theorie ist die Forderung der Richtlinien, keine überzähligen befruchteten Eizellen zu produzieren. Deshalb ist ein Tieffrieren der Embryonen zur Verwendung für einen späteren Transfer gestattet. Bricht eine Patientin die Behandlung vorzeitig ab, kann ein Embryo in der Kälte ›verwaisen‹. Zu seinem Wohle haben sich die Autoren der Richtlinien etwas Neues ausgedacht: die pränatale Adoption, also eine Chance für ein Ehepaar, das keine gesunden Ei- und Samenzellen hat, dennoch zu einem Kind zu kommen (das dann aber genetisch nicht mit den ›Adoptiveltern‹ verwandt wäre).«
(Die Zeit, 24.5.1985.)

»1. Extrakorporale Befruchtungen und Embryo-Transfer dürfen nur zur Behandlung einer Fertilitätsstörung nach strenger medizinischer Indikationsstellung durchgeführt werden.

2. Extrakorporale Befruchtung und Embryo-Transfer dürfen nur an Einrichtungen durchgeführt werden, welche die zur ordnungsgemäßen Durchführung erforderlichen fachlichen, personellen und technischen Anforderungen erfüllen.

3. Bei seiner Entscheidung über die Durchführung von extrakorporaler Befruchtung und Embryo-Transfer darf der Arzt nicht nur den Kinderwunsch in einer Partnerschaft berücksichtigen; er muß vielmehr auch das künftige Wohl des erhofften Kindes bedenken und insbesondere hieran seine Entscheidung orientieren. Deswegen sind extrakorporale Befruchtung und Embryo-Transfer grundsätzlich nur bei bestehender Ehepartnerschaft im homologen System vertretbar [homologes System = wenn die Eizelle von der Ehefrau und die Samenzelle vom Ehemann stammen; Red.].

4. Der Einsatz von ›Leihmüttern‹ ist wegen der möglichen Nachteile für das Kind und wegen der Gefahr einer Kommerzialisierung der extrakorporalen Befruchtung und des Embryo-Transfers abzulehnen.

»Gegenwärtig sind es zahlreiche staatliche Gremien, die hier einerseits über Gesellschaftsrecht, andererseits über ärztliches Standesrecht versuchen, das aufgeworfene moralisch-ethische Paket zu schnüren, um möglichen Aberrationen des menschlichen Geistes Grenzen zu setzen. Ratlosigkeit und Gesetzesschwäche auf der einen Seite und eine Kluft von Meinungsverschiedenheiten infolge explosiver Zunahme unseres Wissens auf der anderen Seite erschweren derzeit klare Begriffsformulierungen.«
(Kurt Semm, in: Münchener Medizinische Wochenschrift 127/1985.)

5. Extrakorporal erzeugte Embryonen müssen grundsätzlich im Rahmen der jeweiligen Sterilitätsbehandlung implantiert werden. Experimente mit Embryonen sind grundsätzlich abzulehnen, soweit sie nicht der Verbesserung der Methode oder dem Wohl des Kindes dienen.«
(Beschluß des 88. Deutschen Ärztetages; nach: Die Zeit, 24.5.1985.)

»Experimente an menschlichen Embryos sollten nach Auffassung der Jungen Union (JU) mit einem besonderen Gesetz unter Strafe gestellt werden. Diese Forderung ist in Thesen zur ›Gentechnologie und künstlichen Befruchtung‹ enthalten, die auf dem Deutschlandtag des politischen Nachwuchses von CDU und CSU im November in Osnabrück verabschiedet werden sollen.«
(Süddeutsche Zeitung, 26.6.1985.)

(6)

»Die Bundesregierung läßt nach Angaben von Bundesjustizminister Hans Engelhard (FDP) untersuchen, wie der Problemkreis der ›Leihmütter‹ gesetzlich geregelt werden könnte. [...] Die heute bestehende Möglichkeit, auch Eheleuten, die bisher kinderlos bleiben mußten, ihren Wunsch nach einem eigenen Kind zu erfüllen, berge auch Gefahren. ›Darf beispielsweise die Rechtsordnung zulassen, daß eine Frau, gleichsam als Leihmutter, einen fremden Embryo austrägt?‹ fragte der Minister. [...]

Eine Änderung des Adoptionsrechts, die unmöglich machen soll, daß Frauen als ›Leihmütter‹ Kinder zur Welt bringen, hat die Vizepräsidentin des Deutschen Ärztinnenbundes, Helga Thieme, gefordert. Frau Thieme, die auch Vorstandsmitglied des Deutschen Frauenrates ist, sagte [...], sie finde ›das Machbare so schlecht und gefährlich, daß wir den Anfängen wehren müssen‹. [...] Ein gesetzliches Verbot für ›Leihmütter‹ lehnte Frau Thieme ab, weil es Möglichkeiten für ›Hintertüren‹ oder des ›Schwarzmachens‹ nicht ausschließe. Vielmehr müsse man an Ethik und Verständnis der Menschen appellieren. [...] Sie halte das Austragen eines Kindes durch eine ›Leihmutter‹ für eine unvorstellbare Tragödie. ›Der Mensch wird zur Ware, möglicherweise zur Wegwerfware, er

wird ein Handelsobjekt. Das ist gegen die Würde des Menschen‹, sagte Frau Thieme.«
(Süddeutsche Zeitung, 8.1.1985.)

»Zur moralischen Verurteilung der ›vermieteten Gebärmutter‹ [...] fügten liberale und linke Kritiker ihre eigenen Bedenken an. Der finanzielle Anreiz, der Frauen veranlasse, ihre Gebärmutter zur Miete zu offerieren, fand der ›Guardian‹, berge die akute Gefahr in sich, daß Frauen mit niedrigem Einkommen sich als ›Babyzuchtstätten für reiche Paare‹ ausbeuten ließen.«
(Frankfurter Rundschau, 11.1.1985.)

»Mietmutter-Agenturen, die für ihre Dienste höhere Summen kassieren, als das Honorar der Leihmutter beträgt, gedeihen nicht nur in Großbritannien und den Vereinigten Staaten. Eine Fernsehdokumentation des WDR stellte im vorigen Jahr eine verheiratete Frau vor, die sich für 25 000 Mark mit dem Samen eines fremden Mannes befruchten ließ und ein Kind austrug. Das Geschäft blüht.«
(Der Spiegel, 3/1985.)

(7)

»Von dieser ›Vaterschaft‹ auserlesener Spender – als Vorbilder nennt Muller unter anderem Lenin, Newton, Darwin, Einstein und Marx – erwartet Hermann Muller, daß sich bereits ›in lumpigen ein oder zwei Jahrhunderten‹ die Bevölkerungsmehrheit auf das Niveau dieser Massenzeuger erheben lasse, in einem für einen Biologen erstaunlichen Zutrauen auf die Vererblichkeit solchen Genies.«
(Friedrich Wagner [Hrsg.]: »Menschenzüchtung«, München 1969.)

»So beschrieben zum Beispiel Essener Frauenärzte, die sich auf die heterologe Insemination spezialisiert haben, ihre Praxis so: ›Generell nahmen wir nur Akademiker, weil so am leichtesten der Intelligenzgrad festzustellen ist. [...] Wir würden keinen nehmen, der gerade Lehrling in einer Autowerkstatt ist.‹ Und der amerikanische Millionär Dr. Robert Clark Graham, der in Kalifornien ein ›Repository for Germinal Choice‹ betreibt, wählt sich seine Samenspender, am besten natürlich Nobelpreisträger, nach dem Motto aus: ›Am besten sind Naturwissenschaftler und Techniker, denn die elektrische Glühbirne hat der Welt mehr Nutzen gebracht als jedes Gedicht, das ich kenne.‹«
(Rainer Hohlfeld: »Von Genen, Zygoten, Mäusen und Menschen«, in: Wechselwirkung, 20.2.1984.)

»Genetisch minderwertige Bevölkerungsschichten, so der Chemie-Nobelpreisträger Crick, müßten davon abgehalten werden, sich wie bisher zu vermehren. [...] Umgekehrt liefern ›eugenisch verantwortungsbewußte‹ Menschen wie eini-

ge amerikanische Nobelpreisträger ihr Sperma auf Samenbänken ab, um es als Intelligenzreservoir für fortgeschrittene Frauen und die Nation zur Verfügung zu stellen.«
(Reinhard Löw: »Leben aus dem Labor«, München 1985.)

(8)

»Nach einer jetzt veröffentlichten Untersuchung des Kongresses gaben 59 von 366 befragten Unternehmen an [...], innerhalb der nächsten fünf Jahre genetische Tests an ihren Angestellten zu planen. Mindestens sechs der Betriebe benutzen die Tests bereits. Der Abgeordnete Gore glaubt, daß diese Praktiken weitgreifende Folgen für den gesamten US-Arbeitsmarkt haben werden und zu Diskriminierungen von Frauen, Rassen und ethnischen Gruppen führen.«
(Frankfurter Rundschau, 14.7.1982.)

»Den Ersatz vorbeugenden Arbeitsschutzes durch die Auswahl von Arbeitnehmern, die auf bestimmte Umweltgifte weniger sensibel reagieren, lehnt die Bundesregierung ebenfalls ›aus grundsätzlichen Erwägungen‹ ab. Solche Auswahlverfahren für Arbeitnehmer haben Unternehmen in den USA angewandt.«
(Frankfurter Rundschau, 25.10.1984.)

»Soweit der Grundsatz der Freiwilligkeit der medizinischen Untersuchung und Behandlung berücksichtigt wird, spitzen sich bei einer Auswirkung der Analyse des Genoms und ihrer umfassenden Anwendung für die Erzeugung von Nachwuchs die bereits heute in der genetischen Beratung und vorgeburtlichen Diagnostik bestehenden und keinesfalls gelösten ethischen Probleme zu: [...] Es erhebt sich die Frage, ob genügend geklärt ist, welche Ziele mit der Analyse des genetischen Materials überhaupt verfolgt werden. Ist bedacht, welche Auswirkungen diese Methoden auf die Einstellung der Gesellschaft zu behinderten Menschen haben können, die auch in Zukunft immer trotz aller Prävention geboren werden? Durch die Analyse des Genoms wird nicht so sehr der augenblickliche, sondern der mögliche zukünftige Gesundheitszustand ermittelt. Das wirft nicht nur die Frage auf, in wessen Interesse diese Kenntnisse überhaupt sind, sondern auch, wer überhaupt über die technische Macht (Computer usw.) verfügt, solche Analysen in großem Umfang durchzuführen. [...] Die Befürchtung besteht, daß die gentechnische Macht zur Untersuchung des Gesundheitszustandes weniger im persönlichen Interesse einzelner als vielmehr der Interessen der Besitzer der entsprechenden technischen Macht gebraucht wird. Dies kann zum Beispiel [...] zum Nachteil für Menschen, etwa bei der Arbeitssuche, genützt werden.«
(U. Eibach, in: »Gentechnologie – Chancen und Risiken«, hrsg. vom Bundesministerium für Forschung und Technologie, München 1984.)

»Angesprochen wurde auf dem Symposium auch die Genomanalyse, die nicht nur genetische Defekte nachweist, sondern auch andere Parameter wie Intelligenz und Fettleibigkeit liefern kann. Sicherlich sind solche Informationen für den Betreffenden interessant. Doch sollten solche Daten, die die Eignung für bestimmte Arbeitsplätze aufzeigen können, dem Datenschutz unterliegen.«
(Deutsches Ärzteblatt, 23.8.1985.)

»Der Deutsche Gewerkschaftsbund (DGB) lehnt gentechnische Analysen von Arbeitnehmern ab. Damit könnte ein ›Alibi-Instrument zugunsten der Industrie‹ geschaffen werden, um vorbeugende Maßnahmen zur Beseitigung oder Verminderung gesundheitlicher Risiken durch eine personelle Aussonderung zu ersetzen, heißt es in einer Stellungnahme des DGB für die öffentliche Anhörung der Enquete-Kommission Gentechnik des Bundestages zu diesem Thema. [...]

In einer Stellungnahme des Bundesarbeitsministeriums heißt es, genanalytische Untersuchungen an Arbeitnehmern würden in der Bundesrepublik noch nicht durchgeführt. Solche Untersuchungen würden auch bei bestehenden Beschäftigungsverhältnissen nicht für sinnvoll gehalten. Dagegen könnte eine Genanalyse sinnvoll sein, wenn sie auf Wunsch eines Arbeitnehmers erfolge, bei dem Anzeichen einer außergewöhnlichen Gefährdung festzustellen seien.«
(Frankfurter Rundschau, 20.9.1985.)

(9)

»Es gibt eine Krankheit, die in der Medizin als ›Huntingtonsche Chorea‹ oder ›großer Veitstanz‹ bezeichnet wird. Diese Krankheit tritt erst im Alter von 30 bis 50 Jahren auf, führt zu Schwachsinn, Hospitalismus und einem qualvollen, langsamen Tod. Ursache der Krankheit ist ein defektes Gen (eine sogenannte monogene, dominante Krankheit). Stellt man nun im dritten Monat der Schwangerschaft fest, daß das zukünftige Kind die ›Huntingtonsche Chorea‹ bekommen wird, so ergeben sich eine Reihe von für mich noch offenen Fragen:

1. Haben die Eltern das Recht, das Untersuchungsergebnis zu erfahren?

2. Wenn ja, fällt diese im Alter von 30 bis 50 Jahren auftretende Krankheit nach dem augenblicklichen Abtreibungsrecht unter die medizinische (soziale) Indikation?

3. Falls das Kind ausgetragen wird, hat es das Recht, über seine zukünftige Krankheit informiert zu werden, wenn ja, wann?

4. Welchen Datenschutz können wir für die pränatal durchgeführte Analyse gewährleisten, damit Kranken- und Lebensversicherungen diese Personen nicht ausschließen können?

Dieses Beispiel ist sicher sehr extrem, aber es gibt viele andere. Es sei hier nur

noch genannt die genetisch bedingte Netzhautablösung, die im Alter von etwa zehn Jahren zur Erblindung führt.«
(Fritz Gautier, in: SPD-Pressemitteilung, 10.4.1984.)

»Gewiß ist der Gedanke genetischer statt somatischer Heilung, Ursachenbeseitigung statt Symptombehandlung, einmaliger statt stets wiederholter Abhilfe überaus bestechend und scheinbar unverfänglich. Doch schwere Bedenken lasten auf der Gegenschale in der Waage der Entscheidung.

1. Experimente an Ungeborenen sind als solche unethisch. Der Natur der Sache nach ist aber jeder Eingriff in den delikaten Steuermechanismus eines werdenden Lebens ein Experiment, und eines mit hohem Risiko, daß etwas schief geht und eine Mißbildung herauskommt.

2. Fehlschläge mechanischer Konstruktion verschrotten wir. Sollen wir dasselbe mit den Fehlschlägen biologischer Rekonstruktion tun? Unser ganzes Verhältnis zu menschlichem Unglück und den davon Geschlagenen würde sich im anti-humanen Sinn verändern. Mechanische Kunstfehler sind reversibel. Biogenetische Kunstfehler sind irreversibel.

[...]

4. Mechanische Kunstfehler haften am direkten Objekt. Biogenetische Kunstfehler breiten sich von ihm aus, wie dies ja auch von den Wohltaten erhofft wird. Unsere so völlig enttabuisierte Welt muß angesichts ihrer neuen Machtarten freiwillig neue Tabus aufrichten. Wir müssen wissen, daß wir uns weit vorgewagt haben, und wieder wissen lernen, daß es ein Zuweit gibt. Das Zuweit beginnt bei der Integrität des Menschenbildes, das für uns unantastbar sein sollte.«
(H. Jonas, in: Frankfurter Rundschau, 7.7.1984.)

»Das Wachstumshormon kann Zwergwuchs bei Kindern mit entsprechendem Gendefekt verhüten, was zwar nicht lebensrettend, doch sicher hocherwünscht ist. Aber es läßt sich auch Unfug damit treiben, wo gar kein Defizit vorliegt, sondern zum Beispiel einfach familiäre bzw. ethnische Kleinwüchsigkeit im Vergleich zur herrschenden Mehrheit, oder primitive elterliche Eitelkeit – ›Groß ist schön!‹ – und alle möglichen Rassen-, Klassen- und Standesvorurteile (wir erinnern an die ›langen Kerls‹ des Soldatenkönigs).«
(H. Jonas, in: Frankfurter Rundschau, 7.7.1984.)

»Stoffe wie Interferone, Leukine und Faktor VIII für die Blutgerinnung stehen ebenfalls auf dem Programm. Hier muß jeder Stoff einzeln untersucht werden, ob die Gentechnik wirklich relevante Verbesserungen bringt. Insulin ist ein Medikament für eine meist symptomatische Therapie, es kann nicht zur Heilung des Patienten führen. [...] Der größte Teil des Diabetes ist ernährungsbedingt, d. h. erst muß verstärkt Geld und medizinische Arbeit in die Prophylaxe, also gesündere Lebensführung, gesteckt werden. Beim Wachstumshormon stellen sich andere Probleme. Dies könnte nie in ausreichenden Mengen aus tierischen Anhangsdrüsen isoliert werden. Man hofft es über die Gentechnik billiger anbieten zu können. Die Erfolge der Therapie mit Wachstumshormon bei Zwergwuchs waren, daß fast eine Generation von 2,20-m-Menschen heranwuchs. Denn die Dosierung ist nicht richtig einzuschätzen. Man wollte die Diskriminierung und das ›Zurückbleiben‹ verhindern. Das Ergebnis war z. T., daß diese Leute auf Grund ihrer Größe diskriminiert wurden. [...] In die Erforschung und Herstellung des Interferon wurde kurze Zeit viel Geld gesteckt, um *das* Krebstherapeutikum zu erhalten. Die Hoffnungen, vor allem die finanziellen, fielen schnell in sich zusammen. Die Interferone konnten sich nur bei einer kleinen Anzahl viraler Infektionserkrankungen durchsetzen. [...]

Doch man will nicht nur Medikamente schaffen, die vom menschlichen Körper stammen; das Ziel ist es, durch direkten Eingriff in die menschliche Erbsubstanz genetische Defekte zu beheben. Zuerst ist ein Gentransfer in somatische Zellen geplant. Wenn z. B. ein genetischer Defekt in den Stammzellen des Blutes vorliegt, glaubt man das Knochenmark entfernen zu können, die Zellen mit neuer DNA zu infizieren, die gesunden Zellen auszusuchen und zu reimplantieren. Wenn dies auch noch Utopie ist – Utopien werden heute in wenigen Jahren realisiert –, so ist es eine medizinische Indikation, die Wegbereiter sein soll, um die Akzeptanzschwelle zu senken. [...] Der nächste Schritt ist, daß man nicht nur diesen Patienten, sondern auch alle seine Nachkommen heilen will. Der Embryo wird dann schon therapiert, damit die kranken Gene nicht weitergegeben werden können. Unmerklich sind die somatischen Zellen verlassen worden, und Manipulationen an der Keimbahn scheinen dann auch gerechtfertigt. Dann kommen die Leute, die dieses Gen haben wollen und jenes, und die Krankenkassen werden es auch irgendwann bezahlen, und schon stellt sich jeder seinen kleinen Homunkulus intelligenter, größer, besser [...] her.«
(veto, Zeitung der Arbeitsgemeinschaft kritische Tiermedizin, Nr. 8, München 1985.)

»Britische und amerikanische Wissenschaftler haben einen genetischen Test zur Früherkennung der Bluterkrankheit entwickelt. Wie die Zeitschrift ›nature‹ berichtet, wurde das Testverfahren von Forschern des Londoner Royal Free Hospital, des Howard Hughes Medical Institute im amerikanischen Salt Lake City sowie des Forschungslabors der Genentech Company in San Francisco erarbeitet. Im Unterschied zu früheren Tests kann [...] das neue Testverfahren schon zwischen der 8. und 10. Schwangerschaftswoche durchgeführt werden. In

solchen Staaten, in denen eine Schwangerschaftsunterbrechung erlaubt ist, kann mittels eines frühen Eingriffs damit die Zahl der Bluter-Patienten voraussichtlich drastisch gesenkt werden.«
(Frankfurter Rundschau, 8.6.1985.)

»Doch auch auf diesem Gebiet muß die Entwicklung zurückhaltend beurteilt werden. Zwar sollen in den Vereinigten Staaten gentherapeutische Versuche an Menschen unmittelbar bevorstehen, doch handelt es sich um äußerst schwere, häufig tödlich verlaufende und selten erbliche Störungen, die das blutbildende System betreffen. Im einzelnen sollen das Lesch-Nyhan-Syndrom, der Adenosin-Desaminase-Mangel und das Fehlen der Purin-Nucleosid-Phosphorylase behandelt werden, die den Ausfall des Immunsystems bewirken. [...] Aus diesen Gründen kommen für eine Gentherapie gegenwärtig nur Erbkrankheiten des blutbildenden Systems in Frage. Intensiv gearbeitet wird zur Zeit an der gentherapeutischen Heilung der Sichelzellenanämie und der Beta-Thalassämie. Diese Defekte spielen zwar in der Bundesrepublik keine Rolle, doch ist die Sichelzellenanämie in den Vereinigten Staaten das häufigste schwere monogene Erbleiden. Abgesehen von den technischen Schwierigkeiten gibt es zwei Einwände, die die Gentherapie grundsätzlich in Frage stellen. Zum einen könnte sich die Organtransplantation als wesentlich einfachere Möglichkeit zur Therapie von erblichen Defekten erweisen, sofern auf diesem Gebiet weiter große Fortschritte gemacht werden. Die Organtransplantation wird lediglich durch die – allmählich beherrschbare – Immunabwehr behindert. Der andere Einwand betrifft die vorgeburtliche Diagnose von Erbleiden. Mit verbesserten Techniken wird es in Zukunft möglich sein, immer mehr genetische Defekte früh zu erkennen, so daß weniger Kinder mit schweren Erbleiden zur Welt kommen dürften.«
(Frankfurter Allgemeine Zeitung, 28.8.1985.)

(10)

»Mit dem ersten Lizenzkrach (an dem die Basler Firma Hoffmann - La Roche beteiligt ist) – in der gentechnischen Herstellung von Interferon – und der Mißachtung von Urheberanliegen bei der Entwicklung potenter menschlicher Abwehrstoffe (monoklonale Antikörper) dürfte der freie akademische Wissensaustausch zu Ende sein.«
(Tages-Anzeiger, 2.12.1980.)

»Es scheint, als habe die Biotechnologie in den USA bisher mehr Probleme geschaffen als gelöst. Das ›business gene‹, das derzeit in den Universitäten kloniert wird, gefährdet die Unabhängigkeit und Integrität der Forschung. Und das in einem Gebiet, in dem mit der Erbsubstanz des Lebens experimentiert wird.

Die versprochenen billigen Wunderheilmittel bleiben bisher aus. Für ›Humulin‹, das bakteriell hergestellte Human-Insulin, muß der Kunde bislang ebensoviel zahlen wie für übliches, aus Schlachtvieh gewonnenes Insulin: warum auch sollte die Firma Eli Lilly, die bisher den US-Insulinmarkt beherrschte, sich selbst unterbieten?«
(Bild der Wissenschaft 4/1984.)

»Im Vordergrund stehen zur Zeit Anwendungen auf dem Arzneimittel-Gebiet. Hier werden Verfahren zur Produktion menschlicher Protein-Wirkstoffe in Bakterien ausgearbeitet, und die Vielzahl der auf diese Weise bereits im Laboratoriumsmaßstab synthetisierten Substanzen ist kaum noch zu überblicken. Allerdings konkurrieren viele Firmen – besonders die in den USA aus dem Boden geschossenen Gentechnologie-Firmen – um gleiche Produkt-Ideen. Nur wenige Produkte sind bereits auf dem Markt oder stehen kurz davor, etwa menschliches Insulin (1983) und menschliches Wachstumshormon (für 1984 geplant). [...] In Großversuchen werden im Augenblick die verschiedenen menschlichen Interferone hergestellt, vor allem, um Material für die langwierige klinische Prüfung zu gewinnen. Auch tierische Interferone und Wachstumshormone produziert man in größeren Mengen für die vielen Prüfungen, die jeder Stoff durchlaufen muß. [...] Das große Interesse der Gentechnologen gilt auch den menschlichen Blutplasma-Produkten wie Albumin (Blutersatzstoff), den Blutgerinnungsfaktoren VIII und IX, dem α-1-Proteasen-Inhibitor (Plasmaprodukt mit Schutzfunktion). Ferner stehen menschliche Enzyme wie Urokinase zur Auflösung von Blutgerinnseln und Gewebe-Plasminogenaktivator, ein der Urokinase ähnliches und ihr möglicherweise überlegenes Produkt, ebenso im Brennpunkt des Interesses wie Virushüllprotein, die als Impfstoffe gegen Hepatitis B (Gelbsucht), Influenza (Grippe), Maul- und Klauenseuche u. a. eingesetzt werden sollen. Arbeiten an weiteren Hormonen (z. B. Gonadotropin und Calcitonin) und sonstigen Regulationsstoffen (z. B. Interleukine 1 und 2, Thymusfaktoren und epidermaler Wachstumsfaktor) runden das Bild auf dem Pharma-Gebiet ab.
(Bayer-Berichte 51/1984.)

(11)

»Die meisten Genforscher kümmern sich freilich so wenig um die Konsequenzen der Forschung, die sie betreiben, wie etwa Bankbeamte um die Finanzpolitik der Weltbank oder ihrer Regierung. Allenfalls rechtfertigen sie ihre Forschung mit deren ›Erfolgen‹ oder mit den ›Fortschritten‹, die sie bringe, wie J.B.S. Haldane denn auf der Ciba-Foundation-Tagung behauptete, daß ›viele Eltern bereit sein würden, das Leben ihrer Kinder in der Hoffnung zu riskieren, sie könnten übernormale Kräfte entwickeln‹. Die Einleitung der deutschen Ausgabe des Protokolls ergänzt diese Apologie noch durch die rhetorische Frage, warum das vaterländische Opfer von Söhnen als tugendhaft gelten sollte, ›während der Gedanke, Menschen der Wissenschaft und dem Ideal einer paradiesischen Zukunft der Menschheit aufzuopfern, als verbrecherisch zu gelten habe‹.« *(Friedrich Wagner [Hrsg.]: »Menschenzüchtung«, München 1969.)*

»Die Beurteilung der neuen biotechnischen Methoden ist nicht nur unter Laien umstritten, sondern auch unter Experten. Wenn man die Expertenäußerungen dazu unter soziologischen Gesichtspunkten betrachtet, so stößt man bald darauf, daß sie durch Wertgesichtspunkte und Interessen mitbestimmt sind. Bei den Befürwortern der neuen Techniken finden sich überwiegend folgende Argumente: Man beruft sich auf die Freiheit der Forschung, betont, daß man Grundlagenforschung betreibe, daß diese wertneutral sei, Wertungsfragen sich erst bei der Anwendung, für manche erst bei der Anwendung am Menschen, stellten. Man hebt vor allem die möglichen oder als sicher geglaubten therapeutischen und ökonomischen Nutzengesichtspunkte hervor, beteuert, nur zum Wohle der Menschheit zu forschen. Die Risiken werden als gering oder als nicht vorhanden eingestuft; ethische Fragen werden reduziert auf quantifizierbare Kosten-Nutzen-Gesichtspunkte. Möglichkeiten der Manipulation des Menschenlebens werden als Science-fiction abgetan. Man betont, mit der Gentechnik keine neue Qualität der Eingriffe ins Leben geschaffen zu haben. Die hinter diesen Argumentationen stehenden Wertgesichtspunkte und Interessen bleiben oft verdeckt. Vor allem wird das dahinterstehende Verständnis von Natur und Leben nicht expliziert. Es ist jedoch zu vermuten, daß dabei meist das die Neuzeit seit Descartes bestimmende Verständnis von Natur leitend ist, nach dem auch das biologische Leben als Mechanismus, als Grundstoff und Möglichkeitsfeld für veränderndes menschliches Handeln betrachtet wird. Methodische Prinzipien dieser Wissenschaft sind die Quantifizierung und die Isolation.

Forschung hat ihr Ziel in der Herrschaft des Menschen über die Natur. Grenzen sind diesem Herrschaftsrecht nicht gesetzt, eine Ethik der Selbstbegrenzung und Achtung der Natur ist in diesem Wissenschaftsverständnis nicht vorgesehen. Der Mensch steht als Geist- und Vernunftwesen außerhalb der Natur, erforscht sie, unterwirft sie seinen Plänen und Zielen. [...]

Die Ideologie der Wertneutralität schafft eine künstlich behütete Blindheit gegen die eigenen Konsequenzen, formuliert C.F. von Weizsäcker. Diese Blindheit wird verstärkt, wenn man die kompetente Öffentlichkeit aus dem Dialog über die ethischen Probleme der Biotechnik ausschaltet.«
(U. Eibach, in: »Gentechnologie – Chancen und Risiken«, hrsg. vom Bundesministerium für Forschung und Technologie, München 1984.)

»Ich gehe heute davon aus, daß ein Gesetz nicht erforderlich ist. Dabei setze ich voraus, daß der Wissenschaftler weiß, wo in seiner Verantwortung die Grenzen sind.«
(Heinz Riesenhuber, in: »Gentechnologie – Chancen und Risiken«, hrsg. vom Bundesministerium für Forschung und Technologie, München 1984.)

»Meine Damen und Herren, wenn ich noch einmal auf die Ausgangsfrage des Ministers zurückkommen darf, die er für seine Person ja beantwortet hat, dann war es die Frage nach der Regelungsbedürftigkeit. Er selbst hat diese Frage verneint, wobei er davon ausgeht, daß die Forscher wüßten, wo die Grenzen sind. Wenn es erlaubt ist, das Wort eines Ministers in Zweifel zu ziehen, dann würde ich [...], jedenfalls für meine Person, den Eindruck wiedergeben, daß man eben nicht genau weiß, wo die Grenzen sind. Das muß jetzt nicht bedeuten, daß man sofort zu Regelungen greift, wohl aber, daß man sich in der Tat Gedanken machen muß, ob nicht ein gewisser Vorrat an Überlegungen notwendig wäre. [...]

Unter Umständen aber kann eine Regelung auch schlicht in der Form bestehen, daß man das gesamte Feld der Selbstverantwortung der Forschergemeinde überläßt. Dazu möchte ich freilich sofort die Frage anknüpfen, ob man nicht Bedenken haben müßte, dieses Feld tatsächlich den Forschern für sich allein zu überlassen. Es war ja bezeichnend, wie Herr Trotnow in seinem Vortrag geantwortet hat auf die Frage, was er mit ›überschüssigen‹ Embryos – oder wie auch immer man diese Wesen bezeichnet – macht. Er für seine Person würde ein ›Wegschütten‹ verneinen. Aber was macht sein Kollege in Melbourne oder Cambridge oder vielleicht auch in Hamburg? Entscheidend ist doch die Verbindlichkeit nicht nur für den einzelnen, sondern für alle: Wie aber sollte dies sichergestellt werden, wenn man die Verantwortlichkeit ausschließlich den Forschern selbst überläßt? Und wenn ich dazu weiter anknüpfen darf an das, was Herr Nieschlag zu den Empfehlungen des European Medical Council gesagt hat, so habe ich doch große Bedenken, ob dabei tatsächlich alles an Überlegungen eingegangen ist, was mitzubedenken gewesen wäre. So kann man sich ohnehin oft des Eindrucks nicht erwehren, daß Naturwissenschaftler all das für ethisch akzeptabel ansehen, was medizinisch notwendig oder machbar oder sinnvoll erscheint, ohne sich über die dabei möglicherweise betroffenen Interessen voll im klaren zu sein.«
(Albin Eser, in: »Gentechnologie – Chancen und Risiken«, hrsg. vom Bundesministerium für Forschung und Technologie, München 1984.)

»Die Entwicklung ethischer Normen für die durch die Forschung neu entstehende Problematik ist bedingt notwendig. Als Personenkreis, der solche Vorstellungen entwickeln könnte, kommen die Forscher selbst wohl vorwiegend in Frage. Während das Interesse des Durchschnittsbürgers an der Wissenschaft nicht die

Wahrheitssuche selbst ist, sondern nur das, was die Wissenschaft zum technischen Fortschritt, zum Wohlergehen und zum erhöhten Lebensstandard beiträgt, liegen die Dinge beim Grundlagenforscher anders. Er stützt sich auf Beobachtungen und Experimente, und seine Aussagen können durch weitere Experimente bestätigt oder widerlegt werden. Dieses Vorgehen verschafft ihm bei einem großen Teil der Bevölkerung große Autorität, die auch von jenen, die Staat und Kirchen als solche nicht uneingeschränkt akzeptieren, anerkannt wird. Man sollte diese Gruppe nicht regulieren und ihr dadurch die Möglichkeit zur Erarbeitung eigener ethischer Normen als Grundlage ihrer Verantwortlichkeit nehmen.«
(D. Sperlich, in: »Gentechnologie – Chancen und Risiken«, hrsg. vom Bundesministerium für Forschung und Technologie, München 1984.)

»Ausgerechnet Peter Starlinger, Genetiker aus Köln und Initiator des Treffens ›Wissenschaftler gegen den Atomkrieg‹, beruhigte Deutschlands Mediziner im Ärzteblatt kürzlich mit einem abwiegelnden Artikel über die Probleme der Gentechnik. In völliger Verkennung der Historie schreibt er:

›In der Öffentlichkeit wird häufig der Verdacht geäußert, daß Wissenschaftler nicht bereit sein werden, von einer sich einmal eröffnenden Möglichkeit abzugehen. Dem kann nicht deutlich genug widersprochen werden. Sicher ist es wahr, daß viele neue Entwicklungen der Wissenschaft auch zum Schaden der Menschheit eingesetzt worden sind. Die Ärzteschaft hat aber im großen und ganzen den Versuchungen zum Experimentieren mit Menschen widerstanden.‹

Inhumane medizinische Versuche am Menschen in fast allen Ländern vor, während und nach der Zeit des Faschismus sprechen dieser Einschätzung hohn. Und gerade die kurze Geschichte der Biologie seit Aufklärung der Erbgutstruktur zeigt, daß alles Machbare auch in die Tat umgesetzt wird, wenn gesellschaftlicher Konsens dem keinen Riegel vorzuschieben weiß.«
(Justin Westhoff: »Wenn Gebärmaschinen die Frau ersetzen«, in: Süddeutsche Zeitung, 6.9.1984.)

»Lieselotte Mettler, Chefin des Kieler IVF-Teams, verstieg sich dazu, sie betrachte ›ihre eigene Menschenwürde als Forscherin als gefährdet‹, wenn ihre Arbeit unterbrochen werde. Manipulationen am Embryo seien schon deswegen ethisch gerechtfertigt, weil man sich von ihnen wissenschaftliche Fortschritte wie etwa bei der Krebs-Ursachenforschung verspreche.«.«
(Süddeutsche Zeitung, 6.9.1984.)

»Zweifellos weist der leidenschaftliche menschliche Forschungsdrang nicht ganz selten auffällige Schwächen auf, und sicherlich spielt auch der Ehrgeiz des Wissenschaftlers und Klinikers eine nicht zu leugnende Rolle, so daß die an sich notwendige Selbstbegrenzung nicht immer gewährleistet ist.

Überschriftlich stellen sich demnach die Fragen: Darf in der Humanmedizin, und hier vornehmlich auf dem Gebiet der Fortpflanzung, alles Machbare gemacht werden? Darf man alles tun, was man kann? Oder anders ausgedrückt: ›Besteht das Recht auf ein Kind um jeden Preis?‹«.«
(Heinz Kirchhoff: »Planspiele am Modell Mensch? Embryotransfer und das Tiefkühlbaby aus Melbourne«, in: Deutsches Ärzteblatt, 24.12.1984.)

»Auch der Münchner Philosophieprofessor Reinhard Löw vertrat die Auffassung, die Gentechnologie sei zu brisant, um allein der Selbstverantwortung der Forscher überlassen werden zu können. In ihrem Tatendrang, so Löws Befürchtungen, würden die Gentechniker ›in einer Art Salamitaktik‹ die Grenzen des Erlaubten immer weiter hinausschieben. Dem müsse als ethisches Fundament entgegengesetzt werden, daß mit der befruchteten menschlichen Eizelle nicht experimentiert werden dürfe. Selbst in seinem Anfangsstadium sei der Embryo nicht, wie manche Biologen meinen, ›nur ein Haufen von Molekülen‹, aus dem Gentechniker Leben nach ihrem Idealbild formen könnten.«
(Frankfurter Rundschau, 21.1.1985.)

(12)

»Aber auch nicht ganz so friedliche Vorstellungen werden mit dem Potential neuer Technologien zur Konditionierung des Menschen verknüpft. So formuliert z. B. die Denkfabrik der amerikanischen Armee, das U.S.-Army Training and Doctrin Command (TRADOC), in einem Arbeitspapier zur Strategie der ›Air Land Battle 2000‹ angesichts des zu erwartenden Stresses in einem zukünftigen Atomkrieg: ›Möglicherweise werden wir human engineering brauchen, um unsere Soldaten gegen Streß zu immunisieren, so, wie wir sie heute gegen Krankheiten impfen. Und die militärische Ausrüstung wird diesen Aspekt der Humantechnologie und -konditionierung in Betracht zu ziehen haben.‹«
(Rainer Hohlfeld: »Von Genen, Zygoten, Mäusen und Menschen«, in: Wechselwirkung Nr. 20, Februar 1984.)

»Wir müssen davon ausgehen, daß es technisch möglich ist, gefährliche Neukombinationen zu machen, daß hier also ein hohes Risiko vorliegt, gekoppelt mit hoher Wahrscheinlichkeit (high risk, high probability). Ich gehe davon aus, daß die Mitglieder Ihrer Gesellschaft und die hier versammelten Wissenschaftler und überhaupt jeder vernünftige und verantwortliche Mensch das nicht machen würden. Es gibt aber auch unvernünftige Menschen, es gibt böswillige Menschen und böswillige Regierungen. Der beste Schutz, sich gegen solche zu si-

chern, ist der höchstmögliche Stand von Forschung und Technik, damit man sich gegen solche gezielten Angriffe wehren kann oder sie mildern kann. Insofern gehört dieses Risiko, die Diskussion dieses Risikos, nach meinem Dafürhalten durchaus in die Diskussion dieses Arbeitskreises hinein.«
(H.M. Sass, in: »Gentechnologie – Chancen und Risiken«, hrsg. vom Bundesministerium für Forschung und Technologie, München 1984.)

»Wenn auch die Gentechnologie keinen qualitativ neuen Eingriff in die Evolution erlaubt, wenn auch im Laboratorium hergestellte Organismen mit zusätzlicher fremder DNA außerhalb des Laboratoriums kaum Überlebenschancen haben, bleibt doch die Sorge, daß absichtlich Organismen hergestellt werden könnten, die den Menschen und seine Umwelt bedrohen. Diese Möglichkeit des vorsätzlichen Mißbrauchs der Gentechnologie liegt außerhalb dieser Betrachtung der Risiken der Gentechnologie.«
(Zentrale Kommission für Biologische Sicherheit, nach: »Gentechnologie – Chancen und Risiken«, hrsg. vom Bundesministerium für Forschung und Technologie, München 1984.)

»Auf der letzten Nobelpreisträgertagung in Lindau sickerte durch, daß das amerikanische Verteidigungsministerium derzeit schon 43 Forschungsvorhaben über Viren, Bakterien und Toxine fördert und dafür jährlich mehrere hundert Millionen Dollar aufwendet, die allerdings nicht im US-Verteidigungshaushalt aufgeführt sind, weil Entwicklung, Produktion und Lagerung solcher biologischer Waffen nach einem UN-Abkommen seit 1972 verboten sind.«
(Metall, 14.6.1985.)

»Die Reagan-Administration will verhindern, daß der Ostblock in den Besitz wichtiger Biotechnologie-Produkte gelangt. Das amerikanische Verteidigungsministerium plant seit längerem, die Vorschriften für Hochtechnologie-Exporte zu verschärfen. Nach Mitteilung eines Pentagon-Beamten werden die Vereinigten Staaten im September den westlichen Verbündeten empfehlen, Biotechniken auf eine ›Beobachtungsliste‹ für strategisch nutzbare Technologien zu setzen. Die soll von dem Koordinierungsausschuß für Ost-West-Handelspolitik (Cocom) in Paris überwacht werden.«
(Frankfurter Rundschau, 12.7.1985.)

Betr.: Computer und neue Medien

Marionetten an Glasfiber-Schnüren

Man stelle sich vor: Eine künftige Stadt soll auf dem Reißbrett konzipiert werden, eine Stadt, wie noch keine war. Nachdem die stadtplanende Intelligenz eine Zeitlang diszipliniert zu Werke gegangen ist, bietet sich dem Betrachter ein Gewirr von Linien, Karrees und Flächen. Ein Kundiger kann sich ein Bild machen, wie diese Stadt aussehen könnte. »Könnte« – der Konjunktiv hat es in sich: denn wie die Stadt *tatsächlich* leben wird, welche Ausstrahlung, welches soziale Kleinklima sie kennzeichnen werden, darüber gibt kein Plan Auskunft.

So etwa stellt sich das Problem für denjenigen dar, der die künftige Datenwelt beschreiben will: Die Verbindungen, die technisch/wirtschaftlichen Möglichkeiten lassen sich mit geringer Fehlerquote voraussehen, so, wie die Rißzeichnung einer neuen Stadt ihre Umrisse offenbart. Doch was die Summe dieser Möglichkeiten für das künftige Leben bedeutet, ist eine Frage, die zum Wünschen oder zum Alpträumen einlädt.

Die Möglichkeiten der heraufziehenden Datenwelt sind oft skizziert worden. Begriffe wie »elektronisches Heim« oder »elektronisches Büro« sind fast jedem geläufig (1). Die denkbaren Lebensumstände dagegen, die durch totale Verdatung diktiert werden, sind nur schemenhaft zu erahnen. Die Unschärfe hat neben vielen Ursachen einen zentralen Grund. Wer immer das Risiko eines Ausblickes eingeht, wählt eine Prämisse. (Übrigens auch dann, wenn er sich das nicht eingesteht.) Nehme ich an, daß alles, was a) technisch möglich ist und b) profitträchtig erscheint, auch gemacht wird, oder erwarte ich, daß bestimmte gesellschaftliche, moralische, religiöse Normen standhalten werden (Datenschutz, Arbeitsplatzschutz etc.)? Vorab die Kurzskizze der *Möglichkeiten*, wobei das heute technisch Machbare in vielen Fällen schon als das morgen Profitable zu erkennen ist.

Bisher gab es im Bereich der Haus-zu-Haus-Kommunikation zwei getrennte technische Systeme: das Telefon und das Fernschreib- und Datennetz. Das Telefon setzt akustische Schwingungen in elektromagnetische Wellen um, die in der Hörmuschel wieder rückgewandelt (hörbar gemacht) werden. Der Fernschreiber setzt, dem Morsealphabet vergleichbar, Buchstaben in eine Folge von Ja-Nein-Impulsen um. Bildschirmtext (Btx) vereinigt nun auf einem dritten Medium, dem Bildschirm, beide Systeme (2). Ein Beispiel: Per Telefon wählt ein Kunde einen Btx-Rechner an, etwa den eines Versandhauses, und übermittelt ihm den Auftrag, eine Preis- und Produktübersicht für Schlauchboote zu präsentieren. Der Btx-Rechner ›verschickt‹ nun, via Telefon und in Tonsignale aufgelöst, seine Liste an den Kunden. Auf dessen Bildschirm erscheint eine Katalogseite. Der Kunde kann nun per Knopfdruck rechtsverbindlich einkaufen, kann Banküberweisungen tätigen, Reisen buchen usw.

Dieses System funktioniert seit September 1983, wenngleich die ›Akzeptanz‹ der Verbraucher bisher noch die hochfliegenden Hoffnungen der Post und der Btx-Anbieter sehr enttäuscht hat. Immerhin kostete die Einrichtung von Btx die Post bisher rund 700 Millionen Mark; bis 1987 soll es eine Milliarde sein. Den Durchbruch erwarten sich Post und Informationsindustrie nun von der neuen Dimension, für die Btx quasi nur die Basiserfindung war: BIGPHON (3). Btx taugte nur für Übertragung einfacher stehender Bilder. Die Übertragungskapazität des Telefonkabels erlaubte keine bewegten differenzierten Bilder. Doch Glasfiberkabel und die superschnellen Rechner der nahen Zukunft (4) ermöglichen auch die Übertragung bewegter bunter Bilder in guter Qualität.

Um beim Beispiel Schlauchboot zu bleiben: Der Kunde kann sich nun zwecks Entscheidungsfindung den Werbefilm einer Wildwasserfahrt auf dem Colorado kommen lassen und anschließend Sicht- und Sprechkontakt mit seinem Versicherungsberater herstellen (Bildtelefon), der ihm bei der Wahl einer Sport-Risiko-Versicherung behilflich ist.

Doch das wäre gewissermaßen nur die Einstiegsdroge; der von der Industrie erstrebte Medien-Junkie ist autark: Er hat die Welt per Knopfdruck im Zimmer. Der Heimcomputer wird vom Bett aus instruiert, ein kleines Frühstück zu bereiten, nachdem sich der Mensch der nahen Zukunft (MdnZ) zuvor per Bildschirmcheck über den Kühlschrankinhalt informiert hat. Noch während des Verzehrs kontrolliert MdnZ den elektronischen Terminkalender. Für die 9.30-Uhr-Videokonferenz mit Handelspartnern in Korea und USA präpariert er sich durch Abruf vorsortierter Kursnotierungen in Frankfurt, New York und Tokio. Zuvor aber noch einen Face-to-Face-Geburtstagsglückwunsch an die Schwester und die telefonbriefliche Stornierung eines Dauerauftrages.

Ehe der Tag noch richtig begonnen hat, hat MdnZ (wir fassen zusammen) schon folgende Möglichkeiten genutzt: computergestützte Überwachung und Steuerung im Haushalt, Datenein- und -ausgabe, Bildtelefon mit Konferenzschaltung, schnelle Datenübertragung, nochmals Bildschirmtext. Das System, das all dies möglich macht, heißt integriertes, breitbandiges Fernmeldenetz (IBFN) – besser bekannt als Bigphon.

Die CDU/CSU-FDP-Regierung hat schon zu Beginn ihrer Tätigkeit klar gemacht, wie sehr ihr die Sozialverträglichkeit der neuen Informationsindustrie am Herzen liegt. Es darf, so verlautbart sie, »die Diskussion über die Probleme nicht dazu führen, daß Investitionshemmnisse aufgebaut werden, die die Wettbewerbsfähigkeit der Industrie beeinträchtigen«. Das heißt in dankenswerter Offenheit: Die Wachstumsbranche Datenindustrie selbst setzt auf den Landkarten der Zukunft die Marken, nicht etwa die Bürger, die Politiker, die Gesellschaft, die Moral.

Kritiker wie Professor Kubicek (aus dessen Thesenpapier die Mehrzahl der hier formulierten Überlegungen stammt) wenden ein, daß diese Maxime sogar dann gefährlich ist, wenn man voll und ganz im industriehörigen Lager steht. Die Erfahrungen mit der Kernenergie hätten gezeigt, daß nicht geführte Risikodebatten auch für die Betreiber katastrophal sind. Doch es scheint, daß kurzfristige Verlockungen ungleich wirksamer sind als mittelfristige Vernunft. Lockte die Kernenergie-Lobby die Aussicht, mittels Brütertechnik die sich stets selber erneuernde Energiequelle – das Perpetuum mobile – zu schaffen, ist es für die Datenindustrie eine Verlockung von vergleichbarer Strahlkraft, kostenintensive Arbeit auf den Kunden abzuwälzen. Wie das?

Schon Btx, vielmehr noch später Bigphon machen's möglich. Der Kunde erledigt, ohne es recht zu merken, was sonst Verkäufer, Berater,

Filmvorführer etc. taten, und es scheint ihm verschmerzbar, da er bestimmte Wege einspart. Der Verbraucher an seinem Heimterminal ersetzt Bankbeamte, Reisebüroangestellte, Finanzberater, kurzum: Ein Heer von Dienstleistenden wird in die Schlangen vor den Arbeitsämtern eingereiht – sofern nicht auch die ihren Betrieb auf Bildschirm-Fernkontakt umstellen (5). Eine Rationalisierung per Chip wird die strukturelle Arbeitslosigkeit verschärfen, Ersatztätigkeiten für die »Freigestellten« sind nicht in Sicht. Wie das schon arg löchrige soziale Netz die »computergestützte« Rationalisierungswelle auffangen soll, erscheint – etwas unterkühlt ausgedrückt – fraglich. Doch auch die verbleibende Arbeit wird sich wandeln: Die Auslagerung bestimmter serieller Tätigkeiten an den Heimcomputern spart Arbeitsräume, Kantinen, Fehlzeiten durch Transport. Die modernen Heimarbeiter könnten nach Bedarf im modernen Stücklohn eingesetzt werden.

Es ist schwer vorstellbar, wie unter den Bedingungen dieser technologisch diktierten Vereinzelung so altbackene Dinge wie Mitbestimmung, Kollegialität, Solidarität oder gar Streik am Leben bleiben können. Sollte es gelingen – etwa mit der bewährten Sachzwangargumentation oder mit dem Versprechen des individuell maßgeschneiderten Arbeitsplatzes im Wohnzimmer –, eine Renaissance der Heimarbeit herbeizuführen, hätte die Arbeiterbewegung mit einem Schlag verloren, was sie sich in generationslangen Kämpfen erworben hat.

Als sich in den USA in den 60er Jahren angesichts der explodierenden Raumfahrtbudgets öffentlicher Unmut regte, pries die NASA all die kleinen nützlichen Nebeneffekte ihres Mammutprojektes, etwa die Entdeckung der Teflonbeschichtung von Pfannen. Die Deutsche Bundespost, als staatliche Trägerrakete für all die vielen Zukunftsindustrien, die am Computer hängen, hat ebenfalls ihre Teflonpfannen-Argumente, wenn sich Unbehagen artikuliert. Ein Beispiel: Die derzeit mit Hochdruck betriebene Digitalisierung des Fernsprechnetzes, also die Ersetzung der bisher üblichen elektromagnetischen Wellenübertragung durch ein System, das die Sprache in unvorstellbar viele elektronische Einzelimpulse übersetzt. Dieses neue System ist wesentlich abhöranfälliger als das alte, Datenschutz wird schwierig, wenn nicht unmöglich (6). Das weiß auch die Bundespost, aber in ihren Darstellungen hat ein schöner Nebeneffekt ungleich größeres Gewicht: Das digitalisierte Telefon ermöglicht den Einzelgesprächsnachweis. Jeder Hausgenosse kann sich sofort seinen Anteil an der Gesamttelefonrechnung ausdrucken lassen. Ein schöner Zug von der Post, ein Stückchen Familienfrieden ist gerettet: Kein Streit mehr darüber, wie lange der Filius mit seiner ausländischen Brieffreundin telefoniert hat. Ein Blick genügt, denn das neue System muß – notwendigerweise – jede einzelne Anwahl registrieren. Jeder Teilnehmer, so sagen Datenschützer, hinterläßt eine »Datenspur«.

Was soll's, wird besagter Filius antworten, wen außerhalb der Familie sollte es interessieren, wie oft ich meine Freundin in England anrufe? In diesem Fall vermutlich niemanden. Was indes irritiert, ist, daß sich der Staat oder wer auch immer verhältnismäßig einfach das »Telefon-Verbindungsprofil« von Bürgern zusammenschalten kann, insbesondere dann, wenn ein neues technisches Wunder serienreif ist: die automatische Spracherkennung. Sie hat ebenfalls die Digitalisierung des Fernsprechverkehrs zur Voraussetzung.

Was soll daran potentiell gefährlich sein? Dazu ein weiteres Beispiel: Ein Staat, vielleicht einer, in dem demokratische Sitten stark gelockert sind, möchte den lästigen Negativtrend in der Öffentlichkeit brechen, der sich gegen »Gentechnologie« aufbaut. Einigen Wortführern der »Anti-Gentechnologie-Kampagne« werden nun Sprachdetektoren aufs Telefon geschaltet, die ›anspringen‹, sobald die Worte »Gefahr« und »Gentechnologie« nacheinander fallen. Der Teilnehmer des Gesprächs wird registriert und ebenfalls ins Überwachungsprogramm aufgenommen. So ergibt sich nach dem Schneeballsystem eine absolut geräuschlose, kaum registrierbare Rasterfahndung. Nach einer Weile werden sämtliche verfügbaren Daten der »Ermittelten« zusammengeschaltet und computeranalysiert. Sollte dabei herauskommen, daß signifikant viele Gentechnologie-Gegner regelmäßig eine bestimmte Sendung im Pay-TV anwählen, wüßte die Regierung, gegen wen sie vorrangig einschreiten muß.

Der Einwand, daß es so weit schon nicht kommen wird, liegt nahe, ist aber wohl etwas geschichtsblind. Nein? Eine, zugegeben, plakative Gegenfrage: Was hätten wir einem Kritiker unserer Parteienfinanzierung gesagt, der uns, sagen wir vor zehn Jahren, analytisch dargelegt hätte, daß parteiamtlich betriebene Geldwaschanlagen leicht möglich sind. Wir hätten vermutlich gesagt, daß so etwas zwar machbar sei, daß es aber soweit schon nicht kommen werde, weil ...

Aber es bedarf keiner Analogien, um künftiges Unheil zu erahnen. In einer Gewerkschaftszeitung (!) wird das neue Telefon erwartungsfroh begrüßt: »Ein Telefon der Zukunft also, das technischen Phantasien freien Lauf läßt. Für die Telefonierenden insofern interessant, als das DVS 8818 per Knopfdruck ausweisen kann, wer wann, von wo aus, mit wem, wie lange gesprochen hat. In nicht allzu ferner Zukunft soll das System Stichworte, ja später ganze Gespräche ›digital‹ erkennen und speichern können.« Cui bono?

Den Vertragshändler für Markenschreibmaschinen am Münchner Isartorplatz hab' ich gründlich erschüttert. Während der Arbeit an diesem Buch versagte meine alte Schreibmaschine den Dienst, ein klobiger Kasten noch aus den Kindertagen der elektrischen Tastenbewegung. Ich ließ mich zu einem portablen Elektronikgerät (leicht im Gewicht) überreden und wurde meiner Arbeitsnächte nicht mehr froh: Immer löste ich – unbeabsichtigt – irgendwelche Sperren aus, ohne sie wieder ent-sperren zu können. Für die Betriebsanleitung reicht mein Intelligenzquotient nicht. Irgendwann muß ich mich gar in den inneren Kreis des Programms verirrt haben: Das Gerät schrieb nur noch Kleinbuchstaben. Ich wurde wieder beim Händler vorstellig und erbat Tausch: das teure Elektronikstück gegen derbe Mechanik. Ich bin halt ein alter Typenhacker (zehn Finger blind), zum Programmhacker wird es nicht mehr reichen.

Ich bin der Typ, der den Schöpfern der neuen Computerherrlichkeit Alpträume bereitet, denn meine – hier noch mit intellektueller Kokketterie verbrämte – Unfähigkeit angesichts all der fiependen Hochleistungskretins stört die Marktbewegungsfreiheit. Halt, nein! Vermutlich ist auch das eitle Selbstüberschätzung. Ich bin mit siebenunddreißig schon eine quantité négligable: Meine Ignoranz läßt sich ignorieren, wächst doch in unseren Schulen eine Generation heran, die zu kühnsten Absatzträumen Anlaß bietet (7). Es wird keiner mehr ohne Mittlere Computerreife entlassen werden, da sei Siemens vor oder IBM beziehungsweise deren Sachwalter im Post-, Innen- und Forschungsministerium.

Walter Volpert beschreibt das in seinem Buch »Zauberlehrlinge« sehr präzise: »Die Interessen von Industrie- und Regierungsseite sind eindeutig. Jeder Arbeitgeber fordert von jeder Schule, sie solle die nötigen ›Basisqualifikationen‹ vermitteln, damit die Schulabgänger auch für die Arbeitsplätze brauchbar sind. Einige Grundkenntnisse und die zugehörige Disziplin für die Bildschirm-Arbeit sind Forderungen des Tages. Die Computer-Industrie hat nicht nur das Interesse, daß zukünftige Terminal-Bediener herangezogen werden. Sie sieht auch enorme Chancen, ihre Produkte an die Schulen loszuwerden (es müssen ja nicht gerade die neuesten Modelle sein). Jede Firma hofft außerdem auf einen Gewöhnungseffekt: einmal Apple (Computerhersteller), immer Apple. Wenn man all diese geschäftlichen Interessen noch mit dem Elan und dem hehren Anspruch des Bildungsreformers verbinden kann, dann wird der Druck auf die Schulen massiv.« Volpert knüpft an diese Beschreibung des Ist-Zustandes allerdings eine verzweifelt komische Hoffnung: So, wie Schule nun mal ist, wird sie es schon schaffen, den Kids auch den Spaß an der Computerei zu verderben.

Wie auch immer, Umgang mit Computern wird schon in allernächster Zukunft den Rang einer Basis-Kulturtechnik haben wie Lesen und Zählen. Noch, scheint es, hat die Schule einen Rest von Entscheidungsfreiheit, ob sie sich die Lehrpläne von den PR-Abteilungen einer Industrie (und deren Apologeten in der Politik) diktieren läßt oder nicht. Für die zu befürchtende kritiklose Eingliederung des Heimcomputers in den Unterricht fand Herbert Kubicek, Professor für Betriebswirtschaftslehre an der Universität Trier, ein schönes Bild: Das sei so, als hätte man die (Schul-)Kinder der industriellen Revolution auf die Zukunft vorbereiten wollen, indem man ihnen das Modell einer Dampfmaschine vorführte.

Nur hätten die Dampfmaschinenhersteller in Kubiceks Beispiel nie hoffen dürfen, durch kostenlos erstellte Unterrichtsmodelle die Zahl der Dampfmaschinenkäufer zu erhöhen. Das ist heute anders. Denn wenn der industriell-wissenschaftliche Komplex schon die Richtlinien der Politik bestimmt, wieso sollte er da nicht auch Lehrplankompetenz haben?

Für die Spitzen des Computer- und Programmiergewerbes gilt offenbar nicht selten: Die Cracks haben einen Knacks. So, wie professorale Kathedergrößen vergangener Tage obligatorisch von milder Fachidiotie umfangen durch die Hörsäle schlurften, ähneln die Beschreibungen der Zwei-Finger-Artisten unserer Tage auffällig psychiatrischen Protokollen: extreme Kontaktschwäche, Unfähigkeit, über anderes als Computerspezifisches zu kommunizieren, Autismus. Eine Studie, die das soziale Milieu in Silicon Valley, dem kalifornischen Mekka der Chip-Industrie, zum Gegenstand hat, erwies, daß dort die krankhafte Unfähigkeit zur Sozietät besonders ausgeprägt ist (8).

Was bedeutet es, wenn zwischenmenschliche Kontakte immer mehr durch Maschinen ersetzt werden? Was bedeutet es für die Sprachkultur, wenn es künftig für den persönlichen Erfolg entschieden wichtiger ist, die zehn gängigen Programmsprachen zu kennen als die Muttersprache, ja, wenn ein varianten- und facettenreicher Wortschatz sogar hinderlich ist, weil er das Individuum davon abhält, computerangepaßt mit intelligenten Geräten zu kommunizieren? In welche sozialen Landschaften werden Karrierewege führen, die nur gehen kann, wer es jahrelang vor einem Schirm aushält? Und werden nicht auch Antworten auf diese Fragen aus dem Computer kommen?

(1)

»Im Wohnzimmer der Zukunft wird es etwas geben, was ich die ›Telematik-Ecke‹ nennen möchte. [...] Die ›Telematik-Ecke‹ stellt im Prinzip eine Verbindung und Integration der folgenden technischen Geräte dar:

– Im Zentrum steht ein großer Fernseh-Bildschirm. Dazu gibt es

– das Telefon mit den entsprechenden Anschlüssen für die ›Tele-Kommunikation‹, wie etwa Bildschirmtext;

– einen ziemlich leistungsfähigen Kleincomputer mit Eingabetastatur und Drucker;

– ›Unterhaltungselektronik‹: Fernsehempfänger, Videorecorder, Geräte für Videospiele, Plattenspieler (für Ton- und Bildwiedergabe), Lautsprecherboxen, und vielleicht auch noch einen Radioempfänger.

Das Entscheidende ist aber, daß die Anlage einen Kabelanschluß hat, mit dem man nicht nur alles mögliche empfangen, sondern selbst auch Informationen aussenden kann. Dieser Anschluß ermöglicht es, verschiedene Angebote zu nutzen, die alle mehr oder weniger viel Geld kosten. Da kommen Fernsehprogramme über das Kabel, viele Sendungen kann man sich auch individuell bestellen und einspielen lassen. Wer Lust hat, kann sich abenteuerliche Video-Spiele abrufen, wobei der Bildschirm eine sehr ›realistische‹ Umgebung wiedergibt, fast wie in einem Film. In diesem und in den folgenden Fällen wird der Heimcomputer zum ›Terminal‹, zur Verbindungsstelle mit Rechenzentrum. Über Bildschirmtext kann man etwa Bestellungen bei Supermärkten und Kaufhäusern tätigen (die Ware wird kurzfristig angeliefert) oder seine Bankgeschäfte erledigen. Man kann auch seine Briefe auf diese Weise schreiben und losschicken und sogar an einer Art Vereinsleben über sogenannte ›Netzwerke‹ teilnehmen: zum Beispiel Rundschreiben für Personen mit ähnlichen Interessen erhalten und verfassen, Abstimmungen und Befragungen durchführen.«
(Walter Volpert: »Zauberlehrlinge«, Weinheim 1985.)

»Wie ein elektronischer Arbeitstag abläuft, läßt sich am besten an einem Beispiel schildern: Dienstagmorgen, acht Uhr, kommt Abteilungsleiter Kunze ins Büro und drückt auf die Taste. Damit ist er ›auf Draht‹, seine Arbeitsstation baut den ›elektronischen Schreibtisch‹ auf. Der richtige Schreibtisch mit Schubladen und Karteien ist dagegen praktisch leer; Kunze hat fast alles im Computer abgespeichert. Auch sein Arbeitsplan besteht nur noch aus jenen elektronischen Nullen und Einsen, welche die (digitale) Computersprache nun einmal ausmachen. Die ruft er auf dem Bildschirm ab, wo sie als deutsche Texte erscheinen: wichtige Termine und eine Liste anstehender Arbeiten. Zugleich ist elektronische Post angekommen, die Ankündigung eines Termins und die Bitte um umgehende Bestätigung. Sowohl der Termin als auch die Bestätigung gehen wieder in den Computer, wobei letztere lichtschnell über Kabel zum Empfänger saust.

Während der Abteilungsleiter dann normale Post auf dem gewöhnlichen Teil seines Schreibtisches sichtet und dazu einige Notizen in den Systemspeicher einschreibt, damit auch die Kollegen im Bild sind, möchte ein Mitarbeiter technische und wirtschaftliche Angaben zu einem bestimmten Firmenerzeugnis. Auch diese sind im System gespeichert, zu dem Kunze als Abteilungsleiter über einen persönlichen Schlüsselcode Zugang hat. Er weist das System an, das Doliment im Büro eines Mitarbeiters auszudrucken.

Da klingelt das Telefon. Seine Sekretärin meldet, der versprochene Text sei fertig. Sie hat das, was er am Vortag diktiert hatte, auf ihrem Schreibsystem eingetippt und per Tastendruck an seine Arbeitsstation geschickt. Kunze bringt noch ein paar letzte Korrekturen an, dann holt er aus dem Speicher eine graphische Darstellung, die er in den Text einbezieht. Schnell läßt er den Computer noch ein paar Statistiken aufstellen und fügt sie bei. Die Zeit drängt, das Dokument muß noch vor Mittag an die Sitzungsteilnehmer. Auch das ist aber kein Problem, da man ja die elektronische Post hat. Auch während der Sitzung bleibt dann Kunzes Station eingeschaltet, wenn auch durch ein Paßwort gegenüber unbefugtem Zugriff geschützt. Nach der Sitzung, kurz vor Arbeitsschluß, noch einmal Post und ein letzter Blick auf den elektronischen Terminkalender. ›Miriam hat Geburtstag‹ steht dort.

Was hier beschrieben wurde, ist keine Zukunftsvision, sondern bereits Wirklichkeit: Ein solches System ist bei der Hauptverwaltung der Deutschen Lufthansa in Köln in Betrieb.«
(Wirtschaft und Produktivität, Nr. 8/1985.)

(2)

»Voraussetzung für die Nutzung von Btx sind ein Farbfernsehapparat mit Btx-Ausstattung und ein Telefonanschluß. Die einmalige Btx-Anschlußgebühr beträgt 55 Mark, die monatliche Teilnahmegebühr acht Mark. Ist Btx eingeschaltet, so kostet dies die üblichen Telefongebühren. Für eine elektronische Mitteilung fallen 40 Pfennig pro Seite an. [...]

Neben Telefon und Fernsehapparat braucht man bei Bildschirmtext zwei Zusatzgeräte: den Decoder und die Btx-Anschlußbox. Der Decoder ist in das Btx-Fernsehgerät integriert. Die Anschlußbox wird von der Post zur Verfügung gestellt. Sie moduliert die digitalen Signale und wandelt sie so um, daß sie über die Fernsprechleitung dem Btx-System zugeführt werden können und umgekehrt. Wer elektronische Briefe schreiben will, benötigt eine Buchstabentastatur, ähnlich einer kleinen Schreibmaschine. Btx-Seiten kann man mit einem Drucker ausdrucken oder sogar mit einem handelsüblichen Tonband aufzeichnen. Für den professionellen Einsatz sind Btx-Schreibtischgeräte erhältlich. [...]

In wenigen Jahren erwartet die Post zwischen 20 000 und 50 000 Anbieter und mehrere Millionen Informationsseiten. Eine immense Vielfalt für den Teilnehmer. Mit großem praktischen Nutzen. Die Wissenschaftler sind überzeugt: Bildschirmtext vereinfacht die Alltagsorganisation. [...]

Übrigens: Wenn Sie nicht wollen, daß alle alles lesen, was Sie zu sagen haben, kann Btx auch für eine ›geschlossene Benutzergruppe‹ eingesetzt werden. Exklusiv sozusagen. Eine geschlossene Benutzergruppe kann jeder Btx-Anbieter einrichten. Geschäftliche und nicht für alle bestimmte Informationen werden so ausgetauscht. Völlig diskret. Kein Unbefugter hat Zugang.

Unternehmen und Organisationen können außerdem hausinterne Btx-Systeme einrichten. Nur für ihre Mitarbeiter. Ein elektronisches schwarzes Brett sozusagen. Aber mit viel mehr Möglichkeiten ...

Über den Btx-Mitteilungsdienst können Sie Ihre Nachricht, Ihren Verabredungswunsch, Ihr fast vergessenes Geburtstagstelegramm eingeben. Das geht schnell. Per Fernbedienung oder mit einer kleinen Schreibtastatur erreichen Sie Ihren Freund. Der Post-Computer macht ihn auf Ihr Schreiben aufmerksam, wenn er sein Btx-Gerät einschaltet: ›Neue Mitteilung mit 5‹ steht da – sehen Sie bitte in Ihren elektronischen Briefkasten. Oder es reizt Sie, spontan einen Leserbrief an eine Btx-Zeitung zu schreiben. Sie haben den Wunsch, von Onkel Ferdy vom Bahnhof oder Flughafen abgeholt zu werden, möchten eine bereits getätigte Btx-Bestellung so schnell wie möglich stornieren und einem Geschäftsfreund einen heißen Tip geben – all das geht über den Btx-Mitteilungsdienst.«
(Der Bundesminister für das Post- und Fernmeldewesen [Hrsg.]: Btx-Werbung.)

»Also was ist Bildschirmtext (›Btx‹) in Wirklichkeit? Die Post sagt – Anbieten von Werbung und von Wissen; daneben so was wie eine Telepostkarte (Mitteilungen an irgendwelche Empfänger), drittens Abwicklung von Besorgungen (z. B. Überweisungen, Buchungen). Um zu verstehen, was Btx in Wirklichkeit ist, genügt es, den technischen Vorgang zu verstehen: Scheinbar wähle ich mit dem Telefon die Post an, die mir dann gegen Bezahlung Informationen auf den Fernseher gibt. In Wirklichkeit aber ist das Telefon kein Telefon mehr (ich habe mit niemandem gesprochen), sondern ein Dateneingabegerät, trotz gleichen Aussehens; ebenso der Fernseher: er fungiert als Datenausgabegerät. Dahinter ist ein Großrechnerzentrum (der Post, das die Information zuteilt), an das wieder andere kommerzielle oder staatliche Rechenzentren – auch hintereinander – angeschlossen sind. Mit anderen Worten, wenn wir das jetzt technisch betrachten: Btx ist nichts anderes als ein Rechner-Rechner-Verbund von Computern beliebiger Größe mit besonders billiger und idiotensicherer, vor allem privat finanzierter, Datenein- und -ausgabe – also etwas ähnliches wie ein über die ganze Bundesrepublik verteiltes Großrechenzentrum. [...] Bildschirmtext kann alles, was hochleistungsfähige Großrechnersysteme können.«
(Wilhelm Steinmüller: »Zwangsanschluß ans Informationsnetz der Zukunft – mit ›Neuen Medien‹«; Die Grünen im Niedersächsischen Landtag [Hrsg.], Hannover 1983.)

»Durch Btx wird das bestehende bundesweite Telephonnetz dazu genutzt, Daten von einem zentralen Postrechner über andere wiederum private Rechenanlagen (z. B. von Banken oder Versandhäusern) bis in jedes Wohnzimmer oder Büro und zurück zu transportieren. Mittels eines Decoders können diese Daten als Texte oder Grafiken auf dem Fernsehbildschirm sichtbar gemacht und per Fernbedienung oder Buchstabentastatur abgerufen und bearbeitet werden. Im Gegensatz zum Videotext, der zusammen mit dem Fernsehsignal über den Äther

ins Haus kommt, ist Btx offen. Potentiell jeder kann sich als Btx-Anbieter an elektronischen Texten beteiligen oder als Btx-Nutzer bei der Post einen Anschluß ans System beantragen.«
(Süddeutsche Zeitung, 5.2.1985.)

»Von den derzeit 23 572 Teilnehmern sind 3618 Anbieter von Btx-Informationen und etwa 9000 Teilnehmer von ›geschlossenen Benutzergruppen‹, die – wie etwa Rewe- und BMW-Händler, die Allianz- und Iduna-Vertreter – Btx zur firmeninternen Kommunikation, zur Warenbestellung und Prämienberechnung nutzen. Der Rest sind Ärzte, Anwälte und – wie das manager-magazin schätzt – 3000 Hacker. Interesse von Privatleuten, die Btx bis 1995 zum Durchbruch als Massenmedium mit acht Millionen Teilnehmern verhelfen sollen, ist im Moment praktisch nicht zu spüren.«
(Goetz Buchholz, in: Die Feder, 5/1985.)

»Weniger als 20 000 Verbraucher haben sich derzeit auf das ›Btx-Abenteuer‹ eingelassen, mit Zusatzgeräten den Fernseher an die Telefonleitung anzuschließen. Mit gigantischem Werbeaufwand versucht die Bundespost jetzt, bis zum Jahresende 1985 460 000 Teilnehmer zu gewinnen, da sich sonst das System nicht lohnt. Ungehalten sind vor allem die Anbieter aus Handel und Industrie, die ohne eine große, zahlungswillige Btx-Gemeinde mehr und mehr das Interesse an dieser Technik verlieren.

Die Verbraucher aber haben offenbar gute Gründe, sich dem Btx-System zu verweigern:

– Wer mag sich für 1000 bis 3000 DM Geräte anschaffen und Monat für Monat Gebühren dafür bezahlen, daß er – auch ungebeten – Werbung auf dem Bildschirm hat?

– Wer mag sich auf langwierigen Suchereien in komplizierten ›Datensuchbäumen‹ verlieren und am Ende meist doch nur auf Werbung stoßen?

– Wer möchte hinnehmen, daß durch die Verlegung des Bankschalters und des Einkaufstresens in die Fernsehecke seines Wohnzimmers manche Kontakt- und Gesprächsgelegenheit entfällt und statt dessen das Familienleben am Feierabend mit Bürokratie und Knöpfchendrücken belastet ist?

– Wer mag schließlich die Risiken auf sich nehmen, die Btx ins Haus trägt, also z. B. das von den Kindern aus Spielerei bestellte Paddelboot oder die fehlerhaft gebuchte Nordpol-Reise bezahlen, wer mag sich auf unklare Geschäfte einlassen, bei denen er nichts Schriftliches in der Hand hält?

Auch die Veränderung der Struktur im Einzelhandel kann den Verbrauchern nicht recht sein: Hier ziehen die kleinen Einzelhändler sogar mit den Verbrauchern am selben Strang. Die Bundespost muß nun befürchten, daß Bildschirm-

text mangels Nachfrage in sich zusammenbricht. Für die Verbraucher wäre das ein schmerzloser Abschied.«
(Thema der Woche, Verbraucher-Zentrale Hamburg e. V., Nr. 23/5.6.1985.)

(3)

»In der Telekommunikationstechnik vollzieht sich zur Zeit ein gravierender Wandel: Einerseits bieten Mikroelektronik und neue Übertragungsmedien ungeahnte Realisierungsmöglichkeiten für neue Kommunikationsformen, andererseits wächst bei den Anwendern zusehends der Kommunikationsbedarf. Vor allem an Non-Voice-Diensten (Telex, Teletex, Telefax usw.) und deren Kombination mit dem Fernsprechen. Entscheidende Bedeutung kommt hier den Netzen zu, und im Kernpunkt der Diskussion steht das ›Integrated Service Digital Network‹ (ISDN). [...] Mit der bisherigen Entwicklung der Nachrichtentechnik waren die Teilnehmer bis heute im allgemeinen zufrieden, da ihre Grundkommunikationsbedürfnisse befriedigt werden konnten. Manche neuen Wünsche können aber die verschiedenen getrennten Netze nicht erfüllen, und auch die Netze selbst sind heute nicht mehr für alle Erfordernisse optimal. Für ein künftiges Kommunikationsnetz sind folgende Überlegungen zu berücksichtigen:

○ Es ist heute nicht möglich, gleichzeitig von einem Terminal aus ein Gespräch zu führen und parallel dazu Informationen aus einer Datenbank mit demselben Terminal abzurufen: ein Vorgang, der in Zukunft alltäglich werden wird, da künftig praktisch alle Informationen in elektronischen Speichern abgelegt sind. Man geht davon aus, daß es in Zukunft möglich sein muß, alle Arten der Kommunikation gleichzeitig durchzuführen. Diese sogenannte Mischkommunikation ist dem Menschen angepaßt, weil der Mensch ja auch bei seiner natürlichen Kommunikation die verschiedenen Kommunikationsarten wie Hören, Sehen, Schreiben usw. simultan benutzt.

○ Kommunikation ist heute durch feste Verdrahtung an bestimmte Plätze gebunden. Es ist jedoch wünschenswert, daß die Kommunikation ›aus der Steckdose‹ kommt. Das heißt, jede Kommunikationssteckdose sollte den Anschluß von Terminals für alle Arten der Kommunikation ermöglichen. [...].

○ Heute braucht der Teilnehmer bei den verschiedenen Kommunikationsdiensten jeweils andere Rufnummern und unterschiedliche Bedienungsprozeduren. Eine Vereinheitlichung wäre von großem Nutzen. [...]

Zusammenfassend kann man sagen: Der Teilnehmer erwartet in einer Zeit, in der das papierlose Büro entwickelt wird, in der Electronic Mail die Briefpost abzulösen beginnt und die Datenverarbeitung über Bildschirmtext und Personal Computer in jedes Haus eindringt, einen neuen, steckdosenfähigen Teilnehmeranschluß, an dem er weltweit Mischkommunikation betreiben kann, bei höherer Leistungsfähigkeit des Netzes und zu ›Telefongebühren‹. Er wünscht sich

weiter, daß er unter nur einer Rufnummer erreichbar ist und daß er die Telekommunikationsdienste mit einheitlichen Prozeduren abwickeln kann. Eine wirtschaftliche Verbreitung aller Kommunikationsdienste kann nur auf der Basis eines Netzes mit hohen Teilnehmerdichten – wie beim Fernsprechnetz – erreicht werden. Deshalb war ein integriertes Netz, das die angegebenen Bedingungen erfüllen kann, schon immer der Wunsch der Nachrichtentechniker. [...] Mit dem ISDN stehen wir am Beginn einer neuen Kommunikationsära, die für uns heute noch schwer faßbar ist, weil es so außerordentlich viele neue Möglichkeiten bieten wird, die erst mit neuen, multifunktionalen Terminals voll ausgeschöpft werden können.«
(H. Bauer, in: SIEMENS-Zeitschrift, 6/1983.)

»Hauptdienste der Bundespost sind heute für das Telefonnetz: Fernsprechen, Telefax, Datenübertragung mit Modem und Bildschirmtext. Dieses Angebot soll in vier Stufen erweitert werden.

1. Stufe (ab 1986 bis 2020): Digitalisierung des Telefonnetzes.

2. Stufe (ab 1988 bis 2020): Integriertes schmalbandiges digitales Vermittlungsnetz (ISDN). Das erweiterte Angebot für jeden Fernsprechanschluß sieht dann so aus: Digitales Fernsprechen, Fernmessen und -wirken, schnelle Datenübertragung, schneller Bildschirmtext, schnelles Telefax, schnelle Textübertragung, langsame Bildübertragung.

3. Stufe (ab 1990): Integriertes breitbandiges digitales Vermittlungsnetz (Breitband-ISDN auf Glasfaserbasis). An Angeboten kommen hinzu: Videokonferenzen und Bildtelefon.

4. Stufe (ab 1992): Integriertes breitbandiges Fernmeldenetz (IBFN), auch BIGFON. Mit BIGFON ist der Abruf von Fernseh- und Rundfunkprogrammen zusätzlich möglich. Weitere Nutzungen sind nicht ausgeschlossen.«
(Herbert Kubicek: »Probleme der sozialen Beherrschbarkeit integrierter Fernmeldenetze«, Trier 1984.)

»Die Bundesregierung nimmt zustimmend zur Kenntnis, daß die Deutsche Bundespost das Fernsprechnetz mit Vorrang digitalisiert und die Voraussetzungen dafür schafft, das digitale Fernsprechnetz in Richtung auf ein einheitliches digitales Netz für verschiedene Dienste (Sprache, Daten, Faksimile, Bildübertragung, Telemetrie, Bildschirmtext usw.), ISDN (Integrated Services Digital Network) zu erweitern.

Um die neuen Bestandteile des ISDN unter Betriebsbedingungen erproben zu können, ist ein zwei Jahre dauerndes ISDN-Pilotprojekt vorgesehen, welches 1986 beginnen und in Mannheim und Stuttgart durchgeführt werden soll. Es ist beabsichtigt, ab 1988 die ersten ISDN-fähigen digitalen Ortsvermittlungsstellen in Serientechnik in Betrieb zu nehmen. Darüber hinaus sollen alle digitalen Ortsvermittlungsstellen, die im Jahre 1989 und später in Betrieb gehen, in der Lage sein, ISDN-Teilnehmer anzuschließen.

Es ist davon auszugehen, daß spätestens fünf Jahre nach Beginn des ISDN-Betriebs eine allgemeine ISDN-Flächendeckung erreicht wird. Gegen Ende dieses Jahrzehnts, wenn Glasfaserkabel und optische Systeme wirtschaftlich konkurrenzfähig werden, kann das ISDN durch Breitbandeinrichtungen derart erweitert werden, daß eine Integration aller schmal- und breitbandigen Nutzungsformen (Fernsprechen, Daten-, Text- und Festbildkommunikation, Bildfernsprechen und Videokonferenz) möglich ist. In einem derart integrierten Breitband-Fernmeldenetz können auch Fernseh- und Hörfunkprogramme übertragen werden.«
(Bulletin der Bundesregierung, 16.3.1985.)

»Der große Unterschied von ISDN zu den heute existierenden, noch nicht integrierten Netzen besteht im zentralistischen Charakter einer computergesteuerten Vermittlungsstruktur (ISDN-Steuerkanal). Kommunikation, die in einem solchen Universalnetz sich vollzieht, führt zu nicht mehr beherrschbaren Problemen. Weder die Datenschutzfragen lassen sich zufriedenstellend lösen, noch die Betriebssicherheit (Computersabotage, Netzsabotage, Computerkriminalität) ist gewährleistet. In integrierten Netzen verwischen sich zudem die Grenzen zwischen öffentlicher, geschäftlicher und individueller Kommunikation. Regelungen existieren hier nicht. Der IBM-Rechner des Bildschirmtextsystems signalisiert uns schon heute die Gefahren dieser Entwicklung: Ein perfektes System ist nicht möglich, wohl aber technisch perfekte Kontrolle und Steuerung der Beteiligten.«
(Hans-Dieter Zollondz, in: BIKK-FON, 19/1985.)

»Heute gehen Informationen noch getrennte Wege. Während der 50 Jahre alte Telexdienst Nachrichten mit 50 Bits pro Sekunde (etwa 8 Buchstaben) noch recht gemütlich verbreitet, können auf der Strecke Hamburg/Hannover schon heute 140 000 000 Bits (140 Megabits) pro Sekunde ihren Empfänger erreichen. Dieses erste Teilstück eines bundesweiten Glasfasernetzes ging im vergangenen Jahr in Betrieb. Und in einigen Städten hat die Post auch schon die unter Bigfon bekannten Glasfaser-Versuchsnetze realisiert. 140 Megabits pro Sekunde bedeuten, daß ein Telefonbuch mit 500 000 Eintragungen in eineinhalb Sekunden von einem auf den anderen Computer übertragen werden kann.«
(Die Zeit, 23.8.1985.)

»In der Bundesrepublik wird derzeit überall viel Staub aufgewirbelt mit Diskussionen über Kabelfernsehen und Öffnung des Rundfunks für sogenannte private Programmanbieter. In fast allen Bundesländern werden kommerzfreundliche Mediengesetze erlassen oder vorbereitet. Die Ministerpräsidenten führen Spiegelgefechte um Satellitenprogramme und Werbeanteile. All diesen Diskussionen ist eines gemeinsam: Sie verschleiern, daß Kabel-TV und Kommerzprogramme nur die Ouvertüre sind zur informationstechnologischen Zukunftsmusik, daß der Bürger / die Bürgerin zunehmend an die verdrahtete Gesellschaft, an ein Leben in Netzen gewöhnt und von ihnen abhängig gemacht werden soll. Bereits jetzt beginnt die Post mit der Digitalisierung des Telefonnetzes, d. h. es wird computerlesbar gemacht. Gleichzeitig sollen in den nächsten Jahrzehnten die Kupferkabelnetze (Telefon und TV) zunehmend durch Glasfasern mit unvorstellbaren Übertragungskapazitäten ersetzt werden. Vorläufiges Ziel ist das ›dienste-integrierende, digitalisierte Universalnetz‹ (ISDN), mit Übertragungskapazitäten von 800 Textseiten pro Sekunde, dessen Ausbau sich die Bundespost bis zum Jahr 2020 300 Milliarden (300 000 000 000) DM kosten lassen will. Das wohl größte Investitionsprogramm in der deutschen Industrialisierungsgeschichte. [...]

Was steckt hinter diesem ISDN? Dahinter und hinter dem in letzter Ausbaustufe geplanten IBFN (Integriertes Breitbandfernmeldenetz) verbergen sich die Bemühungen von Post, Fernmelde- und Elektroindustrie, das herkömmliche Telefonnetz, die Datennetze kommerzieller Nutzer und breitbandige Rundfunknetze (Kabel-TV etc.) weitgehend zu vereinheitlichen. Dazu müssen alle Signale digitalisiert, d. h. computerlesbar gemacht werden. Dann aber kann – der Glasfaser sei Dank – von jedem beliebigen, d. h. auch vom privaten Netzanschluß nicht nur telefoniert, sondern auch gebildschirmtextet, getelefaxt, datentransferiert, telegetextet und schließlich sogar videokonferiert und satellitengefernseht werden. [...]

Ein weiteres Problem entsteht durch die Möglichkeit, im geplanten Glasfaservermittlungsnetz jede Medienordnung zu unterlaufen, da die Trennung von Massen- und Individualkommunikation hinfällig würde. Die private Verbreitung z. B. von Horror- und Pornovideos über ein digitales Breitbandkabel-Bildtelefonnetz könnte praktisch kaum unterbunden werden. Das Fatale an der Netzdigitalisierung und -universalisierung ist, daß sie bereits im Augenblick mit der Digitalisierung der Fernstrecken weitgehend unbemerkt startet. Eine größere öffentliche Diskussion findet kaum statt, weil Telegraphenwegegesetz und ein Fernmeldeanlagengesetz, die teilweise noch aus dem letzten Jahrhundert stammen, es der Post erlauben, die Fernmeldeinfrastruktur so auszubauen, wie sie es für erforderlich hält, ohne daß die Einführung solcher grundlegend neuen technischen Entwicklungslinien auch nur der Zustimmung des Bundestages bedürfte.«

(Winfried Eckardt, in: BIKK-FON, 19/1985.)

(4)

»Die Entwicklung der Computertechnologie wird in bisher vier ›Generationen‹ gegliedert. Kennzeichnend ist die Technik der jeweils eingesetzten Bauelemente: Röhren, Transistoren, integrierte und höchstintegrierte Schaltungen. Die Konferenz über ›Computersysteme der fünften Generation‹ von 1981 in Tokio markierte den offiziellen Beginn eines äußerst ehrgeizigen japanischen Großforschungsprojekts. Dabei geht es diesmal jedoch nicht in erster Linie um eine neue Generation von Bauelementen, sondern vielmehr um den Übergang von der Daten- zur Wissensverarbeitung. Erstmals sollen Computer der ›fünften Generation‹ primär dafür entwickelt werden, ›symbolische‹, d.h. sprachliche oder bildhafte Informationen zu interpretieren und miteinander zu verknüpfen. [...]

Ein Kernpunkt der ›fünften Generation‹ ist, daß man mit diesen Systemen in der natürlichen Sprache umgehen kann. Die Systeme sollen geschriebene oder sogar gesprochene Anweisungen entgegennehmen können und diese automatisch in maschinengerechte Steuerungsbefehle umsetzen. Dadurch würden spezielle Programmierkenntnisse beim Benutzer entfallen, eine der Hauptbarrieren auf dem Weg zur wirklich universalen Computeranwendung. Auch eine direkte grafische Eingabe, etwa von handgezeichneten Diagrammen, soll möglich werden. Derartige Computerleistungen sind nur dann möglich, wenn nicht allein bei der Software, sondern auch bei der Hardware neue Wege gegangen werden. Zwar baut die Entwicklung auch auf Fortschritte bei der Technologie, doch ausschlaggebend sollen neue Ansätze bei der ›Architektur‹ der Maschinen sein. Dies bezieht sich auf die Art und Weise, in der die Informationsverarbeitung im Computer organisiert wird. Traditionell folgen die einzelnen Verarbeitungsschritte wie an einem Fließband seriell nacheinander. Statt dessen wurde schon versucht, möglichst viele dieser Schritte gleichzeitig nebeneinander auszuführen: die Koordinierung solcher parallelen Prozesse wirft aber noch erhebliche Probleme auf.«

(Siemens [Hrsg.]: »Chancen mit Chips«, Berlin und München 1984.)

»Zur Zeit läuft in aller Welt die neueste Generation von Speichern an, die mit über 256 000 Bit Speicherkapazität wiederum das Vierfache der Vorgänger-Generation umfaßt. [...] Die nächsten Speicher werden mit einer Million und danach mit 4 Millionen Zellen pro Chip noch wesentlich höhere Anforderungen stellen. Sehr feine Abmessungen und extrem dicht gepackte Funktionen müssen beherrscht werden.«

(Frankfurter Allgemeine Zeitung, 25.5.1985.)

»Die Computer der nächsten und übernächsten Generation, an denen seit einem Jahrzehnt gearbeitet wird, dürften eine bis zu zehntausendfach höhere Speicher-

kapazität als die größten gängigen Rechner haben. [...] Welche Konsequenz wird dieser erneute Entwicklungsschub der Computertechnik bis etwa zum Jahr 2000 haben? Welche Folgen hat die Vermählung einer tausendfach höheren Speicherkapazität mit der schon abzusehenden Vertausendfachung der Rechengeschwindigkeit durch noch leistungsfähigere Mikrochips?«
(Die Zeit, 14.6.1985.)

»Die Entwicklung der ›fünften‹ Computer-Generation und der ›künstlichen Intelligenz‹ steckt noch weitgehend in den Kinderschuhen. Um solche Systeme eines Tages sehr leistungsfähig zu machen, müssen neue Computer entwickelt werden, die nach anderen Prinzipien arbeiten als herkömmliche, dann aber sehr viel leistungsfähiger sein werden. Doch schon heute sind einige bemerkenswerte computergestützte Expertensysteme vorhanden.«
(Frankfurter Allgemeine Zeitung, 29.6.1985.)

»Der ›Optische Computer‹ arbeitet, anders als alle heutigen Klein- oder Großrechner, mit Licht anstelle von elektrischem Strom. Heutige Supercomputer, wie der Cray-1, führen schon pro Sekunde Milliarden von Rechenoperationen aus, aber ihre technologische Weiterentwicklung stößt an physikalische Barrieren. Die Schaltgeschwindigkeit ihrer elektronischen Bauteile liegt zwar schon im Bereich von Milliardstel Sekunden (Nanosekunden), optische Schaltelemente können noch tausendmal schneller sein. Die bisher in Experimenten gemessene kürzeste Schaltzeit liegt bei hundert Femto-Sekunden. Das sind unvorstellbar kurze Zeiten von Billiardstel Sekunden. Noch wichtiger als so kurze Schaltzeiten der Bauelemente eines Optischen Computers ist eine andere Art der Datenverarbeitung: Hunderte oder Tausende von einzelnen Daten, man spricht hier von Signalen, können zur gleichen Zeit ›verarbeitet‹ werden. Computerfachleute bezeichnen diese Art der Datenverarbeitung als ›parallele‹ Verarbeitung. Heutige Computer arbeiten hauptsächlich ›seriell‹. Das bedeutet, daß die einzelnen Daten hintereinander, ›in Serie‹ quasi, abgearbeitet werden.«
(Frankfurter Rundschau, 20.7.1985.)

»Auch wenn sich mit den heutigen Computern inzwischen enorm hohe Rechengeschwindigkeiten erzielen lassen, so sind die herkömmlichen Verfahren der Datenverarbeitung in ihrer Leistungsfähigkeit doch begrenzt. Deshalb versucht man, Anlagen zu entwickeln, in denen viele einzelne Rechenwerke nebeneinander gleichzeitig an einer Aufgabe arbeiten. Damit hofft man, die Geschwindigkeit erheblich steigern zu können. [...]

Die Firma IBM hat nun die Entwicklung eines Rechners angekündigt, der in seiner ersten Version aus 64 Rechenwerken bestehen wird. Später sollen acht solche Einheiten zu einem Computer mit 512 Prozessoren verknüpft werden.

[...] Der geplante Computer soll in der Lage sein, in der Sekunde 800 Millionen Operationen auszuführen.«
(Frankfurter Allgemeine Zeitung, 9.10.1985.)

»Elektronische Bauelemente, wie wir sie heute kennen, sind selbst in den raffiniertesten Schaltungskombinationen gewaltiger Mainframes noch viel zu langsam, um den zu erwartenden künftigen Forderungen gerecht zu werden. Und außerdem arbeiten sie nur ›seriell‹. Ihre Schaltgeschwindigkeit endet im Bereich von Milliardstel- (oder Nano-)Sekunden, wobei sie selbst dann nur jeweils ein Signal nach dem anderen abarbeiten können. Dagegen reagieren die schnellsten bisher bekanntgewordenen optischen Bauelemente ungefähr tausendmal schneller – im Bereich von Billionstel- (oder Piko-)Sekunden. Die kürzeste nachgewiesene Schaltzeit liegt gar noch eine Zehnerpotenz schneller, bei 100 Femto-Sekunden.

Freilich noch wichtiger als die Schaltgeschwindigkeit ist die Art der Datenverarbeitung. Denn solch ein Opto-Computer der Zukunft soll gleichzeitig Hunderte oder Tausende von Signalen verarbeiten. Mit dieser parallelen Aufarbeitung einzelner Signale erhöht sich die Leistungsfähigkeit noch um ein Vielfaches.«
(Süddeutsche Zeitung, 29.10.1985.)

(5)

»[...] jetzt wird die Infrastruktur in Behörden und Unternehmen geschaffen, um über Bildschirmtext groß zu rationalisieren. Konsequenz: Allein über Bildschirmtext werden in der nächsten Zeit etwa 0,8 bis 1 Mill. Leute wegrationalisiert, *wenn* Btx eingeführt wird. Der Berliner Nationalökonom Zerdick hat ausgerechnet, wie groß das Interesse der beteiligten Wirtschaftsverbände am Bildschirmtext ist. Das Gewinnvolumen beträgt nur 10 Milliarden DM, das Rationalisierungsinteresse der Wirtschaft dagegen beläuft sich auf 30–50 Milliarden DM; soviel nämlich hofft man durch Einsparen von Arbeitsplätzen reinzukriegen. [...]

Warum diese Irreführung der Bevölkerung? Man muß sich nur die Strategie von Post und Wirtschaft klarmachen. Falls es die Post schafft, daß in ein paar Jahren 600 000 Anschlüsse von privaten Haushalten erreicht sind, dann geschieht das, was bei der Verbraucherbank schon Gegenwart ist: Die Banken erhöhen ihre Gebühren, so daß es interessant wird, sich an Bildschirmtext anzuschließen; wenn dann ca. 800 000 private Haushalte erreicht sind, beginnt ab dem Moment das Massensterben der Bankfilialen und Bankarbeitsplätze. Das Ergebnis ist dann, daß der einzelne Bürger plötzlich Arbeiter wird, Schattenar-

beiter, nämlich unbezahlter Bankangestellter. Er übernimmt nämlich die teuer bezahlte Bankarbeit gratis, rationalisiert damit die Bankleute bis auf kleine Reste weg, zugleich entfällt der teure Unterhalt der Filialen. Dasselbe passiert im Einzel- und Großhandel, dasselbe passiert im Reisegewerbe usw. usw. D. h. eine großangelegte Verlagerung von bezahlter Arbeit auf unbezahlte Hausarbeit.«
(Wilhelm Steinmüller: »Zwangsanschluß ans Informationsnetz der Zukunft – mit ›Neuen Medien‹«, Die Grünen im Niedersächsischen Landtag [Hrsg.], Hannover 1983.)

»Der DGB schließlich hat Berechnungen veröffentlicht, daß bis zum Jahre 2000 wohl weitere 2,4 Millionen (!) Arbeitsplätze verloren gehen, vor allem für Frauen, vor allem durch die neuen Kommunikationstechniken und Mikroprozessoren, begleitet von Qualifikationsverlusten für weitere Arbeitsplätze oder der Verlagerung ins häusliche Heim.«
(M.W. Thomas: »Die zukünftigen Medienstrukturen«, Die Grünen im Niedersächsischen Landtag [Hrsg.], Hannover 1983.)

»Noch bedeutsamer ist jedoch, daß mit der Vernetzung von Betrieben und Haushalten die bisher als Mechanismus zur Regelung von Rationalisierungsfolgen zentrale betriebliche Mitbestimmung stark an Gewicht verlieren würde. Denn die Rationalisierungsfolgen, die sich aus der Öffnung eines betrieblichen Computersystems für die elektronische Selbstbedienung ergeben, treten sehr langsam und längere Zeit nach der technischen Anschlußmaßnahme ein und bestehen vordergründig darin, daß immer weniger Kunden kommen. Viele geltende Rationalisierungsschutzabkommen dürften dann nicht ohne weiteres greifen, weil von Arbeitgeberseite vorgebracht werden würde, daß es sich bei beabsichtigten Kündigungen nicht um rationalisierungsbedingte, sondern um betriebsbedingte Maßnahmen handelt. Die soziale Beherrschung des ISDN ist in dieser Hinsicht nur bei einer grundlegenden Reform des Betriebsverfassungsgesetzes möglich, die die Mitbestimmung nicht nur an die unmittelbaren Folgen, sondern auch an längerfristige und indirekte Folgen knüpft, sowie durch sehr viel allgemeinere tarifvertragliche Rationalisierungsschutzabkommen und Einrichtungen von überbetrieblicher Mitbestimmung.«
(Herbert Kubicek: »Probleme der sozialen Beherrschbarkeit integrierter Fernmeldenetze«, Trier 1984.)

»Der Hamburger Bundestagsabgeordnete und Obmann des Post- und Fernmeldeausschusses, Peter Paterna, rechnet damit, daß nach Einführung von Btx (Bildschirmtext) im Dienstleistungsbereich zwei bis drei Millionen Arbeitsplätze

verloren gehen, während im Herstellungsbereich lediglich 35 000 neue Arbeitsplätze geschaffen werden.«
(Frankfurter Rundschau, 16.7.1984.)

»›Btx‹ und ›ISDN‹ werden mit Staatsgeldern finanziert und dienen der Rationalisierung des zwischenbetrieblichen Datenaustausches. Die Zahl zusätzlicher Arbeitsloser bis 1990 wird vor allem wegen dieser Techniken auf 0,5 bis 2,5 Mio. geschätzt. [...] Allein die Möglichkeit der ›elektronischen Selbstbedienung‹ über Bildschirmtext gefährdet ca. 300 000 Arbeitsplätze in Handel, Banken, Versicherungen, Reisebüros und öffentlichen Verwaltungen. [...] Wir wissen, daß uns die Banken und Sparkassen schrittweise durch die Einschränkung des Filialservices dazu zwingen wollen, Kontoauszüge und Überweisungen per Btx in Selbstbedienung zu erledigen, so wie sie die Verbreitung des Giro-Kontos durchgesetzt haben. [...] Schließlich ist bekannt, daß sich viele öffentliche Einrichtungen wie Kommunalverwaltungen, Stadtwerke, Universitäten, Verkehrsbetriebe und Bibliotheken dazu hergeben, den indirekten Druck zum Btx-Anschluß zu verstärken, indem sie Informationen, Beratungen, Bestellungen, An- und Abmeldungen usw. auf Btx übernehmen.«
(Grüner Basisdienst, Nr. 3/1985.)

(6)

»Die bereits beschlossene, aber noch lange nicht verwirklichte Digitalisierung des Fernsprechnetzes wirft mehrere bisher kaum diskutierte Risiken der Überwachung auf: In der Vermittlungstechnik bedeutet Digitalisierung den Ersatz elektronischer Vermittlungsstellen durch Computersysteme, wie sie in privaten digitalen Nebenstellenanlagen bereits eingesetzt werden. Bei diesen privaten Nebenstellenanlagen gilt die mit dem Computereinsatz ermöglichte Telefondatenerfassung unter Datenschutzgesichtspunkten als bedenklich. Gewerkschaften lehnen sie ab. Der Einsatz derselben Technik in öffentlichen Fernsprechvermittlungsstellen wird von der Deutschen Bundespost demgegenüber als zusätzlicher Kundenservice herausgestellt (›Fernsprechrechnung mit Einzelgebührennachweis‹). Auf die vom früheren Bundesdatenschutzbeauftragten Bull geäußerten Bedenken ist bei der Einführungsentscheidung nicht eingegangen worden.«
(Herbert Kubicek: »Probleme der sozialen Beherrschbarkeit integrierter Fernmeldenetze«, Trier 1984.)

»Technisch besteht der Unterschied zur elektro-mechanischen Vermittlung darin, daß in dem Vermittlungsnehmer die Verbindungsdaten (Rufnummer des Teilnehmers, angewählte Nummer u. a. m.) auf jeden Fall für den Verbindungsaufbau und für die Verbindungskontrolle gespeichert werden. Es bedarf daher

eines eigenen Programms, um die sofortige Löschung zu veranlassen. Die Werbung mit der Fernsprechrechnung mit Einzelgebührennachweis verweist darauf, daß eine solche Löschung nicht vorgesehen ist, sondern daß die Vermittlungsrechner im Gegenteil sogar mit Sortierprogramm ausgestattet sind.«
(Herbert Kubicek: »Probleme der sozialen Beherrschbarkeit integrierter Fernmeldenetze«, Trier 1984.)

»Noch weniger diskutiert wird die Möglichkeit automatischer Sprecherkennung. Digitalisierte Sprache ist Sprache in computergerechter Form. [...] Weil jeder Mensch ein unverwechselbares digitales Sprachprofil besitzt, ist Identifizierung auf diesem Wege genauso treffsicher wie die über Fingerabdrücke. Diese Möglichkeit zur Sprechererkennung besteht beim analogen Fernsprechnetz, wenn zusätzlich Computersysteme installiert werden. Bei digitaler Vermittlungstechnik ist demgegenüber die Hardware vorhanden und nur ein Ausbau der Software erforderlich. Dies geht auf jeden Fall schneller und unauffälliger – selbst für die Beschäftigten in der Vermittlungsstelle.

In den nächsten Jahren ist schließlich mit erheblichen ›Fortschritten‹ in der automatischen Spracherkennung zu rechnen. Während bei der *Sprechererkennung* nur die Person, aber nicht der Inhalt der gesprochenen Worte identifiziert werden, sollen bei der *Spracherkennung* diese Inhalte automatisch erkannt werden und etwa in maschinengeschriebene Texte übertragen werden. Zu unterscheiden ist zwischen der technisch einfacheren Einzelworterkennung und der schwierigen Erkennung von Fließtexten. Das Risiko der Einzelworterkennung besteht unter Überwachungsaspekten darin, daß nicht mehr alle Telefongespräche eines als verdächtig angesehenen Teilnehmers aufgezeichnet und Wort für Wort von Menschen abgehört werden müssen. Vielmehr können gewisse Schlüsselwörter gespeichert werden, gegen die die Gespräche im Rechner ›laufen‹. Erst wenn das Schlüsselwort fällt, wird die Aufzeichnung automatisch ausgelöst. Im Falle der schwierigeren Erkennung von Fließtext könnten Gespräche elektronisch erkannt und nach beliebig vielen Worten elektronisch ausgewertet werden.«
(Herbert Kubicek: »Probleme der sozialen Beherrschbarkeit integrierter Fernmeldenetze«, Trier 1984.)

»Möglichkeiten der automatischen Sprach- und Sprechererkennung wurden von den Softwarespezialisten längst entwickelt und sind in einem digitalen Netz viel einfacher und unauffälliger zu installieren als in einem analogen. Schon jetzt heißt es über ein digitales Telefonsystem der Firma Nixdorf: ›Ein Telefon der Zukunft [...], das per Knopfdruck ausweisen kann, wer, wann, von wo aus, mit wem wie lange gesprochen hat.‹ In nicht allzu ferner Zukunft soll das Sy-

stem Stichworte, ja später ganze Gespräche digital erkennen und speichern können. Dabei müssen die Datenschützer offen zugeben, daß sie schon beim derzeitigen Stand zum Beispiel des Btx-Systems hoffnungslos überfordert sind.«
(BIKK-FON 19/1985.)

(7)

»Den Schülern in Niedersachsen ist von der Landesregierung eine neue Aufgabe gestellt worden: Sie sollen im Unterricht den Umgang mit Computern lernen und beim Schulabgang über eine Grundausbildung in der Informationstechnik verfügen. Die Voraussetzungen dafür, daß dieses Ziel erreicht werden kann, sind jetzt gegeben, wie Ministerpräsident Albrecht und Kultusminister Oschatz am Dienstag bekanntgaben.

[...] Vorgesehen ist, jede Klasse in den Sekundarstufen I und II der allgemeinbildenden Schulen mit sechs Rechnern auszustatten, jede Klasse der berufsbildenden Schulen mit acht Rechnern. [...]

Albrecht und Oschatz bekräftigen, daß sich auch die Bildungspolitik der Herausforderung der neuen Technologien stellen müsse. Wer die junge Generation auf ihre Zukunft vorbereiten wolle, müsse sie gründlich mit den Anwendungsmöglichkeiten der modernen Informations- und Kommunikationshilfen vertraut machen und sie über deren Chancen und Risiken in der Auswirkung auf die Arbeits- und Freizeitwelt informieren.«
(Frankfurter Allgemeine Zeitung, 3.7.1985.)

»Die Wellen um den Computer und die Neuen Medien im Unterricht schlagen hoch. Hartmut von Hentig warnt vor ›falscher Geschäftigkeit‹ und ›falschen Hoffnungen‹. Joseph Weizenbaum meint, der Computer habe in der Schule nichts zu suchen und richte dort nur Schaden an. Aber die zuständigen Minister machen Millionen über Millionen locker, um den Computer in die Schulen zu bringen; und sie tun es besonders dann, wenn sie der konservativen Seite zuzurechnen sind. [...]

Die Verkäufer der ›5. Computer-Generation‹ prophezeien uns den mechanischen Tutor, mit dem der Schüler über den Lehrstoff diskutieren kann. Über den schulischen Fortschritt durch die Computerisierung wird barer Unsinn erzählt. Der Psychologe Siegfried Schubenz glaubt etwa, ›in der Auseinandersetzung mit dem Computer‹ werde die Sprache ›zu einem immer präziseren Kommunikationswerkzeug‹. Er verwechselt wohl unsere Sprache mit Orwells Neusprech.« *(Walter Volpert: »Zauberlehrlinge«, Weinheim 1985.)*

»Die neuen Informations- und Kommunikationstechniken sollen und werden die Meinungsvielfalt in unserer Gesellschaft erweitern und die Informations- und Meinungsfreiheit stärken. [...]

Die Chancen, welche die neuen Informations- und Kommunikationstechniken für Industrie und Wirtschaft, aber auch in integrations- und kulturpolitischer Hinsicht bieten, müssen voll ausgeschöpft werden. [...] Die Fähigkeit, mit den modernen Informations- und Kommunikationstechniken umzugehen, wird mit zunehmender Durchdringung fast aller Lebens- und Arbeitsbereiche durch diese Techniken immer wichtiger. Hierbei kommt der Bildung in Kindergarten, Schule, beruflicher Bildung, Hochschule und Weiterbildung eine Schlüsselfunktion zu.«
(Bulletin der Bundesregierung, 16.3.1985.)

»Der jetzt betriebene Einsatz von Computern in den Schulen hat auch die Funktion, die nächste Generation an die neuen technischen Möglichkeiten heranzuführen. Damit wird gleichzeitig ihre Fähigkeit zum Erkennen von Unterschieden und Verlusten geschwächt. Alles spricht dafür, daß Jugendliche auch lernen, Computer zu verstehen und zu nutzen. Ebenso unverzichtbar erscheint jedoch aus volkswirtschaftlichen wie gesellschaftspolitischen Gründen, daß sie auch die Fähigkeit zu anderen Formen des Umgangs mit der sozialen Realität zur Behandlung von Sinn- und Wertfragen und soziale kommunikative Kompetenzen erlernen, anwenden und weiterentwickeln können. Ganz im Gegensatz zum Computereinsatz in den Schulen werden jedoch von den verantwortlichen Politikern keine Planungen für neue Lehrformen und -inhalte vorgestellt, in denen dies vermittelt werden soll.«
(Herbert Kubicek: »Probleme der sozialen Beherrschbarkeit integrierter Fernmeldenetze«, Trier 1984.)

»1983 schenkte Apple den 9647 Schulen in Kalifornien je einen Apple-Computer. Das war eine großangelegte Aktion mit allen Merkmalen der professionellen Werbestrategie. Vorher war ein Gesetz, die ›Apple-Bill‹, durch das kalifornische Parlament gegangen, die für solche Aktionen einen beträchtlichen Steuernachlaß gewährt. Apple hatte auch versucht, im Kongreß in Washington dieses Gesetz durchzubringen, aber dort hatte man Bedenken. So beschränkte Apple seine Aktion auf den Staat Kalifornien. [...] So wurden bisher mit 36 Hochschulen Verträge abgeschlossen, wodurch diese große Mengen von Personalcomputern mit günstigen Rabatten abnahmen. Der Kauf eines Macintosh wurde zugleich zur Einschreibebedingung gemacht. Normalerweise kostet das Gerät 2500 Dollar. Die Universitäten bekamen es so günstig, daß sie es für 1000 Dollar an die Studenten verkaufen konnten. 50 000 Exemplare gingen in der ersten Welle weg.«
(Werner Rügemer: »Silicon Valley«, Köln 1985.)

»Geld – so scheint es im übrigen – gibt es im verarmten Bildungsbereich nur noch für die neuen Technologien, die im Sturm die Hallen erobern. Bleibt abzuwarten, wann die Computer-Euphorie einem Kater weicht, wie vor zehn Jahren, als eine Schule ohne Sprachlabor keine richtige Schule mehr war. Sicher muß die Schule Informatik und Computernutzung einbeziehen. Aber Computer sind kein Allheilmittel für die Probleme, die heute den Bildungsbereich beherrschen.«
(Die Zeit, 8.3.1985.)

»Neben der Euphorie der LOGO-Missionare gibt es auch deutliche Ernüchterung, zum Teil Ermüdung: mühsame Bedienung, Organisationsprobleme bei der Nutzung durch verschiedene Klassen, Enttäuschung über den vielen Programm-›Schrott‹, den man sich durch die Werbung hat aufschwätzen lassen, Verunsicherung durch den Spezialistenstreit über die beste Programmiersprache, in dem sich missionarische und unternehmerische Gemüter Selbstbestätigung (und Marktanteile) sichern. Daneben aber auch eine Nachdenklichkeit und eine beharrliche Anstrengung, pädagogisch sinnvolle Programme zu entwickeln, die wohl nur aus praktischer Erfahrung erwachsen kann. [...]

Statt ›informationstechnischer Grundausbildung‹ steht die Nutzung als ›Medium des Lernens‹ im Vordergrund; Simulationen im Sachunterricht; Experimentieren mit dem Klangreichtum und den Kompositionsmöglichkeiten im Musikunterricht; entdeckendes Lesen- und Schreibenlernen durch die Kombination verschiedener technischer Möglichkeiten.«
(Süddeutsche Zeitung, 20.8.1985.)

»Gute Schüler sitzen seltener am Computer als schlechte Schüler. Dies hat eine Untersuchung des Instituts für Schulentwicklungsforschung der Universität Dortmund ergeben. Danach zeigen Schüler, die einen eigenen programmierbaren Lerncomputer besitzen, im Vergleich zu ihren Altersgenossen eher schlechtere Leistungen. Aber nicht nur das. Die schwächeren Schüler verbringen auch zu Hause mehr Zeit vor Fernseh- und Videoanlagen.

Der Grund, weshalb leistungsstärkere Schüler weniger häufig zum Computer greifen, liegt nach den Ergebnissen der Untersuchung darin, daß diese Jugendlichen ›mehr Beziehung zur abendländischen Schriftkultur‹ und damit zum Buch hätten. Häufig seien sie sehr reserviert und skeptisch gegenüber neuen Techniken und Computern.

Die Wissenschaftler Karl-Oswald Bauer und Peter Zimmermann ließen für ihr Projekt 1050 männliche und weibliche Jugendliche im Alter zwischen 13 und 16 Jahren nach dem Einfluß von Kabelfernsehen und Computern auf Freizeit und Schulalltag befragen. Bis zu acht Stunden täglich verbrächten ›Computer-

freaks‹ vor dem Bildschirm, drei bis vier Stunden davon am Computer und noch einmal den gleichen Zeitraum vor dem Fernseher und der Videoanlage der Eltern, lautete das Ergebnis. Den Anteil der Jugendlichen dieser Altersgruppe, die den Computer derart intensiv nutzten, schätzen die Wissenschaftler auf fünf bis zehn Prozent. Kinder aus sozial schwächer gestellten Familien säßen in der Regel sogar täglich eine Stunde länger vor der Fernseh- und Videoanlage als ihre Altersgenossen aus Familien der Mittel- und Oberschicht.«
(Süddeutsche Zeitung, 15.10.1985.)

(8)

»Im Jahre 1983 wurde von dem privaten sozialwissenschaftlichen Forschungsinstitut Cognos, das in Palo Alto angesiedelt ist, eine Untersuchung über die sozialen Beziehungen in Silicon Valley gemacht. [...]: ›Der Mythos von Silicon Valley ist ein Traum. Der Anteil der Menschen, für die der Traum gegenwärtig Wirklichkeit wird, ist winzig. Die Opfer des Ethos von Silicon Valley übertreffen die Zahl der Erfolgreichen wahrscheinlich um das Zehnfache. [...] Vielleicht der tiefgehendste Effekt ist der Verfall der zwischenmenschlichen Beziehungen. [...] Dieselben Kräfte, die die erfolgreiche mikroelektronische Industrie hervorgebracht haben, können auch Menschen mit beschränkter menschlicher Erfahrung und zwergenhafter Lebensqualität hervorbringen.‹ Es wird eine allgemeine Destabilisierung der zwischenmenschlichen Beziehungen festgestellt, was mit dem ständigen ›job-hopping‹, also dem schnellen Wechsel des Arbeitsplatzes, zusammenhängt, aber auch mit den anderen Faktoren der so gerühmten ›Mobilität‹: Die meisten der Arbeitskräfte, vier Fünftel, kommen von außerhalb der Gegend und leben erst einige Jahre in Silicon Valley, haben wenig oder keine guten Freunde da; sie haben wenig Zeit für die Familie bzw.für die familiären Beziehungen zum Partner, zu den Kindern, zu den Eltern. Die Scheidungsrate in Silicon Valley ist die höchste in ganz USA. [...] Weniger als ein Drittel der Erwachsenen (30 Prozent) lebt in einer ›intakten‹ Familie mit Ehefrau und Kind/Kindern. [...] 30 Prozent der Befragten gaben an, daß sich ihre gegenwärtige Form des Zusammenlebens im Zeitraum der nächsten 6 Monate auflösen werde. [...]

Der eigentliche Prozeß, der sich hier abspielt, ist also nicht die Auflösung ›traditioneller‹ Familienformen, sondern die soziale Bindungslosigkeit, die Unfähigkeit der Menschen, langfristige und auf gegenseitiger Achtung beruhende persönliche Beziehungen aufzubauen.«
(Werner Rügemer: »Silicon Valley«, Köln 1985.)

Betr.: Umwelt und Gesundheit

... wenn uns Gott mit dem Waldsterben ein Zeichen setzen wollte, dann ist ihm das gründlich mißlungen

Als Anfang der siebziger Jahre der Liedermacher Reinhard Mey beklagte, daß es keine Maikäfer mehr gäbe, argwöhnte er noch lyrisch-leise, daß uns die Krabbeltiere vielleicht nur ein Stückchen vorangingen. Wenig später, als sich der deutsche Wald anschickte, »den Politikern sogar im Staatsforst in den Rücken zu fallen« (Krems-Hemesath), klang die gleiche Frage schon drohender: Kann der menschliche Organismus gesund bleiben, wenn es rundherum die Natur dahinrafft? Inzwischen leugnen viele ernstzunehmende Wissenschaftler nicht mehr direkte oder indirekte Zusammenhänge von Krankheit und Umweltdreck:

– Die sprunghafte Zunahme von Allergien in den letzten Jahren scheint unerklärlich, sofern man nicht die Überfrachtung der Welt mit immer neuen Stoffen in Rechnung stellt (1). Jährlich entlassen Laboratorien und Fabriken Tausende von neuen Stoffverbindungen in die Umwelt, die es zuvor nicht gab.

– Bindehauterkrankungen haben in letzter Zeit stark zugenommen. Umweltursachen können dabei nicht ausgeschlossen werden (2).

– Die Alzheimer-Krankheit, lange als eine natürliche Form des Altersschwachsinns verkannt, könnte eine Folge von zu viel Aluminium im täglichen Leben sein (3).

– Auch die Parkinson-Krankheit mit ihren Folgen wie Schüttellähmung ist möglicherweise ein Umweltleiden, verursacht durch Pflanzenschutzmittel (4).

– Etliche Erkrankungen der Atemwege, darunter Pseudo-Krupp und Bronchitis, hängen mit Sicherheit mit der zunehmenden Luftverschmutzung zusammen (5).

– Blei behindert die geistige Entwicklung bei Kindern und erhöht den Blutdruck (6).

– Die hohen Nitratwerte, die das Trinkwasser in vielen Regionen der Bundesrepublik aufweist, bedeuten Gefahr für Säuglinge (Blausucht, Erstickungsanfälle) (7).

– Spätestens seit Frühsommer 1984 steht Formaldehyd im Verdacht, krebserregend zu sein. Eine Expertenkommission der EG bestätigte im Herbst 1985 diese Vermutung (8). Bisher (Stand: November 1985) zog die Bundesregierung keine Konsequenzen: Formaldehyd ist verpönt, aber nicht verboten.

– Zwischen Lungenkrebs und Luftverschmutzung ist für viele Regionen ein enger Zusammenhang nachgewiesen (9).

Politiker in der Verantwortung mögen all das lieber anders sehen. Das Bayerische Staatsministerium für Landesentwicklung und Umweltfragen beharrt darauf, »daß es nicht vertretbar ist, regional unterschiedliche Sterbeziffern mit der jeweiligen umweltbedingten Situation in Beziehung zu setzen«. Doch die Volksvertreter, so scheint es, können sich bei solchen Befunden nicht mehr so blindlings auf einen alten Verbündeten, »das gesunde Volksempfinden« (oder weniger anrüchig: den gesunden Menschenverstand), verlassen. Der widerspricht ihnen allenthalben. In diesem Sinne empfahl auch der Kieler Toxikologe Wassermann im SPIEGEL all jenen, die mehr auf eigene Erfahrung denn auf Analysen geben, einen Selbstversuch, nachvollziehbar für jeden, »der nach nur 15minütiger Exposition auf stark durch Kfz-Verkehr, Industrie- und Hausbrand belasteter Straße die Leistungsfähigkeit seines Kehlkopfes überprüfen will, zum Beispiel beim anschließenden Halten eines Vortrages«. Für Selbstversuche schlägt Wassermann unter anderem die Potsdamer Straße in Berlin vor.

Allerdings steht zu vermuten, daß eine Vielzahl von Testpersonen anders reagieren würde, als es das Prinzip der Arterhaltung gebietet: Gegen Kehlkopfbeschwerden gibt es Mittel. Und so mag uns die Arzneimittel-Branche: Kranke sollen Kunden sein und nicht Protestmasse, die womöglich eine politische Wende zur Vorbeuge erzwingt. An der läßt sich bekanntermaßen wenig verdienen.

Immer dann, wenn sich Politiker um einschneidenden Umweltschutz drücken wollen, ist das deutsche Recht ihr mächtiger Verbündeter. Es bürdet, drastisch ausgedrückt, jedem Krebsopfer die Beweislast auf, sofern es noch die Kraft findet, Schadensansprüche zu stellen. Die diffuse Verursachersituation – welcher Krebskranke kann schon exakt den Schornstein benennen, der ihm die Krankheit brachte? – schützt jeden Einzelemittenten.

Solange noch ein Rest von Zweifel daran besteht, wie toxisch welcher Stoff ist, muß geforscht werden und folglich nicht gehandelt. Der spektakuläre Versuch des Ehepaares Bettina und Burkhard Krems-Hemesath, die Vorsorgepflicht des Staates einzuklagen, ihn also zu zwingen, auch bei *begründetem Verdacht* Bürger gegen Umweltvergifter zu schützen, scheiterte im September 1983 vor dem Bundesverfassungsgericht. Japanische Zustände, wo jeder Emittent beweisen muß, daß er *nicht* die Umwelt belastet (10), sind in der Bundesrepublik noch nicht in Sicht. Muß man Zyniker sein, um festzustellen, daß bei uns das Recht auf Leben und körperliche Unversehrtheit weniger gilt als das Recht der Industrie auf Giftausstoß?

(1)

»Dermatologen und Kinderärzte sind sich einig: die Zahl der Allergien hat in den letzten Jahren drastisch zugenommen. Während man in den fünfziger und sechziger Jahren lediglich bei rund einem Prozent der Bevölkerung eine Allergie registrierte, schätzen die Wissenschaftler heute, daß sich zehn Prozent aller Erwachsenen und sogar 20 Prozent der Kinder mit einer allergischen Erkrankung herumplagen müssen. [...]

Als wichtigster Grund für die Zunahme der Allergien bietet sich die gestiegene Umweltbelastung an. So schreibt die Münchener Ärztezeitschrift ›Praxis-Kurier‹: ›Man könnte einen derartigen Anstieg als »statistisches Phänomen« abtun, aber dazu sind die Zusammenhänge zwischen Allergie und Umwelteinflüssen, zwischen erhöhter körperlicher Sensibilisierung und der immer größer werdenden Anzahl allergie-verursachender Faktoren allzu augenscheinlich.‹

Dermatologe Dr. Werner Voss von der Allergie-Abteilung der Universitäts-Hautklinik Münster glaubt, der vielfältige Umweltstreß könnte bei den Kindern zu einer ›Stimulation‹ des Immunsystems und dadurch zu einer gesteigerten Produktion allergieauslösender Antikörper führen.«
(Frankfurter Rundschau, 17.4.1982.)

»Nach Genuß von Lebensmitteln mit Zusätzen kommt es nicht selten zu Quaddelbildung (Urtikaria) und Hautblüte. Am häufigsten werden diese allergischen Reaktionen durch den Farbstoff Tartrazin und das Konservierungsmittel Benzoesäure hervorgerufen. Die Fachzeitschrift *Ärztliche Praxis* berichtete über entsprechende Untersuchungen von Brunello Wüthrich (Dermatologische Universitätsklinik Zürich).«
(Süddeutsche Zeitung, 27.10.1983.)

»Wissenschaftler und Verbraucherverbände kritisieren immer wieder die Verwendung bestimmter Zusatzstoffe. Da geht es vor allem um die synthetischen billigen, lichtechten und stabilen Farbstoffe. Viele von ihnen lösen Allergien aus. Bereits wenige Milligramm *Tartrazin,* wie sie in vielen Lebensmitteln enthalten sind, können zu Nesselsucht (Urtikaria) oder Asthma führen. Gefährdet sind vor allem Menschen, die kein Aspirin vertragen.

13 000 Bundesbürger erleiden durch Lebensmittelzusätze jährlich einen Urtikariaschub. Hauptursache ist das *Tartrazin,* gefolgt von anderen Farbstoffen sowie den Konservierungsstoffen *Benzoesäure* nebst *BHA* und *BHT.* [...]

Zwei bis neun Prozent der Schulkinder fallen heute durch ›Hyperaktivität‹ auf; Eltern sprechen vom ›Zappelphilipp‹. Die Kinder fallen durch ständige Unruhe, mangelnde Konzentration und ungesteuertes Verhalten auf. Beweise, daß diese Kinder wegen künstlicher Farbstoffe oder Aromen in ihrer Nahrung so reagieren, gibt es nicht – aber möglich wäre es schon, meinen Experten vom wissenschaftlichen Lebensmittelausschuß der EG.«
(Thomas Schmülling und Gerd Zwiener: »Was wir alles schlucken müssen«, in: natur 4/1984.)

»Dr. Wolfgang Jorde als Sprecher des Allergiker- und Asthmatikerbundes Mönchen-Gladbach [...] verknüpft die Frage nach der Entwicklung und dem Verlauf von Allergien mit Problemen der Umwelt so: ›Wie krank ist eigentlich der Mensch? Was an Bäumen, Sträuchern und Pflanzen nicht spurlos vorübergeht, kann den Menschen doch auch nicht unberührt lassen. Feststeht, daß die sich zunehmend verändernde Umwelt, zum Beispiel das Waldsterben, das Risiko einer allergischen Erkrankung erhöht.‹ Unter anderem seien Schimmelpilze und veränderte Wohnungsbedingungen sowie Nahrungsmittelallergene und veränderte Eßgewohnheiten für steigende Krankenzahlen verantwortlich zu machen.«
(Gesundheitspolitische Umschau, Dezember 1984.)

»Allergische Erkrankungen wurden 1983 in der Bundesrepublik erstmalig am häufigsten von allen meldepflichtigen Berufskrankheiten genannt. Sie lösten da-

mit in den letzten Jahren Lärmschäden und davor Silikosekranke (Staublunge) ab. Darauf wies kürzlich der münsterische Experte für Hautkrankheiten, Prof. Günther Forck, anläßlich einer Allergietagung in Münster (Westfalen) hin.«
(Frankfurter Rundschau, 12.1.1985.)

»In der Bundesrepublik leiden nach Einschätzung des Allergiker- und Asthmatikerbundes derzeit etwa 25 Millionen Menschen an Allergien. Sein Vorstandsmitglied Werner Bongers erklärte in Hamburg, in den letzten zehn Jahren seien die allergischen Erkrankungen sprunghaft angestiegen. Als Ursachen dafür nannte Bongers zunehmende Umweltbelastungen, die das Immunsystem der Menschen beeinträchtigen, sowie falsche Ernährung und immer neue chemische Zusätze, die Lebensmittel haltbarer machten. Moderne Technik und Chemie ließen immer neue Stoffe entstehen, die als Allergieauslöser wirkten, sagte Bongers.«
(Frankfurter Rundschau, 20.4.1985.)

»[...] und zwar spielen die an das HLA-System gekoppelten sogenannten ›Immunresponse‹-(IR-)Gene für die allergenspezifische Antwort des Immunsystems auf atopische Allergene, zum Beispiel Pollen, Hausstaubmilbe, Tierhaare, bestimmte Nahrungsmittel, die Hauptrolle. Außerdem kommt Umweltfaktoren für die Entwicklung von atopischen Erkrankungen eine Bedeutung zu. Es wird in der letzten Zeit diskutiert, ob etwa langes Stillen (mehr als sechs Monate), eine allergenarme Diät für das Neugeborene und für die Mutter, das Meiden von Allergenen in der Säuglingszeit, Rauchkarenz und andere Maßnahmen einen vorbeugenden Wert für die Entwicklung atopischer Allergien haben.«
(Deutsches Ärzteblatt, 25.4.1985.)

»Die allseitig behauptete Zunahme von Allergien ist auch statistisch beweisbar. Häufiger als vor 30 Jahren leiden Berufsanfänger und unter diesen Frauen an Allergien. Einige Berufsgruppen sind besonders gefährdet. Nur relativ wenige Allergene sind dafür verantwortlich. Ihre Eliminierung würde die Zahl der allergischen Hautkrankheiten drastisch senken.«
(Deutsches Ärzteblatt, 17.5.1985.)

»Die Kinderärzte jedenfalls, so sagte es der Fortbildungsbeauftragte des Bundesverbandes der Kinderärzte Deutschlands, Prof. Dieter Palitzsch, auf der Jahrestagung in Bremen zum Thema ›Das allergische Kind‹, beobachten seit einigen Jahren einen fast gewaltigen Anstieg allergischer Erkrankungen im Kindesalter, von dem schon jüngste Kinder betroffen sind und ›den wir in diesem Ausmaß früher nicht kannten‹.

Auch der leitende Arzt der ärztlich-wissenschaftlichen Beratungsstelle des Allergikerbundes, Wolfgang Jorde, bezeichnete vor kurzem die Zunahme von Allergien als ›alarmierend‹; Allergien seien inzwischen eine ›Volkskrankheit‹, die oft verniedlicht werde und über deren Ursachen man ›im Nebel stochere‹. Schon jetzt stehe fest, daß die Umweltverschmutzung einen gehörigen Anteil an der Allergieanfälligkeit vieler Menschen habe.«
(Gisela Friedrichsen: »Wenn das Kind allergisch ist«, in: Frankfurter Allgemeine Zeitung, 28.6.1985.)

»In den letzten zehn Jahren hat die Zahl der Allergiker in den hochtechnisierten Ländern um etwa 25 Prozent zugenommen, stellte Professor Allan Deweck von der Weltgesundheitsorganisation auf einer Pressekonferenz fest. In der Umgebung von starkem Verkehr sei der Anstieg noch höher.«
(Kölner Stadtanzeiger, 27.7.1985.)

»Daß die seit mehreren Jahren beobachtete Zunahme allergischer Erkrankungen auf Schadstoffe in der Umwelt und in Lebensmitteln zurückzuführen ist, kann nicht von vorneherein als laienhafte Vorstellung abgetan werden. Vielmehr wird ein solcher Zusammenhang durch eine Reihe wissenschaftlicher Untersuchungen bekräftigt. Versuche im Zentrum für Hygiene der Universität Bochum zeigen nun, daß bestimmte Zellen des Immunsystems durch einige Pflanzenschutzmittel angeregt werden, entzündungsfördernde Stoffe auszuschütten.

Die Bochumer Forscher U. Rohr, W. König und F. Selenka stützen ihre Befunde vor allem auf Untersuchungen an Mastzellen der Ratte und bestimmten weißen Blutkörperchen, sogenannten basophilen Granulozyten, des Menschen. Diese Zellarten sind maßgeblich an entzündlichen und allergischen Reaktionen des Körpers beteiligt. Werden sie chemisch stimuliert, scheiden sie Substanzen aus, die zu entzündlich-allergischen Veränderungen im Gewebe führen. Zu diesen Stoffen zählen außer dem Histamin die Leukotriene und Prostaglandine.«
(Frankfurter Allgemeine Zeitung, 31.7.1985.)

»Chemikalien in der Nahrung sind weitgehend Produkte der Petrochemie. Denn sowohl Pestizide wie Kunststoffe aller Art enthalten Kohlenwasserstoffe und Kohlenwasserstoffverbindungen. Zwar kann ein hochempfindlicher Mensch von nahezu jeder natürlichen oder künstlichen Substanz krank werden. Aber bei den wahrscheinlich hunderttausend oder noch mehr von Klinischen Ökologen belegten Fällen ist eindeutig erwiesen, daß die galoppierende Zunahme allergiekranker Menschen auf die Zunahme der chemischen Schadstoffe zurückzuführen ist. Und hier stehen Petrochemikalien an erster Stelle. Es gibt

kaum einen Bereich eines ›normal‹ lebenden Menschen, der nicht von ihnen durchdrungen ist.«
(Dieter Beisel: »Chemikalien – Allergien«, in: natur 8/1985.)

»Die Zahl der allergiekranken Jugendlichen in der Bundesrepublik ist nach einer Untersuchung des Allergiker- und Asthmatikerbundes in Düsseldorf wesentlich höher als bisher angenommen. Bei der Umfrage unter fast 8800 Schülern in Nordrhein-Westfalen klagte rund ein Drittel der Jugendlichen über Heuschnupfen, juckenden Hautausschlag oder Tierhaarallergie. Besonders verbreitet ist danach der Heuschnupfen. Der Untersuchung zufolge leiden rund 16 Prozent der befragten Schüler der Klassen fünf bis zehn sowie fast 18 Prozent der Schüler der Klassen elf bis 13 unter Heuschnupfen, wobei Jungen wesentlich häufiger erkrankten als Mädchen.«
(Süddeutsche Zeitung, 23.9.1985.)

»Etwa 25 Millionen Bundesbürger, davon 66 Prozent Frauen, leiden an Allergien. Wie die Bundesvereinigung Deutscher Apothekerverbände (ABDA) in Frankfurt mitteilte, machen für die Zunahme der Hautallergien immer mehr Dermatologen Umweltstoffe verantwortlich. Zu den bekanntesten allergieauslösenden Substanzen zählen Blütenstaub (Pollen), Hausstaub, Tierhaare, Nahrungsmittel wie Kuhmilch, Hühnereiweiß oder Fisch, Bienen- und Wespengifte, auch Medikamente wie Antibiotika und Hormone, Chemikalien, Metalle sowie Natur- und Synthetik-Textilfasern.«
(Süddeutsche Zeitung, 2.11.1985.)

(2)

»Immer häufiger stellen Fachärzte Erkrankungen der Bindehaut fest, beispielsweise Entzündungen, Allergien oder das sogenannte ›trockene Auge‹. Auch wenn diese Krankheiten vergleichsweise harmlos erscheinen, sind sie doch für den Betroffenen unangenehm, und sie machen auch den Augenärzten durchaus Kopfzerbrechen. Dies wurde bei der Jahrestagung der Deutschen Ophthalmologischen Gesellschaft, bei der sich in Heidelberg 1000 Augenärzte aus dem In- und Ausland versammelten, deutlich. [...]

Man müsse, so meinten die Augenärzte zum Abschluß des Kongresses, durchaus daran denken, daß die Schadstoffe aus der Umwelt bei der Entstehung der Krankheiten eine Rolle spielten. Immerhin müsse sich die Bindehaut buchstäblich an vorderster Front mit Staub, chemischen oder toxischen Substanzen in der Luft, mit Bakterien und Viren auseinandersetzen.«
(Stuttgarter Zeitung, 27.9.1985.)

(3)

»Das Alzheimersche Syndrom, eine hirnorganische Erkrankung, die zur geistigen Verwirrung führt, lehrt in der Bundesrepublik Deutschland derzeit rund zwei Millionen Bürger leidvoll etwas anderes. So hoch, fünfmal höher, als kürzlich eine Illustrierte als Schätzung veröffentlichte, bezifferte jetzt eine Studie aus der Psychiatrischen Klinik des Berliner Universitätsklinikums Charlottenburg die Zahl derer, die von diesem unheimlichen Leiden betroffen sind. [...]

Wissenschaftler vermuten, daß Aluminiumsalze, als Umweltgift beispielsweise im Trinkwasser, in Aluminiumdosen, Küchengeräten, Lebensmitteln oder Arzneimitteln vorhanden, zur Krankheitsentstehung beitragen.«

(Deutscher Forschungsdienst, 10/1984.)

(4)

»André Barbeau vom Clinical Research Institute in Montreal trug Daten über das Auftreten der Parkinson-Krankheit in den neun hydrographischen Regionen Kanadas zusammen und verglich sie mit der Höhe des Pestizid-Verbrauchs. 5000 Parkinson-Kranke wurden nach vier verschiedenen Methoden ermittelt. Die Korrelation zwischen dem Auftreten der Krankheit und der Höhe des Pestizid-Einsatzes war sehr stark.«

(R. Lewin: »Parkinson-Krankheit: Umweltgifte als Ursache?«, in: Science, 9.7.1985.)

(5)

»Ein Zusammenhang zwischen SO_2-Immission und dem Krupp-Syndrom wurde in der endgültigen Aussage nur dann postuliert, wenn der Zufall mit 99,73 Prozent ausgeschlossen werden konnte. Für Tages- und maximale Drei-Stunden-Mittelwerte zeigte sich bei den Untersuchungen ab 50 bis 80 ppb SO_2 eine hochsignifikante Zunahme der Morbiditätsquote.

Vorausgegangen war eine Untersuchung, in der die staubförmige Luftverunreinigung mit Fällen von Krupp-Erkrankungen korreliert wurde. Hierbei hatte sich bereits ein signifikanter Zusammenhang zwischen staubförmiger Immission und gehäuftem Auftreten akuter Atemnotfälle ergeben.«

(S.W. Bender, R.H. Jaklin, H. Emmerich, W. Emmerich: »Umwelteinflüsse beim Krupp-Syndrom«, in: Deutsches Ärzteblatt, 30.11.1972.)

»Zusammenfassend läßt sich sagen, daß durch SO_2, NO_2 und Staub die Entstehung von Krupp-Erkrankungen gefördert wird, wozu bestimmte Wetterbedingungen beitragen (Inversionen, Niederschläge). Den kumulativen, additiven und potenzierenden Effekten muß unsere Aufmerksamkeit gelten.«

(Ulrich Wemmer, Manuskript, Siegen 7.5.1983.)

»Nach neuesten medizinischen Reihenuntersuchungen in Duisburg und Essen wird die gefährliche Atemnot bei Kleinkindern, der sogenannte Pseudo-Krupp, doch von der Luftverschmutzung verursacht. Nachdem der nordrhein-westfäli sche Arbeitsminister Friedhelm Farthmann (SPD) noch Mitte der vergangenen Woche im Düsseldorfer Landtag auf Fragen von Abgeordneten erklärt hatte, daß es einen beweisbaren Zusammenhang zwischen Pseudo-Krupp und Luftverschmutzung nicht gebe, stellten Professor Harald Haupt, Chef der Duisburger Kinderklinik, und der Essener Kinderarzt Berthold Mersmann einen Tag später in einer von Farthmann einberufenen Konferenz genau diesen Zusammenhang her.

Vor Medizinern und Eltern von unter Pseudo-Krupp leidenden Kindern aus 18 nordrhein-westfälischen Städten gab Haupt bekannt, daß in den Duisburger Stadtteilen mit mehr als 0,3 Milligramm Schwefeldioxid pro Kubikmeter Atemluft die Zahl der unter Pseudo-Krupp leidenden Kleinkinder doppelt so hoch sei wie in den Stadtteilen mit weniger verschmutzter Luft. Der Klinikchef, der über einen längeren Zeitraum alle Pseudo-Krupp-Fälle in Duisburg erfaßt hatte, wertete den Zusammenhang zwischen Schwefeldioxid aus Industrie und Kraftwerken und Atemnot bei Kindern als ›statistisch signifikant‹ (bedeutsam). Haupt: ›Bei mehr als 0,2 Milligramm Schwefeldioxid pro Kubikmeter ist die Gefahr da.‹ Es sei ein ›linearer Anstieg‹ der Krankheitsfälle mit der Belastung der Luft zu erkennen.«

(Frankfurter Rundschau, 21.5.1984.)

»Auch wenn es in der Bundesrepublik erst wenige statistisch-epidemiologische Studien gibt, so ist doch der Zusammenhang zwischen Luftverunreinigung und gesundheitlichen Schäden offenkundig und zwischenzeitlich weitgehend unbestritten. Verstärkend kommen weitere Faktoren wie regionale Unterschiede, Siedlungsdichte, Streßbelastungen, soziale Situation, Alter, Gesundheitszustand und Rauchgewohnheiten hinzu. Weiterhin muß auch die Kombination der Luftschadstoffbelastung mit zum Beispiel der Anreicherung von Schadstoffen in der Nahrungsmittelkette berücksichtigt werden.

Nach Schätzungen des Medizinischen Instituts für Umwelthygiene der Universität Düsseldorf gelten heute ca. 10 Prozent der Bevölkerung als Risikogruppe für gesundheitliche Schädigungen durch die Luftverunreinigung, 4 Prozent als extreme Risikogruppe. Nach einer Studie der Weltgesundheitsorganisation sind 85 bis 95 Prozent aller Atemwegserkrankungen beim Menschen auf Luftverunreinigungen zurückzuführen. [...]

Die Universität Stuttgart hat die Auswirkungen der Luftverunreinigung auf das Herz-Kreislauforgan untersucht. Danach ergeben sich direkt und indirekt wirkende Schädigungseffekte; die Auswirkungen sind – vor allem im Zusammenhang mit bestimmten Wetterlagen – Abnahme des Sauerstoffdrucks, Verringerung des Atemzugvolumens und Veränderungen des Blutdrucks.

Jahn und Palamidis haben 1983 in Berlin eine Erhebung über den Einfluß hoher Luftschadstoffkonzentrationen auf die Sterblichkeit gemacht. Eine Auswertung der statistischen und amtlichen Unterlagen ergab bei über 70jährigen Berlinern bei einer Schadstoffkonzentration von über 0,3 mg/cbm SO_2 eine um 14,8 Prozent höhere ›Vorwegsterblichkeit‹. Ebenfalls ist an solchen Tagen die Krankheitsanfälligkeit bei Risikogruppen wesentlich höher. Auch für München wurden Modellberechnungen erstellt, die einen ähnlichen Zusammenhang ergeben. [...]

Epidemiologische Untersuchungen an Kindern machen deutlich, daß eine andauernde Schwefeldioxidbelastung mit mehr als 0,2 mg/cbm die Entstehung von chronischer Bronchitis fördert. Eindeutig liegt der ›Grenzwert‹ zu hoch. Das Erkrankungsrisiko liegt in den Innenstädten beispielsweise nach deutschen Studien 2,5mal höher als am Stadtrand.«
(Frankfurter Rundschau, 25.7.1984.)

»Die vorliegende Vierjahresstudie ergibt eine gesicherte Abhängigkeit der Erkrankungshäufigkeit an Laryngitis acuta und obstruktiver Bronchitis von der Luftbelastung mit SO_2 und mit sedimentierendem Staub. Der Zusammenhang ist sowohl für die Langzeitbelastung (I_1-Wert) wie auch für die Kurzzeitbelastung (I_2-Wert) nachweisbar. Es muß jedoch offen bleiben, ob es sich bei SO_2 einerseits und bei Staub andererseits um die wirksamen Stoffe handelt oder ob es sich nur um Indikatoren für die Luftbelastung auch mit anderen, vielleicht wirksameren Substanzen handelt.«
(P. Mühling, J. Bory, H. Haupt: »Effekt der Luftbelastung auf Atemwegserkrankungen des Kleinkindes«, in: Fortschritte der Medizin, 102, 1984, Nr. 34.)

»In der Bundesrepublik Deutschland werden zunehmend mehr Erkrankungen registriert, die auf Umweltbelastungen zurückzuführen sind. Im Grundsatz ist heute weitgehend unumstritten, daß die Luftschadstoffe, vor allem Schwefeldioxid, Stickoxide, die Vielzahl der Schwermetallverbindungen (z.B. Cadmium und Blei) sowie Kohlenwasserstoffe, zu gesundheitlichen Schädigungen führen. Nach Untersuchungen der Weltgesundheitsorganisation sind 85 bis 95 % aller Atemwegserkrankungen auf die Luftverschmutzung zurückzuführen. In der Bundesrepublik Deutschland gelten nach vorliegenden Studien 10 % der Bevölkerung als Risikogruppe für gesundheitliche Schädigungen durch Luftverunreinigung. Auch wenn noch Lücken in der Ursachenforschung vorhanden sind: Diese Entwicklung darf nicht verharmlost werden. Die hohe Häufigkeit chronischer Bronchitis, Veränderungen im Blutbild, Schädigungen am Herz-Kreislauf-

organ, die steigende Zahl der Krebserkrankungen, Zunahme von Allergien, Skelett- und Muskulaturkrankheiten sowie die besorgniserregenden erstickungsartigen Hustenanfälle bei Kleinkindern und der ›plötzliche Kindstod‹ sind alarmierende Warnungen, daß nicht nur der Wald stirbt, sondern auch die menschliche Gesundheit zunehmend von der Umweltverschmutzung geschädigt wird.«
(Antrag der Abgeordneten Müller u.a. und der Fraktion der SPD; Deutscher Bundestag, Drucksache 10/2128, 17.10.1984.)

»Nun zu dem eigentlich interessantesten und wichtigsten Thema im Zusammenhang mit der Umweltverschmutzung, nämlich zu den Atemwegserkrankungen. *Atemwegserkrankungen bei Kindern* – ich sage dies jetzt einfach den Mitbürgerinnen und Mitbürgern, weil es der Wahrheit entspricht und weil sie es wissen müssen – wie Bronchitis sind in der Bundesrepublik Deutschland rückläufig. Die Sterblichkeit durch Atemwegserkrankungen bei Säuglingen und Kleinkindern nimmt ebenfalls seit Jahren ab. Ich wiederhole hier: Ein Zusammenhang zwischen Luftverschmutzung und dem seltener vorkommenden Pseudokrupp ist nach dem Ergebnis der internationalen Konferenz der WHO nicht bewiesen.«
(Bundesgesundheitsminister Heiner Geißler, Deutscher Bundestag, 94. Sitzung, 25.10.1984.)

»Atemwegsinfektionen bei Kindern, insbesondere der berüchtigte Krupp-Husten, hängen offenbar tatsächlich mit Verunreinigungen der Luft zusammen. Ein Forscherteam um Professor Harald Haupt von der Städtischen Kinderklinik Duisburg hat jetzt ermittelt, daß neugeborene bis vierjährige Kinder, die wegen einer Kehlkopfentzündung (Laryngitis) oder einer Bronchitis stationär behandelt wurden, aus Wohngebieten mit einer höheren durchschnittlichen Luftbelastung stammten. Insbesondere die Konzentrationen an Schwefeldioxid und Staub lagen über dem Durchschnitt. Professor Ulrich Wemmer vom Klinikum der Stadt Darmstadt teilt mit, daß die Kinderklinik Mannheim in den Monaten die meisten Kinder mit einem Krupp-Syndrom aufnahm, in denen die dortige Luft den höchsten Gehalt an Schwefeldioxid und Stickoxiden aufwies. In der Kinderklinik Darmstadt konnte der Zusammenhang zwischen Luftverschmutzung und Krupp-Syndrom allerdings nicht bestätigt werden.«
(Deutscher Forschungsdienst, 38/1984.)

»Als ›aufgebauscht‹ bezeichnete Professor von der Hardt von der Medizinischen Hochschule Hannover die Angst vor dem Pseudokrupp, der im Zusammenhang mit der Schadstoffbelastung der Luft ins Gerede gekommen ist. Im Grunde sei Pseudokrupp eine sehr harmlose, medizinisch gut beherrschbare Er-

krankung. Die meisten angeblichen Pseudokrupp-Todesfälle seien in Wahrheit auf andere Erkrankungen zurückzuführen. Der Mediziner warnte jedoch vor Selbsttherapie, wie sie von manchen Elterninitiativen propagiert werde, weil sie dazu führen könne, daß andere Erkrankungen übersehen würden und tödlich enden könnten. Ein Zusammenhang von Pseudokrupp-Erkrankungen mit der Schwefeldioxidbelastung der Luft sei bis jetzt nicht bewiesen. Eine präzise Darstellung des Einflusses von Schadstoffbelastungen auf die Erkrankungshäufigkeit sei wohl auch in den nächsten Jahren noch nicht zu erwarten.«
(Stuttgarter Zeitung, 6.2.1985.)

»Mittlerweile lassen sich Zusammenhänge zwischen Luftschadstoffen und Gesundheitsschäden nicht länger leugnen. Das Statistische Landesamt etwa veröffentlichte eine Untersuchung, der zufolge die Sterblichkeit der über Siebzigjährigen in den vier besonders stark belasteten Innenstadtbezirken Tiergarten, Wedding, Kreuzberg und Charlottenburg an Smog-Tagen um etwa 15 Prozent steigt.

›Smog‹, schreibt der Berliner Kinderheilkundler Ulrich Fegler, ›schafft in Krankenhäusern Zustände, die mit Ausnahmesituationen zu vergleichen sind.‹ Schlimmer noch: Schon weit unterhalb der Smog-Alarmschwelle haben Mediziner schwere Gesundheitsschäden ausgemacht.

Wenn auch nur 200 Mikrogramm Schwefeldioxid pro Kubikmeter Luft gemessen werden (Berliner Alarmwert 800 Mikrogramm), registrierte der Mediziner Peter Mühling, erkrankten Kinder ›signifikant mehr‹ an Pseudo-Krupp, einer Atemwegserkrankung. ›Wir behandeln keine Krankheiten mehr, sondern Umweltschäden‹, bestätigt die seit zwölf Jahren in Kreuzberg praktizierende Kinderärztin Renate Schüssler. [...]

Als ›gesichert‹ angesehen werden könne darüber hinaus, resümiert eine Untersuchung der Technischen Universität Berlin, ein ›grundsätzlicher Zusammenhang zwischen Luftverschmutzung und *höheren* Risiken bei Erkrankungen der Atemwege‹ – ›Lungenkrebs eingeschlossen‹.«
(Der Spiegel, 25.2.1985.)

»Aus den durchgeführten Berechnungen ziehen wir den allgemeinen Schluß, daß sowohl Luftschadstoffimmissionen als auch meteorologische Umgebungsfaktoren den Verlauf der Erkrankungsrate der verschiedenen Erkrankungen der oberen und unteren Luftwege (EOUL) beeinflussen, wobei das Ausmaß und der jeweilige Anteil des Einflusses für keine der beiden Variablen abgeschätzt werden kann. Luftschadstoffimmissionen wie auch meteorologische Umgebungsfaktoren scheinen sowohl einzeln als auch in Kombination (interaktiv) Schädigungseffekte an der Atemtraktschleimhaut zu erzielen, wobei Krankheitssymptome unmittelbar und nach Zeitverzögerung – über die Bahnung von Infekten – auftreten können.

Bronchitis/Pneumonie:

Bronchitiden und Pneumonien sind Ausdruck einer länger anhaltenden Belastung durch atmosphärische Umgebungsfaktoren (Schadstoffimmissionen, meteorologische Umweltparameter). Der Schadeffekt von Luftschadstoffkonzentrationen sowie meteorologische Umgebungsfaktoren des Außen- wie Innenmilieus der Wohnungen besteht in einer Erleichterung des Angehens von Infekterregern auf der Atemtraktschleimhaut (ATS).

Meteorologische Umgebungsfaktoren scheinen gegenüber den Luftschadstoffen im Vordergrund zu stehen, obwohl in überdurchschnittlich immissionsbelasteten Gebieten überdurchschnittlich viele Kinder an Bronchitis und Pneumonie erkrankten.

Obstruktiv/spastische Bronchitis, Pneumonie:

In Wohngebieten mit überdurchschnittlich hohen Luftschadstoffbelastungen trat im Mittel eine überdurchschnittlich hohe Erkrankungsrate an obstruktiv/spastischen Bronchitiden bzw. Asthma bronchiale auf. In Belastungsphasen fanden sich schon bei relativ geringer durchschnittlicher Immissionsbelastung (größer als 100 $\mu g/m^3$ SO_2), aber auch bei extremen Immissionssituationen Erhöhungen der Morbidität.

Infekte der oberen Luftwege:

Luftschadstoffbelastungen und Innenraumfaktoren der Wohnungen bewirken kombiniert eine Schädigung der ATS mit nachfolgendem erleichtertem Infektangehen. Es bestehen Zusammenhänge zwischen überdurchschnittlich immissionsbelasteten Wohngebieten und überdurchschnittlicher Morbidität an IOL [Infektionen der oberen Luftwege].«

(U. Fegeler, R. Moyzes, E. Wedler und K. Eberhard: »Immissions- und Wettereinflüsse auf Erkrankungen der oberen und unteren Luftwege von Kindern in Berlin (West) 1979–1982«, Berlin 1985.)

»Die Luftverschmutzung erhöhe das Krankheitsrisiko für die Kinderkrankheit Pseudo Krupp und für den plötzlichen Kindestod, sie sei aber nicht als alleinige Ursache dafür anzusehen, sagte Konrad Tietze vom Bundesgesundheitsamt am Freitag auf dem 34. Deutschen Kongreß für ärztliche Fortbildung in Berlin. Auslösende Ursache für den Pseudo-Krupp sei meist ein Infekt. [...]

Klinische Untersuchungen hätten gezeigt, daß ein Zusammenhang zwischen den Anfällen und der Luftqualität bestünde. So sei bei einem hohen Schwefeldioxid- und Schwebstaubgehalt der Luft eine ›hochsignifikante Zunahme‹ der Erkrankungen festgestellt worden. Pseudo-Krupp macht laut Tietze immerhin etwa fünf bis zehn Prozent der Atemwegserkrankungen im

Kleinkindalter aus und betrifft vorwiegend Kinder im Alter zwischen sechs Monaten und drei Jahren.

Auch bei dem plötzlichen und unerwarteten Tod eines Kleinkindes, der durch eine Obduktion nicht ›angemessen‹ erklärt werden kann, könne die Luftverunreinigung als Krankheitsbedingung nicht ausgeschlossen werden. Allerdings könnten viele verschiedene Schädigungen, wie Infekte und Stoffwechselstörungen, die Krankheit begünstigen, sagte Tietze.«
(Frankfurter Rundschau, 1.6.1985.)

»20 Prozent aller Bundesbürger leiden an allergischen Erkrankungen; schon fast zu einer Volksseuche geworden ist die schwerste Form der Allergie, das sich zunehmend ausbreitende Asthma-Bronchiale. Das wurde beim 18. Kolloquium der Bad Reichenhaller Forschungsanstalt für Krankheiten der Atmungsorgane festgestellt.

Eine Million Kinder und mindestens ebensoviele Erwachsene sind schwer asthmakrank. Hinzu kämen fünf Millionen Bundesbürger, die bereits überempfindliche Bronchialsysteme haben, erläuterte Professor Dr. Dietrich Nolte, Leiter der Forschungsanstalt.

Auto- und Industrieabgase, sportlicher Ehrgeiz, psychosozialer Streß und selbst harmlose Reize wie kalte Luft werden in die Gruppe der Auslösefaktoren für Asthma eingeordnet.«
(Welt am Sonntag, 21.7.1985.)

»Räumliche Vergleiche von unterschiedlich belasteten Gebieten weisen auf einen statistischen Zusammenhang zwischen der Häufigkeit der stenosierenden Laryngitis (Pseudokrupp) und Luftverunreinigungen hin. So liegt bei mehreren in den USA durchgeführten Querschnittsuntersuchungen die Erkrankungsrate in stärker belasteten Gebieten (auch nach Berücksichtigung anderer wichtiger Einflußfaktoren wie Alter, Geschlecht, Rauchverhalten und Familiengröße) 1,5- bis 3mal so hoch wie in Orten mit niedriger Belastung. Ähnliche Hinweise gibt eine Studie in Duisburg.«
(H.E. Wichmann, U. Krämer, H.-W. Schlipköter, in: Münchner Medizinische Wochenschrift 127, 1985, Nr. 32/33.)

(6)

»Allein in der Bundesrepublik Deutschland pusten Autos jedes Jahr an die 10 000 Tonnen des Schwermetalls [Blei] als Bleioxid, Bleibromid oder unverbrauchtes Bleitetraäthyl aus dem Auspuff: pro Tankfüllung werden bis zu 20 Gramm ausgestoßen. [...]

Die wachsende Bleibelastung der Umwelt alarmierte die Mediziner. Mehrere in den letzten Jahren veröffentlichte Studien legen einen Zusammenhang zwischen erhöhtem Bleispiegel im Blut und Symptomen wie Lern- und Konzentrationsschwächen, motorischen Störungen oder Hyperaktivität nahe. Die Relevanz dieser Untersuchungen stieß jedoch besonders bei den Ölkonzernen auf Zweifel. Denn die Bleikonzentrationen im Blut unterliegen starken Schwankungen, je nachdem, wieviel Blei der untersuchte Patient kurz vorher eingeatmet hatte.

Erst kürzlich beseitigte eine amerikanische Studie, die im angesehenen *New England Journal of Medicine* veröffentlicht wurde, jeden Zweifel: Bei 3329 Kindern wurden zwischen 1975 und 1978 die Milchzähne auf ihren Bleigehalt untersucht. Durch diese Methode konnte die im Laufe der Zeit schwankende Bleibelastung exakt gemessen werden. Die Ergebnisse lassen an Deutlichkeit nichts zu wünschen übrig: Kinder mit erhöhtem Bleigehalt in den Milchzähnen weisen nicht nur einen auffälligen, um 4,5 Punkte niedrigeren Intelligenzquotienten auf, sie schneiden auch in zahlreichen Verhaltenstests schlechter ab und haben eine deutlich langsamere Reaktionszeit als ihre weniger durch Blei belasteten Altersgenossen. Eine australische Untersuchung an 1200 Schulkindern aus Sidney, im Juli veröffentlicht, bestätigte die amerikanischen Funde.«
(Stefan M. Gergely: »Störung im Hirn«, in: Die Zeit, 7.9.1979.)

»Bleihaltiges Benzin schädigt nicht nur die Umwelt, sondern verursacht auch Bluthochdruck beim Menschen. Wie das Deutsche Institut zur Bekämpfung des Bluthochdrucks in Marburg ferner mitteilte, ist laut neuesten wissenschaftlichen Erkenntnissen in den Vereinigten Staaten etwa die Hälfte des Bleigehalts im menschlichen Blut auf bleihaltiges Benzin zurückzuführen. Dabei sei ein direkter Zusammenhang zwischen dem Bleigehalt des Blutes und hohem Blutdruck festgestellt worden.«
(Süddeutsche Zeitung, 5.7.1985.)

(7)

»Nitrat, eine simple Stickstoff-Sauerstoff-Verbindung, ließe sich nur mit enormem Kostenaufwand aus dem Rohwasser entfernen. Raus muß es aber, denn die Bedenken der WHO sind ernst zu nehmen. Im Darm Neugeborener wandeln Bakterien das Nitrat aus der mit Leitungswasser zubereiteten Flaschenmilch nämlich zu Nitrit um, das sich mit dem Blutfarbstoff Hämoglobin verbindet und dadurch die Sauerstoffabgabe der roten Blutkörperchen an das Gewebe verhindert. [...]

Wenn mehr als zehn Prozent der Transportkapazität der roten Blutkörperchen durch die Nitrit-Besetzung ausfallen, kommt es zur sogenannten Blausucht. Diese Unterversorgung des Organismus mit Sauerstoff endet oftmals tödlich – wenn nicht schnell Hilfe zur Stelle ist. [...] Schon beim Fötus im Mutterleib kann Nitrat (oder aber das aggressivere Nitrit) Unheil anrichten, weil es die Plazenta-Schranke zwischen mütterlichem und kindlichem Organismus durchbricht. Ein Zusammenhang des Nitratgehaltes im Trinkwasser mit der Säuglingssterblichkeit wird daher ernsthaft diskutiert.

Eine sowjetische Untersuchung nährt die Vermutung, daß bereits eine fünfprozentige Reduzierung des Sauerstofftransports bei Kindern Auswirkungen auf das Nervensystem haben kann: Schüler, die mit jedem Liter Trinkwasser 105 Milligramm Nitrat aufnahmen, zeigten in der Studie überdurchschnittliche Lernschwierigkeiten.

Schließlich wird das Nitrit im Magen zu Nitrosaminen umgewandelt, einer Gruppe von Substanzen, die seit Jahren durch ihr großes Krebspotential (in Tierversuchen) von sich reden macht. Tatsächlich haben eine Reihe von Untersuchungen in Südamerika, Ungarn und Großbritannien illustriert, daß die Magenkrebsrate in Gebieten mit nitrathaltigem Trinkwasser erhöht ist.«
(Egmont R. Koch und Uwe Lahl: »Zuviel Nitrat aus tiefen Brunnen«, in: Die Zeit, 12.2.1982.)

»In weiten Teilen der Bundesrepublik hat die – vor allem durch Stickstoff-Düngung verursachte – Belastung des Grund- und Trinkwassers längst den von der EG empfohlenen, nach Möglichkeit anzustrebenden *Richtwert* von 25 Milligramm pro Liter überschritten, oberhalb dessen Nitrat bei Säuglingen das Risiko der sogenannten Blausucht erhöht: Die Haut verfärbt sich bläulich, die Kinder können ersticken.

Rund sechs Millionen Bundesbürger müssen Wasser trinken, dessen Nitratgehalt auch den von der EG vorgeschlagenen *Höchstwert* von 50 Milligramm übersteigt. Und rund eine halbe Million Menschen wird sogar mit Leitungswasser versorgt, das nicht einmal der zur Zeit noch geltenden bundesdeutschen Trinkwasser-Verordnung genügt: 90 Milligramm pro Liter.«
(Der Spiegel, 9.4.1984.)

»Die 2500 Einwohner der Gemeinde Mammendorf im Landkreis Fürstenfeldbruck können ihr Trinkwasser bis auf weiteres nur noch aus dem Tankwagen beziehen. [...]

Seit Wochen ist bekannt, daß die beiden Flachbrunnen der Gemeinde Trinkwasser von einer Qualität liefern, die zumindest für Babys höchst gefährlich ist. Mehr als 90 Milligramm Nitrat pro Liter wurden gefunden, zuletzt sogar 103 Milligramm, ein Wert, der die derzeit noch gültigen laxen Bestimmungen in der Bundesrepublik übersteigt. Schon 1980 hat die EG beschlossen, daß binnen einer Fünfjahresfrist in allen Ländern der Europäischen Gemeinschaft die gerade noch tolerierbare Dosis auf 50 Milligramm herabgesetzt werden müsse, ja sogar ein Maximum von nur mehr 25 Milligramm wurde ›empfohlen‹. [...]

Bedenken der älteren Bewohner, daß das nitratverseuchte Trinkwasser auch für sie auf Dauer unbekömmlich sein könnte, wischte die Kreisbehörde bis zu den jüngsten Messungen mit einer kühnen Behauptung zur Seite: Erst ab 900 (!) Milligramm Nitrat pro Liter würden auch Erwachsene gefährdet, hieß es in dem Amt. Im übrigen wollte das Landratsamt einen Bescheid erlassen, wonach der Nitrat-Grenzwert vorübergehend in Mammendorf ›bis zu einer festzusetzenden Höhe für einen befristeten Zeitraum‹ überschritten werden dürfe.«
(Süddeutsche Zeitung, 4.11.1985.)

(8)

»Die Chemikalie Formaldehyd ist nach den Ermittlungen einer offiziellen EG-Wissenschaftlerkommission noch gefährlicher, als bisher angenommen. Wie das Gesundheitsministerium in Bonn mitteilte, hat das oberste wissenschaftliche Beratungsgremium der Europäischen Gemeinschaft für die Einstufung gefährlicher Chemikalien in Brüssel beschlossen, daß Formaldehyd als ›eindeutig krebserzeugend‹ einzustufen sei. Bisher galt Formaldehyd lediglich als ›krebsverdächtig‹. Wie das Ministerium weiter mitteilte, sollen die neuen Erkenntnisse überprüft und in den bereits im April vom Bundeskabinett behandelten Entwurf einer neuen Gefahrstoffverordnung eingearbeitet werden.«
(Süddeutsche Zeitung, 1.10.1985.)

(9)

»Bei der Entstehung von Krebs kommt dem sogenannten Benzpyren eine entscheidende Bedeutung zu. Das ist das vorläufige Ergebnis einer zehnjährigen Untersuchung des Deutschen Krebsforschungszentrums (DKFZ) in Heidelberg. [...] Benzpyren entsteht nach Angaben des DKFZ bei jedem unvollständigen Verbrennungsvorgang, ist unter anderem also in den Autoabgasen und im Rauch von Feuerungsanlagen enthalten. Die auch beim Menschen krebserzeugende Wirkung dieser Verbindung aus Kohlenstoff und Wasserstoff gilt als erwiesen. [...]

Unter Hinweis auf die bevorstehende Veröffentlichung der Untersuchungsergebnisse berichtete das baden-württembergische Gesundheitsministerium jetzt auch über eine Schweizer Studie zu diesem Thema. Auch sie belegt die deutliche Erhöhung der Krebsgefahr durch Luftverunreinigungen.

Dabei war die Zahl aller Krebstodesfälle in einem Industrieort zwischen 1959 und 1970 untersucht worden. Es ergab sich, daß elf Prozent der Verstorbenen an einer verkehrsreichen Straße mit einem täglichen Aufkommen von 5000 bis 6000 Fahrzeugen gewohnt hatte. Die Krebsopfer dagegen, die 400 Meter ent-

fernt in einem abgelegenen Ortsteil gewohnt hatten, stellten nur einen Anteil von 1,2 Prozent der geprüften Todesfälle. Einbezogen in die Untersuchung waren mitentscheidende Faktoren wie Lebensalter, Beruf, Siedlungsdichte und Nikotingenuß. Das Gesundheitsministerium zieht daraus den Schluß, daß das Risiko, an Krebs zu erkranken, beim Wohnen an der verkehrsreichen Straße neunmal höher gelegen habe als in dem abgelegenen Ortsteil.«
(Frankfurter Rundschau, 5.9.1978.)

»Diese Frage ist erlaubt: Können Menschen dort gesund bleiben, wo Pflanzen ganz offensichtlich kümmern und sterben? Als Antwort legt Professor Hermann W. Beckenkamp vom Arbeitsmedizinischen Zentrum in Saarbrücken nun die Auswertung eines Langzeitversuchs im Stadt- und Landesgebiet Saarbrücken vor. Er setzte Luftqualität und Lungenkrebshäufigkeit zueinander ins Verhältnis.

Beckenkamp machte die besonders schadstoffempfindliche Flechte Hypogynia physodes zum ›Meßinstrument‹ für Luftqualität. Die Zusammenschau von Schädigung der ›Zeigerpflanzen‹ und Lungenkrebshäufigkeit erlaubt laut Beckenkamp den Schluß, daß hochbelastete Luft das Lungenkrebsrisiko erhöht. Das klingt fast selbstverständlich, kollidiert aber mit der wissenschaftlich abgesicherten Annahme, daß Lungenkrebs zu 90 Prozent ursächlich mit dem Rauchen zusammenhängt. An dieser Erkenntnis will auch Beckenkamp nicht rütteln.

Bleibt allerdings die Frage, weshalb sich Krebs in Schlechtluftgebieten auffällig ballt. Beckenkamp erklärt das Phänomen mit dem ›Tropfen, der das Faß zum Überlaufen bringt‹: Raucher, die sich statistisch gleichmäßig über das Stadtgebiet von Saarbrücken verteilen dürften, können in den hochbelasteten Gebieten nachts (in der ›rauchfreien‹ Zeit) ihre Lungen nicht mehr hinreichend reinigen. Für sie kommt zum Hauptfaktor Zigarettenkonsum der offenbar nicht unwichtige Neben-Faktor Luftschadstoffe hinzu.«
(natur 8/1985.)

»In den Großstädten Nordrhein-Westfalens erkrankten die Menschen doppelt so häufig an Lungenkrebs wie in dünn besiedelten ländlichen Gebieten. Das hat in einer Umweltstudie der Leiter des Medizinischen Instituts für Umwelthygiene der Universität Düsseldorf, H.-W. Schlipköter, festgestellt. Der Umweltmediziner führte dieses Ergebnis am Montag während einer Pressekonferenz in Düsseldorf ursächlich darauf zurück, daß gesundheitsschädliche Faserstoffe und Stäube von den Städtern in ungleich höherem Maße eingeatmet werden müssen als von Landbewohnern.«
(Münchner Medizinische Wochenschrift 127, 1985, Nr. 15.)

(10)

»Im Yokkaichi-Fall, wo über Atemwegerkrankungen durch SO_2-Emissionen gestritten wurde, genügte dem Gericht als Nachweis für einen Zusammenhang, daß mit statistischen Unterlagen eine Korrelation zwischen SO_2-Luftbelastung und Atemwegerkrankung gezeigt werden konnte: Je höher die Luftbelastung mit SO_2, desto häufiger (d. h. über dem nationalen Durchschnitt liegend) treten Atemwegerkrankungen auf. Zwar räumten die Richter ein, daß streng wissenschaftlich noch nicht alles geklärt sei, doch könne keine andere Hypothese als jene, die die Gesundheitsbeeinträchtigungen auf die Luftbelastung zurückführe, das Phänomen besser erklären. Das reiche, um die Frage nach der Schadenersatzpflicht der Emittenten zu bejahen, selbst wenn sich herausstellen sollte, daß noch weitere Faktoren zur Gesundheitsbelastung beigetragen haben.«
(Shigeto Tsuru und Helmut Weidner: »Ein Modell für uns: Die Erfolge der japanischen Umweltpolitik«, Köln 1985.)

»Ende 1982 gab es [in Japan] weit über 87 000 Menschen, die ›staatlich anerkannte Umweltopfer‹ im Sinne des Gesetzes waren. 80 Prozent des Fonds, aus dem die Entschädigungen gezahlt werden, sind von den schadstoffemittierenden Unternehmen aufzubringen. Die restlichen 20 Prozent zahlen die Autofahrer im Rahmen ihrer Kraftfahrzeugsteuer. Diese Regelung war jedoch nur möglich, weil japanische Gerichte das *Verursacherprinzip* anders interpretiert hatten, als es hierzulande üblich ist: Wenn ein statistisch erkennbarer Zusammenhang zwischen höheren Schadstoffbelastungen in der Umwelt und steigenden Erkrankungen besteht, dann sind die Schadstoffe als Krankheitsursache anzusehen. Bei der Anerkennung des epidemiologischen Befundes wird es sinnlos, einen Geschädigten nachweisen zu lassen, welches Unternehmen ihn mit welchen Schadstoffen geschädigt hat. Man muß vielmehr davon ausgehen, daß alle schadstoffemittierenden Unternehmen zusammen die Krankheit verursacht haben – und daher auch alle, je nach dem Anteil der schädlichen Emissionen, zur Entschädigung verpflichtet sind..«
(Dieter Beisel: »Das neue Umweltwunder«, in: natur 3/1985.)

Utopien sind es, die die Welt bewegen

»Bei der momentanen Lage der Dinge
ist der Mut zur Utopie
die einzige Art und Weise,
wie man wirklich Realist sein kann.«
Aurelio Peccei

Im Duden wird das Wort Utopie »als unausführbar geltender Plan ohne reale Grundlage« definiert. Das entspricht auch durchaus dem allgemeinen Sprachgebrauch. »Das ist doch utopisch«, heißt soviel wie »Das ist doch unmöglich«. Carna Zacharias Buch entlarvt die Gleichsetzung von »utopisch« mit »unrealistisch« als gezielte Propaganda, mit deren Hilfe alle unliebsamen Ideen ins Reich der Phantasie, des Nichtmachbaren verwiesen werden können.

Als Beispiel dafür eine Zeitungsmeldung: »Die Herabsetzung der Weltrüstungsausgaben um nur ein Prozent würde ausreichen, um 200 Millionen hungernden Kindern ausreichende Nahrung zu verschaffen.« Eine Utopie. Und dennoch ist diese Utopie die eigentliche, die einzig humane Realität.

Mit dem Orwell-Jahr 1984 und der Wiederentdeckung der negativen Utopien ist der Eindruck erweckt worden, als würden aufgeklärte, kluge Leute nur noch pessimistische Zukunftsmodelle ernstnehmen können. Diese negativen Utopien haben uns zwar die Augen geöffnet, wir alle kennen unsere Lage – wer sehen will, kann sehen. Das vorliegende Buch über die Hoffnung und die Kraft positiver Utopien will diese Warnungen und Analysen über das drohende Schicksal der Erde nicht entkräften, sondern versuchen, aus diesen Erkenntnissen Schlüsse zu ziehen. Denn unsere Krise ist zu gefährlich, als daß wir die Realität denen überlassen dürften, die sich damit brüsten, Realisten zu sein. Sie sind es nämlich, die uns in diese Lage gebracht haben.

Utopien wurden immer in Krisen- und »Wendezeiten« entworfen – und Utopien wurden zu allen Zeiten nicht nur geträumt, sondern auch gelebt. In einer Reihe von Interviews (z. B. mit Wolfgang Jeschke, Heide Göttner-Abendroth, Marina Gambaroff, Karl Held, Constanze Eisenbart, Otto Schily, Jürgen Zimmer, Dieter Hagenbach, Michael Lukas Moeller) zu verschiedenen Lebensbereichen werden entsprechend konkrete Ansätze sichtbar. Damit macht Carna Zacharias auf »realistische«, greifbare Weise nachvollziehbar, daß die Utopie – vorausgesetzt, sie wird richtig verstanden und mit Kreativität und Phantasie gleichgesetzt – eine äußerst effektive Möglichkeit der Krisenbewältigung ist.

256 Seiten, Paperback, DM 29,80 / ISBN 3-89114-012-6